L'énigme de la Vallée des Rois

À Roxie Walker
E.P.

Publié aux États-Unis sous le titre *The laughter of the dead kings* par William Morrow, une division de Harper Collins.

ISBN : 978-2-35288-725-6
Code Hachette : 50 8692 1

Couverture : © SuperStock, Inc. / SuperStock
Design: Richard L. Aquan
Rayon : Thrillers / poches
Collection dirigée par Christian English et Frédéric Thibaud

Catalogue et manuscrits : www.city-editions.com

Dépôt légal : premier semestre 2011
Achevé d'imprimer en juin 2011
par CPI Brodard & Taupin - La Flèche (France)
N° d'impression : 64761

L'énigme de la Vallée des Rois

ELIZABETH PETERS

Traduit de l'anglais (États-Unis)
par Évelyne Châtelain

City
Poche

Avant propos

Récemment, j'ai discuté avec plusieurs de mes collègues, auteurs de romans policiers, de ce que nous appelons le « maintenant actuel ». Une de mes séries se situe à l'époque contemporaine, les personnages vieillissent normalement au fil des années et des volumes.

La série *Vicky Bliss* ne fonctionne pas ainsi. Vicky fit sa première apparition en 1973. Elle n'avait pas encore trente ans. Le dernier volume a été publié en 1994, plus de vingt ans après, mais Vicky a tout juste pris quelques années.

Elle a toujours une petite trentaine, mais le monde dans lequel elle vit a beaucoup changé.

La guerre froide n'est qu'un vieux souvenir, l'horreur en Irak se poursuit, Internet étend ses tentacules dans la vie de tout un chacun, et tout le monde se promène un téléphone portable collé à l'oreille.

Alors comment nous, écrivains, expliquons-nous ces incohérences et ces anachronismes ?

C'est simple : nous ne les expliquons pas. Nous en sommes incapables.

Alors, inutile de m'écrire pour me les signaler ! Faites comme moi : n'en tenez pas compte, et placez-vous dans le « maintenant actuel ».

Pour citer mon amie Margaret Maron, à qui je dois ces mots et d'autres excellents conseils : « C'est quand même fantastique de jouer à Dieu dans nos petits univers, d'ordonner au soleil de briller et de voir qu'il nous obéit ! »

I

Je ferme les yeux, je me bouche les oreilles, Mais toujours, j'entends ta voix... qui raconte des mensonges[1]...

Quand je chante, je ne déclenche pas les hurlements hystériques de milliers de fans. Pourtant, je me sentis légèrement vexée en voyant mon chien se réfugier dans l'escalier. En général, il apprécie mes trémolos, il est bien le seul, d'ailleurs. À part cela, il a plutôt une bonne ouïe.

John descendait l'escalier. Il interrompit la fuite de César d'un ordre péremptoire... chose dont j'ai toujours été incapable, et s'approcha nonchalamment de moi.

Je ne l'avais pas vu depuis quinze jours, et j'en eus des frissons jusqu'au bout des ongles... Il portait une chemise du même bleu que ses yeux et ceux du siamois qui s'enroulait sur son épaule. D'une main, aux longs doigts aussi délicats que les pattes brunes

1. D'après une chanson de Linda Thomson, 1985 (*NdT*).

du félin, il soutenait les épaules de Clara. Au début, Clara n'appréciait pas vraiment John, mais il s'était attaché à conquérir le cœur du chat (pour échapper aux morsures et griffures) et y était parvenu, au prix de nombreux petits morceaux de poulet. Ils offraient un spectacle magnifique, tous les deux. John offrait un spectacle magnifique.

— Toujours là au bon moment, dis-je, grognon. Tu ne peux pas entrer par la porte, comme tout le monde, au lieu de grimper par la fenêtre de ma chambre !

— Ça me rappelle de bons souvenirs.

Les souvenirs d'un temps où il avait Interpol et plusieurs bandes d'escrocs rivales à ses trousses, à la recherche des trésors de l'art qu'il avait subtilisés.

Désormais, c'était un antiquaire respecté, en tout cas si j'en croyais ses dires, ce qui tenait sans doute de la plus haute imprudence… Me raconter des mensonges était l'une de ses activités favorites.

Je repris, sur mes genoux, la pelote de coton blanc souillée, ainsi que le crochet qui y était relié de manière précaire et feignis de l'étudier.

Je la jouais un peu distante, pour ne pas me laisser séduire par le sourire et les yeux bleus enjôleurs. Tout de même, il ne s'était pas pointé depuis deux longues semaines ! Londres est à moins de deux heures de vol de Munich, j'étais bien placée pour le savoir, puisque je faisais le voyage assez souvent. Grâce à un patron indulgent, je pouvais m'éloigner de mon travail au musée plus facilement que John de ses affaires. Du moins, c'est ce qu'il prétendait. Encore un mensonge ?

— Alors, comment vont les affaires ?

Pas de réponse. Un bruit sourd et une plainte de siamois me firent lever les yeux. Clara était à ses pieds, et John ne me regardait pas : il me scrutait avec un air incrédule. Non, en fait, pas moi… l'objet informe que je tenais en main.

— Qu'est-ce que c'est ? coassa-t-il.

— Inutile d'être aussi hargneux, dis-je sur la défensive. C'est un bonnet de bébé. Je ne suis pas très douée, mais je finirai par y arriver !

John chancela vers le fauteuil le plus proche et s'y effondra. Il était blanc comme un linge, bien plus blanc que l'affreux petit bonnet qui avait beaucoup souffert des jeux de Clara.

— Qu'est-ce qui te prend ? Bob, tu sais… sa nouvelle femme attend son premier et je pensais que ce serait gentil de lui…

Il poussa un long soupir et soudain, j'eus un éclair qui me frappa droit à l'estomac.

— Parfois, je suis vraiment lente. C'est à ça que tu pensais ? Oui, c'est bien cela. Non seulement que j'allais devenir maman… attends… ça vient. Que j'étais tombée enceinte pour te forcer à me passer la bague au doigt ! Espèce d'enfoiré ! Je parie que ta mère te met en garde depuis des mois ! Fais attention à cette catin… elle va essayer de…

— Vicky !

John a une voix de ténor mélodieuse, mais il crie plus fort que moi si nécessaire et, croyez-moi, en l'occurrence c'était nécessaire ! Il sauta sur ses pieds et avança. Je lui jetai le bonnet de bébé, avec le crochet, à la figure. Il l'esquiva. La pelote de coton roula sur le divan et Clara se lança à sa poursuite. John m'attrapa par les épaules.

— Cesse de crier et écoute-moi !

— Tu n'y as pas cru, quand même ?

— Cru à quoi ? Que tu étais assez stupide pour me jouer cette vieille scène démodée ? Non, jamais, même en rêve ! Tu dois quand même reconnaître que ma première impression était justifiée, avec les indices que j'avais sous les yeux.

— Cesse de t'exprimer comme un juriste ! Ce n'était pas ce que tu as cru, c'était ta réaction ! Tu étais terrifié, rien qu'à l'idée. On aurait dit que tu allais faire une syncope !

— Oui.

J'étais partie pour une bonne bagarre, bien réconfortante, mais cet aveu d'une voix si douce me coupa l'herbe sous le pied. Je fus tout juste capable de prononcer un vague :

— Alors, tu le reconnais ?

— Je mérite peut-être tous tes reproches et largement. Mais je ne suis pas assez arrogant pour être aveugle aux conséquences de mes forfaits. Je suis constamment terrifié Vicky : j'ai beau être le plus grand lâche de toute la terre, j'ai peur pour toi aussi. Il y a pas mal de gens mal intentionnés dans ce bas monde qui nourrissent des rancœurs contre moi.

Les mots coulaient à flots, son visage s'embrasait et ses ongles s'enfonçaient dans ma chair.

— Lorsque nous avons parlé de vivre ensemble, j'ai essayé de t'en dissuader, car je te mets en danger, rien qu'à te fréquenter. Mais comme tu l'as fait remarquer avec tant d'éloquence, tu es adulte et tu as le droit de choisir. Tu m'as convaincu, malgré mes réticences et les derniers lambeaux de ma conscience. Que crois-tu que j'aie ressenti, pendant ce moment de terreur, en imaginant qu'il y aurait peut-être un nouvel otage, une autre victime innocente qui souffrirait de mes péchés ? Les gens dont je parle n'hésiteraient pas à utiliser un enfant pour s'en prendre à moi… et à toi.

J'avais l'impression d'être une petite mouffette déprimée.

— Je suis désolée, murmurai-je. Je me suis emportée sans réfléchir. Et puis, certaines personnes m'en veulent aussi !

— Beaucoup même, dit-il en s'efforçant de sourire.

— Effectivement. Ce n'est pas grave.

— Je suis désolé. Pour… tout.

Je savais de quoi il parlait et je n'osai pas m'aventurer dans cette voie, même en pensée. Le plantant là, les mains sur les genoux, l'air désemparé, pour une fois, je me levai et sauvai les pitoyables résidus de ma tentative de cadeau des griffes de Clara. Lorsque j'eus enfin démêlé la pelote de coton des pattes des tables et des chaises, John préparait des cocktails à la cuisine. Je n'allais pas le lui reprocher. Je jetai la misérable pelote de coton dans la corbeille et acceptai le verre qu'il me tendait.

— Je suis désolée d'avoir proféré ces horreurs sur ta mère.

Par chance, je m'étais trouvée à bout de souffle avant d'arriver aux injures. Jen et moi ne serions jamais les meilleures amies du monde, et, à mon pas si humble avis, elle était trop possessive avec son fils. Mais la grossièreté reste de la grossièreté, même lorsqu'on dit la vérité.

John haussa les épaules.

— C'est à cause d'elle que tu ne m'as pas vu ces derniers temps. J'ai dû me rendre en Cornouailles pour m'occuper d'une petite urgence : quelqu'un s'est introduit dans sa maison.

— C'est affreux ! m'exclamai-je, avec une toute petite dose d'hypocrisie.

J'avais pitié du voleur qui avait osé affronter Jen, à moins qu'il n'ait été armé jusqu'aux dents.

— Elle n'a pas été blessée, elle n'a même pas eu peur, tempéra-t-il. Tu la connais.

— Oh, oui.

— Elle ne s'était même pas aperçue que quelqu'un était entré avant qu'il lui prenne l'envie de faire le ménage et qu'elle s'aventure au grenier.

Ma toute première, et donc la lointaine dernière, visite dans la demeure familiale partait d'une bonne intention de John qui voulait que sa mère s'habitue à ma présence, ou plutôt à l'idée de mon existence. « Tu ne l'aimeras pas, m'avait-il prévenue. Elle ne t'aimera pas non plus. » Pourtant, lors de notre première rencontre, sur ce que l'on pourrait définir comme un territoire neutre, je l'avais trouvée assez amusante et charmante.

C'était avant qu'elle ne découvre qui j'étais, ou plutôt ce que j'étais pour son fils.

Lorsqu'il a proposé de passer quelques jours en Cornouailles, pour donner la chance à Jen de mieux me connaître, j'ai pensé : « Après tout, pourquoi ne pas essayer ? » J'ai essayé, vraiment.

Pour l'occasion, j'avais même acheté une robe. D'un vert tout à fait banal, avec un décolleté pudique et une jupe qui descendait à mi-mollet. J'avais mis du vernis rose sur mes ongles, un rouge à lèvres assorti, et j'étais bien coiffée. Comme John avait été assez maladroit pour me le faire remarquer, je ressemblais à une jeune ingénue dans une comédie musicale des années quarante.

Gardez bien à l'esprit que je ne considérais pas Jen comme une menace. J'avais compris très tôt que John éprouvait pour sa mère un mélange d'exaspération et d'affection tolérante.

Il poursuivrait son chemin, quoi qu'elle en dise ou en pense. Cependant, je ne m'étais pas imaginé que Jen refuserait toujours de l'accepter.

On dit que les Américains sont nuls en ce qui concerne les antiquités. C'est bien possible, car nous n'avons pas beaucoup de maisons remontant à plus de trois siècles. Les montants de porte en stuc irréprochables étaient surmontés de symboles héraldiques d'animaux informes, de lourds portails en fer forgé ouvraient sur une allée sinueuse, bordée d'arbres sinistres, et un carrousel circulaire. La maison en elle-même ressemblait à une caricature de couverture d'un roman gothique. La façade de pierre originale, sans doute élégante autrefois, était désormais couverte de lichens et d'une épaisse couche de lierre. Elle était encadrée par deux tours incongrues, surmontées de créneaux. Il ne manquait qu'un vieil ermite, errant sur les terres !

Il avait bruiné toute la journée, des nuages bas et sombres planaient dans le ciel et des lambeaux de brouillard ceignaient les tours. La porte d'entrée s'ouvrit alors que nous approchions et elle apparut, telle la méchante gouvernante d'un roman d'épouvante : vêtue de noir, elle s'appuyait sur une canne à pommeau d'argent. J'étais certaine que cette canne n'était qu'un accessoire, car Jen s'était montrée aussi alerte qu'un criquet lors de la croisière en Égypte, et je n'avais pas remarqué la moindre robe noire dans sa garde-robe.

Nous prîmes le thé dans le Petit Salon (on entendait les lettres capitales lorsque Jen prononçait ces mots). Je m'attendais à être servie par un antique Serviteur (désolée pour la majuscule, le phénomène est contagieux). Je suppose que Jen n'en avait trouvé aucun à sa convenance, mais la femme de chambre portait un tablier blanc et une crête de dentelles dans les cheveux.

John restait assis, le regard vide, pendant que Jen et moi faisions la conversation. J'avais tellement peur de commettre un impair que je la laissais presque parler toute seule.

Elle me raconta l'histoire de leur merveilleux arbre généalogique et me vanta les mérites de la famille Tregarth. Elle conclut sa tirade en disant :

— Les Tregarth ont toujours été des hommes honnêtes et honorables.

Je faillis en avaler mon biscuit de travers ! Après le thé, Jen me fit faire le tour du propriétaire pour que je comprenne bien qu'il ne s'agissait pas d'une simple maison, mais d'un manoir de famille, qui fleurait bon l'histoire et la tradition… chose qu'une colonialiste américaine ne saurait jamais apprécier à sa juste valeur. Je comprenais parfaitement où elle voulait en venir. Cela ne me plaisait guère, et tandis que nous longions corridor après corridor, que nous grimpions un escalier interminable après l'autre, mon exaspération montait pour une tout autre raison. Cet endroit était l'incarnation de l'anachronisme, un énorme boulet à traîner. Je ne serais pas dans le métier si je ne connaissais pas la valeur des objets historiques, mais il faut bien dresser une frontière quelque part, et dans certains cas, l'ancien doit céder le pas au moderne. Certes, l'endroit ne manquait pas d'un charme désuet, il était pittoresque… et absolument invivable, sur le plan pratique. C'était un puits sans fonds, John dépensant des fortunes pour que la maison ne s'écroule pas sur la tête de Jen. Il avait fait remarquer, lors d'un de ses rares accès de sarcasmes, que s'il n'avait tenu qu'à lui, il aurait rasé la maison et vendu la propriété depuis longtemps.

— Il y a de nombreuses affaires, dans le grenier, si tu t'en souviens, poursuivit John. Cela lui a fait un choc lorsqu'elle s'est aperçue de ce qui s'était passé : toutes les malles, tous les cartons avaient été ouverts et leur contenu renversé sur le sol. Elle a téléphoné à la police locale pour faire constater les dégâts. On l'a laissée déverser sa rage un moment, mais la police a fini par lui dire qu'elle ne pouvait pas y faire grand-chose. D'ailleurs, il ne manquait rien, en tout cas aucun objet de valeur… puisqu'il n'y en avait pas. Nous ne remisons pas les bijoux de famille dans le grenier !

— Je ne savais pas que vous aviez des bijoux de famille, dis-je.

— C'était une métaphore, fit John d'un air chafouin. En fait, il n'y avait rien à voler. Et nous ne disposons d'aucun indice. On ne sait même pas quand cela s'est vraiment passé.

— Quand même, dis-je intéressée, c'est terrifiant de savoir que l'on risque d'être victime de ce genre de « visite ». Comment ce faux cambrioleur est-il entré ?

— Tu connais les lieux. Il y a plus de vingt portes et une centaine de fenêtres, rien qu'au rez-de-chaussée, et trois escaliers indépendants ! Jen dort comme une souche et sa chambre donne sur la façade.

— Cela laisse supposer que l'individu connaissait le plan de la maison, non ? Il n'aurait pas pris le risque de s'aventurer sous ses fenêtres.

— Ne te laisse pas emporter, Sherlock. On ne peut tirer aucune conclusion hâtive. La théorie la plus vraisemblable, c'est qu'un adolescent a fait un pari avec ses amis qui l'ont incité à s'introduire dans la maison sans se faire prendre. C'est stupide, je sais, mais avec les jeunes !… Jen est considérée comme un mélange de châtelaine et de sorcière. Un sacré défi à relever, en d'autres termes.

Il but son verre et je répondis, moralisatrice :

— Je trouve ton attitude bien cavalière pour un fils attentionné. Ta mère ne devrait pas rester toute seule dans cette grande maison isolée.

— J'ai essayé de la convaincre de s'installer à Londres, mais elle ne veut pas en entendre parler. Franchement Vicky, elle ne risque rien : il n'y a pas de tueurs en série dans cette campagne, et les pauvres hères qu'elle pourrait croiser courraient un plus grand danger qu'elle ! Elle garde en permanence sa canne sous son oreiller, et ce pommeau d'argent est lourd comme du plomb !

Je m'approchai de la fenêtre. Tout était gris : un ciel gris, des rues grises, des maisons grises, petites boîtes bien alignées, derrière les plates-bandes de fleurs et autres tentatives de décoration, ternies par le temps. J'ai besoin d'un jardin pour mon gigantesque Doberman, et cette sinistre banlieue de Munich était ce que je pouvais m'offrir de mieux. Qu'importe, mes journées se déroulaient au milieu des trésors du Moyen Âge et de la Renaissance, je pouvais me passer de luxe chez moi.

À peine brisé par le ronronnement de Clara et le souffle lourd de César, le silence se prolongeait. Sans me retourner, je dis brusquement :

— Il s'est passé quelque chose, c'est ça ?

— Je viens de te le dire…

— Non, autre chose.

Il commença à se lever et poussa un petit cri, car Clara lui enfonçait ses griffes dans la cuisse. Je lui pris le verre vide des mains et le remplis de nouveau.

Un autre signe, si j'en avais eu besoin… en général, il ne buvait pas si vite.

— Ta réaction était disproportionnée, dis-je. Bon, d'accord, la mienne aussi. Tu n'aurais pas été pris d'un tel accès de panique si, récemment, quelque chose ne t'avait pas rappelé avec insistance, que, comme tu le dis si bien, des gens mal intentionnés s'intéressent à toi. Alors, qui est à tes trousses ? Qu'est-ce que tu as encore fait ?

— Rien ! Rien d'illégal ! C'est la vérité, que tu le croies ou non.

Je le croyais. Pas à cause de la sincérité de ces yeux couleur de bleuets – on leur aurait donné le bon Dieu sans confession – mais à cause de la note d'indignation dans sa voix. Un peu comme un truand qu'on accuse de cambriolage, alors qu'il dispose d'un parfait alibi, puisqu'il dévalisait une banque au même moment !

— Schmidt vient dîner, annonçai-je. Il sera enchanté de te voir.

Sa réaction fut presque imperceptible : un petit sourcillement et une pause d'une extrême brièveté avant de répondre :

— Oh, c'est fantastique. Je peux aller faire des courses si tu veux.

Je me faisais peut-être des idées. De toute façon, que je poursuive ou non mon interrogatoire, cela ne me mènerait à rien.

— Il apporte des plats de son traiteur préféré. Il y en aura pour un régiment. Tu connais Schmidt.

— Oui, et je l'adore. Qu'est-ce qu'il manigance ce vieux gredin ces derniers temps ?

En fait, cela faisait plusieurs semaines que je n'avais pas vu mon patron. Il me manquait. Le Herr Doktor Anton Z. Schmidt, directeur du Musée national de Munich, est l'un des hommes les plus compétents dans son domaine.

Mais ce qui le rend si drôle, ce sont ses hobbies, comme la musique country, qu'il chantonne avec une voix de baryton totalement fausse et un horrible accent, et sa dernière passion pour les produits dérivés du *Seigneur des anneaux*.

Il possède tous les personnages, toutes les épées, de la hache de Gimli à l'Anneau qu'il arbore, attaché à une chaîne autour de son cou grassouillet.

Il se berce aussi de l'illusion d'être un grand détective et me prend pour son fidèle bras droit. Ensemble, prétend Schmidt, nous avons résolu de nombreuses affaires et confié d'innombrables criminels aux mains de la justice. Malgré ses emphases coutumières, cette affirmation n'est pas dénuée de vérité. En dépit de mes efforts, j'ai été incapable de l'écarter de certaines de mes rencontres liées à l'univers criminel (parmi lesquelles figure John, je dois bien l'avouer).

— Il revient de vacances.

— Il est parti où ?

— Je ne sais pas. Il est resté très mystérieux sur le sujet, petits rires et plaisanteries… Cela pourrait tout aussi bien être la Nouvelle-Zélande, pour rejouer tout seul la bataille de Pelennor Fields, le Grand Ole Opry à Nashville ou le musée de l'espionnage à Washington… tu connais son goût pour les espions…

— Mmmm.

Clara décida de pardonner John et alla s'affaler sur son élégant costume de tweed. César bavait sur ses genoux, attendant les petites gâteries qui accompagnent souvent les verres remplis de liquide.

— Quand doit-il arriver ?

— Pas avant quelques heures.

— Dans ce cas…

Il se dégagea de Clara, griffe par griffe et s'approcha de moi.

— Oh, non ! dis-je en reculant. Je refuse de me laisser distraire.

— C'est le dernier euphémisme à la mode ? Très chic !

Il me souleva et se dirigea vers l'escalier. Je suis presque aussi grande que lui et, malgré sa constitution athlétique, il dut s'arrêter au milieu de l'escalier. Il me lâcha et s'effondra sur la marche à côté de moi, haletant. On éclata de rire, tous les deux et, soudain, le désir de distraction m'engloutit comme une tornade. Cela faisait deux longues semaines.

Sous le regard observateur de John, je tapais dans les coussins du salon et essayais d'enlever les poils de Clara du divan.

— À quoi doit-on ce soudain accès de folie ménagère ? Schmidt va mettre des cendres de cigare et renverser de la bière partout, à peine arrivé.

— Il amène de la compagnie.

Une autre pause, aussi brève qu'éloquente.

— Ah ? Qui ?

— Il ne me l'a pas précisé. D'après ses ricanements, j'en conclus que c'est une dame. Une femme, en tout cas.

Je m'arrêtai pour me regarder dans le miroir, au-dessus du divan.

Certains de mes amis se plaignent qu'il soit si haut, mais je mesure près d'un mètre quatre-vingt, et à qui est destiné ce miroir, je vous le demande ? En fait, j'ai horreur d'être si grande.

C'est parfait pour un mannequin ou une joueuse de basket, mais être une grande blonde bien modelée (comme je me plais à le dire) est nuisible aux carrières intellectuelles.

Certaines personnes continuent à penser qu'une femme avec des formes est incapable d'avoir un esprit en état de marche.

Je fis rentrer quelques mèches folles dans mon chignon sur la nuque, vérifiai mon maquillage et grimaçai face à mon reflet. Pour qui me faisais-je belle ? Pour la présumée amie de Schmidt ?

John regarda incidemment sa montre.

— Je crois que je vais emmener César faire une rapide promenade avant qu'ils n'arrivent.

— Il pleut toujours.

— Il bruine. C'est un temps normal, là d'où je viens !

De son pas faussement décontracté, il était déjà devant la porte lorsque je le rattrapai.

— Bon, ça suffit ! Assieds-toi et dis-moi ce qui se passe !

César se mit à aboyer, indigné. Bien que pas très intelligent, il est quand même assez malin pour comprendre que quelqu'un allait l'emmener se promener et que quelqu'un d'autre l'en avait empêché.

Le volume de ses protestations faillit couvrir un autre bruit. La sonnette.

— Cela ne peut pas être déjà Schmidt ! Il est toujours en retard !

La sonnette continuait à retentir, elle semblait aussi furieuse que César. John se prit la tête dans les mains.

— Trop tard ! gémit-il.

— Qui est-ce ? criai-je, dans la cacophonie. (Une longue liste de noms inquiétants défilait dans mon esprit.) Max ? Blenkiron ? Interpol ? Scotland Yard ?

— Pire, dit John, d'une voix de mauvais augure. César, tais-toi !

César obéit. Dans le silence relatif, le bruit de la sonnette fut remplacé par des coups tambourinés sur la porte.

John se leva et alla ouvrir.

L'ampoule de quarante watts du porche illumina vaguement la silhouette d'un homme aux cheveux noirs, luisant d'humidité.

Les ombres obscurcissaient son visage, mais j'en voyais assez pour le reconnaître. Le soulagement me laissa toute chose.

— Feisal ? C'est toi ? Pourquoi John ne m'a-t-il pas dit que tu venais ?

Et pourquoi, pensai-je, était-il si terrifié à l'idée que tu allais débarquer ? Feisal n'était pas un ennemi, c'était un ami, un véritable ami, qui avait risqué sa vie, une jambe et sa réputation pour moi, lors de notre dernière escapade en Égypte.

John attrapa César par son collier et l'écarta du chemin pour laisser entrer Feisal.

À présent que je distinguai clairement son visage, je comprenais qu'il ne s'agissait pas d'une visite de courtoisie, d'une petite surprise pour cette chère Vicky.

Il est très beau : des traits de faucon du visage arabe classique, de longs cils recourbés, et un teint couleur café-crème (plus crème que café, ce jour-là…)

Les rides autour de la bouche semblaient avoir été creusées au couteau.

Je ne posai pas de questions : pourquoi me donner cette peine, je n'aurais de toute façon pas obtenu de réponses. Sans un mot, je lui fis signe de s'asseoir.

— Je t'offrirais bien un verre, dis-je, m'accrochant au cliché habituel, mais tu ne bois pas. Pas d'alcool en tout cas.

— Moi, si, dit John. Grâce à Dieu !

Il remplit trois verres, vodka tonic pour nous deux, et un simple tonic pour Feisal.

— Allez, raconte, dit-il, sèchement.

— Parce que tu ne sais pas de quoi il s'agit non plus ?

— Non. Je n'ai que de vagues indices. Il a exigé de me voir. Le plus tôt possible et même avant. Alors, dépêche-toi, Feisal ! Schmidt ne va pas tarder à arriver.

— Schmidt !

Galvanisé, Feisal se redressa sur ses pieds.

— Non, pas lui ! Pourquoi tu ne m'as pas dit qu'il allait venir ? Il faut que je parte tout de suite…

— Je ne le savais pas, je viens de l'apprendre. Tu disposes de trois quarts d'heure pour nous briefer avant de filer… ou bien de te reprendre et de te comporter comme un invité normal. J'aurais préféré t'éviter cela, mais, hélas, ça n'a pas été possible. Tu veux mettre Vicky dans le coup ?

— Elle y est déjà ! dis-je, en croisant les bras d'un air décidé.

Feisal hocha la tête, morose.

— Est-ce que je peux fumer ?

Je poussai un cendrier vers lui.

— Je croyais que tu avais arrêté ?

— Oui, jusqu'à avant-hier…

— Allez…

— Je vais essayer de vous raconter l'histoire, telle que me l'a rapportée l'homme qui était sur le terrain. Je n'étais, pour ma part, pas sur place. En tant qu'inspecteur des Antiquités de la haute Égypte, j'ai un grand territoire à couvrir, je manque de personnel et…

— On sait tout cela, dit John, impatient. Ne te cherche pas d'excuse avant de nous avoir dit de quoi tu es accusé.

Ali leva les yeux vers le ciel et jeta un coup d'œil à sa montre pour vérifier. Il soupira.

Encore une heure avant qu'il puisse, avec l'aide de son collègue, chasser les touristes de la Vallée des Rois et rentrer chez lui. Il dévissa le bouchon de sa bouteille d'eau et but. C'était une journée banale : chaleur, sécheresse et poussière.

Les fabuleuses sépultures des pharaons de l'ancienne Égypte n'avaient aucun charme pour lui. Il ne s'agissait que d'un boulot, un poste qu'il occupait depuis plus de dix ans.

La foule des visiteurs s'amenuisait un peu, mais ils étaient encore des centaines à encombrer les chemins, soulever de la poussière et bavarder dans une dizaine de langues.

Un groupe de Japonais passa devant lui, serré autour du drapeau que tenait leur guide (des petits poussins qui avaient peur de s'éloigner de leur maman, pensa Ali).

Il ne savait pas lesquels étaient les pires, les poussins ou les Allemands qui ne cessaient d'aller fouiner dans des endroits où ils n'étaient pas autorisés, ou encore les Français qui exhibaient leurs jambes poilues et leur corps de manière indécente.

Il n'en détestait aucun, mais il ne les aimait pas non plus, ni les uns ni les autres.

Les Américains, au moins, donnaient de bons pourboires. Plus que les Britanniques, qui lésinaient sur la moindre livre.

Le tombeau qu'il surveillait était fermé, comme souvent, mais cela n'avait pas empêché les gens d'essayer de le soudoyer pour qu'il les laisse entrer. Un Américain au visage bouffi lui avait proposé cent livres égyptiennes, l'équivalent de deux mois de salaire pour lui ou d'un dîner bon marché pour l'Américain.

Dieu savait qu'il aurait eu bien besoin de cet argent, mais enfreindre les règles lui aurait coûté son poste, surtout pour ce tombeau ! Il était trop en vue, juste là, au cœur de la nécropole, la tombe la plus célèbre de toute la Vallée.

Un 4x4 noir approcha, faisant fuir les piétons à grands coups de klaxon. Cela ne pouvait être qu'une voiture officielle, aucune autre n'était autorisée dans la Vallée.

Il était suivi de deux berlines et d'un véhicule qui lui fit écarquiller les yeux. Il était aussi gros qu'un car de touristes, mais ce n'était pas un bus, c'était un camion peint en blanc et couvert d'inscriptions dans une autre langue que l'arabe.

Des souvenirs lui revinrent à l'esprit, et Ali invoqua son dieu. Il avait déjà vu un tel véhicule. Que faisait-il ici, pourquoi ne l'avait-on pas prévenu ?

La caravane s'arrêta devant la tombe. Des hommes en uniforme noir sortirent des berlines et se dispersèrent, formant un cordon tout autour de l'entrée.

Les portes du 4x4 s'ouvrirent. Un homme en descendit et s'approcha brusquement d'Ali. Barbu, il portait des lunettes en écaille.

Un autre, plus jeune, le suivit, un attaché-case usagé à la main.

— C'est vous le responsable ? demanda le barbu. Allez, vite, ouvrez-moi cette porte ! Nous n'avons pas de temps à perdre.

— Mais… bredouilla Ali.

— Nom d'un chien ! On ne vous a pas prévenu de notre arrivée ?

Le regard vide d'Ali était assez éloquent. L'homme se tourna vers le plus jeune et lui murmura quelque chose à voix basse.

Ali comprit les mots « incompétence égyptienne typique ».

— Je suis le docteur Henry Manchester, du British Institute of Technoarcheology. Je suppose que vous voulez voir mon laissez-passer ? Oui, oui, c'est normal.

Il claqua des doigts. Le jeune homme fouilla dans l'attaché-case et en sortit une feuille qu'il tendit à Manchester, qui, à son tour, la donna à Ali.

— J'imagine que si vous ne comprenez pas l'anglais, vous devriez reconnaître la signature.

Ali s'enorgueillissait de sa connaissance de la langue anglaise, mais il était trop avisé pour exprimer sa rancœur.

L'en-tête était impressionnant : le Conseil suprême des antiquités égyptiennes, bureau du secrétariat général.

La signature était celle du Numéro Un. Ce n'est pas qu'Ali eût déjà reçu de lettre du Grand Homme en personne, mais il avait eu l'occasion de le rencontrer, juste après avoir été nommé à ce poste, un jour où il avait fait la tournée des sites. « Rencontrer » était un bien grand mot, le Numéro Un ayant fait un simple petit signe de tête en sa direction.

— Je vois, dit Ali, lentement, mais je ne peux pas…

— Appelle le Conseil suprême, alors, dit l'Anglais, impatient. Fais vite surtout.

C'est ça, pensa Ali, téléphone donc au Conseil suprême. C'est moi, Ali, vous vous souvenez, le gardien de la Vallée des Rois ? Passez-moi le Dr Khifaya, et en vitesse !

— Non, répondit-il, les documents sont en règle.

— Évidemment ! Bon, inutile de nous retarder plus longtemps, on nous attend au pont et nous manquons de temps. Ne vous inquiétez pas pour la clé, j'ai la mienne.

Il poussa Ali et descendit l'escalier.

À partir de là, les événements s'enchaînèrent si vite qu'Ali n'aurait pas pu intervenir, même s'il l'avait voulu. Les portes arrière du camion s'ouvrirent, laissant voir un enchevêtrement de câbles, tubes, objets en plastique et en métal.

Plusieurs hommes, en combinaison de coton blanc immaculée, sortirent et suivirent les deux Anglais dans l'escalier. Une petite troupe de touristes et quelques-uns de ses collègues observaient la scène, intrigués, et ils étaient maintenus à l'écart par un cordon en uniforme noir.

Un instant plus tard, Ali descendit l'escalier et longea le corridor qui donnait dans la chambre funéraire. Il poussa un petit cri de protestation en s'apercevant que la plaque de verre qui protégeait habituellement le sarcophage avait été déplacée et que les hommes en blanc étaient déjà en train de soulever le couvercle du cercueil doré, à l'intérieur du sarcophage de pierre.

Ils en sortirent une longue plate-forme couverte d'un tissu poussiéreux. Avec des gestes rapides mais délicats, ils transportèrent leur fardeau dans l'espace exigu et l'emmenèrent hors de la pièce.

À cet instant, l'intérêt et la curiosité avaient remplacé l'inquiétude chez Ali. Oui, c'était exactement comme la dernière fois, se dit-il.

Le camion n'était pas tout à fait identique, l'autre était encore plus gros, mais d'après ce qu'il avait vu à l'intérieur, son équipement était similaire.

Simplement, cette fois, il n'y avait ni journalistes ni équipe de tournage.

Il s'était vu à la télévision lorsqu'on avait diffusé le reportage… quelques images, pas plus, mais il avait enregistré l'émission et se la repassait sans cesse. Quelque chose avait peut-être mal tourné la première fois et ils étaient venus faire de nouvelles prises.

Cela semblait logique. Ils préféraient ne pas avouer leur erreur et s'étaient donc arrangés pour attirer le moins d'attention possible.

Seul dans la chambre funéraire, il longea le corridor et remonta l'escalier.

Ils avaient placé le brancard et son contenu dans le camion et avaient refermé les portes. Une machinerie ronronnait et crachait.

On entendait des bips et des bruits de conversation. Ali s'assit, alluma une cigarette et pensa à… lui. Aimerait-il être arraché à ce qu'il avait espéré être le lieu de son dernier repos, pour être observé par des étrangers impies qui faisaient des commentaires, comme s'ils examinaient un vulgaire morceau de bois ?

Le pharaon était peut-être un infidèle, un mécréant, mais il avait été un être humain, fidèle à ses propres dieux en son temps.

Le soleil restait suspendu bas sur les falaises, lorsque les portes du camion se rouvrirent. La forme emballée fut ramenée dans la tombe.

— Merci, votre aide nous a été précieuse, dit l'Anglais en souriant pour la première fois, laissant apercevoir un éclair d'or sur un plombage ou une couronne. Je le signalerai au Dr Khifaya. Tenez.

Ali prit le papier plié sans le regarder avant que les hommes ne soient tous remontés dans leur véhicule. Il déplia le billet. Il fit la moue. Dix misérables livres égyptiennes.

Ces Angliches !

— Je ne comprends pas, dis-je. Pourquoi tant d'étonnement ? Personne ne t'avait prévenu, mais c'était peut-être une décision de dernière minute. Ils n'ont peut-être pas pu te contacter parce que tu étais dans le désert ou alors…

Ma voix retomba. Les deux hommes me regardaient fixement.

— Oh, mon Dieu ! dis-je.

— Elle est un peu lente de la comprenette ce soir, expliqua John. Sois patient, Feisal. Qu'est-ce que tu as fait, quand Ali t'a informé de la visite ?

— Je suis allé voir la tombe. (Feisal sortit un mouchoir blanc tout froissé de sa poche et se tamponna le front.) À première vue, tout semblait normal, mais j'avais un mauvais pressentiment… C'était peu plausible, voire impossible, que je n'aie pas été prévenu. J'aurais bien aimé demander à Ali de me laisser, seulement je ne pouvais pas soulever la plaque de verre tout seul, elle est trop lourde. Nous avons réussi à la dégager juste assez pour jeter un coup d'œil à l'intérieur du sarcophage. Le pauvre diable a été complètement disloqué, vous savez, les différentes parties sont disposées sur un lit de sable, entourées de laine de coton et couvertes d'une sorte de tissu épais. Tout avait l'air normal, mais quand j'ai replié la couverture au niveau de la tête, j'ai vu qu'il n'y avait plus rien. Il avait disparu. Il ne reste même pas un os.

— Toutankhamon ? On a volé Toutankhamon ?

II

Pour seule réaction, John leva le sourcil. Il avait senti le vent venir. J'avais comme l'impression qu'il regrettait de ne pas avoir pensé le premier à tenter l'aventure.

— Mais pourquoi ? Pourquoi diable s'embarrasser d'une vieille momie toute pourrie ?

— Nous y viendrons en temps et en heure, dit John. D'abord, Feisal, en dehors de vous, qui est au courant ?

— Tu veux dire qui sait qu'on l'a enlevé ? Seulement Ali et moi. On a réussi à tout remettre en place. En fait, je ne jurerais pas que les jambes ont disparu, on n'a pas pu vérifier si bas…

— Beurk !

— On peut supposer qu'ils ont tout pris, expliqua John. Ils avaient le temps nécessaire. Ali tiendra-t-il sa langue ?

Feisal eut un rire amer.

— Et comment ! Sinon, il perd sa place et il se

retrouve en tôle. Dans une cellule juste à côté de la mienne.

— Enfin, protestai-je, ce n'est pas ta faute ! Tu n'étais même pas là !

— Le Conseil suprême cherchera un bouc émissaire et ça s'est produit sous ma juridiction. Mon Dieu Vicky ! Toutankhamon est un symbole, une légende, un trésor historique exceptionnel. Les médias vont se déchaîner. On en fera des gorges chaudes dans les soirées et on s'attirera la vindicte de tous les musées du monde. Je les entends déjà dire qu'on a du toupet de réclamer les antiquités du pays, alors qu'on laisse une petite bande de malfrats filer avec la momie du pharaon le plus célèbre de l'histoire.

— Humm. (John se frottait le menton.) J'ai bien peur que tu aies raison… C'est fort embarrassant pour le gouvernement égyptien.

— Embarrassant ! s'exclama Feisal en levant les bras au ciel. C'est une honte, une infamie, des têtes tomberont dans tous les sens. Sauf si je peux le retrouver.

Il se tourna vers John avec un geste implorant.

« Lui », pas « elle », pensai-je. Il parlait de cette momie comme si elle était toujours vivante. Elle avait été vivante, un jour, ce n'était pas un objet inanimé, comme un cercueil ou une statue. Elle avait été un être humain, un roi, magnifiquement préservé pendant des siècles et des siècles. Je commençais à comprendre pourquoi Feisal était tellement indigné. Imaginons que quelqu'un ait dérobé la dépouille de George Washington ! Et encore, il n'était mort que depuis deux cents ans !

— Si nous pouvons quelque chose pour toi… dis-je tout en me demandant ce que nous pourrions bien faire.

— Tu ne comprends pas vraiment, Vicky, dit John. (Il se pencha en arrière et croisa les jambes, dans une attitude très décontractée). Feisal, tu crois que je suis mouillé, n'est-ce pas ? C'est pour cela que tu t'es rué ici ? Pour me demander de te la rendre.

— De « le » rendre.

— Désolé, de te « le » rendre.

— Mais enfin, Feisal, cela ne tient pas debout ! m'écriai-je.

— Plus que tu ne le crois, dit John pensif. C'est le genre d'aventure que j'aurais volontiers tentée, dans ma jeunesse tumultueuse, rien que pour le plaisir de relever le défi. L'opération était merveilleusement planifiée. Ils ont choisi le moment où tu étais absent, ils ont attendu la fin de la journée, pour que les gardes soient fatigués et impatients de partir. Ils ont agi vite et fait preuve d'une autorité arrogante. Ton ami Ali n'était pas en situation de leur résister. Il a sans doute eu de la chance de ne pas essayer. Ces hommes en noir ne me disent rien qui vaille. (John réfléchit.) Ils ont rejoué une scène à laquelle Ali avait déjà assisté, utilisé un laissez-passer en bonne et due forme et la clé du tombeau. Cela n'a pas dû être trop difficile pour eux de se procurer un double. Ali ne pouvait pas demander de confirmation, tu n'étais pas joignable sur ton portable. Et de toute façon, il n'aurait jamais dépassé le standard du Conseil suprême. L'équipement, c'était du cinéma, bien entendu. Ali ne pouvait pas s'en rendre compte tant cela avait l'air impressionnant. Ils l'ont introduite… pardon, introduit, dans le camion, l'ont enlevé du lit de sable, l'ont transféré dans un autre réceptacle, ont attendu pendant une demi-heure en faisant toutes sortes de bruits technologiques, en hurlant de rire, j'en suis sûr… Ensuite, ils ont ramené le lit de sable vide… À moins que… À moins qu'ils n'aient disposé d'une réplique du lit de sable. Il leur était ainsi inutile de déplacer les os fragiles. Oui, c'est comme ça que je m'y serais pris. Sauf que… (Il se pencha, les poings serrés, les yeux fixés sur le visage de son ami). Sauf que ce n'est pas moi qui ai fait le coup. J'étais à Londres et je peux le prouver.

Mon estomac se dénoua soudain. Non que j'aie soupçonné John… Enfin, pas vraiment… Mais je n'avais pas posé les yeux sur lui depuis quinze jours, et le *modus operandi* me rappelait certaines autres affaires dans lesquelles il avait été impliqué.

— C'est ta bande alors, dit Feisal, à demi convaincu.

— Quelle bande ? Je n'ai pas de bande ! Les bandes sont constituées d'individus stupides et malhonnêtes qui se vendent au plus offrant. Je n'ai jamais fait confiance à personne, en dehors de moi, c'est pour cela que…

— John ! l'interrompis-je, sèchement.

— Très bien. Il faut que j'en sache un peu plus. Comme Vicky vient si justement de me le faire remarquer, nous n'avons plus beaucoup de temps. Est-ce que tu arriveras à jouer les invités débonnaires avec Schmidt et sa petite amie ? Il ne doit avoir aucun soupçon.

— Qu'Allah nous en préserve ! dit Feisal.

Il semblait un peu plus – je ne dirais pas joyeux – mais un peu moins hagard.

— Je ferais mieux d'y aller. Schmidt a un effet désastreux sur mes nerfs, qui sont déjà bien ébranlés. Appelle-moi après son départ.

— Où loges-tu ? demandai-je.

— Je ne sais pas, répondit Feisal, soudain livide. Je débarque tout juste de l'aéroport.

Dans la rue, un coup de frein intempestif se fit entendre.

Je connaissais parfaitement ce son.

— Oh, mon Dieu, c'est Schmidt ! Il est en avance. Qu'allons-nous faire ?

Totalement catastrophé, Feisal se dirigea vers la porte. César le suivit, en aboyant généreusement.

— En haut ! ordonna John. Deuxième porte à droite.

Sans s'arrêter, Feisal fit demi-tour et fila vers l'escalier. John ramassa l'attaché-case et le lui envoya.

— Ferme la porte. On te préviendra quand la voie sera libre. Et ne fais pas un bruit !

Feisal s'arrêta au milieu de l'escalier.

— Et si je dois…

— Improvise ! grommela John entre ses dents.

La sonnette retentit. César aboya alors que Feisal poussait un petit cri en disparaissant.

— Vicky, inspire profondément, dit John. Allez, à nouveau sur la brèche. « Dans la bouche de la mort, dans la mâchoire de l'enfer… » à moins que ce ne soit l'inverse ? Je vais ouvrir ?

Incapable de bouger ou de parler, je lui fis signe que oui. Tout ira bien, me dis-je. Il n'y a qu'à distraire Schmidt pendant quelques heures et j'en suis tout à fait capable.

John ouvrit la porte pour ce qu'il voulait être un accueil chaleureux. Sa bienveillance fut de courte durée. Soudain, je vis, moi aussi, la femme qui accompagnait Schmidt, sa nouvelle petite amie : Suzi Umphenour !

Ce n'était pas son véritable nom. C'était le pseudonyme sous lequel je l'avais connue lorsqu'elle était passagère sur la *Reine du Nil*, de sinistre destinée, pendant mon dernier voyage en Égypte.

Notre précédente enquête, comme dirait Schmidt. J'avais pour mission de démasquer un cambrioleur ayant l'intention de dévaliser le musée du Caire. Suzi jouait les stupides matrones du Tennessee avec un tel panache que j'aurais dû me douter que c'était un rôle de composition.

Cependant, j'avais d'autres choses en tête et je ne compris pas qui elle était avant la fin de cette triste affaire, lorsque je la croisai de nouveau, dans les bureaux de l'ambassade américaine du Caire. Son appartenance précise n'avait jamais été claire. Interpol ? D'autres organisations : CIA, NSA, BFAE ou je ne sais quoi ?

J'aurais dû me douter que c'était avec elle que Schmidt sortait. Il l'avait décrite comme un « beau brin de femme ».

C'est toute l'histoire de ma vie : si quelque chose peut mal tourner, ça tourne mal. De toutes les femmes de l'univers, la seule que je ne voulais pas voir était une femme qui travaillait pour une administration anticriminelle : FBI, BFE, DAR, AA, SPA…

D'autres sigles défilaient dans mon esprit, tandis que je restais figée.

— Surprise, surprise ! s'exclama Schmidt. Cela fait plaisir de vous voir John. Vous vous souvenez de Suzi ? C'est ma surprise.

— Et une surprise des plus agréables, répondit John en s'efforçant de paraître joyeux. Laissez-moi prendre vos manteaux.

Schmidt était encombré de paquets.

— Je vais emporter tout cela à la cuisine, dit-il.

Je le suivis. Comparé à Suzi, Schmidt était un moindre mal.

— Ça, dans le réfrigérateur, dit-il, joignant le geste à la parole. Ça, sur… (Il baissa les yeux vers César.) l'étagère du haut. Et voilà le vin.

Je pris la bouteille qu'il me tendait.

— Je ne savais pas que vous étiez en couple, avec Suzi.

— Ah, ah, mais je ne te dis pas tout, Vicky ! Oui, cela fait un moment maintenant que nous sommes amis Suzi et moi. Très amis même.

S'il ricane, pensai-je, je lui flanque un coup de bouteille sur le crâne. Schmidt prit la pause, mains sur les hanches, menton en l'air. Je ne l'avais pas bien regardé.

— Alors, tu ne m'as pas dit que j'avais la forme !

C'était toujours le même vieux Schmidt, un mètre soixante sur la pointe des pieds, rond comme une orange, rose comme une pomme, avec sa moustache blanche.

Non, pas blanche, brune… D'un brun riche et franc. Si je n'avais pas été sidérée par la présence de Suzi, je l'aurais remarqué immédiatement.

D'autres détails commencèrent à me frapper. Les joues n'étaient plus si rondes, l'estomac avait reculé derrière une sorte de barrière.

— Tu t'es teint la moustache.

— Non, pas teinte, je lui ai redonné sa couleur naturelle, répondit Schmidt, indigné. C'est une formule spéciale pour les hommes qui blanchissent prématurément. Et c'est tout ? (Il tapota son estomac, me fit une grimace et poursuivit.) J'ai perdu dix kilos ! Je suis plus en forme que la plupart des hommes qui ont la moitié de mon âge. Tu veux voir mes pectoraux ?

— Ah, non ! Euh…

Tout cela me fit presque oublier Feisal, la momie, Suzi et son esprit perçant qui ne devait, sous aucun prétexte, entendre parler des deux premiers.

— Tu as l'air en pleine forme. Où es-tu allé ? Dans un centre d'amaigri… euh en thalasso ?

— Dans une clinique de remise en forme, corrigea Schmidt. En Suisse. (Il choisit un couteau sur le présentoir, coupa des morceaux de fromage et de pomme qu'il disposa sur une assiette. Voilà que maintenant Schmidt mangeait des pommes !) Viens, allons rejoindre nos amis.

À l'expression de soulagement de John, j'en déduisis que l'atmosphère était un peu pesante.

Il croisa mon regard et me tendit un verre.

Du tonic, essentiellement, découvris-je à regret. Mais il avait raison, nous avions besoin de garder l'esprit clair.

Pendant la demi-heure suivante, Schmidt alimenta la conversation à lui seul.

Mon Dieu, qu'il était rasoir !

Calories, graisses saturées et insaturées, hydrates de carbone, index glycémique, chaîne alimentaire, le rapport entre ci et ça…

Le vin rouge fut mentionné, tout comme le chocolat noir. Il ne nous épargna aucune donnée nutritionnelle, réelle ou imaginaire. John écoutait, visiblement fasciné. Son regard passait de l'assiette de pommes à la moustache brune et à la bouteille de vin (rouge, bien sûr). J'observai Suzi.

Beauté classique du sud des États-Unis, elle avait une épaisse chevelure blonde très travaillée, une bouche pleine de dents et une silhouette très tonique, qu'elle exhibait volontiers.

La dernière fois que je l'avais vue, à l'ambassade, elle portait un tailleur sur mesure, très professionnel. Seul son sourire l'avait trahie.

Le sourire n'avait pas changé, mais ses cheveux étaient plus courts et l'on apercevait quelques lueurs blanches dans les boucles cendrées. Quel âge pouvait-elle avoir ? Plus de quarante ans ? Moins de soixante ? Difficile à dire de nos jours. À en juger à sa silhouette, elle s'entretenait régulièrement.

Ce soir, elle était vêtue d'un jean et d'un T-shirt, assez large pour être discret, assez moulant pour que le regard de Schmidt ne puisse se détacher de sa poitrine. J'étais certaine que Schmidt s'intéressait à elle pour des raisons sentimentales et non professionnelles. Mais, elle, quels étaient ses sentiments ?

J'essayai de me souvenir de notre dernière conversation. C'était flou. J'étais un peu énervée… non, folle de rage, plutôt ! Lorsque j'avais accepté d'entreprendre cette maudite croisière, on m'avait assuré que les agents anonymes qui m'envoyaient sur le terrain dépêcheraient également un agent, tout aussi anonyme, qui viendrait à mon secours en cas de pépin. Les pépins n'avaient pas manqué, et Suzi avait été en dessous de tout.

Ce n'était pas entièrement sa faute, mais aussi celle de ses supérieurs que je ne connaissais pas. Je les déteste tous autant qu'ils sont, FBI, CIA…

Ils sont tellement obsédés par la sécurité, que c'est la seule chose qui compte, qu'importe le bien-être des personnes qu'ils sont censés protéger.

Qu'elle qu'ait été son affiliation exacte, elle devait être en rapport avec le trafic d'antiquités, sinon Suzi n'aurait pas été à bord. « Sir John Smythe » intéressait toujours plusieurs gouvernements à l'époque, sans parler d'Interpol.

Mes relations avec cet escroc notoire étaient parfaitement connues. Suzi ne savait peut-être pas que Smythe et Tregarth, le respectable antiquaire, ne faisaient qu'un mais à la fin de notre entretien, elle avait insinué quelque chose…

En fait, elle n'avait rien dit, elle avait simplement eu l'air de…

Attraper ce Sir John Smythe de sinistre réputation aurait été un très beau trophée pour n'importe quel détective. Suzi essayait-elle de mettre la main sur John en se servant de Schmidt ? Est-ce que j'élucubrais ? Après tout, pourquoi ne serait-elle pas amoureuse de Schmidt ? Si je n'arrivais pas à le considérer autrement que comme mon gros patapouf sympathique, cela ne signifiait pas qu'il était incapable de séduire une autre femme. *Chacun ses goûts !*

Il était drôle, charmant, brillant, et, Dieu ait pitié de lui, il s'affamait pour avoir, disons, une forme relative. Perdre un peu de poids ne lui ferait sûrement pas de mal, mais si Suzi lui brisait le cœur, elle aurait affaire à moi !

Finalement, à boire, à manger et à écouter les babillages de Schmidt, la soirée s'écoula. Je ne cessai d'inventer des astuces pour faire parler Suzi de son travail, tout en feignant de n'avoir aucun intérêt personnel. « Des cas qui sortaient de l'ordinaire, dernièrement ? »

À cette question, John se mordit les lèvres et leva les yeux au plafond, mais je n'obtins pour seule réponse qu'un autre sourire et un vague : « Rien dont je puisse parler. »

En général, je dois mettre Schmidt à la porte, en pleine conversation, ou lui préparer un lit sur le divan lorsqu'il a trop bu.

Ce soir-là, il fut le premier à mettre un terme à notre charmante soirée. Il adressa à Suzi un sourire plein de… sous-entendus.

Elle le lui rendit, se leva, et ils ne s'attardèrent pas en adieux prolongés.

J'attendis sur le palier que Schmidt démarre et rentrai en hâte. Je me tournai vers John.

— J'ai besoin de quelque chose. Je ne sais pas de quoi, mais j'en ai vraiment besoin.

— Tu as assez bu. Fumer, c'est mauvais pour la santé, et nous n'avons pas le temps pour des… c'est quoi le mot… distractions !

— Nom d'un chien, on dirait que cela te fait plaisir !

— Ce qui me fait plaisir, c'est que pour l'instant, personne n'a essayé de me frapper ni de me poignarder. Allons chercher Feisal. Ah, le voilà !

— J'observais par la fenêtre, je les ai vus partir, dit Feisal en descendant l'escalier avec précaution. Qui était la femme ?

John et moi échangeâmes un regard.

— Peu importe pour l'instant, dit John. Feisal doit être affamé, il n'a pas dîné.

— Ni déjeuné, en fait, je n'ai même pas pris de petit-déjeuner.

Nous nous installâmes autour de la table de la cuisine et des restes du festin de Schmidt.

Bien qu'il s'en soit tenu à son régime strict, il n'avait pas privé les autres.

Feisal mordit dans un sandwich de foie gras au pain de mie.

— Alors, où en est-on ? demanda-t-il.

Ses grands yeux noirs étaient fixés sur John, avec une lueur d'espoir attendrissante.

— Euh…

John adore qu'on fasse appel à lui. Il se pencha en comptant sur ses doigts, comme Sherlock Holmes.

— La première étape, c'est de limiter les dégâts. Tu as fait ton possible pour que personne ne s'aperçoive de rien, mais tu ferais mieux de retourner à Louxor au plus vite, pour t'assurer qu'Ali ne va pas craquer sous la pression. Garde le tombeau fermé. Tu as autorité pour le faire, je suppose ?

— Oui, à moins qu'il n'y ait un contre-ordre du Conseil suprême.

— Raison de plus pour être sur place. Il est probable que les voleurs contactent quelqu'un, toi, le Conseil ou la presse.

Feisal s'étouffa. Je bondis, prête à pratiquer la méthode de Heimlich, mais il finit par déglutir.

— Et pourquoi donc ?

— Cela dépend de ce qui a motivé le vol. C'est ce qui rend l'affaire intéressante. À première vue, je vois quatre possibilités. La première : les voleurs sont financés par un collectionneur privé aux goûts pour le moins bizarres. Dans ce cas, leur client n'en parlera à personne. La deuxième : ils veulent échanger la momie contre une rançon. Certains seraient prêts à payer cher pour la récupérer sans que personne n'ait vent de l'affaire. Dans ce cas, ils contacteront directement le CSA, il n'y aura aucune publicité, mais, toi, mon ami, tu te retrouveras sur la sellette.

— Et la troisième ? demandai-je, sachant que John aimait qu'on le sollicite.

— La politique. Embarrasser le gouvernement sur le plan national ou international.

Feisal reposa le reste de son sandwich sur la table. Il avait l'air malade.

John n'avait pas besoin de le préciser, dans ce dernier cas, les voleurs feraient une publicité d'enfer.

— C'est un peu faible, dis-je, cela ridiculiserait peut-être Moubarak et son gouvernement, mais sans leur nuire vraiment. Les États-Unis ne vont pas couper leurs aides à cause d'une momie, cela ne donnerait pas non plus de vrais leviers à ceux qui ont envie de renverser le gouvernement, et ils doivent être nombreux.

— Oui, les opposants ne manquent pas, qu'il s'agisse d'islamistes radicaux qui réclament un état théocratique, ou de libéraux qui demandent des élections démocratiques, la liberté de parole et ce genre de choses. Vicky a raison, un scandale pour une antiquité perdue, il n'y a pas de quoi déclencher la révolution, même pour Toutankhamon !

Il tendit la main vers son sandwich, mais fut bloqué par la grosse tête de César qui emporta le sandwich et fila sous la table.

— Ce chien devient incontrôlable, dit John. Tu n'es pas assez sévère avec lui. Pour en revenir à notre sujet, vous avez raison, d'un point de vue logique, mais les révolutionnaires ne sont pas toujours logiques. Néanmoins, j'ai tendance à croire que la quatrième solution est la plus plausible.

Il attendait que quelqu'un lui demande en quoi elle consistait. J'avais déjà joué les comparses une fois.

Je me levai et préparai un autre sandwich à Feisal. À peine brisé par le bruit du gros chien qui se léchait les babines, le silence s'éternisait.

— Une animosité personnelle, dit John. Quelqu'un vous en veut, à toi ou à ton patron.

— Certainement pas à moi, protesta Feisal. Je ne suis pas assez important. C'était une très grosse opération, très onéreuse. Je n'ai pas d'ennemis, du moins pas aussi riches que ceux-là !

— Je pense à quelqu'un… (Je me mordis les lèvres. Feisal n'avait pas besoin de pensées négatives.)

— Nous sommes loin de pouvoir citer des noms, dit John. Il est tard et je veux que Feisal reparte au Caire demain matin.

— Vous ne venez pas avec moi ?

— Je ne pourrai rien faire, là-bas.

— Mais…

John leva un doigt, comme un maître d'école qui demande le silence.

— Nous ne savons pas ce que ces gens nous réservent, reprit-il. Notre seul espoir, pour l'instant, c'est de limiter les dégâts. Tu continues à dire que tu n'avais pas été informé à l'avance de la visite, qu'ensuite tu as cru qu'elle avait été autorisée et que tu n'avais aucune raison de nourrir le moindre soupçon. Tu n'as inspecté ni la tombe ni le sarcophage. Ali non plus, d'ailleurs. Préviens-moi tout de suite si tu as vent de quelque chose. Ne néglige pas les rumeurs idiotes et les remarques anodines de la part de témoins qui auraient pu voir quelle direction ce maudit camion a pris. Ce serait bien de savoir où il est allé et à quel moment on a perdu sa trace, mais ce serait dangereux de poser directement la question.

Feisal grommela quelque chose. Je ne compris pas les mots, cela ressemblait à des injures.

— Pendant ce temps, je vais voir ce que je peux faire de mon côté. Il n'y a pas beaucoup d'organisations dans mon ancien… euh… métier qui pourraient avoir les moyens et l'envie de monter une telle opération. Il faut que je lance des ballons d'essai, pour savoir si la rumeur commence à circuler.

— Il pourrait s'agir d'une toute nouvelle bande, dis-je.

— Sois donc un peu positive, grommela Feisal.

— L'aspect positif, c'est qu'un truc aussi énorme aura des répercussions, fit John. Il existe des passerelles, officielles ou non, entre le marché légal des antiquités et les trafiquants d'art. Je ne te donnerai pas d'exemple.

— Bonne idée. Je comprends où tu veux en venir : un tel vol finira par se savoir, les gens parleront. Le réseau réagira, comme tous les réseaux.

— J'aurais pu mieux l'expliquer, fit remarquer John, mais grosso modo, c'est exact. Je vais activer mes réseaux et c'est à partir de Londres que je pourrai le faire le plus facilement.

— Je t'accompagne.

John craignait que Feisal ne suive pas nos conseils, si bien que nous l'escortâmes personnellement à l'aéroport pour qu'il embarque effectivement pour Le Caire.

J'avais passé la matinée au musée, pour préparer mon congé. J'étais décidé à dire à Schmidt qu'il me devait un service après la semaine frivole passée dans son centre de remise en forme, mais à ma grande surprise, il ne m'a pas demandé où j'allais. C'était inutile.

Grâce aux miracles de la technologie moderne, il pouvait me suivre à la trace, où que je sois, par une bonne dizaine de moyens différents.

Parfois, je regrettai le bon vieux temps de la diligence : lorsque vous appreniez le décès imminent d'une personne, elle était déjà morte et enterrée !

Et quand vos condoléances arrivaient, les survivants avaient terminé leur période de deuil et poursuivaient leur vie.

— Amuse-toi bien, avait dit Schmidt, sur la pointe des pieds, afin de pouvoir me donner une petite tape sur la tête. Tu n'as pas l'air très en forme, Vicky, tu as besoin de repos.

Comment ça, je n'avais pas l'air en forme ? Comparée à qui ? J'étais sortie en maugréant et avais prévenu Karl, le gardien, qui adorait César et était toujours ravi de pouvoir le garder pendant mon absence.

Schmidt n'était jamais très enthousiaste à l'idée de passer tous les jours chez moi pour nourrir Clara, mais je savais que je pouvais malgré tout compter sur lui, lorsqu'il m'avait répondu : « Suzi sera heureuse de te rendre ce service. Elle adore les chats. »

Donc, Suzi allait traîner dans les parages pendant un moment. Je n'avais pas remarqué d'affinités particulières entre Clara et Suzi.

En fait, Clara avait insisté pour s'installer sur les genoux de Suzi, ce qui, comme tous les amoureux des chats le savent, est plus destiné à vous importuner qu'à vous prouver une quelconque affection.

Un vilain soupçon s'était infiltré dans mon esprit tortueux. Je n'en avais rien dit à Schmidt (à quoi bon, de toute façon ?), je m'étais simplement précipitée à la maison et avais fouillé frénétiquement tous les dossiers et tous les tiroirs pour m'assurer que je n'y avais rien laissé de compromettant. Mais je ne savais vraiment pas ce qui pouvait l'être. J'avais confié mes inquiétudes à John qui avait haussé les épaules.

— Il n'y a aucun moyen de se prémunir contre une difficulté non déterminée qui n'existe peut-être pas. Et ne parle pas de Suzi à Feisal. Mieux vaut qu'il ne sache pas qui est la petite amie de Schmidt.

— J'aimerais ne rien savoir, moi aussi. À ton avis, qu'est-ce qu'elle cherche ?

— Schmidt, peut-être. (Il s'était tourné vers l'ordinateur.)

J'avais violemment refermé le tiroir.

— Tu ne laisses pas de messages compromettants là-dessus, quand même ?

— Tu me prends pour un idiot ? Prépare les bagages. Nous n'avons plus beaucoup de temps.

Faire les bagages était une autre variable non déterminée, car je ne savais pas combien de temps nous partirions, ni où nous irions. John et moi devions prendre le premier avion pour Londres après avoir mis Feisal dans le sien, mais ensuite, Dieu seul savait où cette histoire nous entraînerait. Sûrement là où je n'avais pas envie d'aller.

Je passai un dernier coup de fil au musée, pour laisser mes instructions à mon nouveau secrétaire.

— Ne m'appelez pas, c'est moi qui vous appellerai et si vous donnez mon numéro à quelqu'un qui ne l'a pas déjà, je prendrai les mesures qui s'imposent.

Gerda, mon ancien Cerbère, avait démissionné pour se marier. Je me demandais si elle espionnait les courriels de son chéri comme elle avait espionné les miens.

Son remplaçant n'ouvrait pas mon courrier, mais son inefficacité incommensurable était presque aussi exaspérante.

J'avais l'impression qu'il estimait pouvoir faire mon travail mieux que moi et qu'il avait bien l'intention de le prouver. (Cela dit, je n'avais aucune inquiétude, j'étais la chouchoute de Schmidt.)

Sans une minute à perdre, nous arrivâmes à l'aéroport de Munich et accompagnâmes Feisal jusqu'à la porte C pour qu'il embarque sur le vol d'Egypt Air.

Au lieu de franchir le portique de sécurité, il ne cessait de passer d'une jambe sur l'autre et de changer son attaché-case de main.

— J'ai quelque chose à vous dire.

John grogna.

— Pourquoi ? Il y a pire que ce que tu nous as déjà dit ?

— Non. Enfin, j'espère. (Ses longs cils se baissèrent et ses pommettes prirent une teinte plus sombre.) Je suis amoureux.

— Oh ! m'exclamai-je et qui est…

— Nom d'un chien ! éclata John. Qu'est-ce…

— Il n'y a pas que mon travail que je risque de perdre, dit Feisal en me serrant le bras. Je la perdrai, elle aussi, si je suis disgracié et discrédité. Tu comprends, Vicky ? Ne me laissez pas tomber.

Ses grands yeux sombres auraient fait fondre le cœur d'une vieille momie toute desséchée.

— Bien sûr que non ! m'exclamai-je, en lui serrant la main. Qui est…

— Tais-toi ! murmura John entre ses dents. Allez, Feisal, vas-y, l'avion va décoller sans toi.

— Si elle l'aime, elle restera avec lui, quoi qu'il arrive, dis-je tandis que nous regardions Feisal s'éloigner.

— C'est une promesse ? demanda John.

Je décidai de ne pas tenir compte de ce sarcasme.

— Je me demande bien…

— Quelle importance ? répondit John en me

prenant par le bras. Nous n'avons pas besoin de nous présenter à l'embarquement avant une heure, juste le temps de t'offrir un café.

Les vols British Airways partaient du même terminal mais d'un hall différent.

John et moi n'avions pas pu obtenir de sièges contigus et, comme je n'avais rien à lire, je fis un passage par un kiosque, malgré ses moqueries sur la littérature de gare.

— Je suppose que tu as toujours un exemplaire de Platon en grec dans ta poche, rétorquai-je, en regardant les piles de journaux et de magazines. (Les titres du *Stern* attirèrent mon attention.) Regarde, ce n'est pas le Dr Khifaya en couverture ?

— Si, tu as raison. Je me demande bien ce qu'il a fait pour mériter un tel honneur.

Il avait été photographié à Gizeh, appuyé contre une colonne, avec quelques pyramides en arrière-plan.

Il ressemblait un peu à Feisal : mêmes traits bien dessinés, même chevelure noire épaisse, même corps athlétique, mis en valeur par un pantalon kaki impeccable et une veste assortie, couverte de poches, un peu comme celles des photographes, des archéologues ou des touristes qui essayaient de ressembler aux uns ou aux autres.

Le Dr Ashraf Khifaya, secrétaire général du Conseil suprême des antiquités, avait dirigé les fouilles de presque tous les grands sites égyptiens, malgré sa jeunesse pour un poste aussi élevé, qu'il occupait depuis moins d'un an.

— Comme d'habitude. Il exige le retour de Néfertiti. Il a assiégé le musée Altes de Berlin pendant des semaines, mais cette fois, il dit qu'il va aller chercher quelques amis en renfort. Je me demande…

Je payai le magazine et continuai à lire, tout en me laissant guider dans l'aéroport par John.

L'essentiel m'était déjà familier. Les érudits allemands et égyptiens se disputaient la propriété du magnifique buste de Néfertiti depuis l'exposition de Berlin, dans les années 1920.

Les Égyptiens avaient un argument en leur faveur.

D'autres antiquités, comme la pierre de Rosette, avaient été découvertes avant la fondation du Département des antiquités, comme on appelait autrefois le Conseil suprême.

En 1912, lorsque des fouilles allemandes avaient mis au jour le célèbre buste, le partage des découvertes était réglementé : les Égyptiens conservaient ce qui leur plaisait, en particulier les pièces uniques, et répartissaient le reste entre les découvreurs et le musée du Caire.

D'une manière ou d'une autre, Néfertiti s'était retrouvée dans la part attribuée aux excavateurs.

Il était difficile de comprendre comment quelqu'un, même un inspecteur néophyte, avait pu commettre une telle bévue.

Comme Toutankhamon, le buste peint grandeur nature est absolument unique et, contrairement à Toutankhamon, il est magnifique.

John m'installa sur une chaise et lorsqu'il revint avec deux cafés, j'avais terminé ma lecture.

— Je me demande s'il va vraiment le faire.

— Convoque une fanfare et quelques majorettes

pour l'aider à prendre le musée d'assaut, dit John en riant.

— Tu ne crois pas que la police l'en empêcherait ?

— Il n'attend que ça : une bonne pub !

— Cela m'étonne que tu n'aies jamais essayé de le voler.

— Le buste de Néfertiti ? demanda John pensif. J'aurais peut-être tenté le coup, si quelqu'un m'avait payé assez cher. Je ne vole jamais pour mon propre compte, tu sais, ajouta-t-il, moralisateur.

— Le mot important, ce n'est pas « mon compte », c'est « voler », fis-je remarquer en fermant le magazine. Il est beau, non ? Est-ce une simple coïncidence si cette… euh… affaire s'est produite peu après son arrivée au poste ? Et en parlant de gens qui se sont fait des ennemis…

— Il ne fait pas partie des miens.

— Bon, alors, faisons des suppositions. J'imagine que tu n'as pas dit à Feisal qu'un certain milliardaire lui en voulait personnellement. C'est Feisal qui a plus ou moins empêché Blenkiron de voler les peintures de la tombe de Théti-Chéri. Et en parlant de collectionneurs aux goûts bizarres…

— Oui, le nom de Blenkiron vient tout de suite à l'esprit, mais « exotique » serait plus approprié que « bizarre ». Les peintures étaient splendides, mais pas la momie de Toutankhamon. Schmidt et toi, vous aviez déjà joué un grand rôle dans l'affaire.

— Et c'est censé nous réconforter ?

— Je ne crois pas que Blenkiron soit dans le coup. Il collectionne les objets d'art, pas les curiosités. Et puis, s'il était du genre rancunier, il ne s'en prendrait pas spécialement à Feisal. Néanmoins, tu soulèves un point auquel je n'avais pas pensé : les coïncidences. Que sais-tu du passé de Khifaya ?

— Pas grand-chose, reconnus-je. Quand je parlais de se faire des ennemis, je pensais plus à son poste qu'à son passé. Son prédécesseur mettait un point d'honneur à demander à tous les musées étrangers et à tous les collectionneurs de rendre les antiquités volées, et Khifaya semble suivre la même politique.

— Volées, ce n'est pas vraiment le mot, dans certains cas. La pierre de Rosette…

— J'en sais plus que je ne voudrais, sur la pierre de Rosette, mais tu ne peux pas nier que certains musées et collectionneurs privés possèdent des objets d'origine douteuse.

— Je m'accorde la liberté de ne pas prendre cela pour moi, dit John, offusqué. Pourquoi t'écartes-tu toujours du sujet ? Tout ce que j'ai dit, c'est que le passé de Khifaya valait peut-être qu'on s'y intéresse.

— Un mauvais divorce ? Au fait, il est marié ?

— Ne sois pas si frivole, lui dis-je. (John jeta un coup d'œil sur sa montre.) Allons-y ! La photo est belle. Si nous allons en Égypte, je lui demanderai peut-être un autographe. « À ma chère Vicky, ma plus grande admiratrice. »

John fit sa jolie petite moue méprisante.

— Il est encore plus beau que Feisal…

Heureuse d'être guidée par une main ferme (ce qui me permettait d'admirer mon nouveau béguin), je ne pris pas garde à la direction que nous prenions avant d'arriver devant la porte.

— Hé, dis-je, tu te trompes d'avion. Il ne va pas à Londres.

— Nous non plus, me répondit John.

Il avait réglé l'emploi du temps à la minute près. Les derniers passagers faisaient la queue. Il tendit nos cartes d'embarquement et me poussa en avant.

— Qu'allons-nous faire à Rome ? Quand as-tu changé d'avis ? Pourquoi ne m'as-tu rien dit ?

— Je n'ai pas changé d'avis.

— Mais tu as dit à Feisal…

— Pas du tout…

— Bien sûr que si…

À présent que je repensais à son allusion à Londres, il n'avait pas vraiment dit que nous y allions.

— Je n'ai aucune envie d'aller à Rome ! Ne me dis pas que tu veux voir Pietro ou je ne sais qui et les autres escrocs avec lesquels tu t'acoquinais quand on s'est rencontrés pour la première fois !

— Tout ça, c'est du passé, ma belle, un lointain passé, même. Si tu veux savoir, je dois voir quelqu'un au Vatican. Tiens, ton siège est là.

Il se rendit à sa place, me laissant avec mes spéculations les plus folles. Le Vatican ? Il n'allait pas voir le pape, quand même ! Non, sûrement pas le pape ! Pas John !

J'eus tout le loisir de réfléchir pendant le vol. Malheureusement, je ne cessai de tourner en rond comme un chat qui poursuit sa queue, ou plus exactement comme plusieurs chats, dans un interminable ballet félin. Suzi. Rome. Toutankhamon. Pourquoi diable voler une momie ? Que pouvait-on en faire ? Impossible de la remiser dans le grenier ou un placard, elle demandait… De quoi une momie a-t-elle besoin ? Une température constante, une atmosphère stérile… un service d'étage ?

Je me réveillai en sursaut d'un rêve dans lequel je me trouvais dans une chambre climatisée du plus bel hôtel du Caire.

Toutankhamon était allongé sur un matelas ergonomique, entouré d'un harem de belles infirmières en uniforme blanc.

J'avais l'intention d'intercepter John lorsqu'il passerait devant mon siège, mais dans la bousculade, je ne réussis pas à le retrouver avant la zone de réception des bagages.

— Ce n'est pas le pape ?

— Pardon ? dit-il en levant les sourcils, à sa manière exaspérante.

— Bon, ce n'est pas le pape. Alors, qui ? Et si tu me demandes à quoi je fais allusion, je me roule par terre en hurlant !

— Pas ici, tu risquerais de te faire piétiner.

Il se retourna et jeta un coup d'œil faussement indifférent aux passagers qui jouaient des coudes et se bousculaient en attendant de voir leurs bagages sur le tapis.

Je ne remarquai rien d'anormal : une jeune mère de famille veillait sur ses deux adorables bambins qui se battaient à coups de lapin en peluche ; un homme d'affaires prétentieux hurlait dans son téléphone portable ; deux prêtres en soutane noire ; un couple de jeunes de nationalité indéterminée, entrelacés comme des bretzels ; une petite dame aux cheveux gris portant des lunettes de soleil transportait un énorme sac à main…

Personne ne brandissait d'Uzi ni de poison dissimulé dans une bouteille de shampoing…

— Personne n'a pu nous suivre sur ce vol, déclarai-je. Je ne savais même pas que nous le prendrions.

— Et pour cause…

Une fois la douane passée, il était déjà tard et je mourrais de faim.

J'en fis part à John. Sans même lever le sourcil, il me prit par le bras et me conduisit vers la file des taxis.

Il s'arrêta devant une berline noire anonyme, ouvrit la porte arrière, me poussa à l'intérieur et monta.

— Qu'est-ce…

— Chut, ma chérie…

Il se pencha en avant, pressa un doigt contre le siège du chauffeur et dit :

— L'Albatros, s'il vous plaît.

— Ah, il a été tué par le vieux marin ! répondit le chauffeur en ricanant.

La voiture s'écarta en douceur du trottoir.

— Oh, mon Dieu ! Qu'est-ce que tu peux être parano !

— Ce n'est pas parce qu'on est parano qu'il n'y a pas de…

— Oui, oui, je sais…

— Je te présente Enrico.

— Comment tu sais que…

L'homme semblait aussi anonyme que son véhicule. Il portait une casquette de chauffeur, si bien qu'il aurait été difficile à reconnaître, même s'il n'avait pas fait si noir et qu'il ne m'avait pas tourné le dos.

— Je reconnaîtrais ce rire entre mille ! dit John.

Enrico produisit obligeamment un autre petit rire.

— Buona sera, signorina.

John se retourna pour regarder par la vitre arrière.

Apparemment, il était content de ce qu'il avait vu, ou plutôt de ce qu'il n'avait pas vu. Il dirigea alors son attention vers moi.

— Bon, c'est avec grand plaisir que je répondrai à la suite de ta question.

Je refusai de lui donner la satisfaction de m'expliquer l'évidence. Bien entendu, il avait tout manigancé avant de quitter Munich.

Bien entendu, le chauffeur était une de ses vieilles connaissances.

Bien entendu, il avait une peur bleue d'être suivi, ce qui signifiait, bien entendu, qu'il avait de bonnes raisons de penser qu'on risquait de le suivre.

— Peu importe, grommelai-je.

Un silence glacial s'ensuivit. Sur la banquette arrière, du moins. Enrico, lui, commença à chantonner d'une voix de fausset. Il me fallut un moment avant de reconnaître l'air de Chérubin dans le *Mariage de Figaro*. Je me joignis au concert, en espérant exaspérer John. Excellent musicien, il possède une voix au timbre parfait, on ne pouvait pas en dire autant de moi. S'il se recroquevillait quand nous poussions des notes aiguës, il ne réagit pas outre mesure. Enrico me dit que j'avais une belle voix. On entonna d'autres airs de Mozart jusqu'à ce que l'on arrive dans le centre-ville de Rome. Ensuite, j'essayais de me repérer et de savoir où nous allions, car que je préférais être damnée plutôt que de le demander à John.

Les rues étroites de Trastevere me donnèrent la solution.

— Tiens, tiens, nous y revoilà, dis-je devant le petit hôtel. Cela m'étonne que la police n'ait pas encore bouclé l'endroit, si tu es le représentant typique de leur clientèle !

— Tais-toi et descends, aboya John.

Rien n'avait changé. Le même hall calme et élégant, le même ascenseur grinçant et, bien entendu, la même chambre.

Les mêmes draps lourds écrus, le même petit salon confortable, avec son divan rouge et sa table basse, la même salle de bains, le même lit.

— Tu ne m'as même pas laissé le temps de dire au revoir à Enrico, dis-je en m'installant sur le divan, jambes croisées.

John jeta sa valise sur le lit et commença à défaire les bagages.

— J'ai faim, ajoutai-je.

John se raidit, me lança un regard mauvais et se détendit.

— Tu as toujours faim ! Appelle le service d'étage. Tu te souviens de la procédure ?

De cela et de pas mal d'autres choses, pensai-je en posant la main sur le téléphone.

C'est là que John m'avait emmenée à la fin de notre escapade romaine, si je peux user d'un mot aussi léger pour décrire un scénario qui comprenait un meurtre, une tentative de meurtre (sur ma personne), un vol à grande échelle, une escroquerie, un autre meurtre, une tentative de séduction (sur ma personne, encore) et une dépression nerveuse spectaculaire[1] (pas moi, cette fois !).

L'hôtel n'avait pas de restaurant, mais si un client désirait quelque chose (cela pouvait aller du sandwich au piano), il appelait la réception et obtenait tout ce qu'il voulait.

Lors de mon premier séjour, j'avais demandé du matériel médical et une quantité d'alcool faramineuse, en plus des repas.

L'alcool, c'était pour moi, parce que j'avais les nerfs en piteux état. Le matériel médical, c'était pour John, qui avait reçu une quantité de blessures bien méritées.

Il faisait partie de la bande au début et ne s'était rangé de mon côté que parce que… Bon, pour faire court, lorsque nous avons quitté l'hôtel le lendemain, j'étais prête à croire qu'il s'était repenti de ses mauvaises actions et qu'il tenait à moi… Du moins, jusqu'à notre rencontre suivante.

En soupirant, je décrochai.

— Qu'est-ce que tu veux manger ?

— Donne-moi ça, dit John en prenant l'appareil. Tu n'y connais rien en vin.

— Je sais que j'en veux beaucoup !

Le vin arriva presque aussitôt. Du vin rouge. Le garçon d'étage se glissa silencieusement hors de la pièce. John leva son verre.

— Cheers !

— C'est le pape ?

1. Voir *L'énigme des cinq lunes* (City).

— J'étais sûr que tu allais le croire, dit John, très content de lui. C'est pour cela que je t'aime. Parce que tu fonces, tête baissée. Non, ce n'est pas lui. Sa Sainteté ne fréquente pas des milieux aussi tumultueux.

— Tu ne veux pas vérifié si Feisal a appelé ? demandai-je en tendant mon verre vide.

— J'aime bien te voir sauter du coq à l'âne. Il a à peine eu le temps d'arriver au Caire. Et toi, tu as eu des nouvelles de Schmidt ?

Je ne m'étais pas encore donné le mal d'allumer mon portable, car je n'avais pas envie d'avoir des nouvelles de qui que ce soit et surtout pas de Schmidt. Finalement, je trouvais non pas un mais trois messages.

Schmidt adore envoyer des textos.

— Clara a mordu Suzi.

— Bien fait pour elle !

— Cette fichue bonne femme a la main sur ma maison. Qu'est ce que tu crois qu'elle…

— Suzi est une variable inconnue, et le dernier de nos soucis pour l'instant. Elle ne peut pas être au courant de… de ce que nous appellerons désormais la perte de Feisal.

— Elle était déjà avec Schmidt avant que cela ne se produise, concédai-je. Ah, on frappe à la porte. Tant mieux, je…

— … meurs de faim ! Je sais.

John alla ouvrir. L'éclairage du couloir était tamisé, mais j'entrevoyais une vue réjouissante : un chariot couvert de plats.

Le garçon d'étage était un jeune homme rachitique, caché derrière une gigantesque moustache, qui grognait sous l'effort en poussant son lourd chariot.

John le laissa entrer dans la pièce avant de réagir. Le garçon hurla quand John lui leva le bras et le tira en arrière.

L'arme que le jeune homme tenait à la main tomba sur le sol.

III

Ne reste pas plantée là, fais quelque chose ! me lança John.

Son prisonnier se tortillait, se débattait, envoyait des coups dans le vide.

— Frappe-le, suggérai-je.

— Ce ne serait pas gentil et totalement inutile, dit une nouvelle voix.

L'homme se tenait dans l'encadrement de la porte qu'il remplissait presque entièrement. Sa moustache était encore plus imposante que celle du gamin. Son arme aussi.

— Idiot ! lança-t-il au faux garçon d'étage.

— Excuse-moi, papa.

Il continuait à lancer des coups en direction de John qui avait changé de prise et tenait le garçon à bout de bras. La moustache ne tenait plus qu'à un fil, ou plutôt à un poil, et le visage, visible à présent, était couvert de taches de rousseur.

— Lâche-le ! espèce de brute, criai-je.

— Et toi lâche-moi ! s'exclama John.

— Reprenons-nous, dit le nouveau venu, d'une grosse voix de baryton. Sir John, je vous prie de libérer mon incompétent de fils. Giuseppe, assieds-toi et tiens-toi bien. Madame, tous mes remerciements.

John lâcha Giuseppe et fit un signe en direction de l'arme que tenait l'homme.

— L'atmosphère serait plus détendue si tu rangeais ce truc, Bernardo, mon vieil ami.

— Certainement. C'était simplement pour attirer ton attention.

— C'est réussi, dis-je en regardant Bernardo qui glissait son arme dans sa poche.

Il ramassa celle que son fils avait laissé tomber et la mit dans une autre poche, ce qui n'améliora guère le drapé de son manteau.

Bernardo ricana.

— Alors, toujours pas décidé à avoir une arme sur toi ! dit-il à l'intention de John.

John sortit ses mains vides de ses poches.

— Combien tu as payé Enrico ?

— Tu ne lui rends pas justice. Il était inutile de le payer. Il m'a prévenu de ton arrivée. Madame, dit-il en s'inclinant, puis-je vous offrir un verre de vin ?

— Si vous le payez.

Cette sortie le fit hurler de rire.

— Ah, belle et spirituelle en plus ! Vous voyez, je comprends vite. Alors peut-être puis-je vous prier de m'offrir un verre ?

Je commençais à apprécier Bernardo. De la même taille que John, il avait deux fois sa carrure, surtout au niveau des épaules et du thorax. Il avait la peau finement burinée d'un homme qui vit à l'extérieur, et une chevelure si impeccablement lissée qu'on aurait dit une perruque de créateur.

Il découvrit ses dents richement couronnées et s'assit en face de moi.

À la demande de son père, Giuseppe sortit un autre verre et nous nous installâmes autour de la table. Giuseppe ne cessait de se frotter le poignet et de lancer des regards mauvais en direction de John.

— Non, pas pour lui, dit Bernardo. Il ne le mérite pas. C'est bien vrai, votre dicton : n'envoyez jamais un marmot faire le travail d'un homme ! La moustache, comme j'ai essayé de le lui expliquer, était une erreur.

— Pourquoi l'avez-vous envoyé, alors ? demandai-je, curieuse.

— Il faut bien qu'il apprenne ! À votre santé, *signorina,* et à la tienne, mon vieil ami.

John le gratifia d'un sourire amer.

— Qu'est-ce que tu veux Bernardo ?

— C'est tout simple, dit le costaud en reposant son verre vide sur la table. Je veux être dans la combine.

Après le départ de nos invités arrivés à l'improviste, John s'assura que la porte était bien fermée.

— Si tu avais pris la peine de fermer la porte pendant que je m'occupais du rejeton incompétent, Bernardo ne serait pas entré.

— Il aurait trouvé un autre moyen, dis-je en découvrant les plats. Et puis, où était le mal ? Il a été très sympa. Escalope de veau ? Salade de tomates et mozzarella ? Osso bucco ?

— N'en rajoute pas, Vicky !

Abandonnant mes tentatives d'optimisme, je m'approchai de lui et lui passai le bras autour du cou.

— Moi, aussi, je comprends vite, comme dit Bernardo. Il a entendu parler de la... perte de Feisal, et puisqu'il est au courant, il n'est sûrement pas le seul. Il se demande encore qui a fait le coup.

— Il croit que c'est moi. Ce qu'il proposait, au cas où cela t'aurait échappé, c'était de jouer les intermédiaires pour m'aider à me débarrasser de l'objet.

— Ce n'était pas tant une proposition qu'une exigence. Enfin, à présent, on sait que ce n'est pas lui le voleur.

— Formidable ! dit John, d'un ton amer. On peut rayer un nom sur l'interminable liste de suspects. Je n'ai jamais cru qu'il y figurait. Il est connu pour ne jamais quitter l'Europe occidentale.

Je n'avais rien à dire sur ce point et posai mon assiette pleine sur la table.

— Mange un peu. Tu es sans doute en hypoglycémie, lui dis-je. Mon Dieu, je ne me reconnais plus : on croirait entendre Schmidt !

— Ne prononce pas ce nom. Tu risquerais de le faire apparaître, comme un méchant gnome !

Je levai les yeux. Il me regardait, en souriant.

— Je ne te mérite pas, dit-il doucement.

— J'avais comme l'impression du contraire.

— Ce n'est pas moi, tu sais.

— Ah, c'est pour ça ! (Je reposai ma fourchette.) Voilà donc pourquoi tu tiens tant à trouver les voleurs ! Ce n'est pas par amitié pour Feisal, mais parce que tu es le premier suspect, ce qui n'a rien d'étonnant, puisque c'est exactement le genre d'opération insensée dans lequel tu t'étais spécialisé ! Comme vouloir reconstruire Camelot dans le pré !

John s'approcha du chariot et souleva les couvercles des plats.

— Jen serait choquée de t'entendre traiter le parc du manoir de vulgaire pré, même si tu as raison, bien sûr.

— Ou comme la fois où tu as essayé de te faire passer pour un archéologue afin d'aller déterrer un trésor et…

— Que je suis parti avec le butin ? dit John en souriant à l'évocation de ce souvenir. Tu ne sais pas la moitié de ce qui s'est passé. Est-ce que je t'ai raconté…

— Je ne veux pas le savoir. Parle-moi plutôt de Bernardo. Comment est-il au courant ?

— Il a éludé la question, tu n'as pas remarqué ? dit John en me rejoignant sur le divan.

Il se pencha et regarda sous la table.

— Qu'est-ce que tu cherches… Oh mon Dieu, il n'a quand même pas…

— Il y en avait un sur le chariot. (John le sortit de sa poche, le jeta par terre et le piétina.) J'ai bien observé ses mains, et je ne crois pas qu'il ait réussi à en placer un autre.

— Et le téléphone ?

— Bernardo ne savait pas que nous serions ici avant notre arrivée.

— Il a pourtant l'air civilisé, dis-je, essayant de voir le bon côté des choses. Pas de menaces, pas d'intimidation.

— Tu oublies un peu vite les pistolets ! Crois-moi, mon amour, il sera beaucoup moins civilisé lorsqu'il s'apercevra que je ne vais pas le mettre dans le coup, pour la bonne raison que j'en suis incapable. En ce moment, grâce à la vitesse de ma réaction et à mon incessant bavardage, il pense que nous en sommes au premier stade de la négociation.

— Combien de temps crois-tu pouvoir le tenir en haleine ? demandai-je, repensant soudain aux armes.

— Pas assez, j'en ai bien peur.

— Alors, pourquoi ne pas lui dire la vérité ?

— Mais enfin, parce que, jeune ingénue, il ne me croirait jamais ! Je ne sais pourquoi, j'ai beaucoup de mal à convaincre les gens de mon honnêteté.

La nuit se passa sans autre incident. John dormit comme une souche pendant que je me tournai et me retournai en me souvenant d'un autre adage que John appréciait particulièrement : « Plus un homme est mauvais, mieux il dort, car s'il avait une conscience, il ne serait pas mauvais. »

Néanmoins, je me sentais un peu mieux depuis que j'avais compris ce qui le motivait vraiment.

S'il s'était contenté de suivre le mouvement, en feignant de ne pas être intéressé, il ne se serait pas donné autant de mal.

À moins que ce voyage ne serve un autre dessein ? Qu'il ne soit qu'une excuse pour entrer en contact avec une autre personne, impliquée dans le vol, par exemple ? Pour transmettre des instructions ou recevoir un rapport ? Une communication par tout autre moyen risquait d'être interceptée.

Le gouvernement espionne les conversations de la moitié du monde, alors, s'il en est capable, les autres aussi !

— Merde ! grognai-je à voix haute.

John se retourna. Je finis par m'endormir. Un quart d'heure plus tard, me sembla-t-il, je fus réveillée par John, vêtu d'une robe de chambre qui crissait comme je ne sais quoi.

— Tu as bien dormi ? demanda-t-il, attentionné, en me tendant une tasse de café.

Le service d'étage était passé, sans arme à feu, apparemment.

Je grommelai et pris la tasse. Il me regarda et tapota du pied jusqu'à ce que je finisse mon premier café et entame le second.

— Désolé de te bousculer, mais nous avons rendez-vous à dix heures. Va vite prendre ta douche, nous déjeunerons à l'extérieur.

Il me suivit dans la salle de bain, régla la température de l'eau. À peu près réveillée, j'espérais qu'il me rejoindrait, au lieu de cela, il murmura doucement :

— Hier soir, nous n'avons rien dit qui puisse mettre Bernardo sur ses gardes, mais à partir de maintenant, fais bien attention à ce que tu racontes. En fait, je préférais que tu te contentes de répondre par oui ou par non.

— Qu'est-ce que…

— Chut, écoute-moi. Entasse quelques effets dans ton horrible sac à dos. Laisse tout ce qui n'est pas indispensable. Nous ne repasserons pas à l'hôtel.

— D'accord.

John leva les deux sourcils, dans une expression d'étonnement exagérée.

— Quoi ? Pas de question ? Pas de protestation ?

— Je ne suis pas si stupide.

— Je sais, je sais. Je t'embrasserais si tu n'étais pas si mouillée.

Il me passa une serviette et quitta la pièce.

Nous eûmes quelques petites batailles silencieuses à propos des objets que je considérais comme indispensables. Je perdis la plupart d'entre elles. Il avait raison, hélas !

La confiance n'est pas une caractéristique évidente chez les malfrats. Bernardo pensait sans doute que John avait menti comme un arracheur de dents et qu'il filerait à la première occasion.

Trouver nos affaires personnelles sur place le retarderait un peu.

J'espérais avoir droit à une autre tasse de café, mais lorsque nous eûmes terminé notre tri et nos gesticulations, l'heure du rendez-vous approchait. Ostensiblement sans bagages, nous quittâmes l'hôtel, marchâmes jusqu'au coin de la rue où John héla un taxi.

Il n'aurait pas pu choisir un endroit plus voyant. La via della Conciliazione va de la place du Vatican au pont.

Bordée de boutiques de souvenirs et de bars toujours bondés, elle est encombrée de cars de touristes et de taxis et résonne des coups de klaxon et des injures des conducteurs pris dans les embouteillages. Le blanc perlé du dôme de Saint-Pierre se détachait sur un ciel d'azur, lointaine silhouette éthérée dans le capharnaüm.

Vêtu d'une soutane et d'une barrette noire, l'homme nous attendait, installé à la terrasse de l'un des cafés. Être en bons termes avec Dieu (ou son représentant local) est un gage de santé et de sagesse, sinon de richesse, si bien qu'il avait des joues roses rebondies, une expression d'innocence débonnaire, et les yeux noirs les plus rusés que j'aie jamais vus. Il salua John avec une chaude accolade tout italienne, en l'embrassant sur les deux joues, et s'inclina devant moi, sourire aux lèvres.

Il ne sembla pas surpris de me voir, et John ne fit pas les présentations.

Je m'attaquai à mon copieux déjeuner, composé de pain, beurre, confiture et café, pendant que les deux hommes bavardaient. Je parle assez bien italien, mais le dialecte romain n'est pas facile à comprendre, surtout lorsqu'il est débité à toute vitesse dans un brouhaha ambiant.

Comme tous les espions professionnels ou amateurs vous le diront, le plus sûr pour une rencontre, ce n'est pas un lieu isolé mais le beau milieu d'une foule. Même si l'on est suivi, l'autre ne peut rien entendre de ce que vous dites, à moins d'être assis sur vos genoux.

J'avais encore une ou deux tartines devant moi lorsque John déposa un rouleau de billets étonnamment replet sur la table avant de se lever.

Je m'attendais à ce qu'il ne s'attarde pas (comme je ne cesse de le lui répéter, je ne suis pas stupide) si bien que j'enfournai une tartine dans ma bouche d'une main tout en attrapant mon sac de l'autre et que je le laissai m'entraîner au milieu de la via della Conciliazione.

Des freins crissèrent, des injures volèrent, et un taxi habile s'arrêta devant nous.

En jetant un dernier coup d'œil par-dessus mon épaule, j'aperçus Monseigneur Anonyme qui faisait un signe de tête et agitait la main, telle une marionnette grassouillette, ainsi qu'un jeune maigrichon, qui brandissait le poing en l'air.

— Bien joué ! dit John, à bout de souffle. Cavalieri Hilton, répondit-il à la question du chauffeur. Je vous paie le double si vous y arrivez en moins de vingt minutes.

— Tu viens de signer notre arrêt de mort, dis-je, me souvenant de la manière dont conduisent les Romains, même sans incitation financière.

— C'est précisément ce que je cherche à éviter. Tu as vu Giuseppe ?

— Hum hum. Il se mêlait parfaitement à la foule des adolescents avachis, mais il ferait bien de s'occuper de son acné. Bernardo doit manquer d'hommes de main. Ce gamin n'est pas préparé pour ce genre d'opération.

— Ne sois pas injuste. Il n'y en a pas beaucoup qui auraient fait mieux.

Les murs de la cité du Vatican défilèrent dans un flou chaotique.

Je cessai d'alimenter la conversation et m'efforçai de me cramponner.

Nous arrivâmes à l'hôtel en moins de vingt minutes et il nous fallut moins de trente secondes pour sortir de notre taxi et en prendre un autre.

En direction de l'aéroport, cette fois.

— Où allons-nous ? demandai-je, en m'agrippant à l'accoudoir. Munich ? Londres ? L'Égypte ?

Katmandou ? Qu'est-ce que je gagne si je tombe juste ? Une nouvelle garde-robe ?

Le regard tourné vers la plage arrière de la voiture, John observait les taxis qui avaient démarré derrière nous.

Il me regarda enfin, en poussant un soupir de soulagement et écarta une boucle de son front.

— Vicky, au cas où tu n'aurais pas encore compris, je n'ai pas eu beaucoup de temps pour réfléchir et encore moins pour m'expliquer. La vérité… la vérité, c'est que je me suis trompé. Je n'imaginais pas que la rumeur du vol de la momie se propagerait aussi vite. J'essaie simplement de garder un pas d'avance sur des gens comme Bernardo.

— D'accord, fis-je, reconnaissant bien ce ton. Mais j'aimerais bien savoir quelles sont les idées qui trottent dans ta jolie petite tête.

John m'adressa un regard amer, aussitôt suivi d'un rire, tout aussi amer.

— Je crois que nous devons absolument aller à Londres. Je dois raviver mes contacts. Je ne peux pas le faire sans une ligne sécurisée, et la seule fiable, c'est celle de mon bureau.

Je n'aurai donc pas à acheter une nouvelle garde-robe, puisque j'avais des vêtements et d'autres objets de première nécessité chez John, dans la capitale britannique.

— C'est logique, mais alors pourquoi rencontrer Monseigneur Anonyme ?

— Il est responsable des reliques humaines, momies incluses, aux musées du Vatican. Je voulais savoir s'ils avaient subi des vols, ces derniers temps.

— Judicieux. Et alors ?

John hocha la tête, morose.

— C'était une théorie un peu tirée par les cheveux, même si j'espérais que c'était la bonne. Un collectionneur dévoyé, qui aurait pu apprécier les momies, cela nous aurait permis de respirer.

— Mais ils n'ont pas eu de crânes volés ?

— Il dit que non.

— Dieux du ciel ! Tu ne fais même pas confiance à un prêtre ?

— Le Vatican, qu'il ne faut pas confondre avec la papauté, c'est une entreprise, Vicky, avec toutes les caractéristiques d'une entreprise. Ils sont efficaces, discrets et cyniques, ou, comme ils préfèrent le dire, « réalistes ». La passion de Luis pour les vieilleries l'a incité une fois ou deux à se mouiller dans des transactions douteuses. Je ne peux pas le prouver – d'ailleurs cela n'a aucun intérêt – mais il sait que je sais, et cela me donne un certain poids sur lui. Je suis presque certain qu'il m'a dit la vérité et qu'il me préviendra si quelque chose surgit sur le marché.

— Il n'a donc pas entendu parler de Toutankhamon.

— Malheureusement non. Le simple fait que je lui pose des questions sur les reliques a éveillé sa curiosité. C'était inévitable. Néanmoins, j'espère que de toutes les momies dans tous les musées du monde, il ne va pas penser à celle-là avant d'en avoir entendu parler par une autre source. Dans ce cas, il entrera en contact avec moi, car il pensera, comme tout le monde, que je suis le voleur.

John prétend ne pas être superstitieux, mais en réalité, si on cherche vraiment, qui ne l'est pas ?

Nous avons tendance à interpréter la chance comme un élément de bon augure.

Il se réjouit donc lorsque nous réussîmes à obtenir les deux derniers sièges sur un vol qui décollait moins d'une demi-heure plus tard.

Deux places en première et je vis bien qu'il retenait son souffle en tendant sa carte de crédit.

— Ça doit être agréable d'être riche, dis-je.

— Je n'aurai pas la chance de le savoir. Installer ma boutique à Londres m'a coûté une fortune, et ce puits sans fonds en Cornouailles me ruine. Mais bon, après tout, *carpe diem !*

La première classe, eus-je la déception de l'apprendre, n'est plus aussi classe qu'à une époque. Les boissons étaient gratuites, mais le repas consistait en une salade mollassonne et des sandwichs fadasses.

Après avoir passé la douane et le contrôle des passeports à Heathrow, j'avais encore un petit creux. Avant de pouvoir en faire part à John, il m'annonça :

— Je ne t'emmène pas dîner. Ne me dis pas qu'il n'y a rien de comestible dans ton sac : je ne t'ai jamais vue voyager sans provisions.

— J'aimerais un vrai repas, suppliai-je.

— Vicky, dit John, de la voix patiente qui me donne envie de piquer une colère, il est trop tard pour réserver une bonne table. Et chaque heure qui passe avant que je commence mon enquête est une heure de perdue.

— Si tu insinues qu'une malheureuse petite heure est une question de vie ou de mort…

— Nous vivons dans un monde d'incertitudes,

ma chérie. Il y a sûrement quelque chose dans le réfrigérateur.

Nous prîmes le métro à Heathrow. John proposa de porter mon sac à dos, ce que je refusai, hautaine. Je me conduis comme une idiote, parfois. Ce sac pesait une tonne.

Je me demandais ce que j'avais bien pu y fourrer pendant ma panique de dernière minute.

Je trouvai bien quelques bricoles à grignoter, une barre de chocolat, une pomme… mais je n'y aurais pas touché pour un empire.

Il n'était pas si tard que cela. La station de Marylebone était encore très fréquentée et je remarquai quelques restaurants parfaitement acceptables toujours ouverts. John me soulagea de mon sac.

Si je ne voulais pas trottiner gentiment derrière lui, il ne me restait donc plus qu'à piquer ma crise devant l'un de ces restaurants.

La rue qu'il avait gratifiée de sa présence était Edgware Road, dans un quartier résidentiel, sans aucun restaurant en vue, acceptable ou non.

Grâce à Dieu, pour une fois, l'ascenseur n'était pas en panne. Une fois devant sa porte, j'étais prête à enfoncer mes crocs dans du fromage moisi, du pain sec, ou n'importe quoi qui se trouverait au fond du garde-manger.

Les vieilles habitudes ont la peau dure. John entre toujours dans une pièce comme si un tueur l'y attendait. Se tenant en arrière, il poussa la porte et appuya sur l'interrupteur, avant de regarder prudemment à l'intérieur.

— Oh, mon Dieu ! m'exclamai-je en regardant derrière lui.

Les tiroirs étaient ouverts, les coussins par terre, les livres jonchaient le sol. À travers l'entrebâillement de la porte de la chambre, j'aperçus un capharnaüm identique.

— Reste en arrière, ordonna John, en me barrant le passage avec son bras.

— S'il y avait quelqu'un, il braquerait déjà son arme vers nous, répliquai-je.

— Je ne suis guère d'humeur à discuter. Fais ce que je te dis.

Il s'en assura en me repoussant et se glissa dans la pièce. Je l'entendis bouger et allumer les interrupteurs.

— Tu peux entrer, finit-il par dire. Ferme la porte.

Si nous ne vivons pas ensemble, c'est, entre autres raisons, parce qu'il est maniaque comme une vieille rombière, et moi pas.

À y regarder de plus près, son salon n'était pas en si mauvais état… guère pire que le mien la plupart du temps, lorsque je rentre du travail pour découvrir que Clara et César ont passé leur temps à renverser divers objets posés sur divers meubles.

Les coussins avaient été soulevés et remis en place au petit bonheur la chance.

Je les redressai et fis gonfler l'un d'eux posé à plat, au lieu d'être appuyé contre le bras du divan. (On ne s'assied pas dessus, m'avait dit John fou de rage, un jour, on l'admire !)

Comme tout ce que possède John, il était magnifique : de la broderie chinoise, dans des teintes moirées d'or, de turquoise et de rouge. Je replaçai d'autres objets et m'approchai du bureau.

En plus de la table de travail et de quelques armoires à dossiers, on y trouve deux chaises droites et un petit divan convertible.

Jen y dormait lorsqu'elle venait lui rendre visite. Il n'était pas destiné à un séjour prolongé.

John s'installa au bureau, alluma l'ordinateur. L'écran s'illumina.

— On est entré dans tes fichiers ?

— Non. (John referma le dossier qu'il examinait avant que je puisse le voir.) C'est impossible, tout ce qui est important est protégé. J'ai l'impression qu'on n'a même pas essayé. C'est bizarre.

— Ça dépend de ce qu'ils cherchaient.

John me suivit dans la chambre. Les tiroirs de la commode étaient entrouverts. Le matelas était à moitié hors du lit, les draps et les couvertures gisaient en pagaille sur le sol. J'étudiai l'un des tiroirs, dédié aux sacro-saints mouchoirs de John, soigneusement pliés. Je les retrouvai en vrac. Un instant, je songeai à les replier, mais je m'en abstins.

— Qu'est-ce que tu fais ? demanda John.

Je refermai le tiroir.

— Je vais voir dans la cuisine. Dieu seul sait quels dégâts on va trouver là-bas.

Lorsque John me rejoignit, j'étais assise devant le comptoir et me restaurai d'un léger repas de brie, d'huîtres fumées, de crackers et d'autres bricoles.

— J'ai jeté les raisins, lui dis-je.

— Ne parle pas la bouche pleine. Pourquoi ?

J'avalai ma bouchée.

— Ils avaient l'air fatigué. Les pommes sont pleines d'eau et les bananes ont noirci. Tu ne manges pas assez de fruits et légumes.

— J'en ai assez entendu à propos de bonnes habitudes alimentaires pour le reste de ma vie, grâce à toi.

Il se servit une part de brie bien fait et coulant.

— Il manque quelque chose ici ? demanda-t-il.

— Ne parle pas la bouche pleine. Rien à première vue. Il a fouillé dans tous les placards. Même dans le frigo. Il a renversé une bouteille de lait.

— Je suppose que tu n'as pas pris la peine de nettoyer, dit John, sans grand espoir. Qu'est-ce qu'il pouvait bien chercher dans le frigo ?

— Les bijoux de famille, peut-être.

— Je t'ai déjà dit qu'on n'en avait pas. (John étala du brie sur un cracker. Il n'y a pas beaucoup de gens qui peuvent mâcher tout en paraissant pensifs, mais lui, si.) Il a fouillé tous les tiroirs, a regardé sous le matelas et les coussins du divan.

Pour ne pas me laisser dépasser dans le processus de déduction, j'ajoutai :

— Il cherchait quelque chose d'assez petit et léger, quelque chose qui serait resté invisible sous un matelas ou une pile de mouchoirs.

— Je ne cache pas d'antiquités volées sous mes coussins ni dans les tiroirs du bureau, si c'est ce que tu insinues.

— Qu'est-ce que tu peux être susceptible ! (Il termina le brie. Je m'emparai du reste des huîtres fumées.) Je sais, tu ne serais pas assez stupide pour ça.

— Même si j'avais des antiquités volées.

— Même si tu en avais. Une chose est sûre : il ne cherchait pas Toutankhamon !

John laissa échapper un son offensant.

— Excuse-moi ! J'ai eu une vision affreuse. Si nous étions dans un film d'horreur, il y aurait eu une main flétrie sous les mouchoirs, une jambe sous les cousins, et la tête de Toutankhamon qui nous aurait regardés du fond du placard, au milieu des boîtes de conserve de haricots et de thon.

— Il ne peut pas regarder, on lui a arraché les yeux.

— Tu étais forcée de raconter une horreur pareille ? Et comment le sais-tu ?

— Je l'ai étudié au musée. On a des dizaines de photos et de radios. En 1926, lorsque Howard Carter l'a remis dans son cercueil, il avait encore des paupières et une sorte de petite calotte sur la tête, des perles et des incrustations d'or sur la poitrine ainsi qu'un collier qui était si enfoncé dans les chairs durcies que Carter a préféré ne pas tenter de l'enlever. En 1968, quand un spécialiste l'a passé aux rayons X, la calotte manquait, tout comme les pierres du collier et les côtes dans lesquelles il était incrusté. Et les yeux n'étaient plus que des orbites vides.

Les photographies m'avaient semblé plus pitoyables que terrifiantes.

La peau ratatinée était tirée au-dessus des os, et les lèvres racornies découvrant les dents évoquaient un sourire timide plus que les grimaces menaçantes des momies de cinéma. Il n'avait que dix-huit ans au moment de sa mort.

Et puis quoi, j'avais le droit de n'éprouver aucune pitié pour un cadavre qui datait de plus de trois mille ans. Et maudit soit Feisal qui m'avait contaminée avec ses idioties sentimentales !

John réfléchissait selon un angle plus pragmatique.

— Cela élimine un des mobiles du vol. Ce n'était pas pour les objets de valeur.

— Non, son pénis aussi manquait.

— Ça suffit avec les aspects gores ! explosa John en se levant.

Les hommes sont très susceptibles à propos de leurs bijoux de famille. Pleine de tact, je changeai de sujet.

— Tu vas appeler la police, pour leur signaler l'intrusion ?

— Pourquoi faire ? Il ne manque rien, personne n'est blessé. Je n'ai pas envie d'ennuyer la police pour des broutilles.

— Ils pourraient relever des empreintes.

— Plus personne ne laisse d'empreintes de nos jours, dit tristement John. Grâce aux films et à la télévision, même le dernier des imbéciles sait qu'il faut au minimum porter des gants. Au diable ! Je suis trop fatigué pour réfléchir. Je fais le lit si tu débarrasses la table.

Il avait vraiment l'air épuisé.

— J'irai même jusqu'à nettoyer le lait. À moins que ta femme de ménage ne passe demain.

— Je n'ai pas de femme de ménage, ni demain, ni jamais.

— Tu fais des économies ou tu es juste paranoïaque ?

— Les deux.

Il avait fallu que je brosse pour éliminer le lait séché. Il devait stagner depuis au moins vingt-quatre heures, pour autant que je puisse en juger car je n'ai pas souvent l'occasion de laver de vieilles taches. César s'en charge immédiatement si elles sont comestibles et parfois aussi lorsqu'elles ne le sont pas.

Un écho de conversations à voix basse interrompit mon rêve dans lequel Toutankhamon ne cessait de babiller et de me demander ce que j'avais fait de son pénis. John était déjà levé et habillé. Je sautai du lit et filai sous la douche.

John était seul lorsque je le rejoignis dans la cuisine.

— Qui était-là ? demandai-je en acceptant une tasse de café.

— Le concierge, comme tu dis. Il dit n'avoir vu aucun personnage louche et n'avoir prêté la clé à personne.

— Il ne l'avouerait pas, de toute façon. Quelqu'un devait bien avoir la clé, la serrure n'a pas été forcée.

— Un spécialiste aurait pu la crocheter, rétorqua John sur le ton de celui qui sait de quoi il parle.

Nous nous contentâmes de café et de pain rassis avant de sortir.

La pancarte « FERMÊ » était accrochée, mais la porte n'était pas verrouillée et les lumières étaient allumées. Assis au fond de la salle, l'assistant de John était penché sur un objet.

— B'jour Alan.

Alan poussa un petit cri et lâcha l'objet qu'il tenait.

— Tu étais obligé de me faire une peur bleue ? Je ne t'ai pas entendu entrer.

— Trop absorbé dans ton ouvrage ? demanda

John. Je t'avais dit de ne pas amener ta couture au travail.

— Bonjour, Alan, répétai-je.

— Vicky ! (Il sauta sur ses pieds.) Je te demande pardon. La présence de John est si envahissante qu'on en oublie les objets plus séduisants.

À première vue, il ressemble à John : cheveux blonds, silhouette élancée, et cet air indéfinissable de supériorité que donne l'éducation dans une grande université.

De près, pourtant, impossible de les confondre.

Pour m'exprimer le plus gentiment possible, Alan était une version affadie de John : plus pâle, plus mince, moins bien dessiné, comme s'il essayait d'imiter son patron, sans grand succès.

— Qu'est-ce que tu fais ? demandai-je.

De toute évidence, c'était un chapeau à larges bords, avec une plume blanche qui penchait lamentablement sur le côté.

Alan eut l'élégance de ne pas faire de remarque sarcastique sur la stupidité de ma question.

Il prit le chapeau et releva la plume qui retomba aussitôt.

— C'est pour la reconstitution. Je suis un Cavalier.

— Ah… Oui, c'est la bataille des Cavaliers contre les Roundheads, cette année. Cromwell et la tête du roi Charles ?

— Pas la peine de ramener ta science, aboya John, ni de l'encourager. Il n'y a rien de plus stupide que ces reconstitutions de vieilles batailles.

— J'aurais bien voulu t'aider, dis-je en voyant Alan qui tentait une fois de plus de redresser la plume. Mais moi non plus, je ne sais pas coudre. Et avec de la superglue ?

— Ce n'est pas vraiment authentique, dit Alan, en faisant la moue, mais c'est une bonne idée quand même. Merci.

— Désolé de vous interrompre, fit John, mais pourrais-je éventuellement savoir s'il s'est passé quelque chose d'intéressant pendant mon absence ? En relation avec le déroulement des banales affaires…

— Quelques messages sur la princesse égyptienne. Ils sont sur ton ordinateur.

— Merci ! dit John en allant dans son bureau.

Alan lui fit une grimace derrière son dos.

— Alors, quoi de neuf à Munich ?

— Pas grand-chose.

Je suivis John. Il consultait déjà sa messagerie.

— Des nouvelles de…

— Mmmm, dit John en regardant l'écran.

Je me penchai sur son épaule. Feisal avait écrit un gentil petit message, rempli de potins sans intérêt sur la vie à Louxor.

Il terminait en nous envoyant ses amitiés et en nous invitant à lui rendre visite dans un avenir pas trop lointain.

— Alors, on peut en déduire que tout va bien ?

— Mmmm…

— Tu veux que je te laisse ?

— Mmmm…

Il changea de position pour que je ne puisse plus lire l'écran. Je saisis l'allusion.

La clochette de la porte tintait lorsque j'entrai dans la boutique. Alan leva les yeux.

— Cela t'ennuierait de manifester un intérêt hors du commun pour le collier d'ambre ? me souffla Alan.

Une femme qu'on aurait pu dire « d'un certain âge » venait d'entrer. Ce qui dépassait de ses cheveux sous son énorme chapeau était d'un étrange gris bleuté. Le chapeau était immanquable : rouge vif, avec un bord mou qui lui tombait sur les sourcils, ne laissant voir que le nez et la bouche.

En me voyant, elle s'arrêta devant la porte.

— Oh…

Alan s'approcha d'elle avec un sourire avenant.

— Vous êtes venue revoir le collier ? Je l'ai mis de côté pour vous, mais je crains qu'il ne faille vous décider vite. Cette dame s'y intéresse beaucoup.

— Oh… dit le chapeau. Non, merci.

La porte se referma sur elle.

— L'une des personnalités les plus bizarres de ce petit monde.

— Qu'est-ce qu'il a de si extraordinaire, ce collier ? demandai-je en me penchant sur la vitrine des bijoux. Ce ne sont que des pierres d'ambre.

— Selon notre estimable patron, il vient d'un trésor Viking du Ve siècle. Certaines personnes n'achètent pas pour la valeur intrinsèque de l'objet ou sa beauté artistique, elles se concentrent sur une période ou une zone particulière.

Je cessai d'écouter car il me racontait des choses que je savais déjà ou dont je me moquais.

— Il est joli, celui-là, dis-je en parcourant la vitrine.

— Lequel ? demanda Alan en se penchant. Ah, celui-là ! J'oubliais que tu étais une autorité en matière de bijoux anciens. Tu aimerais le voir de plus près ?

Il sortit un trousseau de clés, déverrouilla la vitrine et plaça le pendentif sur ma paume tendue. C'était un filigrane d'argent, incrusté de turquoises grossièrement taillées, avec des anneaux au sommet pour que l'on puisse le glisser en pendentif sur une chaîne ou une cordelette.

— Turkmène, dis-je. Pas si vieux que cela, fin du XIXe, probablement.

— Alors, on ramène sa science, commenta gentiment Alan. Vicky, puisque tu es là avec le patron, je peux en profiter pour aller boire un café ?

— À condition de m'en ramener un.

Il me fit signe que oui et sortit. La porte du bureau restait obstinément fermée.

Pour me distraire, je me promenai dans le magasin. Certains objets étaient exposés depuis toujours : une étude d'éléphant à la craie noire, attribuée à Rembrandt (j'avais des doutes) ; une époustouflante représentation de l'enterrement du Christ sur un noyer au polissage satiné ; une sorte de vaisselle chinoise en bronze (pas mon domaine). Un nouvel objet trônait sur un piédestal au centre de la boutique.

J'étais en admiration devant lui lorsque John sortit du bureau.

— Où as-tu déniché ça ?

— Détecterais-je une note accusatrice dans ta voix ?

Après un coup d'œil rapide mais exhaustif sur la pièce, il s'approcha de moi.

— Il appartient à la famille depuis des lustres.

J'en suis réduit, tragiquement, à vendre nos biens personnels.

C'était un véritable trésor : une tête d'albâtre, dont le crâne allongé était typique d'une princesse Armana. La dix-huitième dynastie égyptienne, ce n'est pas ma période non plus, mais les chefs-d'œuvre de cette qualité sont inoubliables, et il est rare d'en voir sur le marché.

La musculature du visage dessinée par une main experte, les lèvres délicatement teintées…

— Depuis combien de temps est-il dans la famille ? Quatre ans ?

— Ton scepticisme me tue ! Il a été acheté en Égypte en 1892, de manière tout à fait légale. J'ai la facture originale, et plusieurs documents qui l'authentifient.

Je me tournai pour affronter son regard d'un bleu placide.

— Alors, tu as quand même des bijoux de famille.

— Quelques-uns.

— Qui ne se trouvaient ni au grenier ni dans ton tiroir à mouchoirs.

— Non. Cesse de poser des questions stupides. Il faut que je te parle avant le retour d'Alan. Où est-il passé, d'ailleurs ?

— Parti boire un café.

— En général, ça lui prend un bon bout de temps. De toute façon, je serai bref. Au milieu des banalités de ma correspondance, j'ai trouvé quelques courriers intéressants.

— De la part de tes anciens associés ?

— Un ou deux. Précisant, avec beaucoup de tact,

qu'ils étaient un peu désorganisés, mais seraient ravis de servir d'intermédiaires si j'avais des transactions intéressantes à leur confier.

— Des concurrents de Bernardo ? Ou de Monseigneur Anonyme ?

— Pardon ?

— Ne me lance pas ce regard glacial. Tu n'es pas allé à Rome pour enquêter sur des vols au Vatican et tu n'as pas refilé tout ce paquet de billets pour des renseignements sur des reliques. Pourquoi ne me dis-tu pas la vérité ?

— Je t'ai fait l'honneur de croire que tu préférerais la découvrir par toi-même.

Il me passa un long bras autour des épaules et se pencha vers moi.

— Ah, non ! Pas de ça non plus ! (Je détournai la tête. John me planta un baiser sur la joue et retira son bras.) En supposant que tu sois honnête, ce que je suis prête à croire, pour l'instant.

— Comment peux-tu douter de moi ? demanda John, blessé.

— Ce n'est pas très compliqué. Bon, en supposant… Je présume que tu essayes de travailler avec des organisations capables de se charger d'un travail comme celui dont il est question. En chemin, tu rencontres des gens comme Bernardo, qui n'auraient jamais essayé qu'on les mette dans le coup s'ils y étaient déjà. Puis-je ajouter que ces méthodes d'élimination des suspects me semblent bien hasardeuses.

John haussa les épaules.

— Pas vraiment. Ces gens-là ne prennent pas de mesures radicales avant d'avoir échoué par les méthodes plus traditionnelles. Tu ne t'imagines pas que je t'aurais emmené à Rome si j'avais été conscient du danger ?

La porte s'ouvrit. Alan entra avec plusieurs gobelets en carton.

— Vous voyez comme je suis gentil, j'en ai ramené pour tout le monde. J'espère bien être remboursé, bien sûr. Mon salaire ne me permet pas une telle prodigalité.

— Sers-toi dans la petite monnaie, répondit John. Avec un généreux pourboire, évidemment.

Ils échangèrent de gentils regards méprisants. John me fit un signe et je le suivis dans le bureau.

— Pourquoi es-tu si mesquin avec lui ? demandai-je en ôtant le couvercle de mon café.

— Il n'est pas net, dit John en faisant la moue. Je suis certain qu'il n'a aucun scrupule.

— Alors, pourquoi l'as-tu embauché ?

— Vicky, tu es vraiment douée pour t'intéresser à tous les gens que je connais. C'est une sorte de cousin… j'en ai des centaines. Il a réussi à entrer dans les bonnes grâces de Jen, et lui a demandé de l'aider à trouver un bon petit poste, digne d'un gentleman. Il est doué pour l'informatique et il s'y connaît en antiquités. Quelqu'un doit bien tenir la boutique pendant mes absences, fréquentes en raison des ventes aux enchères, des pistes à suivre, des réponses à donner aux prétendus vendeurs… Comme je sais qu'il n'est pas digne de confiance, je le surveille de près.

— Toujours s'attendre au pire pour ne pas être déçu ?

— Ni trompé. Je suppose que cela satisfait ta

curiosité ? Je n'ai pas encore ouvert le courrier. Pourquoi ne pas écouter tes messages pendant ce temps-là ?

— Je croyais qu'on n'écrivait plus de lettres de nos jours, dis-je en fouillant dans mon sac à dos.

— Jen écrit toujours, répondit-il, morose.

Il brandit une enveloppe imprimée d'armoiries et l'ouvrit avec l'air de celui qui monte à l'échafaud, pressé d'en terminer.

— Elle veut que j'aille la voir.

— T'en as de la veine !

Je pris l'enveloppe et examinai le blason. Il était divisé en quatre sections, écartelé, je crois, selon le terme officiel. Un des quartiers représentait une tache informe, vaguement carrée, de couleur grise ; le second, un poignard ou une épée, le troisième plusieurs fleurs de lys ; le quatrième, deux léopards ou deux lions qui se tenaient sur les pattes arrières. Les armoiries mêlées de l'Angleterre et de la France ?

Pendant que j'essayais de deviner le sens du texte latin, John passa en revue le reste du courrier. Brochures, catalogues, factures…

— Alors ?

— Alors quoi ? Ah, Schmidt !

Je retournai à mon sac à dos et en sortis mon téléphone.

— Mets le haut-parleur, suggéra John, en s'adossant à son fauteuil et en prenant sa tasse. Je suis impatient de savoir si Clara s'en est encore prise à Suzi.

C'était le cas. Schmidt s'attardait sur l'affaire pendant un moment avant de terminer son message par un « Où es-tu ? accusateur. Tu n'as pas répondu à mes appels. Pourquoi ? Tu sais que je m'inquiète. »

— Ça m'étonne qu'il n'ait pas essayé de te pister ! dit John.

— Chuut…

Le second message était presque identique… Le troisième… Je m'accrochai à l'appareil, les mains moites, et John se redressa.

— Où es-tu ? (La voix de Schmidt était si décomposée que je la reconnaissais à peine.) Vicky, j'ai besoin de toi. Il s'est passé quelque chose de terrible. Il faut que tu me rappelles tout de suite. Le numéro est le…

— Je connais le numéro, grognai-je. Schmidt, je t'en prie, dis-moi ce qui ne va pas.

— Il ne t'entend pas, fit remarquer John.

Les autres numéros étaient ceux de son bureau au musée, de son domicile et du mien. Bon, au moins il n'était ni à l'hôpital ni en prison, ce qui, connaissant Schmidt, ne m'aurait guère étonnée.

J'appelai d'abord le portable. Il sonna dans le vide. J'allais essayer le bureau lorsque la voix de Schmidt retentit, douce musique dans mes oreilles.

— Vicky ! Enfin, pourquoi n'as-tu pas…

— Tu as l'air bouleversé. Où es-tu ?

— Dans un café. Tu le connais, on y est allé ensemble, un jour de pluie, quand tu as pleuré sur mon épaule et que tu m'as dévoilé ton cœur…

— Tu manges ? dis-je en regardant les sourcils de John qui se levaient. (Je me souvenais parfaitement de ce café. Il n'y avait rien dans le menu qui ne soit pas couvert de crème fouettée.) Schmidt, qu'est-ce qui se passe ? Et ton régime ?

La voix saccadée de Schmidt m'aurait inquiétée si je ne m'étais pas assurée qu'il engouffrait une énorme bouchée… pleine de crème, à n'en pas douter.

— Oui, j'ai laissé tomber le régime. À quoi bon se torturer ? Je suis trop vieux, trop gros, trop moche…

Une autre bouchée…

— Elle l'a plaqué ! murmura John.

— Oh, non ! répondis-je tout bas. Mais non, Schmidt, mon grand, tu n'es pas moche. Ni vieux. Raconte tout à Vicky.

Il se lança dans le récit de ses mésaventures, avec force détails. Le chocolat et la crème lui remontaient le moral, l'indignation avait remplacé le chagrin.

— Elle n'a même pas eu le courage de me le dire en face. Elle m'a laissé un mot. Je vais te le lire.

— Ce n'est pas la peine.

— Si, si… *Noch einmal, bitte.* (Cette dernière remarque s'adressait sans doute au garçon.) Elle dit que je suis un homme merveilleux et qu'elle ne me mérite pas. C'est le passé et l'avenir, non le présent, qui nous séparent.

— Oh, oh, dit John.

— Quoi ? cria Schmidt. Qui est-ce ? Qu'est-ce qu'il a dit ?

— Ce n'est que moi, Schmidt, dit John, en prenant l'appareil. Excusez-moi, j'ai tout entendu.

Entre deux bouchées, Schmidt l'assura qu'il n'avait pas à s'excuser et reprit toute la triste histoire.

— Donc, conclut-il, dans un cas comme celui-là, un homme a besoin de se distraire et d'avoir ses amis près de lui. Je viens vous voir, j'ai déjà pris mon billet. Je ne vous dérangerai pas, je logerai au Savoy. À ce soir, mes amis !

Je repris l'appareil des mains de John qui semblait provisoirement paralysé. Trop tard, hélas ! Schmidt avait raccroché.

— Je vais le rappeler, dis-je. Lui dire que nous ne sommes pas ici.

— Mais nous y sommes. Et il le sait. Comment le sait-il, d'ailleurs ?

— Je ne lui ai rien dit. Il a peut-être simplement supposé que nous allions à Londres.

— Peut-être. Je proposerai bien de nous sauver, mais ce serait cruel, même de ma part.

— Ouais, répondis-je en imaginant le visage rose de Schmidt qui se décomposerait en s'apercevant que le téléphone sonnait et sonnait, toujours dans le vide.

— Si nous nous en tenions à notre sujet, pour une fois. Pourquoi Suzi a-t-elle décidé de se débarrasser de Schmidt et pourquoi maintenant ? demanda John en levant le doigt. Y aurait-il une allusion cryptée dans cette référence à hier et demain ?

— Humm. Tu penses que Suzi pourrait avoir eu vent de la… perte de Feisal ? Cela collerait : ça date d'hier, et, si elle est sur l'affaire, c'est un avertissement pour lui signifier que l'avenir risque d'être fort déplaisant, pour lui ou l'un de ses proches.

John hocha la tête.

— Cela fait trop de suppositions. D'ailleurs, ta théorie lui accorde un haut degré d'altruisme. Si elle le surveille et si je suis le principal suspect, rester près de lui serait la meilleure stratégie.

— Trop de suppositions, dis-je méchamment.

— N'est-ce pas ce que tu ferais ?

— Pas si je tenais à lui. Se servir de l'homme qu'on aime pour piéger son ami, c'est franchement diabolique. Je ferais n'importe quoi pour coincer un tueur en série ou un pédophile, mais pour une malheureuse momie volée…

— Tu es trop sentimentale ! C'est une professionnelle, Vicky ! Et sacrément efficace. Dans son domaine, les gens ne laissent pas leurs sentiments personnels interférer avec leur carrière et leur possibilité d'avancement.

— Alors, c'est absurde. À moins que tu aies une meilleure idée.

— Pour le moment, mon esprit n'est qu'un trou noir. Pourquoi n'irais-tu pas donner un coup de main à Alan, pour faire la poussière ! Sauf si tu préfères une petite promenade ? J'ai des affaires à gérer.

— Des choses intéressantes ? demandai-je tandis qu'il prenait une des lettres qu'il avait écartées.

— Possible. Une certaine Miss Eleanor Fitz-Rogers prétend avoir une collection d'artefacts précolombiens, hérités de son père, qu'elle voudrait vendre. Les vieilles filles, souffla John avec un regard lointain, ce sont mes fournisseurs préférés !

— Parce qu'on peut les berner facilement ?

— Tu ne connais pas bien les vieilles filles, ma chérie. L'important, c'est que la collection date sans doute d'une époque où l'exportation d'antiquités était parfaitement légale. Oui, cela vaut la peine de suivre l'affaire, dit-il en regardant de nouveau la lettre. Je crois que je vais l'appeler.

— Ce n'est pas mon domaine, dis-je en quittant la pièce.

Alan était installé au bureau, au fond de la boutique et lisait un magazine qu'il dissimula dans un tiroir en me voyant, mais j'avais aperçu la couverture, sur laquelle paradaient trois personnages de *Star Wars*.

De toute évidence, Alan aimait la science-fiction tout autant que les reconstitutions historiques.

— Les affaires ne vont pas fort, observai-je.

— Nous ne sommes pas chez Marks & Sparks, ma jolie. On ne cherche pas à attirer la clientèle de chez Alfie.

De nouveau, ce sourire méprisant. Personnellement, j'aime beaucoup Alfie, un marché d'antiquaires au coin de la rue.

Néanmoins, la plupart des boutiques se limitent au XXe siècle et aux objets de collection les plus courants du marché. Que John traite de cochonnerie.

— Il faut du temps pour fidéliser la clientèle que nous visons, poursuivit Alan. Les musées, les grands collectionneurs, les spécialistes. Nous les prévenons lorsque nous découvrons une pièce qui pourrait les intéresser et, si l'objet en vaut la peine, nous pouvons aller leur présenter.

Je connais bien cette manière de faire, car on me demande parfois d'évaluer et d'authentifier des objets que le musée envisage d'acquérir.

Je hochai la tête.

— Et vous acceptez toujours les virements bancaires et les chèques ?

Alan m'adressa un sourire pervers.

— Ah, tu as entendu parler de cette petite escroquerie ?

— J'en connais plusieurs.

La plus scandaleuse, qui s'était produite plusieurs années auparavant, concernait un gang qui avait loué un appartement luxueux le long du Grand Canal, à Venise.

Des négociants de Londres, Francfort et Amsterdam avaient livré des toiles, d'une valeur supérieure au million de livres, à un élégant gentleman tout à fait charmant, en échange d'un virement bancaire, qui devait arriver dès le lendemain. Le transfert bancaire ne fut jamais effectué, et le chèque pour la location de l'appartement était en bois.

— C'était bien fait pour eux ! dis-je.

— Ce genre de transaction fait partie de la procédure habituelle, Vicky. En partie parce que dans ce milieu, les gens aiment bien se considérer comme des gentlemen, qui traitent avec d'autres gentlemen. Quelle naïveté ! s'exclama Alan en hochant la tête. Le marché de l'art et des antiquités est gigantesque aujourd'hui. Les peintures partent pour des sommes astronomiques lors des ventes aux enchères des galeries, et le marché noir est en pleine expansion. J'accepterai peut-être un virement bancaire du Metropolitan Museum de New York, mais pas d'un particulier ou d'un organisme moins connu.

— Intéressant. Merci pour la leçon.

— Je ne voulais pas paraître condescendant.

— Ce n'est rien. L'escroquerie, ce n'est pas mon domaine.

Ce n'était pas tout à fait vrai. Ma longue association avec John et son côté M. Hyde (c'est-à-dire

John Smythe) m'en avait appris plus que je n'aurais aimé en savoir sur les aspects illégaux de ce commerce. Les faux, par exemple.

Le profane innocent croit que tous les conservateurs de musée savent détecter les faux, mais franchement je ne jurerais de rien en dehors de mon petit domaine de compétence limité, et parfois, même dans ce champ restreint, j'ai des doutes.

Les soi-disant critiques parlent avec érudition de touches et de technique, mais le seul moyen de démasquer un faux, c'est l'analyse scientifique : trouver des pigments qui étaient inconnus avant le XXe siècle sur une toile du XVIe, par exemple.

Et il n'y a rien de plus facile qu'un vol pur et simple… Le système de sécurité de nombreux musées peut être déjoué par n'importe qui muni d'une paire de pinces ou d'assez d'argent pour soudoyer les vigiles.

Comme John l'avait fait remarquer un jour, plus un gadget est sophistiqué, plus il a de chance de tomber en panne au mauvais moment.

Tout cela était fort déprimant.

— Je vais prendre l'air, dis-je.

Je déambulai lentement le long de la rue, admirant les vitrines en pensant déjà au déjeuner. Un marché ouvert se tenait non loin de là. Je décidai d'aller y faire un tour et d'acheter quelques fruits pour l'appartement. Je n'étais pas allée bien loin lorsqu'une voiture s'arrêta le long du trottoir.

— Mademoiselle ? Excusez-moi, s'il vous plaît ?

Je vis un grand morceau de papier par la vitre que je pris pour une carte, et le sommet d'un crâne chauve.

Un pauvre type qui s'était perdu, pensai-je. Toujours prête à rendre service, je me trouvais à moins d'un mètre de la voiture lorsqu'un bras m'entoura et me tira en arrière.

La voiture démarra dans un grand crissement de pneu, manquant de justesse de heurter un taxi.

IV

— Nom d'une pipe ! dit John, qu'est-ce qui te prend ?

— J'allais juste… Aïe… Et à toi, qu'est-ce qui te prend ? Tu me fais mal !

Il desserra son étreinte.

— Je te sauve d'un destin pire que la mort. Une fois de plus. Tu n'as donc aucun instinct de survie ?

Le véhicule suspect avait disparu.

— Je suppose que tu n'as pas relevé le numéro, dis-je en essayant de reprendre mon souffle.

Je commençais à comprendre que je l'avais échappé belle.

— J'étais occupé par ailleurs ! De toute façon, cela n'aurait pas servi à grand-chose. C'était sans doute un véhicule de location et ce n'est pas facile à retrouver quand on n'est pas de la police. Tu as pu le voir ?

— Non, dis-je en tirant de toutes mes forces pour qu'il ne me ramène pas à la boutique. Le type se cachait derrière une carte. J'ai cru… Lâche-moi un peu, John. Je n'avais aucune raison d'imaginer qu'on m'en voulait. Qu'est-ce qui t'y a fait penser ?

— Mes règles de conduites habituelles : attends-toi toujours au pire. Il ne t'était pas encore venu à l'esprit que tu étais mon point faible ?

Il me fit l'honneur de ne pas me mettre les points sur les « i ». La manœuvre était si soudaine que cela aurait pu marcher, rien qu'avec l'effet de surprise. Quelques secondes de confusion parmi les témoins, et j'étais à l'intérieur du véhicule.

Ensuite, les ravisseurs auraient disposé d'un otage et auraient pu obtenir ce qu'ils voulaient de John. Je me souvenais avoir aperçu une personne sur la banquette arrière. Plusieurs, peut-être.

Quelques badauds s'étaient arrêtés. John tirait toujours dans un sens et moi dans l'autre.

Un bon Samaritain, un petit homme à la moustache broussailleuse qui portait des lunettes en écaille, s'éclaircit la gorge.

— Mademoiselle, ce monsieur vous importune-t-il ?

John se tourna vers lui et lui adressa un regard mauvais. J'avais presque envie de répondre « oui », mais cette noble attitude méritait une réponse plus courtoise.

— Non, c'est juste une petite querelle d'amoureux. Il veut aller d'un côté, moi de l'autre. C'est très gentil de vous en inquiéter. C'est grâce à des citoyens comme vous qu'il fait bon vivre dans ce pays.

Le petit homme s'éloigna, fier comme Artaban.

— Allez, rentre, me dit John.

— J'allais au marché, expliquai-je. D'ailleurs, j'y vais. Avec toi à mes côtés, mon héros, qui oserait s'en prendre à moi ? Cesse de rougir avant qu'une autre âme chevaleresque ne vienne à mon secours.

Les coins de sa bouche se soulevèrent.

— Tu as gagné, comme d'habitude. Je ne crois pas qu'ils recommenceront tout de suite. Promets-moi malgré tout de ne plus t'aventurer toute seule dehors.

J'adore les marchés. J'ai toujours l'impression que les produits arrivent tout droit de la ferme, même s'ils sont importés de pays lointains aux noms étranges.

Certains des étals présentaient de beaux fruits et légumes, laitues, tomates, bananes, artichauts. D'autres vendaient des viennoiseries, des jus de fruit, du chocolat…

J'avais l'impression que je n'aurais plus l'occasion de mettre les pieds dehors avant un bout de temps, si bien que j'étais prête à soutenir un siège.

— Nous avons besoin de beurre pour les artichauts.

— Je ne peux rien porter de plus, me répondit John.

Il avait encore une main libre, mais je comprenais son point de vue.

En arrivant à la boutique, nous trouvâmes Alan sur le pas de la porte.

— Tout va bien ? demanda-t-il.

— Qu'est-ce qui te fait croire le contraire ?

— Rien. (Alan regarda John d'un air étrange.) Tu veux que je reste ? J'ai un rendez-vous… je peux l'annuler.

— Non, prends ta journée. Et n'oublie pas ton chapeau !

Après le départ d'Alan, nous retournâmes dans le bureau où nous sortîmes quelques victuailles. John condescendit à avaler une pomme.

— Inutile de me sermonner, lui dis-je. J'ai compris que je devais modifier mon comportement. J'aimerais simplement savoir de quoi il retourne. Pourquoi tout le monde nous en veut ?

— Pas tout le monde, mais trois personnes, pour l'instant : Bernardo et compagnie, le type de la voiture et la vieille fille du Kent.

Il me fallut un instant pour m'en souvenir.

— Ah, la collection d'art précolombien ? Tu l'as appelée ?

— Elle a une voix de baryton. Elle a prétendu être enrhumée.

— Et ?

— Elle m'a proposé de lui rendre visite dès que possible. Aujourd'hui, c'était possible. Elle m'a donné les explications pour se rendre dans son manoir isolé, au fin fond de la campagne.

— Oh, et c'est ce qui t'a mis la puce à l'oreille à propos des dangers que je courrais ?

— Oui, sans doute, répondit John en se grattant le front. À moins que cela ne soit de la télépathie, la communion entre les esprits, etc.

— D'accord.

— Et il y a aussi le fait que le baryton m'ait précisé qu'un groupe était déjà à nos trousses, ici en Angleterre. Que nous devions faire très attention, à chaque seconde.

— Tu voudrais que je m'éloigne de tout ce

cirque ? demandai-je, répondant plus à ses intonations qu'à ses paroles.

— C'est déjà trop tard, Vicky. (Il plongea la tête dans ses mains.)

— On pourrait avoir une dispute mémorable en public. Déclarer au monde entier que nous sommes séparés et que nous nous détestons…

John baissa ses mains et esquissa un faible sourire.

— Tu as vraiment une façon peu ordinaire de me remonter le moral. Crois-moi, j'y ai déjà songé, mais cela pose deux problèmes : ou personne n'y croira ou bien les types qui sont à mes trousses penseront que tu seras ravie de coopérer avec eux pour te venger.

— OK, répondis-je sèchement. Alors, qu'est-ce qu'on peut faire ?

— Quitter la ville. Le plus vite possible.

— Et Schmidt ?

— C'est lui, le problème numéro deux.

— Non, je pourrais le rappeler.

— Nous n'avons pas la moindre chance de trouver un avion avant ce soir. Et puis, je crois qu'il faut qu'on ait une petite conversation avec lui. Ce n'est pas par pure coïncidence que Suzi a décidé de rompre à ce moment précis. On s'enfermera dans l'appartement, on attendra qu'il appelle et on ira le rejoindre au Savoy… s'il arrive jusque-là.

Me laissant avec cette pensée peu encourageante, John se tourna vers son écran.

— Rien d'intéressant, dit-il après avoir consulté ses e-mails. Tu ferais mieux de vérifier si Schmidt t'a rappelé.

Une fois de plus, je regrettai le bon vieux temps où les lettres et les appels téléphoniques (sans répondeurs ni boîtes vocales) étaient les seuls moyens de télécommunication, en dehors du rare télégramme.

Il n'y avait pas d'autres nouvelles de Schmidt. Lorsque je terminai de lire quelques bavardages d'amis, John consultait la messagerie de son portable.

— Feisal commence à être un peu nerveux : « Impatient de vous voir. Beaucoup de choses à vous raconter. Dites-moi quand vous arrivez. »

— Tu ferais peut-être mieux de le rassurer.

— Pour l'instant, je n'ai guère de nouvelles rassurantes à lui transmettre.

Il commença à appuyer sur les boutons en prononçant les mots à voix haute.

— Espère avoir des précisions demain. Gardenous la surprise pour plus tard.

— Vous avez un style télégraphique, tous les deux. Vous ne vous êtes pas mis à la messagerie instantanée ?

— Nous devons considérer que tous nos échanges sont surveillés. Je hais la technologie moderne ! dit-il, vindicatif. Tous ces nouveaux moyens de communication, ce ne sont que de nouveaux moyens de nous espionner !

Avant que je puisse dire à quel point j'approuvais, la clochette de la porte retentit.

— Reste-là, dit-il.

Naturellement, je m'approchai de la porte et regardai ce qui se passait. Les deux clientes potentielles semblaient inoffensives : deux femmes d'âge mûr, en cardigan et collier de perles. John s'approcha d'elles.

— Puis-je vous aider ? proposa-t-il, charmeur.

— On regarde.

— Je vous en prie, dit John qui alla s'asseoir derrière le bureau au fond de la pièce.

Les deux femmes, Mabel et Allie, comme elles s'appelaient mutuellement, examinaient toutes les peintures et tous les objets en posant des questions et en s'enquérant des prix, sans manifester la moindre retenue dans leurs commentaires.

— Deux cents livres pour une horreur pareille ?

Elles restèrent près d'une heure, à tuer ainsi le temps, sans aucune intention d'acheter. John répondait à leurs questions de manière exhaustive et charmante, mais sans bouger de sa chaise. Après leur départ, je m'aventurai hors du bureau.

— Je suppose que tu en vois souvent des comme ça ?

— Oh oui, la plupart des clients veulent juste « jeter un coup d'œil ». Néanmoins, on ne sait jamais à quel moment un véritable client risque d'arriver. Viens t'asseoir ici. On ferme dans trois quarts d'heure.

Comme il ne semblait pas avoir envie de bavarder, j'ouvris le tiroir pour prendre le magazine que lisait Alan. Il n'était plus là, mais j'y trouvai autre chose.

— Je croyais que tu ne portais jamais…

— C'est un jouet. Ça suffit la plupart du temps, tu ne crois pas.

— La technologie moderne ! dis-je en regardant la sinistre forme noire.

— La vie dans la métropole est de plus en plus dangereuse, dit John, surtout pour les marchands d'art innocents. Je l'ai depuis qu'un de mes confrères, au bout de la rue, a subi une attaque à main armée, il y a quelques mois. Les cambrioleurs l'ont tabassé et sont partis avec deux bagues en diamant.

Il prit une pile de papiers dans une boîte et commença à les parcourir.

Quelques grimaces laissaient penser que certains devaient être des factures.

Un autre client arriva juste avant la fermeture. Le tiroir était ouvert et John avait la main sur le faux Beretta avant que la clochette n'ait fini de tinter.

C'était un homme cette fois, de constitution solide, qui portait une barbe et un turban.

— Je suis un confrère, dit-il avec l'accent du quartier de Whitechapel, je vends des tissus africains.

— J'ai peur de ne rien avoir pour vous, dit John. Allez voir chez Alfie.

— J'y suis passé, dit le barbu, sans céder de terrain.

— Allez voir la boutique au coin de la rue, spécialisée dans les arts africains, dit John en serrant si fort le pistolet que ses articulations blanchissaient. Marks et… euh… Markham et Wilson. Tournez à droite en sortant, et encore à droite au prochain carrefour. Vous ne pouvez pas les manquer.

— Merci, dit le barbu en souriant. Vous êtes bien aimable.

La sonnette tinta. John soupira et relâcha le jouet.

— Ouf. Allez, va chercher tes affaires pendant que je ferme.

John ouvrit la porte de l'appartement.

— Personne n'est entré.

— Le vieux truc du cheveu, dis-je en voyant tomber un fil sur le sol.

— Simple, mais généralement efficace. De toute façon, deux précautions…

Il jeta un coup d'œil soupçonneux dans la pièce, alla dans la chambre, entra dans le bureau et me précéda dans la cuisine.

— C'est bon.

Je rangeai les commissions et m'installai devant la télévision en attendant l'appel de Schmidt. John, qui voue un mépris total à la culture populaire, se réfugia dans le bureau, le nez en l'air.

D'une certaine manière, je ne lui reprochais pas d'éviter ce qui était devenu soit une entreprise de démoralisation (les infos), soit une entreprise d'abrutissement (les sitcoms), mais tout cela me détendait. Un sachet de chips dans une main et une bière dans l'autre, je zappais d'une chaîne à l'autre lorsqu'une image me fit renverser mes chips.

— John, criai-je, viens voir ! Vite !

Il se rua dans la pièce. En me voyant debout, saine et sauve, il était sur le point d'exploser quand je lui montrai l'écran.

— Regarde, c'est lui !

Je reconnaissais le décor : la façade du musée Altes de Berlin. Au premier plan, le Dr Ashraf Khifaya, secrétaire général du Conseil suprême des antiquités, dans toute sa gloire, interviewé par la BBC.

Il portait un casque colonial et brandissait une gigantesque pancarte qui disait en anglais, en allemand et en arabe : « Rendez-nous Néfertiti ». Des journalistes l'entouraient. On aurait dit une star hollywoodienne particulièrement sexy jouant les archéologues aventuriers.

Il ne lui manquait que le lasso. À l'arrière-plan, une longue file de femmes en djellaba noire arpentait le trottoir sur un lent battement de tambour.

— Pas de danseuses ! dit John, critique.

— C'est mieux comme ça. Solennel et dramatique.

« Je ne demande que notre dû », disait Khifaya, dans un anglais parfait, avec la petite pointe d'accent suffisante pour ne pas perdre son exotisme.

On le coupa au milieu de son numéro ; aucune information n'a droit à plus de quelques minutes. Pour conserver une apparence d'impartialité, les caméras se braquèrent vers un homme assis derrière son bureau.

— C'est lui…, couinai-je.

— Lui ?

— Chuuut.

— Nous sommes dans un pays libre, dit l'homme, d'une voix ciselée. Si l'honorable secrétaire veut s'exhiber sur la place publique, c'est son droit le plus strict.

— Alors, Néfertiti ne retournera pas en Égypte ? demanda une femme blonde, en regardant la caméra.

— Vous avez reçu un dossier de presse précisant la position du musée. Elle n'a pas changé. Je n'ai rien à ajouter.

— Donc, le conflit n'est pas réglé, insista la blonde, avec un rire joyeux.

Elle fut aussitôt remplacée par une starlette tout aussi blonde qui répondait à des questions sur son divorce imminent. John attrapa la télécommande et éteignit la télévision.

— Tu l'as reconnu ? Pas Khifaya, l'autre, demandai-je…

— Je crois que c'est le directeur du musée.

— L'assistant du directeur ! C'était Jan Perlmutter. Tu te souviens, l'homme qui a dérobé l'Or des Troyens sous notre nez !

— Sous *ton* nez !

— Oh, voyons, tu étais en chasse, toi aussi. On s'était trompé de tombeau ! Je ne sais toujours pas comment Perlmutter a su lequel était le bon.

— Ah, ça y est, ça me revient. À mon avis, il a eu l'information par ton copain, le petit graveur sur bois. J'avais comme l'impression que ce vieux bonhomme en savait plus qu'il ne le prétendait. Tu ne t'es jamais posé la question ?

— Je n'ai pas eu le temps. Je me suis enfuie la queue entre les jambes et Herr Müller avait déjà quitté Garmisch pour aller voir sa sœur. Je voulais entrer en contact avec lui, mais quelques semaines plus tard, j'ai reçu une lettre de la sœur, qui m'annonçait sa mort.

Je me sentais toujours un peu coupable de ne pas avoir fait l'effort de prendre de ses nouvelles. J'avais fini par bien l'aimer et je crois qu'il m'aimait bien aussi. M'avait-il caché des informations ?

Si oui, il avait sans doute estimé qu'il serait dangereux pour moi de le savoir. Ce n'était que trop vrai, d'ailleurs ! Müller m'en aurait peut-être dit plus s'il n'était pas mort si vite …

— Si tu veux savoir si j'ai demandé à ce fumier de Perlmutter comment il l'avait su, la réponse est « non ». Je ne lui ai pas parlé depuis.

— Je ne l'avais pas reconnu, admit John. Il perd ses cheveux.

Il passa la main dans ses boucles abondantes.

— Bien fait pour lui, dis-je, agressive. Cette découverte lui a permis d'obtenir une promotion mirobolante et il m'a fait passer pour une idiote.

— Il n'avait pas l'air très heureux, si cela peut te consoler.

— Ah tiens… S'apercevrait-il soudain que diriger un musée, ce n'est pas toujours affaire de riches mécènes et d'œuvres d'art ? Tiens, pourquoi tu ne regarderais pas sur Internet pour voir si on trouve des histoires de musée assiégé ?

— On en trouvera sûrement ! Tous les ragots y sont.

Reuters et les journaux allemands publiaient des articles, abondamment illustrés de photos de Khifaya. Sa beauté, son charisme et ce casque colonial avaient un impact graphique aussi impressionnant que s'il s'était agi d'une véritable star.

Il s'exprimait avec éloquence et passion et parfois une touche d'humour triomphant. J'aurais pu jurer qu'on voyait des larmes dans ces grands yeux noirs lorsqu'il en appelait à la justice mondiale.

— Tu baves devant lui ! dit John, méchamment, en navigant sur ce qu'il appelait des blogs d'égyptologie.

On y voyait Khifaya partout. J'approchai une chaise, poussai John et commençai à lire quelques commentaires. Les opinions étaient partagées.

Certains estimaient qu'on devait répondre aux exigences égyptiennes, d'autres acceptaient les déclarations du musée et considéraient que le buste était trop fragile pour être déplacé.

Ensuite, je me laissai distraire par d'autres sujets, allant du plus profond professionnalisme au délire le plus complet. On y débattait de tout, de la construction des pyramides à l'âge du Sphinx, et ce n'était pas l'ignorance qui empêchait les gens d'exprimer leur opinion !

Un mot attira mon attention et je retins John qui allait passer à l'écran suivant : le mot « momie ».

Il me fallut quelques minutes pour remonter le fil de la discussion qui avait commencé depuis un certain temps. Quelqu'un avait retrouvé la reine Hatchepsout. Un autre disait que c'était faux, car il s'agissait d'une autre momie, dans un autre tombeau, identifiée par un simple nombre qui n'évoquait rien de spécial, et un troisième affirmait que cette momie numéro deux était Néfertiti, ou sa fille, peut-être.

— Je pourrais y passer des heures, dis-je, fascinée. Regarde ce dessin de la momie numéro deux. C'est la réplique exacte de la statue de Berlin.

— Le monde ne manque pas de fanatiques, dit John. Au moins, ils ne parlent pas de…

Mon portable sonna. Je sautai dessus.

— Je suis là, dit une voix indolente. Je peux passer vous voir ?

— Non ! cria John.

— Schmidt, tu vas bien ? demandai-je.

— Non, je suis désespéré. J'arrive !

— Non, reste, reste là où tu es !

John attrapa le téléphone.

— Le Savoy ?

— *Aber, natürlich.* Je vais toujours au Savoy quand je suis à Londres. On me connaît bien et…

— On te rejoint, dis-je en reprenant mon portable. Ne bouge pas. On arrive dans moins d'une demi-heure.

— *Sehr gut.* Je vous invite à dîner.

Un long soupir suivit. Je raccrochai au beau milieu.

— Tu ferais mieux de te changer, dit John en jetant un coup d'œil désapprobateur sur mon jean et mon T-shirt.

— Ils n'ont pas un grill ou une pizzeria au Savoy, ou un restaurant moins huppé que le grand salon ?

— Non. Change-toi, et dépêche-toi. Schmidt n'est pas un parangon de patience.

John ôta son jean et sa chemise tout en parlant. À peine avais-je déniché un pantalon correct et un haut sans inscription infamante qu'il nouait déjà sa cravate.

— Les Royal Marines ? demandai-je en étudiant les rayures.

— Le premier Régiment de Gloucester.

— Tu devrais avoir honte.

— Ma chère amie, rien n'interdit de porter une cravate militaire. Il commença à sortir divers objets des poches de la veste qu'il portait pour les mettre dans celles de son élégant blazer en laine et soie. Le dernier objet fut le pistolet. Jouet ou pas, il était assez lourd pour faire plisser le vêtement. Il étudia son reflet dans le miroir, fronça les sourcils et transféra le pistolet dans une poche intérieure.

— Et si tu m'en donnais un ?

— Tu voyages trop. Essaie de passer la sécurité d'un aéroport avec ça, tu verras que cela n'amuse personne.

Le Savoy était l'un des nombreux endroits où John ne m'avait jamais emmenée. Ça m'a plu tout de suite ! L'allée circulaire qui donnait directement sur le Strand, le serviteur en haut-de-forme qui sautait sur la porte du taxi, le magnifique lobby où Schmidt nous attendait, bras ouverts.

Il m'embrassa – il aurait aussi embrassé John si celui-ci ne s'était méfié – et annonça qu'il avait réussi à nous obtenir une table.

Cela ne devait pas être une mince affaire, et John semblait impressionné.

Tandis que Schmidt était plongé dans le menu, je l'étudiai attentivement, de plus en plus inquiète.

Il avait bonne mine et n'avait pas continué à maigrir, mais il y avait quelque chose… Son regard n'arrêtait pas de bouger.

Il babillait, mais son enthousiasme forcené habituel avait disparu, comme s'il essayait de se changer les idées !

— Bon, Schmidt, dis-je, maintenant, ça suffit, vide ton sac. C'est pour ça qu'on est là.

Schmidt sortit un grand mouchoir qu'il pressa devant son visage.

— Je n'ai pas envie d'en parler. Plus tard, peut-être, mais pas ici : je ne veux pas me mettre à pleurer en public. Distrayez-moi. Parlez-moi de vous, dites-moi ce que vous faites. Comment vont les affaires ? Des trouvailles intéressantes ?

— J'ai un magnifique *Enterrement du Christ* par un graveur sur bois allemand du XVe siècle. Mais n'espère pas que John te fasse une réduction. C'est toujours plus cher pour les vrais amis.

Schmidt éclata d'un rire bruyant.

— Très bien, très bien. Je passerai le voir demain à la boutique.

J'ouvris la bouche et reçus immédiatement un coup de pied dans les chevilles.

— Quand vous voudrez, dit John. Combien de temps avez-vous l'intention de rester à Londres, Schmidt ?

— Je ne veux pas bouleverser votre programme.

— Il est flexible, dit John, ce qui était sans doute la plus belle litote de l'année.

J'étais certaine qu'il avait toujours l'intention de quitter la ville dès le lendemain matin, sans rien dire à Schmidt. C'était une mauvaise idée, à mon avis, de le laisser tout seul à Londres, totalement et, de son point de vue, légitimement furieux contre nous. J'avais appris à ne pas sous-estimer mon patron. Il serait sur notre piste dès qu'il aurait appris que nous n'étions plus dans son rayon d'action. L'idée d'avoir sa petite personne corpulente et peu discrète à nos trousses en Égypte me mettait mal à l'aise.

Si nous allions en Égypte, bien entendu.

En remarquant mon air soucieux, Schmidt dit :

— Tu ne t'inquiètes pas pour Clara, j'espère ? Je me suis assuré qu'on s'occuperait bien d'elle.

— Parfait, fis-je, absente.

Je crois que nous avons très bien mangé, même si je ne me souviens pas de ce que j'avais dans mon assiette. De nouvelles idées affolantes ne cessaient de me traverser l'esprit. John s'était arrangé pour que Schmidt ne fasse pas un pas dehors.

Notre vieil ami était-il en danger ? Qui devait-il craindre ? Et pourquoi ? S'il risquait effectivement quelque chose, nous ne pouvions pas le laisser sans protection.

Je revins dans le monde réel pour entendre John et Schmidt qui discutaient du Victoria and Albert Museum.

— Cela fait un moment que je n'y suis pas allé, fit Schmidt en tordant délicatement sa moustache. J'aimerais bien revoir les armures. Vicky, tu voudras bien m'accompagner, j'espère ? Vous êtes le bienvenu aussi, John, mais vous serez sans doute occupé au magasin.

— Je croyais que vous vouliez voir l'*Enterrement*... dit John.

— Un autre jour, peut-être.

Schmidt insista pour nous escorter jusqu'à la porte.

— Bon, dit-il, demain à neuf heures, Vicky, pour le petit-déjeuner et ensuite, direction le musée.

Il nous envoyait toujours des baisers lorsque le taxi s'éloigna.

— Tu n'as pas eu l'impression qu'il ne voulait pas de ma présence, demain ? dit John.

— J'ai beaucoup d'impressions, plus absurdes les unes que les autres. Je commence à croire…

— Pas maintenant… bien sûr, corrigea John, tu peux penser ce que tu veux, mais ce n'est pas la peine d'en discuter maintenant.

Je me contentai donc de regarder par la vitre. Londres est l'une de mes villes préférées. Je m'y étais toujours sentie en sécurité, avant, même après l'attentat-suicide dans le métro.

Les attaques terroristes sont aussi imprévisibles que les tornades, me disais-je, elles peuvent tout aussi bien se produire à New York qu'à Madrid ou au Moyen-Orient. Mais le matin même, j'avais failli être enlevée par des gens qui m'en voulaient, à moi, Vicky Bliss, et non pas à une victime anonyme.

On pourrait penser que je m'étais habituée à force de fréquenter John, mais croyez-moi, on ne s'habitue jamais à ce genre de chose.

John fit le tour de l'appartement avant de s'installer sur le divan et de me faire signe de le rejoindre.

— Tu réfléchis toujours ? demanda-t-il.

— Oui. Non. Je crois que nous devrions tout raconter à Schmidt.

Pour seule réponse, il leva le sourcil. J'avais ruminé mes arguments, si bien que je me lançai :

— Schmidt a de nombreux contacts. Il connaît tout le monde. Tu ne cesses de le dénigrer avec des adjectifs comme « vieux » ou « petit gros », mais sans Schmidt, notre aventure égyptienne de l'an dernier ne se serait pas terminée aussi bien. Il a joué les *deus ex machina,* il nous a sortis de situations scabreuses. Tu le prends peut-être pour un rigolo…

— C'est un rigolo. C'est une des choses qui le rend si efficace. Les gens le sous-estiment. Je commence à apprendre à ne pas le faire. Crois-moi ou pas, j'envisageais cette possibilité aussi. La seule chose qui m'en empêche, c'est que j'aime bien ce vieil… pardon, ce cher ami. Je n'ai pas envie qu'on lui fasse du mal.

— Et moi, à ton avis ? Mais il est adulte, John, même s'il est enrobé et qu'il n'est plus aussi jeune qu'avant. Je n'ai pas le droit de prendre des décisions à sa place et toi non plus. Son ego vient déjà d'en prendre un coup avec cette garce de Suzi. Il préférerait sans doute risquer sa vie que de perdre l'estime de soi. Tu ressentiras peut-être la même chose quand tu auras son âge.

John me prit la main.

— Ne pleure pas.

— Je ne pleure pas, dis-je en reniflant.

— Tu as failli me faire pleurer ! dit John en me tendant un mouchoir. (Il en a toujours un sur lui.) Et tu m'as convaincu. Dieu sait que je préfère avoir Schmidt avec moi que contre moi.

— D'ailleurs… Oh, tu es d'accord ? Alors, comment on procède ?

— Tu vas le retrouver au Savoy, comme prévu, prends un copieux petit-déjeuner, saute dans un taxi, et en route pour Heathrow. Je t'y retrouverai. Terminal international. À dix heures et demie.

Je m'y attendais plus ou moins.

— Qu'est-ce que je lui raconte ?

— Si je le connais bien, la seule chose à lui dire, c'est que nous sommes partis sur une nouvelle aventure et que je lui donnerai tous les détails en temps voulu. Que tu as juré le secret, dit John qui commençait à se passionner pour ce scénario, et que tu n'oses pas divulguer les plans du maître d'œuvre (moi). Que nous courrons tous un grand danger, tant que nous ne serons pas à destination, et, qu'une fois sur place, on l'intronisera dans la cabale. On pourra même organiser une petite cérémonie, avec masques et costumes de rigueur !

John recourait à ces bêtises comme à un moyen de défense. C'était si contagieux que, lorsqu'il me proposa un en-cas, j'optai pour une autre forme de distraction.

La réaction de Schmidt fut totalement différente de ce que nous avions prédit, John et moi.

Lorsque je demandai au chauffeur de taxi de nous conduire à Heathrow, et non au musée, on aurait dit qu'on venait de lui apprendre le décès de son meilleur ami.

— Alors, tu es en cavale, dit-il, les sourcils froncés. Une fois de plus.

— *Nous* sommes en cavale, corrigeai-je. Qu'est-ce qui te prend, Schmidt, tu n'aimes plus l'aventure ?

— Si, si, dit-il à contrecœur. Pourquoi ne pas m'avoir prévenu ? Comment puis-je partir pour une destination inconnue sans bagages.

Il avait le plus important : son passeport et son ordinateur portable, dans une élégante sacoche de cuir. Je crois qu'on ne l'aurait pas laissé entrer ainsi au musée, mais ce n'était pas le moment de le lui faire remarquer puisqu'il n'en était plus question.

Il n'était guère plus démuni que moi.

J'avais mis des sous-vêtements et une brosse à dents dans mon sac à dos, c'est tout. Tôt ou tard, quelqu'un devrait me racheter une garde-robe.

J'espérais que ce serait Schmidt. Il était plus généreux que John.

Schmidt voulait savoir où nous allions, ce qui me paraissait raisonnable. Et pour quelles raisons. Le discours de John, que je reproduisis presque à la lettre, ne lui remonta pas le moral. Après avoir annoncé qu'il ne poserait plus de questions, il se réfugia dans le silence, les bras croisés, la lèvre boudeuse. Cela ne lui ressemblait guère, et, si je n'avais pas été préoccupée par d'autres problèmes, je me serais demandé ce qu'il tramait. Cela n'aurait rien changé, de toute façon.

John nous attendait, cartes d'embarquement à la main. Schmidt lui arracha la sienne des mains.

— Berlin, dit-il, d'un ton neutre.

— Berlin ? répétai-je d'une voix suraiguë.

— Nous avons encore le temps de boire un café, dit John en prenant Schmidt par le bras.

Il resta collé à Schmidt comme un frère après une longue séparation et l'accompagna jusqu'aux toilettes. À bord, je fus reléguée à un siège entre deux étrangers, pendant que John maternait Schmidt, quelques rangs devant moi.

Attends-toi et prépare-toi toujours au pire, ainsi, tu ne seras pas déçue et jamais prise au dépourvu. Telles étaient les règles de conduite de John, mais j'étais persuadée, que, dans notre cas, il en rajoutait. Schmidt se conduisait bizarrement, mais je n'arrivais pas à imaginer que mon vieil… cher ami avait de mauvaises intentions.

Comme je n'avais rien à lire, après avoir feuilleté le magazine de l'avion et décidé quel carré Hermès j'aurais choisi si on avait proposé de m'en offrir un, j'essayai de deviner les raisons qui nous conduisaient à Berlin. J'espérais que nous n'allions pas tomber sur une version germanique de Bernardo. Un Monseigneur Anonyme allemand ? Une personne liée au musée ? Je pourrais peut-être me fabriquer une pancarte et monter le siège avec les autres manifestants ?

Cela aurait au moins l'avantage d'embêter ce salaud de Perlmutter, surtout si j'arrivais à passer à la télévision. Allez, ne cherche pas à savoir, suis aveuglément ton maître… J'aurais aussi bien pu être mariée. L'amour, l'honneur et surtout l'obéissance…

Aucune voiture de location ne nous attendait à l'aéroport mais l'hôtel devant lequel le taxi nous déposa ressemblait un peu à celui de Rome, dans un quartier tranquille, un petit hôtel sans histoire. Le réceptionniste ne sembla pas reconnaître John, mais après avoir échangé quelques mots avec le directeur, il nous accorda une suite, avec deux chambres, ce qui laissait penser à d'anciennes frasques communes… peut-être pas si anciennes. Nous montâmes à l'étage et, quelques instants plus tard, un garçon d'étage nous apporta une bouteille de vin.

Schmidt avait réussi à aller à la salle de bains sans escorte. En sortant, il jeta un coup d'œil morose sur le vin.

— Un agréable petit merlot, dit John. Vous préférez le vin rouge, je crois ?

— J'aimerais mieux de la bière.

— Bien entendu. (John décrocha le téléphone.) Vous voulez quelque chose à manger ? Qu'est-ce qui vous ferait plaisir ?

— Rien.

— Voyons, Schmidt, dis-je, inquiète. L'heure du déjeuner est passée depuis longtemps. Je suis sûre que tu as faim.

Aussi impavide qu'un Bouddha moustachu, Schmidt regardait dans le vide. John passa une commande, au petit bonheur la chance, et s'assit, les bras croisés.

— L'heure est venue, dit-il, d'un ton mesuré, de vous dire toute la vérité.

Schmidt grommela entre ses dents.

— Quoi ?

— Vous n'êtes pas obligé de tout me dire.

— Votre confiance absolue et votre loyauté me touchent au plus profond du cœur, dit John, en mettant la main sur la position approximative de cet organe. C'est parce que j'ai cette même confiance en vous que je veux que vous sachiez la vérité, toute la vérité, rien que…

— Arrête un peu, dis-je, irritée. Bon, voilà, il y a trois jours…

John ne cessait de m'interrompre, mais je n'étais pas d'humeur à supporter ses enjolivures rhétoriques. Je résumais la situation aussi simplement et aussi brièvement que le permettait la complexité de l'affaire. Schmidt me fixait, les yeux écarquillés, la bouche ouverte.

— Toutankhamon ? On a volé Toutankhamon ?

— Et tout le monde s'imagine que c'est moi, dit John. Tout le monde étant une quantité indéterminée, mais néanmoins mesurable, d'individus qui ont des liens avec mon ancienne profession.

— Des escrocs, traduisis-je.

Un gargouillement sortit de la gorge de Schmidt.

— Je suis innocent, Schmidt, entonna John. Aussi innocent que le bébé…

Je lui donnai un coup dans les côtes.

— Ce n'est pas le moment d'amuser la galerie.

— Je ne cherchais pas à amuser la galerie, répondit John, indigné, en tournant ses yeux d'un bleu de cristal vers Schmidt. J'en appelle à vous, Schmidt. En souvenir du bon vieux temps, et parce que vous êtes l'allié le plus courageux et le plus sage que je pourrais jamais trouver, voulez-vous m'aider à blanchir mon nom ?

Schmidt s'assit sur le sofa et éclata en sanglots.

Il est très sentimental, notre Schmidt, mais ses larmes n'étaient pas des larmes d'émotion d'un cœur débordant, c'était un flot, un torrent qui trempait sa moustache et ruisselait sur ses joues et son menton.

Je m'approchai de lui, lui passai le bras autour des épaules, mais il m'écarta d'un violent revers de main.

— Non, ne sois pas gentille avec moi. Je ne le mérite pas. Je t'ai trahie.

V

La scène se termina sur cette note dramatique, car le garçon d'étage arrivait avec notre commande. En sanglots, Schmidt se réfugia dans sa chambre. John me fit signe d'ouvrir la porte et s'aplatit contre le mur, prêt, je suppose, à me défendre contre un type armé jusqu'aux dents. Celui-ci avait des cheveux grisonnants et un ventre protubérant. S'il était membre d'un gang, ce dernier devait être particulièrement désargenté. D'un geste, John lui indiqua que nous n'avions plus besoin de lui. L'homme m'adressa un regard charmant et s'éloigna. En entendant la porte se refermer, Schmidt fit une tentative d'apparition.

Tout son visage était affaissé, lèvres, moustache, double menton.

— Pourras-tu jamais me pardonner ? murmura-t-il, en chignant.

Je le pris dans mes bras.

— Buvez donc une bière, proposa John.

Ce fut sans doute la bière, et non mes embrassades qui emportèrent l'affaire.

— Je promets que je ne pleurerai plus, annonça Schmidt après avoir englouti une longue rasade. Je resterai digne. Et je me mettrai à nu !

Vaillamment, John resta imperturbable devant cette sortie. J'accompagnai Schmidt et pris une bière. John but un verre de vin. Que les fanatiques de la santé soient maudits ! Rien de tel que l'alcool pour soulager les tensions et créer une atmosphère chaleureuse. La bière et la perspective de libérer sa conscience faisaient des merveilles.

Redevenu lui-même, Schmidt avait les joues roses et le regard candide.

— C'est Suzi qui l'a piégé, proposai-je.

— Je vais tout vous raconter, dit Schmidt, en élargissant les épaules, de manière virile. Nous étions chez toi, pour prendre soin de Clara, comme promis. Clara ne voulait pas que Suzi s'occupe d'elle, la vilaine grognait et crachait. Alors, je suis allée la nourrir et, pendant ce temps, Suzi est entrée dans ta chambre. Quand je l'ai trouvée là, j'étais scandalisé. C'est à ce moment-là qu'elle m'a tout raconté. Qu'une antiquité d'une grande valeur avait été volée en Égypte et que vous, John, vous étiez le premier suspect.

Plein d'espoir, il se tourna vers John qui lui tendit aussitôt une autre bière.

— Elle ne vous a pas précisé de quelle antiquité il s'agissait.

Ce n'était pas une question. L'étonnement de Schmidt prouvait assez qu'il ne savait rien sur la disparition de Toutankhamon.

— Elle prétendait ne pas avoir le droit de le dire. Bien sûr, j'ai tout de suite pensé aux statues des pyramides de Khafre et Menkaure, aux cercueils d'or, aux masques, aux bijoux. Mais qui volerait une vieille momie toute desséchée ? Aujourd'hui, je comprends pourquoi on vous soupçonne. Le scénario porte votre marque de fabrique, *nicht wahr ?* Elle sait qui vous êtes, John… qui vous étiez. Elle n'a rien dit à ses supérieurs pour récolter toute la gloire, lorsqu'elle vous remettra aux mains de la justice.

— Ah voilà ! dis-je. La dernière fois, avant que nous quittions L'Égypte, j'avais l'impression qu'elle avait démasqué John, et qu'elle évitait de le claironner parce qu'elle nous aimait bien et qu'elle était désolée pour nous !

— Et parce qu'à ce moment-là, elle ne pouvait rien prouver !

— Exact. Quelle idiote je fais !

— Tu fais confiance aux gens, commenta John. C'est un grave défaut de caractère que je me suis efforcé de corriger chez toi, en vain. Alors, Schmidt, lorsqu'elle vous a demandé de jouer les espions, vous avez accepté.

— Je ne suis qu'un vieil imbécile, dit Schmidt en se tenant la tête. Mais, mes amis, je vous jure que je ne me suis plié à ses exigences que parce que j'étais sûr de découvrir la preuve de votre innocence. Et quand je la trouverai je lui jetterai à la figure !

— Alors, cette histoire de Suzi qui vous avait larguée, c'était pure invention ?

— C'est elle qui m'a demandé de le dire, avoua Schmidt. Mais j'ai réussi à vous convaincre, non ?

— Vicky était convaincue, dit John. Elle fait confiance aux gens, en particulier à ses amis.

— Pas vous, dit Schmidt en lui lançant un regard de reproche. Vous avez pris la précaution de ne pas me quitter d'une semelle, pour que je ne puisse pas lui envoyer de texto. Vicky… je ne l'aurais pas fait, de toute façon. Dès que je t'ai revue, j'ai été malheureux comme les pierres, déchiré entre mon amitié et…

— La luxure, proposa John.

La bouche en cœur, Schmidt réfléchit un instant.

— Oui, en partie, en partie seulement. Je l'aime, je l'aime vraiment. Elle me fait rire.

— Suzi ? J'ai du mal à l'imaginer en joyeux luron ! m'exclamai-je.

Schmidt rougit.

— Dans l'intimité, tu comprends… Et elle m'a dit que je n'avais pas à être loyal envers vous, John, parce que vous m'aviez trompé et que vous mentiez à Vicky. À présent, j'ai compris qu'elle faisait semblant de tenir à moi pour garder la main sur vous. Ça me servira de leçon, je ne me laisserai plus berner par les plaisirs de la chair. Le mariage des esprits, les goûts communs seront mes seuls principes…

— Parfait, dit John. Alors, quels ordres vous a-t-elle donnés ?

— De la prévenir si vous quittiez Londres.

— Vous n'en avez rien fait…

— Non, je vous l'ai dit.

— On ne tardera pas à nous retrouver, cela prendra peut-être quand même un peu de temps. Et quoi d'autre, Schmidt ?

— Seulement de lui dire ce que vous faisiez, qui vous rencontriez, mais…

— Mais vous n'en avez rien fait, dit John en plissant la lèvre. Peut-on vous croire ?

Schmidt blêmit.

— Arrête, John, moi je le crois.

— Moi aussi, avoua John.

Sa moue se transforma en sourire.

Cette déclaration de foi suffit à éveiller l'appétit de Schmidt qui commença à soulever les couvercles et à goûter à tous les plats pendant que nous lui faisions un bref récit des derniers événements. Schmidt ne disait pas grand-chose car il avait la bouche pleine ; il opinait de la tête et roulait les yeux en manifestant silencieusement sa consternation, son inquiétude ou sa curiosité. Il s'assit enfin, s'essuya le menton et ouvrit une autre bière.

— *Ach so !* dit-il. Résumons la situation. Feisal, pauvre Feisal, tient le siège à Louxor. Le Conseil suprême n'est pas encore au courant du vol. Plusieurs individus dangereux – Bernardo à Rome et au moins une autre personne à Londres – connaissent la vérité. Ce ne sont pas eux qui ont commis le vol. Suzi sait, elle aussi. L'information semble s'être propagée au petit bonheur la chance, mais est-ce vraiment le cas ? Une source unique, *vielleicht ?*

— Très bonne analyse, Schmidt. Si nous avions la réponse à cette question, nous serions proches de découvrir le mobile du voleur et son identité.

— Sans doute, dit Schmidt.

Il leva les doigts et me regarda au-dessus de ses mains. Je reconnus son interprétation du personnage de Sherlock Holmes. Bon, il y avait bien droit. Je gardai un silence respectueux, et, chose surprenante, John fit de même.

— Vous semblez avoir passé en revue les mobiles les plus vraisemblables, résuma Schmidt. Le plus plausible, c'est encore la cupidité. Une rançon, pour être précis. Dans ce cas, pourquoi ni le gouvernement égyptien ni le Conseil suprême n'ont été contactés ?

— Comment le savoir ? demanda John.

— J'allais y arriver, répondit Schmidt en lui jetant le regard qu'Holmes adresse à Watson. Ils ont de bonnes raisons de garder le silence.

— Oui, mais la réaction normale aurait été de vérifier immédiatement qu'il ne s'agissait pas d'un canular… la disparition de Toutankhamon. Feisal a l'air un peu nerveux, mais ça aurait été pire si une personne du Conseil suprême avait exigé de visiter la tombe.

— Ce ne sont que des spéculations, grogna Schmidt. Il n'y a qu'un seul moyen de savoir si le secrétaire général du Conseil suprême est au courant, c'est de le lui demander.

Ce que voulait dire Schmidt, c'est *qu'il* allait le lui demander. Il se vantait d'être un ami de Khifaya. Il se croyait l'ami de tous ceux qu'il rencontrait, et il était vrai que ses relations et sa réputation lui donnaient un avantage certain lorsqu'il s'agissait d'obtenir des informations. Par pure bonté d'âme, je suggérai qu'on approche Khifaya en participant aux manifestations devant le musée. Schmidt trouva l'idée excellente. Il porterait une pancarte, lui aussi.

Néanmoins, nous allions être déçus, car Khifaya avait quitté Berlin.

Penché sur son ordinateur, Schmidt continuait à fouiller les fins fonds les plus ésotériques de la Toile, où il venait de dénicher cette information. Khifaya n'intéressait déjà plus personne, même si son nom se retrouvait sur de nombreux site. Tout comme celui de Toutankhamon, qui, pourtant, n'avait pas de site perso.

— Cela nous est d'aucune utilité pour nos recherches. On devrait s'en tenir à l'égyptologie.

— À la poursuite de Khifaya ? demandai-je, pleine d'espoir.

— Quelqu'un a une meilleure idée ? demanda Schmidt.

John repoussa le hot-dog qu'il grignotait.

— Je me demandais quand on allait me poser la question.

— Considère que c'est fait, dis-je, en observant le plateau de fromages.

— J'avais plusieurs raisons de venir à Berlin, dit John. Rejoindre les manifestants ne manque pas de charme, mais j'espérais avoir des nouvelles d'un vieil ami.

— Un autre escroc ? demandai-je. Je ne voudrais pas jouer les rabat-joie, mais tu as déjà deux gangs à tes trousses, un à Rome et l'autre à Londres. Ça ne te suffit pas ?

— Parfaitement d'accord, ajouta Schmidt, en s'emparant de la dernière tranche de gouda. Il faudrait s'organiser. D'abord, vous devriez contacter Feisal. Qui sait quelles informations ont pu transpirer en quelques heures ?

— Oui, ce n'est pas idiot, admit John. Je vais peut-être risquer un coup de téléphone.

Feisal répondit dès la première sonnerie.

— Où êtes-vous ? demanda-t-il.

— En chemin, répondit John. Nous avons vu ton patron l'autre jour, à la télévision. Il a l'air de bien s'amuser à harceler les musées de Berlin.

— Il est de retour au Caire. *Moi*, dit Feisal, je suis à Louxor. Quand venez-vous me rejoindre ?

Schmidt tendit la main vers le téléphone. John lui tourna le dos et s'accrocha au récepteur.

— Schmidt, tais-toi, sifflai-je.

— J'aimerais…

— Nous lui réservons la surprise.

John raccrocha.

— J'ai l'impression que tout va bien pour l'instant. Il ne hurlait pas. Je lui ai dit que nous essaierons de prendre le premier vol demain matin.

— Non, c'est impossible ! s'exclama Schmidt. Dans la soirée, peut-être, mais le matin, je vais manifester devant le musée. Oui, oui, je sais, Khifaya est parti, mais il y a sans doute encore du monde sur place. Et sinon, eh bien, je serais simplement un peu plus visible. Je m'allongerai sur le trottoir, pour me faire arrêter.

— Tu veux couvrir Perlmutter de honte ? demandai-je, partagée entre l'amusement et la consternation.

— Pourquoi pas ? Il m'a ridiculisé en me laissant creuser cette tombe en public, alors qu'il savait pertinemment qu'elle était vide ! Et puis, j'aimerais bien lui poser une ou deux questions, discrètement, à ma manière habituelle. Est-ce que l'un de vous s'est renseigné pour savoir si les musées et les collectionneurs avaient eu vent de l'affaire ?

— Je n'ai pas eu le temps, rétorqua John, sur la défensive.

— Taratata, dit Schmidt. Même pas le British Museum ? Le conservateur, je crois est un de vos lointains…

— Très lointain… Il ne me reconnaîtrait même pas.

— Alors, laissez-moi m'en charger, proposa Schmidt en jetant un coup d'œil à sa montre avant de se lever. Nous ne sommes pas en avance. Il y a beaucoup à faire !

— Qu'est-ce que tu as en tête ? demandai-je, m'attendant au pire.

— Des courses, quelle question ! Je n'ai même pas une brosse à dents !

— Et le concierge ?

— Le concierge ne va pas m'acheter des vêtements, *Heiliger Gott !* Il m'est impossible d'aller en Égypte avec un seul costume, sans pyjama ni robe de chambre…

— Je peux venir avec toi ? demandai-je, pleine d'espoir.

— *Aber natürlich,* répondit Schmidt, rayonnant.

Il alla dans sa chambre en trottinant, rangea son ordinateur, et, comme il dit, « s'arrangea du mieux possible ». John me lança un regard critique.

— Vicky, tu ne vas pas le laisser…

— M'offrir une nouvelle garde-robe ? Bien sûr que si. Tu vois, il essaye de se racheter pour nous avoir trahis. Je parierai qu'il te paiera un nouveau costume aussi, si tu es gentil.

— C'est hors de question !

Je lui donnai un petit baiser rapide.

— Tu boudes parce que tu n'es plus le seul maître à bord.

Schmidt avait ses entrées dans les meilleures boutiques. L'un des vendeurs obséquieux promit de faire raccourcir ses trois pantalons de costume de lin blanc et de les livrer à l'hôtel pour le lendemain matin huit heures.

Un autre fournit plusieurs articles de confection homme allant des chaussettes aux pyjamas. J'allais mettre le holà lorsque Schmidt m'entraîna au Gesundbrunnencenter, une élégante boutique, où j'achetai un jean et quelques chemisiers.

Schmidt s'éloigna en maugréant pendant que je me trouvais dans la cabine d'essayage et revint avec plusieurs paquets qu'il fourra dans les bras d'un John extrêmement réticent.

— Nous avons presque terminé, annonça-t-il. Encore une étape et nous pourrons aller dîner.

Un coup d'œil dans la vitrine de l'établissement devant lequel le taxi nous déposa confirma mes soupçons. Un seul vêtement y était exposé : une chemise de nuit qui semblait avoir été tissée par des araignées. Translucide, incrustée de fils perlés, elle étincelait comme les ailes d'une libellule.

— C'est fermé, dis-je en essayant de ne pas paraître déçue.

Une femme de ma taille ne se promène pas en dentelle et mousseline, mais comme Schmidt le savait, j'adore les chemises de nuit vaporeuses.

— Trudi ouvrira pour moi. Elle nous attend.

Il appuya sur un bouton fort discret. Une lumière s'alluma à l'intérieur, un rideau se tira, un œil regarda à l'extérieur, un cri de joie retentit et la porte s'ouvrit. Schmidt se précipita dans les bras ouverts d'une blonde aux formes généreuses qui portait un déshabillé orné de dentelles, rubans en cascades et Dieu sait quels autres artifices.

Installés à une table de marbre, Schmidt et John buvaient du champagne pendant que Trudi m'inondait de vêtements intimes dans la cabine d'essayage dans laquelle on m'avait enfermée.

Aucun ne portait de marque aussi vulgaire qu'une étiquette de prix, ce qui signifiait que je n'aurais même pas les moyens de m'offrir un simple mouchoir ! J'étais prête à me montrer raisonnable, mais cette fichue chemise de nuit que Trudi sortit de la vitrine… c'était trop…

Si le concept de sensualité varie d'une culture à l'autre et selon les régions, l'exhibition d'une trop grande étendue de peau peut être dissuasive (surtout lorsque, comme trop souvent de nos jours, elle couvre des bourrelets de chair ramollie).

Ce qui compte, ce n'est pas ce que l'on montre, mais la manière dont on le dévoile. À l'époque victorienne, les jeunes gens étaient en émoi à la vue d'une simple cheville, et les Égyptiens savaient ce qu'ils faisaient en drapant leurs reines et leurs princesses dans des voiles transparents. Je voulais cette chemise de nuit. Elle suivait mes mouvements avec la grâce d'un nuage. Je la voulais à tout prix.

Je le rembourserai, me dis-je.

Pour accompagner Schmidt, je bus une coupe de champagne (c'était la deuxième pour lui) et Trudi lui présenta un sachet rose pâle, munis d'anses dorées, dont dépassaient des frous-frous de papier de soie.

— Merci de ta gentillesse, *Liebchen,* dit Schmidt à Trudi en tendant le sachet à John. Mets ça sur mon compte.

Le taxi qu'elle avait appelé arriva à l'instant même où nous sortîmes. Nous attendîmes que le verrou s'enclenche et que les chaînes cessent de tinter.

Soudain, je réfléchis. « Mon compte ? » Comment Schmidt pouvait-il avoir un compte dans une boutique de lingerie odieusement chère ? Combien de femmes avaient bénéficié de ses largesses ? Et d'ailleurs, en quoi cela me regardait ?

Lorsque j'ouvris le paquet de Trudi, j'y trouvai également un déshabillé assorti à la chemise de nuit et tout un éventail de petite lingerie.

Tous les articles semblaient sortis d'une usine d'araignées, et tous m'allaient à la perfection. Ou Schmidt avait l'œil particulièrement entraîné, ou il avait fouiné dans les tiroirs de mon bureau !

Si j'étais restée fidèle à mes principes, je serais allée de ce pas dans la chambre de Schmidt et je lui aurais tout rendu, d'un air digne.

Pourtant, je ne pus résister au plaisir d'essayer quelques articles, et la chemise de nuit inspira quelques citations de poètes à John. Cela lui inspira même un peu plus que de la poésie… Cette nuit-là, je ne rêvai pas de Toutankhamon.

Des coups tonitruants à la porte me réveillèrent. Je me redressai en grommelant.

— Debout, hurla Schmidt. On doit être au musée dans une heure. J'ai préparé le café. Tu veux que je te l'apporte ?

John avait tiré les draps sur son visage, mais cette proposition le fit jaillir du lit. J'enfilai le déshabillé assorti à ma chemise de nuit et allai ouvrir.

— Oh, c'est magnifique, fit-il en me toisant.

— Tu es très élégant toi aussi, marmonnai-je. Tu as mis ton beau costume, je vois.

— Oh, oui, je peux toujours compter sur Friedrich. Tiens, voilà ton petit-déjeuner. Œuf, saucisse, viennoiserie, confiture, fromage et bacon.

— Comment ça, pas de caviar ? dit John qui émergeait.

Schmidt se précipita sur le téléphone.

— Je plaisantais, ajouta John, en hâte.

Schmidt avait déjà déjeuné, mais il nous tint compagnie, grignotant ci et là jusqu'à ce que nous ayons terminé avant de nous pousser dans la chambre en nous intimant de nous dépêcher. À genoux, Schmidt mettait la dernière touche à une énorme banderole. Dans un allemand passionné, elle demandait le retour de Néfertiti.

— C'est un drap, demandai-je ?

— Oui, je n'ai pas trouvé de papier assez large, dit Schmidt en actionnant son marqueur violet. Je paierai, bien sûr.

Il ajouta quelques mots.

— Tu ne peux pas parler comme ça de Perlmutter ! objectai-je.

— Je veux attirer son attention. (Très raide, Schmidt se redressa sur ses pieds.) Ah, j'oubliais, j'ai réservé des places sur un vol pour Le Caire ce soir. Tu devrais téléphoner à Feisal pour le prévenir qu'on atterrit à dix heures quarante-cinq.

— On ferait mieux d'attendre pour savoir si vous serez libéré de garde à vue avant ! dit John.

Humblement, nous suivîmes Schmidt jusqu'à l'ascenseur.

— Je suis sûre que ça t'amuse, dis-je à John.

— Oui, ça commence à m'amuser. Ce n'est pas désagréable d'être un simple soldat et non plus un officier. Quoi qu'il arrive, cela ne sera pas ma faute !

— Et ton ami ?

John haussa les épaules.

— J'essaierai de le contacter plus tard. Je suis certain que Schmidt nous réserve une grande prestation. Je ne manquerais cela pour rien au monde.

Il n'y avait aucun manifestant en vue. La splendide façade classique du musée faisait face à un rond-point, orné d'une fontaine au centre.

Le trottoir était assez large pour une dizaine de personnes marchant de front, ou, comme on put le constater, pour deux personnes tenant la banderole de Schmidt. Je tenais une extrémité et lui l'autre.

— Le centre n'est pas assez tendu. John…

— Ah non ! s'exclama John, battant en retraite.

— On avance ou on s'installe devant l'escalier ? demandai-je.

— On attend, répondit Schmidt en consultant sa montre. Il m'a dit qu'il viendrait… Ah…

La camionnette verte portant le logo d'une chaîne de télévision locale s'arrêta dans un crissement de pneus. Un homme à lunettes noires en sortit, caméra à la main.

— *Verzeihen Sie, Herr Professor.* Désolé de ne pas avoir pu venir avec toute l'équipe, il y a eu un incendie dans les entrepôts de Dahlen.

— On fera de notre mieux, répondit Schmidt. Ernhardt Flugschaften, mon assistante, *Fraulein Doktor* Victoria Bliss. Bon, Ernhardt, reculez de quelques mètres, on avancera vers vous avec la banderole en scandant notre slogan.

— Quel est notre slogan ? demandai-je en levant mon extrémité de la banderole.

— On devrait peut-être chanter, proposa Schmidt qui n'y avait visiblement pas songé. C'est comment l'hymne national égyptien ?

— Je n'en sais fichtre rien !

— *Wahrheit ! Freiheit ! Gerechtigkeit !* hurla Schmidt pris d'une soudaine inspiration qui nous fit sursauter.

Je ne voyais pas ce que venait faire la liberté là-dedans, à moins qu'il ne s'agisse de notre libération de prison, mais je m'époumonai avec lui. « Vérité, liberté, justice ! »

Cela sonnait bien. En souriant, Ernhardt recula, caméra à la main. Appuyé contre une rambarde, à une distance de sécurité, John observait, les mains dans les poches.

Nous commencions à attirer le public, il y avait ceux qui brandissaient le poing, furieux contre nous, mais aussi les gardes du musée.

— *Wahrheit* ! *Freiheit* !

Le plus proche des gardes s'éclaircit la voix.

— *Herr Doktor, entshuldigen Sie...*

Il recula d'un bond car Schmidt avançait vers lui sans ralentir ni s'écarter.

— *Ach, Überwald, mein alter Freund ! Ihre Familie ist gesund?*

— *Ja, vielen Dank, Herr Doktor, aber... aber...*

Nous fîmes un demi-tour vers la droite, pas très fluide, car je ne m'y attendais pas et recommençâmes à marcher vers Überwald.

— Vous ne pouvez pas faire ça, c'est *verboten ! Bitte...*

Nous passâmes devant lui d'un pas rapide et Schmidt lui tendit une carte.

— Annoncez ma visite au Herr Doktor Perlmutter.

Schmidt connaissait tout le monde. Les vigiles, les vendeurs des boutiques, les propriétaires des restaurants, les journalistes, et sans doute le technicien de surface et le nom et l'âge de tous ses enfants. Il avait la mémoire du célèbre pachyderme et avait souvent prouvé qu'il n'oubliait jamais un visage. Nous ne serions pas arrêtés : tout le monde connaissait Schmidt.

Il fallut plusieurs allers et retours pour organiser la rencontre avec Perlmutter. Le directeur voulait que nous le retrouvions dans son bureau et Schmidt insistait pour qu'il descende dans la rue. Schmidt tendit une liasse de billets à un autre vigile et lui demanda d'aller chercher à manger, tout ce qu'il trouvait, non seulement pour nous mais aussi, précisa-t-il en montrant d'un geste ample le public qui ne cessait de croître, « pour tous nos amis ».

Nous fûmes rejoints par plusieurs personnes qui ne savaient pas pourquoi nous défilions et voulaient simplement passer à la télévision. Les autres s'étaient installées sur les marches pour observer. John restait à l'écart. Le chœur s'amplifiait : « *Wahrheit ! Freiheit ! Gerechtigkeit !* »

Jan Perlmutter essaya de faire une apparition discrète, mais Schmidt, sur ses gardes, le vit pointer son nez derrière une colonne. Prévenu par Schmidt, Ernhardt obtint de bonnes images de Perlmutter en train de jeter un coup d'œil nerveux sur la foule.

En ricanant, Schmidt me passa son morceau de banderole et avança vers les marches en faisant de grands saluts de la main. Je tendis la banderole à un couple de volontaires et le suivis.

Se libérant de l'embrassade affectueuse de Schmidt, Jan essaya de rester digne.

— Je suis surpris de te voir ici, Vicky.

J'avais autrefois eu un vieux béguin pour Jan, qui ressemblait à un magnifique saint d'une de mes peintures préférées. Hélas, la magie avait disparu. Non seulement je n'eus pas de nouveau coup de foudre, mais Jan n'était plus beau du tout.

Ses traits de rapace s'étaient affaissés, les boucles énergiques aux reflets d'or avaient des couleurs d'argent terni, et la chevelure avait reculé si loin que le front ressemblait à un massif montagneux au sommet couvert de neige.

Il tourna le dos à Ernhardt qui montait l'escalier en continuant à filmer et s'écria :

— Dis-lui de couper cette maudite caméra ! Schmidt, entre, immédiatement. Tu ne crois pas que tu t'es assez donné en spectacle comme ça ?

— *Wahrheit ! Freiheit !* dit Schmidt en lui offrant une saucisse dans un petit pain rond.

— Le mépris… la vengeance, ce n'est pas digne de toi, dit Jan, en boudant la saucisse. Ce n'est pas ma faute si tu n'as pas été assez malin pour trouver l'or de Troie.

Alors que Schmidt commençait à manger le hot-dog, je répondis à sa place :

— Comment tu t'y es pris ?

Schmidt déglutit.

— C'est du passé, lâcha-t-il, en écartant le sujet d'un geste de la main. Nous sommes ici pour défendre la vérité, la liberté et…

— Qu'est-ce que vous voulez, qu'est-ce que je peux faire pour que vous disparaissiez ? demanda Jan.

— La justice, termina Schmidt.

Il reposa son hot-dog, laissant une traînée de moutarde sur le bureau luisant. Jan tira un mouchoir en papier de sa poche et l'essuya.

— Les Égyptiens demandent seulement qu'on leur prête Néfertiti pour une exposition temporaire. Pourquoi refuses-tu ?

— Le buste est trop fragile.

— Bah, dit Schmidt, un bon emballage, un avion privé… Les Égyptiens ont envoyé des objets très délicats à l'étranger.

— Ils ne le rendront jamais ! explosa Jan. (Il se pencha en avant, les mains serrées.) Ils refuseront en prétendant, comme toujours, que Néfertiti leur a été volée. Et qu'est-ce qui va lui arriver, sur place ? Le musée du Caire, toujours bondé, insalubre, sans aucune sécurité, ce sera une catastrophe ! Sans régulation de la température, sans même de climatisation, les objets se détériorent de minute en minute. Dans toute l'Égypte, les tombes, les temples, les monuments historiques tombent en ruine. Nous avons sauvé Néfertiti ! Elle fait partie de notre héritage, à nous aussi, elle appartient au monde entier.

C'était le vieil argument repris par tous les pilleurs. Que seraient devenus les marbres d'Elgin s'ils étaient restés au Parthénon ? Que serait-il arrivé à l'autel de Pergame s'il n'avait pas été sauvé de l'actuelle Turquie par une expédition germanique ? La pierre de Rosette aurait-elle fini dans les fondations d'une maison du Caire si les Français n'avaient pas découvert sa valeur ? En général, toute argumentation a deux points de vue et celle-ci avait ses mérites. Tout comme le point de vue adverse.

— Le nouveau musée où ils ont l'intention de l'exposer disposera de tous les aménagements adéquats, dis-je. Ils font de leur mieux, Jan. L'Égypte a trop de choses à conserver. Le reste du monde devrait les aider à préserver leur héritage au lieu de gaspiller l'argent à faire la guerre.

— Trop de choses ! murmura Jan. (Il se passa la main sur le front.) Ta proposition est généreuse, mais cela n'arrivera jamais, Vicky. Tout ce que nous pouvons faire, c'est sauver ce qui est en notre possession.

— Et jusqu'où irais-tu, demanda Schmidt, pour sauver ce que tu peux sauver ?

Jan se raidit.

— Qu'est-ce que tu insinues, Schmidt ?

— Il y a des rumeurs.

Jan ne mordit pas à l'hameçon. Schmidt insista.

— On dit que le musée a acquis certains objets dans des circonstances douteuses.

— Ah, ça… On dit la même chose de tous les

musées du monde. Les lois ont changé. Ce qui est illégal aujourd'hui était parfaitement légal hier.

— Donc, si on te proposait un objet d'art, tu le refuserais tant que tu ne serais pas certain de sa provenance ? demanda Schmidt.

Si c'était sa conception d'un interrogatoire subtil et en douceur, c'était raté ! Jan éclata de rire.

— Sans aucun doute. Et maintenant, Schmidt, si tu n'as rien de plus à me dire…

Il ne nous avait pas invités à nous asseoir. Le bureau était une barricade, un symbole d'autorité et de supériorité. Nous laisser debout, c'était nous intimer, en termes non dissimulés, de partir au plus vite.

— Qu'est-ce que c'est que ces manières ? dit John. Vicky, je t'en prie, assieds-toi. Schmidt…

— Vous, qui êtes-vous ?

— Tu ne m'as pas laissé le temps de faire les présentations, dit Schmidt. Voici John Tregarth, un de mes collègues et un marchand d'art très connu.

— Je crois avoir entendu parler de vous, admit Jan. Un collègue ?

— Un ami, plutôt, dit John, modeste. Un *amicus curiae*, si l'on veut.

— En tant que négociant en antiquités, vous comprenez l'importance de protéger les objets précieux.

— Pas vraiment, dis-je. Il réalise l'importance de gagner de l'argent grâce à eux.

— Hum…

Jan observa le visage impassible de John.

— Je ne me souviens pas vous avoir acheté quoi que ce soit. Et pourtant, votre visage me semble familier.

— Nous ne nous sommes jamais rencontrés, dit John. (Il disait vrai. Il s'était attaché à rester loin de Jan lors du fiasco de l'or de Troie.) Je viens d'acquérir récemment quelques pièces égyptiennes qui pourraient intéresser le musée.

— Vous pouvez nous envoyer des photographies, dit Jan. À condition, bien sûr, que leur provenance soit irréprochable.

— Je vous le certifie.

— Nous ne songerions jamais à acheter un objet qui n'aurait pas été acquis légalement.

Il adressa une grimace à Schmidt et un sourire chaleureux à John.

Malgré notre refus, Jan nous fit escorter jusqu'à la sortie. Cette marque de défiance offensa Schmidt qui insista pour s'arrêter en chemin, afin de saluer Néfertiti.

Je l'avais vue souvent, sans jamais m'en lasser. Les photographies ne lui rendent pas justice. La haute couronne bleue caractéristique qui dissimule ses cheveux, le visage délicatement coloré, les lèvres souriantes, le cou effilé, le menton levé… même l'absence des yeux n'entamait pas sa beauté. Je comprenais pourquoi les Égyptiens tenaient tant à la rapatrier. Si Toutankhamon est le plus célèbre des symboles de l'Égypte ancienne, Néfertiti le suit de près et sa vue est beaucoup plus agréable.

Schmidt la gratifia d'un long soupir et se laissa raccompagner dehors.

Le public avait disparu, tout comme notre banderole, jetée dans une poubelle, sans doute.

— Il est temps d'aller déjeuner, dit Schmidt. Je connais un restaurant…

— Tu viens de manger quatre hot-dogs ! protestai-je.

— On ferait mieux de l'emmener déjeuner, dit John, il se montre plus réceptif à nos suggestions devant un bon repas.

Le restaurant était bondé et bruyant. L'endroit idéal pour une conversation privée.

— Alors, quelle est cette suggestion ? demanda Schmidt. Perlmutter n'a rien lâché, ce chien, mais vous avez bien fait, John, d'établir un lien avec lui.

— Merci, répondit John, modeste.

— Vous avez vraiment des objets dignes d'un musée ? Comment se fait-il que je n'aie jamais eu la chance de les voir ?

— Parce que nos collections ne comprennent aucune pièce d'Égypte ancienne, dis-je.

— Comment les avez-vous obtenues ? s'obstina Schmidt.

— Tout à fait légalement, je vous assure.

— Aha… elles viennent de…

— Hors de propos et immatériel… intervint John. Elles devraient nous servir à maintenir des relations amicales avec Perlmutter. Pour changer de sujet, ne serait-il pas temps de reprendre contact avec Suzi ?

Schmidt faillit s'étrangler avec la bouchée qu'il venait juste d'avaler.

— Oui, vous avez raison, bredouilla-t-il. Elle m'a demandé de lui faire un rapport quotidien, que j'aie ou non des nouvelles.

— Elle t'a peut-être laissé un message, suggérai-je.

— Non, elle aurait eu trop peur que vous l'interceptiez. Elle est très prudente. (Schmidt sortit son portable.) Que dois-je lui dire ?

John avait déjà réfléchi à la question.

— Que nous sommes à Berlin. (D'un geste, il repoussa les protestations naissantes de Schmidt.) Si elle ne l'a pas appris par ses propres sources, quelqu'un risque de vous voir aux informations.

— Je n'y avais pas pensé, dit Schmidt, décomposé.

— Il n'y a pas de mal. Dites-lui que nous avons l'intention de rester quelques jours et que vous avez l'espoir de me surprendre en train de négocier avec quelqu'un de ma bande.

Schmidt ricana. Ses petits doigts bouffis tapaient déjà sur les touches.

— La bande, ouais, c'est bien. Et quoi d'autre ?

— Tu lui envoies des baisers, suggérai-je.

Schmidt fit la grimace et obéit.

Comme je ne m'étais pas autorisé de hot-dog, je mangeai de bon cœur. Je sais, je donne l'impression de manger tout le temps, mais il faut dire que quand on travaille avec John, on ne sait jamais quand sera le prochain repas.

— Allons-nous vraiment en Égypte ou est-ce encore une autre technique pour brouiller les pistes ?

John leva le sourcil.

— Je pense qu'il est temps d'aller le chercher là ou il est. Je crois qu'il n'est pas sorti d'Égypte.

— Oh… et pourquoi ?

— À cause des difficultés logistiques que cela exigerait. Comment transporter un objet d'un mètre quatre-vingt par les canaux habituels ? On pourrait songer à un bateau partant d'un des ports de la mer Rouge, un avion de location, qui atterrirait dans le désert, mais pourquoi se donner tant de mal quand il suffit de le dissimuler dans un endroit pratique où il sera facile de le récupérer, dès le versement de la rançon ?

— Cela paraît logique, admit Schmidt.

John eut un sourire modeste.

— Et puis, il serait également difficile de le faire quitter la région de Louxor. Si je me souviens bien, on ne peut pas aller très loin sans tomber sur un poste de contrôle. Les véhicules doivent généralement attendre pour que la police les escorte, en convoi. J'imagine facilement plusieurs moyens de les contourner, mais il y a des chances pour que les voleurs n'aient pas poussé leur réflexion si loin.

John jeta un coup d'œil à sa montre.

— Nous ferions mieux de retourner à l'hôtel et de préparer nos bagages.

— Alors il me faut une valise, dit Schmidt, qui rayonnait déjà à l'idée de faire d'autres emplettes.

Nous ne prîmes pas le premier taxi. Je me demandais quand les truands comprendraient enfin que les gens connaissaient l'astuce et placeraient les ravisseurs dans la seconde voiture.

KaDeWe, l'équivalent berlinois de Harrods, était exactement l'endroit où il ne fallait pas emmener Schmidt.

Il nous acheta une valise à chacun (en cuir véritable), offrit à John une montre (Rolex) et une écharpe (Hermès), et se procura au rayon jouets la réplique exacte du pistolet de la princesse Leia.

— Tu ne passeras jamais la sécurité avec ça !

— Je le mettrai dans ma valise. Un cadeau pour mon neveu, tu vois ? Tu en veux un aussi ?

— Euh…

— Bon, deux neveux. Et peut-être aussi l'épée d'Aragorn…

Les épées mesuraient un mètre vingt. Nous le dissuadâmes de les acheter.

Nous rentrâmes à l'hôtel sans perdre une minute. Je plaçai tous mes nouveaux cadeaux, pistolet de Leia compris, dans ma nouvelle valise et m'assurai de n'avoir rien oublié. John, qui avait déjà bouclé ses bagages, quitta la chambre. Quand je le rejoignis au salon, il n'y était pas.

VI

John n'était plus dans la suite. Schmidt, qui empaquetait des objets que je ne l'avais même pas vu acheter, interrompit son interprétation pleine de fausses notes de *Night Train to Memphis* assez longtemps pour me dire qu'il ne l'avait ni vu ni entendu.

— Reste ici, dis-je, les dents serrées. Je ne plaisante pas, ne sors pas de cette pièce avant mon retour.

Si j'avais été une gentille fille, je me serais tordu les doigts et je me serais rongée d'inquiétude. Néanmoins, ma froide raison me disait que je n'avais entendu aucun bruit suspect, pas même celui d'une balle perdue.

Il avait dû sortir volontairement, sur ses deux pieds bien chaussés, pour un motif… qu'il n'avait pas pris la peine de me confier.

L'ascenseur ouvrait sur un corridor, à l'écart de la réception.

Pas assez furieuse pour vociférer des insultes et des menaces, abritée derrière un palmier en pot, je jetai un coup d'œil furtif et vis deux personnes devant la porte, engagées dans une conversation des plus sérieuses.

L'une d'elles, John, sans un cheveu qui dépassait, arborait un sourire affable. Petite et ronde, l'autre ressemblait un peu à Schmidt, mais c'était une femme et, à en juger à son attirail, plus très jeune : une robe imprimée sombre, qui tombait à mi-mollets, de bons souliers lacés et un fichu sur la tête.

Elle portait un énorme sac à main et un sachet d'une boutique de vêtements. Je ne voyais pas son visage, car elle me tournait le dos.

Je restai dans ma cachette, tout ouïe. Seuls de vagues murmures étaient audibles. Je finis par comprendre toute une phrase, prononcée par John : « *Auf wiedersehen* ». Au revoir.

Pour toute réponse, il reçut un petit rire de gorge. John se précipita pour lui ouvrir la porte, et l'énorme masse s'ébranla, dans un balancement de sac.

Je sortis de la verdure. En me voyant, John sourit et me rappela que nous étions en retard.

— La faute à qui ? demandai-je, tandis qu'il s'inclinait pour m'inviter à prendre l'ascenseur. Pourquoi ne pas m'avoir dit que tu avais rendez-vous avec ton contact ?

John me passa le bras autour de la taille et me tourna face à lui.

— Tu t'inquiétais ? me demanda-t-il, tendrement.

— J'étais furieuse !

— C'est bien ce que je pensais. (Il retira son bras.) Je t'avais dit que j'avais l'intention de voir quelqu'un.

— Qui est-ce ? Elle ne ressemblait pas à un escroc.

— Les meilleurs escrocs n'en ont jamais l'air… Mais, dans son cas, « escroc » n'est pas le mot qui convient. C'est l'une des antiquaires les plus respectées. Elle ne tenait pas à être vue avec moi, mais elle a accepté de passer, pour un bref entretien.

— Pourquoi ne voulait-elle pas te rencontrer en public ? Ah, laisse-moi deviner… Elle a entendu une ou deux rumeurs…

— Excellent, ironisa John, condescendant.

Il frappa à la porte de la suite. Schmidt devait se tenir juste derrière.

Il l'ouvrit d'un coup, prêt à nous accueillir, le pistolet de la princesse Leia braqué sur nous.

— Dieu soit loué ! Vous êtes vivants !

— Je ne vois pas ce qui aurait pu vous faire penser le contraire, dit John. Mais j'apprécie l'intérêt que vous nous portez. Avez-vous terminé vos bagages ?

— Oui, oui …

— Où est ton sac, Vicky ?

— Oh, tu veux le porter ? Quelle galanterie !

Je finis par le porter moi-même car, après avoir vu Schmidt traîner son énorme valise, John décida qu'il avait plus besoin d'aide que moi.

— Qu'avez-vous bien pu y entasser ?

Schmidt parut gêné.

— Quelques bricoles. Le strict nécessaire. Que…

John refusa de parler avant que nous soyons

dans le taxi. Adossé au siège, les mains croisées, il daigna enfin ouvrir la bouche.

— Au lieu de répondre à vos questions, je vais brièvement vous faire part des derniers développements. Je n'ai pas mentionné mon rendez-vous, parce que c'était un arrangement de dernière minute et que je n'en avais pas pour longtemps. Les réticences d'Helga prouvaient assez qu'elle avait entendu des rumeurs intéressantes, mais je voulais plus d'informations et n'avais aucune envie de prolonger la conversation sur une ligne non sécurisée.

— Vous croyez que Suzi… hasarda Schmidt, qui mit aussitôt sa main devant sa bouche.

— Pas de nom… Oui, c'est possible.

— Et… euh… l'autre… c'est celui de Ludwigkirchplatz ?

— Oui, vous la connaissez, bien sûr.

— *Aber natürlich*… L'une des anti…

John le coupa.

— Ainsi que d'autres négociants indépendants, elle a été informée d'un vol très récent. Elle manque de détails, mais il s'agirait d'une antiquité égyptienne d'une valeur considérable. On lui a demandé de se mettre immédiatement en contact avec le Conseil suprême des Antiquités si elle était approchée par quelqu'un qui lui proposerait un tel objet, ou, ajouta-t-il après une légère pause, si j'essayais d'entrer en contact avec elle.

— Humm, grogna Schmidt.

— Effectivement, acquiesçai-je. C'est étrange, pourquoi le Conseil suprême et non Interpol ? Et que viens-tu faire dans l'histoire ?

— Elle m'a posé les mêmes questions. Ma réputation actuelle est sans tache. Elle l'était encore récemment, du moins. Étant donné la situation, la simple mention de mon nom suffit à éveiller des doutes. Je ne serais pas le premier antiquaire à mal tourner.

— Tu l'as assuré de ton innocence, je suppose.

— Bien entendu, rétorqua-t-il, fier de lui. J'ai dit que, moi aussi, j'avais eu vent de la rumeur et, puisque j'avais l'intention de passer à Berlin, je voulais savoir si elle en avait eu écho. J'étais choqué… choqué ! lorsqu'elle m'a révélé qu'on avait cité mon nom. Ma détresse l'a tellement émue qu'elle a promis de me prévenir si quelqu'un la contactait à propos de cette antiquité.

— En d'autres termes, tu lui as fait l'un de tes meilleurs numéros.

— J'aurais fait pleurer les pierres ! exagéra-t-il, des sanglots dans la voix. C'est bizarre, Vicky, c'est incompréhensible. La… l'objet volé, n'est pas le genre d'artefact que des gens comme elle voudraient acquérir, même légalement, ce qui d'ailleurs n'est visiblement pas le cas.

— Peut-être pas si incompréhensible, intervint Schmidt, en fronçant les sourcils.

— Comment ça ? demanda John, sèchement.

— Ce n'est pas étonnant que votre réputation sans tache soit désormais souillée, expliqua Schmidt, surpris. Comme vous le dites, ce ne serait pas la première fois qu'un antiquaire succomberait à la tentation, face à un trophée d'une grande valeur.

— Très peu d'antiquaires seraient tentés par une… chose pareille. Comment pourrait-on s'en débarrasser ?

Schmidt émit quelques petits sons approbateurs. John avait failli s'énerver, ce qui était rarissime. Et je commençais à m'interroger.

La plupart des antiquaires ne sauraient que faire d'une célèbre momie… pourtant, si l'un d'eux avait la solution…

Ai-je besoin de préciser que nos billets étaient en première classe ? J'adore voyager avec Schmidt !

Il s'était arrangé pour que nous soyons accueillis à l'aéroport du Caire par un intermédiaire qui, avec une petite liasse de billets, prit nos passeports et se chargea des formalités douanières.

Il revint avec nos visas et un fauteuil roulant, dans lequel Schmidt s'installa.

— Tu vas bien ?

— Oui, oui. Il y a une file d'attente spéciale pour les handicapés, me dit Schmidt en me faisant un clin d'œil avant d'imprimer à son visage des lignes affaissées et une expression de douleur contenue.

— Son état empire, murmurai-je à John. Il ne reculera donc devant rien ?

— J'espère bien que non ! J'ai déjà utilisé le truc du fauteuil roulant, avec perruque, bandages et bave aux coins des lèvres, comme un vieillard, mais Schmidt est encore meilleur que je ne l'espérais.

Suivis par une petite procession qui portait nos bagages, grâce au fauteuil roulant, nous traversâmes rapidement le contrôle des passeports.

Au-delà de la zone des douanes, la foule attendait les nouveaux arrivants derrière une barrière. Je reconnus une silhouette familière.

— Je ferais mieux d'aller le prév… Oups, trop tard !

Schmidt avait déjà aperçu Feisal. Il lui lança un salut chaleureux en faisant de grands gestes. Jusqu'à cet instant, Feisal n'avait pas encore aperçu Schmidt.

Il prit soudain l'expression d'un héros de film d'horreur face au monstre qui se jette sur lui.

Schmidt se leva et embrassa Feisal.

— Je voulais vous réserver une surprise ! Vous êtes étonné, non ?

Feisal inspira et prouva qu'il était bien l'homme que j'avais toujours connu.

— Oui, oui, pour une surprise… Bonjour Schmidt. Vicky. Johnny…

— Vous allez nous accompagner à l'hôtel, proclama Schmidt. Nous sommes au Nile Hilton. Ce n'est pas mon hôtel préféré au Caire, mais il est pratique pour aller au musée.

Au Caire, la circulation est infernale, à toute heure du jour et de la nuit. Minuit était largement passé lorsqu'on nous montra nos chambres. Schmidt avait une suite avec balcon et vue sur la ville. Sur Le Caire, la nuit somptueuse scintillait, comme une robe incrustée de paillettes, avec le fleuve qui sillonnait les rues, tel un serpent fluorescent. J'étais en pleine contemplation lorsque Schmidt me rappela à l'ordre.

— Allez, allez, ce n'est pas le moment de rêver. On doit tenir un conseil de guerre.

Feisal s'effondra sur un divan et regarda John avec un regard mauvais.

— Il sait. Vous lui avez tout raconté. Pourquoi ?

Bien que tentée de rejeter toute la faute sur John, la probité exigeait que j'en prenne ma part.

— C'était mon idée, Feisal. (Son regard se dirigea vers moi.) Euh, c'est notre idée, à tous les deux.

— Et pourquoi pas ? interrompit Schmidt. N'ai-je pas fait preuve de mes qualités ? Ne sommes-nous pas comme les quatre mousquetaires, un pour tous et tous pour un ?

— Je suis d'Artagnan ! dis-je.

Schmidt eut un petit rire.

— C'est moi qui suis la meilleure lame de toute l'Europe, *nicht whar ?*

— Schmidt, tu ne te bats en duel que lorsque tu es ivre !

— Ce n'est pas vrai, se défendit Schmidt, qui le croyait vraiment. Assieds-toi, Vicky, assieds-toi. On va boire une bière et discuter.

— Il n'y a pas de bière, marmonna Feisal. L'hôtel ne…

— On aura de la bière, assura Schmidt.

Et nous eûmes notre bière. Occupé à tout engloutir, Schmidt nous laissa raconter à Feisal ce que nous avions appris. Ce dernier n'eut aucune réaction en entendant parler de nos rencontres avec le milieu, en dehors d'un « Bien fait pour vous » marmonné entre ses dents.

Mais lorsque je mentionnai le nom de Suzi, il laissa échapper quelques jurons en arabe. Je suppose en tout cas que c'étaient des jurons, non seulement à cause du ton, mais aussi parce que Schmidt, qui sait jurer dans une bonne dizaine de langues, se recroquevilla et regarda tristement son verre vide.

— Ne t'en prends pas à Schmidt ! dis-je.

— Je me suis racheté, affirma Schmidt d'une voix creuse.

— De plus, ajouta John, Schmidt est désormais notre espion dans le camp adverse. Un agent double, ni plus ni moins.

— Hum, fit Feisal en hochant la tête à contrecœur. C'est une très mauvaise nouvelle. Je me souviens d'elle. Vous avez réussi à savoir pour qui elle travaille ?

— Je parierais que c'est pour Interpol, dis-je. Dans la branche consacrée au trafic d'œuvres d'art. Feisal, elle n'a aucune preuve… pour l'instant.

— Quelqu'un commence à propager la rumeur, résuma John. D'une manière sélective et clandestine. Si nous savions pourquoi…

— Bon, je vois que vous n'avez aucun indice, dit Feisal, en buvant son verre d'eau.

Comme Schmidt ne disait rien, nous nous tournâmes tous bruyamment vers lui.

— Alors ? demanda John.

— Alors quoi ? Ah, dit Schmidt en se tapant le front. J'ai bien une petite idée qui me trotte dans la tête, mais il serait prématuré d'en parler. J'ai besoin de plus d'informations. J'aimerais examiner les lieux du crime et interroger les témoins.

— Vous parlez de la tombe ? demanda Feisal, les yeux écarquillés ? Vous pensez que c'est judicieux ? Cela risquerait d'attirer l'attention.

— Je suis d'accord avec Schmidt, intervint John, pour l'instant, nous sommes restés sur la défensive, à attendre ce que les autres allaient faire. Moi aussi, j'ai une ou deux petites idées qui me trottent dans la tête.

Feisal semblait malade.

Schmidt téléphona à son infortuné contact, qu'il avait apparemment tiré du lit, afin de lui demander de nous réserver des billets sur un vol pour Louxor, le lendemain matin. Il calma vite les protestations du malheureux.

— Je sais, je sais, ce ne sera pas facile, mais vous y arriverez. Employez tous les moyens qui seront nécessaires.

J'espérais que cela se limitait à des bakchichs, sans aller jusqu'aux menaces et à l'intimidation. Le nouveau rôle de « cerveau » qui lui avait été attribué commençait à lui donner la grosse tête.

Feisal se leva lourdement.

— Je vous appelle demain matin. Bonne nuit tout le monde.

— *Maasalama,* lança Schmidt, avec l'œil pétillant d'un petit oiseau.

Il ouvrit une autre bouteille de Stella et m'en offrit une.

— Il est plus de deux heures du matin, Schmidt. Je vais me coucher. Ne me réveille pas, je m'en chargerai.

Peine perdue. Je fus réveillée bien trop tôt par la sonnerie du téléphone.

— Le petit-déjeuner est servi ! hurla Schmidt. Dépêche-toi. Notre vol décolle à dix heures.

— Quelle heure est-il ? grommelai-je.

Il avait déjà raccroché. À tâtons, je cherchai ma montre. Sept heures et demie. J'avais horreur de voyager avec Schmidt !

Nous n'avions pas de nouvelles de Feisal, et Schmidt avait un teint terreux.

— Il ne répond pas à son portable. Il n'est pas à l'hôtel. Où est-il ? Pourquoi ne lui avez-vous pas demandé où il allait hier soir ?

J'avais bu assez de café pour être pleinement éveillée mais pas assez pour être de bonne humeur.

— Toi non plus, tu ne lui as rien demandé. Cela ne nous regarde pas, de toute façon. Il a peut-être passé la nuit avec sa petite amie.

— Quelle petite amie ? Qui est-ce ?

— Je n'ai pas posé la question, aboyai-je. Cela ne nous regarde pas non plus.

— Calmez-vous, Schmidt, dit John. S'il rate l'avion, il nous rejoindra le plus vite possible.

Nous étions sur le point de partir lorsque Feisal appela enfin.

Schmidt lui ordonna de se rendre directement à l'aéroport et nous expulsa de la chambre.

La voiture qu'il avait commandée nous attendait déjà.

Profitant du moment où Schmidt réglait la note d'hôtel, je dis à John :

— Je préférerais que tu reprennes les rênes. Schmidt s'y prend de plus en plus mal. Quel intérêt de choisir un hôtel près du musée si c'est pour ne pas y mettre les pieds ?

John haussa les épaules.

Il nous fallut plus d'une heure pour effectuer le trajet. Il n'y avait pas le moindre signe de Feisal devant le terminal.

Seuls les vols d'Egypt Air utilisent le terminal national qui était cependant bondé : porteurs qui vous arrachaient vos bagages en espérant recevoir un pourboire ; voyageurs de toutes nationalités, dans toutes sortes de vêtements ; femmes musulmanes traditionnelles drapées de noir ; étudiants en jeans, pliés sous le poids de leur sac à dos ; dignitaires en tenue et coiffes blanches ; une vieille dame plongée dans son guide touristique ; vigiles en uniforme…

— Monsieur John Tregarth ?

Ils étaient deux, vêtus de costume de ville, mais John fit instinctivement un pas en arrière. Tous deux s'approchèrent.

— Oui, dit John, méfiant.

— Veuillez nous suivre, s'il vous plaît.

Schmidt et moi étions également conviés. Parfaitement courtois, les vigiles refusaient de répondre à nos questions et souriaient poliment lorsque nous protestions. Schmidt était à cran. Les poings serrés, il marmonnait à propos de vérité, de liberté, de justice.

— Ne vous inquiétez pas, Schmidt, dit John.

— Vous ne résisterez pas ? demanda Schmidt, farouche.

— Refuser une invitation aussi courtoise ?

— Mais si ce sont des ennemis, comme le type de Rome…

— Je ne crois pas. Ils ne sont que deux et sans armes. Si c'était une tentative d'enlèvement, ils auraient opéré dans un lieu bondé, avec des policiers partout. La méthode confidentielle de ces gentlemen affables nous prouve qu'ils agissent sous mandat officiel.

— Oh merde ! m'exclamai-je. On va nous arrêter ?

— Nous entendre comme témoins, corrigea John.

Notre escorte ne souleva aucune objection lorsque John appela quelques porteurs pour qu'ils se chargent de nos bagages.

Sans se départir de leur sourire neutre, les deux hommes nous conduisirent vers une longue limousine noire.

Lorsque l'un d'eux ouvrit la porte, je vis que Feisal se trouvait déjà à l'intérieur. Assis, épaules tombantes, il ressemblait à un chiot fautif. En dehors du chauffeur, il n'y avait personne d'autre.

Schmidt, John et moi rejoignîmes Feisal sur la banquette. Un des hommes monta à l'avant avec le chauffeur. L'autre s'installa en face de nous.

— Je suppose qu'on ne t'a pas laissé le choix ! dit John.

Feisal hocha la tête.

— Je suis désolé. Je n'ai pas pu vous prévenir.

— Nous n'avons rien à craindre, dit Schmidt, à voix haute. Nous n'avons rien à nous reprocher.

Mieux que les articles que j'avais lus ou les récits que j'avais entendus, l'expression de Feisal me fit prendre conscience que nous n'étions pas dans un pays où un homme est présumé innocent tant que sa culpabilité n'est pas prouvée.

Pourtant, nous étions des étrangers, des citoyens de pays considérés comme des alliés de l'Égypte. Les étrangers risquent d'être arrêtés et accusés d'espionnage dans d'autres pays du Moyen-Orient, mais sûrement pas ici. Pas avec les États-Unis qui déversent des quantités de charmants dollars.

Schmidt posa quelques questions à notre garde mais n'obtint que des haussements d'épaule et des sourires.

— Ne gâchez pas votre salive, finit par lui dire John. Je ne crois pas qu'ils parlent anglais.

— Alors, nous pouvons discuter en toute liberté. Élaborer des plans.

— On pourrait considérer ce moment comme idéal pour l'improvisation, répliqua John. Ou le mutisme.

Le long trajet de retour nous ramena vers le centre du Caire par le périphérique. La cacophonie des embouteillages nous parvenait malgré les vitres fermées.

Nous étions un peu serrés sur la banquette arrière, à cause de la généreuse présence de Schmidt, mais la voiture aux revêtements de velours gris et à la climatisation qui jouait dans mes cheveux était très luxueuse.

Schmidt gardait le silence, tout en semblant prêt à poser des rafales de questions. Je m'occupai en étudiant l'homme qui se trouvait face à moi. Grisonnant, il portait un costume un peu élimé. S'il appartenait aux services secrets, ou je ne sais comment ils appelaient ça, il ne semblait pas très dangereux. Il croisa mon regard et m'adressa un autre de ses sourires vides de sens avant de détourner les yeux.

Après avoir repéré un monument ou deux, je compris que nous roulions vers le fleuve.

Nous ressortîmes au niveau de la corniche et nous nous engageâmes au milieu de l'embouteillage d'un des ponts. Devant nous, la tour du Caire formait un gigantesque doigt tendu vers le ciel.

Feisal se redressa. Sa bouche n'était qu'une ligne serrée.

— Que se passe-t-il ? chuchotai-je.

Feisal hocha la tête. Oh, mon Dieu, pensai-je. Il sait où on nous emmène ! Dans l'une de ces horribles prisons, où on enferme et torture les prisonniers dans des donjons secrets !

Feisal ne réagit pas à mes chuchotements et à mes coups de coude. J'essayai de capter l'attention de John, sans succès.

La voiture s'arrêta le long du trottoir. Feisal ouvrit la porte avant l'arrêt complet, se jeta dehors, chancela, reprit son équilibre et traversa la place pavée en courant pour se réfugier dans un immeuble qui semblait héberger des bureaux. Sidérée et confuse, je laissai John m'aider à sortir.

Aucun des gardes ne tenta de nous retenir. Lorsque nous rattrapâmes Feisal, il tapotait les boutons de commande d'un ascenseur. Hors d'haleine, Schmidt était incapable de parler et je réussis tout juste à bredouiller un « Qu'est-ce qui se passe ? » sans obtenir de réponse.

Les portes de l'ascenseur s'ouvrirent, et nous nous entassâmes à l'intérieur. Lorsque nous nous arrêtâmes à un étage supérieur, j'aperçus le logo sur la porte. Je commençais à entrevoir la vérité. J'avais vu des lettres semblables sur la façade du bâtiment, avant que John ne me pousse à l'intérieur.

La pièce dans laquelle on nous introduisit était un bureau ordinaire, sans barre ni matraque, ni vierge de fer, rien que des bureaux, avec des gens qui ressemblaient à des secrétaires. Feisal, qui menait toujours la troupe, traversa la pièce et se précipita vers une porte intérieure. Il était allé si vite qu'aucune des secrétaires n'avait eu le temps de l'intercepter.

Avec ses baies vitrées et le portrait de Moubarak accroché au mur, une gigantesque table entourée de divans et de fauteuils, le bureau était très imposant.

Au bout de la pièce, un homme était installé à un immense bureau. Feisal se jeta sur le bureau, faisant voler les papiers, tels de géants flocons de neige, et attrapa l'homme par la gorge.

Des gens hurlaient, criaient, couraient dans tous les sens. Quelques âmes vaillantes tentèrent de retenir Feisal, mais il les écarta.

Il hurlait encore plus fort que les autres.

Je ne compris que les mots « fils de » à plusieurs reprises et en déduisis que Feisal insultait copieusement sa victime. Je regardai John qui observait la scène, curieux. Puis, je m'assis sur le bord d'un des fauteuils si confortables.

L'homme que Feisal tentait d'étrangler n'était autre que le secrétaire général. Au bout d'un moment, il attrapa Feisal par les poignets et se libéra d'un mouvement de torsion bref et brutal.

— Maintenant que tu t'es défoulé, pourquoi ne pas aller t'asseoir, qu'on puisse discuter de manière raisonnable ?

Il n'était même pas essoufflé. Feisal était étendu sur le bureau, au milieu de papiers, dossiers, livres, de pamphlets, crayons, bouteilles d'eau, scarabées, petites boîtes (en cuivre ou en bois, incrustées de nacre et turquoises) contenant des objets divers et d'un chameau en peluche.

Il haletait de rage plus que d'épuisement.

Feisal traita encore le secrétaire général de fils de je-ne-sais-quoi. Khifaya sourit. De près, il était encore plus beau qu'en photographie. Il portait une chemise de soie blanche, ouverte sur sa poitrine bronzée et un discret étalage de bijoux : une montre en or, plusieurs bagues, une chaîne autour du cou.

— Bonjour, docteur Bliss. (Son sourire aveuglait autant que la lumière d'un projecteur. Je clignai des yeux.) Herr Professor Schmidt, monsieur Tregarth. Mettez-vous à l'aise. Thé ? Café ?

Il claqua des doigts. Une tête apparut dans l'encadrement de la porte, bientôt suivie du corps d'une jeune femme, qui portait un hijab et un tailleur-pantalon bien coupé. Le secrétaire général me regarda.

— Café, dis-je, merci, docteur Khifaya.

— Je vous en prie, appelez-moi Ashraf. Nous allons devenir bons amis, j'espère.

Moi aussi, je l'espérais.

Feisal se laissa glisser sur ses pieds.

— Fils de…

— Tu te répètes, je crois, dit mon nouvel ami.

Il prit un vase contenant un seul bouton de rose rouge. L'eau qui s'était renversée sur un coin du bureau coulait sur le sol. Ashraf hocha tristement la tête et tendit le vase à une autre jeune femme qui se mit à éponger le sol.

— Vraiment, Feisal, ce n'était pas la peine de faire tout ce cirque.

Mains sur les hanches, prêt à bondir, Feisal vibrait d'indignation.

— C'était un coup tordu. On a cru qu'on était arrêtés !

— Oh, arrêtés ! Vraiment ? Docteur Bliss, je vous en prie, acceptez toutes mes excuses. Je ne voulais pas vous effrayer. Je pensais que Feisal reconnaîtrait ma voiture.

— Et comment aurais-je reconnu ta bagnole ? demanda Feisal. Je ne savais pas que monsieur avait droit à une limousine !

— N'auriez-vous pas des liens de parenté, par hasard ? demanda John.

— Cousins, grommela Feisal, sur le ton de celui qui reconnaît être le frère d'un tueur en série.

— Tu ne me l'avais jamais dit !

— Cousins au second degré, précisa Feisal.

— Seconde génération, dit Ashraf, nous gratifiant d'un autre de ses sourires incandescents. Il est jaloux que je sois son supérieur et nourrit des rancœurs, car ma branche de la famille est plus riche que la sienne.

Des mains agitées, féminines pour l'essentiel, avaient ramassé tous les objets et apporté un plateau de café et de petits gâteaux.

Un autre claquement de doigt les fit sortir de la pièce.

Ashraf se leva et nous indiqua la table.

— Recommençons depuis le début, vous voulez bien. J'ai beaucoup apprécié votre passage à la télévision. Merci de défendre notre cause avec tant de panache.

— C'est moi qui ai fabriqué la banderole, précisa Schmidt en tendant la main vers un gâteau au glaçage de sucre.

— Je garde un excellent souvenir de notre conversation à Turin, il y a quelques années, avant que je n'occupe ces fonctions. Avez-vous rencontré le Dr Perlmutter ?

— Oui, je suis désolé, il est resté intraitable. (Schmidt mordit dans le gâteau.) Mais nous persévérerons, ajouta-t-il.

— En effet. Feisal, tu ne bois pas ton café ? Tu préfères le thé ?

— Je préférerais des excuses, grogna Feisal. Ou du moins, une explication.

— Je vous demande de m'excuser de cette invitation quelque peu péremptoire, mais vous ne m'avez guère laissé le choix. Cela fait deux jours que j'essaye d'entrer en contact avec vous, mais vous êtes si rapides ! Je n'ai appris que ce matin votre présence au Caire et quand j'ai téléphoné à l'hôtel, vous étiez déjà en route pour l'aéroport.

L'homme avait des manières. Il exhalait le charme par tous les pores de la peau. Même Feisal se détendait un peu, bien qu'il eût encore l'air méfiant.

— Pourquoi vouliez-vous nous voir ?

— Pas vous, docteur Bliss, même si c'est toujours un plaisir. Hélas, les affaires passent avant les loisirs, et je devais absolument rencontrer monsieur Tregarth.

Je me cachai le visage derrière une serviette en papier et ôtai subrepticement des grains de marc de café de mes dents.

Le café égyptien, comme le café turc, est servi avec la mouture. En général, je sais à quel moment m'arrêter de boire, mais le soudain assaut de gentillesse d'Ashraf m'avait fait baisser la garde. Il avait joué avec nos nerfs et s'en amusait.

John but avec précaution, reposa sa tasse et regarda Ashraf droit dans les yeux.

— Je vous en prie, n'hésitez pas à m'appeler par mon prénom. Nous allons devenir bons amis, j'espère.

Schmidt s'étrangla sur un morceau de gâteau. Ashraf poussa un léger soupir de satisfaction.

— Je crois que je vais prendre plaisir à traiter avec vous, monsieur Tregarth... John. Je l'espère, moi aussi. Et vous vous demandez peut-être pourquoi j'étais si impatient d'entrer en contact avec vous ?

— Je suis certain que vous n'allez pas tarder à me l'apprendre.

— Et je suis certain que vous avez également beaucoup de choses à m'apprendre.

Ils se regardaient comme des duettistes, yeux dans les yeux. Je me souvenais d'une citation : « Ne t'embête pas à regarder ses yeux, surveille plutôt ses mains ! » Conseil judicieux, dans certaines circonstances, sans intérêt dans notre cas.

Les mains d'Ashraf, soigneusement manucurées, étaient vides. Il tenait bien son rôle, mais ne faisait pas le poids devant un homme qui avait passé la plus grande partie de sa vie à surveiller le moindre de ses propos.

Feisal n'était pas aussi expérimenté. Il commençait à se tortiller. Son front luisait de transpiration. Il avait les lèvres ouvertes. Schmidt, confortablement installé près de Feisal sur le divan, changea de position et s'éclaircit bruyamment la gorge.

— Oui, Feisal ? demanda Ashraf.

— Non, rien.

Ashraf se tourna vers Schmidt, puis vers moi. Tout comme John. Si j'avais eu besoin d'une incitation pour tenir ma langue, ces yeux bleus glacés me l'auraient amplement fournie, mais j'avais l'impression d'avoir une avalanche de questions au bout de la langue.

Ashraf savait. Le Conseil suprême devait avoir reçu un message, un mot, une menace… de la part des voleurs. Dans ce cas, n'aurait-il pas dû se précipiter à Louxor pour vérifier l'absence de Toutankhamon ? Et Feisal nous l'aurait-il avoué, si tel avait été le cas ? Je pris ma tasse et avalai une gorgée de marc de café.

Ashraf eut un petit rire.

— On dirait que nous sommes parvenus à une impasse. Peu importe, la balle est dans mon camp.

Il se leva et se dirigea vers un coffre encastré dans le mur et tapa une combinaison. Il contenait plusieurs compartiments, remplis de dossiers, ainsi qu'un compartiment fermé, qui dissimulait un coffre intérieur.

Ashraf prit une clé dans sa poche et ouvrit ce dernier. Un seul objet se trouvait à l'intérieur : une petite boîte emballée dans un lourd papier brun qu'Ashraf enleva. Il retourna à son siège et posa la boîte sur la table.

— On a déposé cet objet avant-hier, à mon appartement.

Il prit son temps pour déplier le papier, très lentement, et soulever le couvercle de la boîte en carton qu'il protégeait. À l'intérieur se trouvait une autre boîte en bois, incrustée de nacre.

On en dénichait de semblables partout au souk.

Elle était munie d'un fermoir en laiton assez fragile qu'Ashraf ouvrit.

Il se mouvait comme une limace filmée au ralenti tout en regardant John, dont l'expression de patience courtoise ne vacillait pas. Le couvercle se souleva, puis la couche de coton à l'intérieur.

C'est alors qu'on la vit…

La main de la momie.

VII

Je n'avais vu de momies ou de morceaux de ces horreurs qu'au cinéma. Nous avons quelques prétendues reliques au musée, exposées avant tout pour les mérites artistiques des reliquaires, en métal précieux, incrustés de pierres et magnifiquement gravés la plupart du temps. Je n'avais jamais inspecté leur contenu.

De près, ce fragment d'humanité provoquait un choc, un sacré choc. Desséchés, brunis, les doigts étaient recourbés. La peau avait presque disparu, exposant une partie des os. Cela aurait pu être un faux bien imité, un accessoire de cinéma. Feisal sauta sur ses pieds et se jeta sur la boîte.

— Doucement, doucement, dit Ashraf. Ne l'abîme pas !

— C'est « Lui »... murmura Feisal, les yeux écarquillés devant l'infâme objet.

Ashraf se pencha en arrière, un sourire de satisfaction sur les lèvres. C'était le pronom de trop.

— C'est dégoûtant, dis-je dans l'espoir d'éviter l'inévitable. Qui a pu envoyer une telle abomination, un malade, ou un publiciste qui veut faire la promotion d'un film d'horreur ?

— Inutile de gaspiller ta salive, dit John. Il prend plaisir à s'amuser avec nous. Feisal, tu en es sûr ?

— Oh, que oui ! Je le reconnaîtrais entre mille. De nouveau, il est démembré, dit-il, des accents de détresse dans la voix. Que va-t-on lui arracher encore ?

Ashraf reprit la boîte et remit l'emballage en place.

— Essayons de jouer à un petit jeu, dit-il, sèchement. Je vais poser mes cartes sur la table et j'attends que vous fassiez de même. Lorsque j'ai vu cet objet pour la première fois, j'ai eu la même réaction que vous, Vicky. On reçoit des choses étranges, de temps en temps. L'Égypte suscite parfois des fantasmes bizarres. Ensuite, j'ai vu le message qui y était inclus.

Il fouilla dans la poche de sa chemise et en sortit un papier plié qu'il tendit à John. Ce dernier le lut à voix haute : « *Si vous voulez le reste, cela vous coûtera trois millions de dollars américains. Vous avez dix jours pour collecter l'argent. Nous reprendrons contact avec vous.* »

— Il n'était pas très difficile, reprit Ashraf, de deviner à qui appartenait cette main. Une momie anonyme n'aurait jamais eu une telle valeur. Et il ne reste qu'un seul grand pharaon dans sa tombe originelle, qui ne bénéficie pas de la protection que le musée apporte à la salle des Momies royales. J'ai consulté mes livres de référence. Il existe de nombreuses photographies, souvent signées d'Harry Burton, un collègue de Carter. Ils avaient démembré la momie, pour prendre les bijoux. La tête, les mains, les bras, les pieds et les jambes ont été détachés, les cuisses séparées des mollets, les avant-bras des bras, le torse fendu en deux. Pour dissimuler leur sacrilège, les excavateurs avaient disposé le corps sur un lit de sable et remis les pieds et les mains en place en les fixant avec de la résine. On en voit encore des traces au niveau du poignet.

Un gros chat se promenait dans la pièce, en remuant la queue. Feisal se rendait compte du manège d'Ashraf, mais semblait s'accrocher au lointain espoir qu'on ne l'accuserait pas d'avoir sciemment évité de signaler le vol. Ce fut de courte durée.

— Pourquoi tu ne m'as rien dit, Feisal ? demanda doucement Ashraf…

— Euh… je…

— Tu croyais que j'allais te tenir pour responsable ? ajouta Ashraf sur le ton d'un père qui s'adresse à un enfant fautif.

Feisal ne se laissa pas manipuler si facilement.

— Évidemment ! Depuis, je le cherche partout. Les voleurs ont opéré le jour où j'étais à Assouan…

— Je sais, j'ai parlé à Ali.

— Pauvre diable, dit Feisal, compatissant. Ce n'est pas sa faute non plus. Ashraf, qu'est-ce que tu as fait de lui ?

Les grands yeux bruns d'Ashraf s'écarquillèrent.

— Je lui ai promis l'immunité et une promotion, bien sûr. Grand Dieu, parfois, ta naïveté me surprend. Nous n'avons pas la moindre envie qu'Ali craque et se mette à s'épancher un peu partout. Bon, ça suffit. Dans le bureau d'à côté, on doit se demander pourquoi je passe tant de temps avec vous !

Il nous observa les uns après les autres, se réjouissant visiblement de voir Schmidt qui s'efforçait de garder l'apparence de la neutralité et Feisal qui avait du mal à respirer. Je me mordais les lèvres pour ne pas lui sauter à la gorge.

— Voilà, monsieur Tregarth, je voudrais vous engager pour que vous nous aidiez à retrouver Toutankhamon.

Je m'étais préparée à une accusation, pas à une proposition. Schmidt aussi. Il poussa un énorme soupir de soulagement. John croisa les jambes et sourit.

— Pourquoi moi ? demanda-t-il en regardant Ashraf de ses grands yeux bleus.

— Parce qu'avec vos amis, vous avez sauvé le trésor de Théti-Chéri pour nous.

— Ah.

— Les détails de cette formidable affaire ne sont connus que de rares privilégiés, dont je fais partie. Vous n'avez eu droit à aucune récompense, en dehors des remerciements d'une nation reconnaissante. Cette fois, la récompense en vaudra la peine.

— Combien ? demanda John.

Les sourcils levés d'Ashraf montrèrent à quel point il désapprouvait une telle grossièreté.

— Je suis prêt à négocier, mais pas ici et pas maintenant. Si nous parvenons à un accord, nous nous rendrons à Louxor pour commencer nos investigations.

Un coup timide à la porte étouffa dans l'œuf une

autre impertinence de John et un assaut de ma part. Je n'avais qu'une envie : sortir d'ici !

— Qu'est-ce que vous voulez ? Je vous avais dit de ne pas me déranger, hurla Ashraf en anglais.

La porte s'entrouvrit, et la voix timide, qui avait compris l'allusion, s'exprima en anglais, elle aussi.

— Pardonnez-moi, monsieur, le ministre est à l'appareil et le directeur vient d'arriver…

— Nous n'allons pas vous retenir plus longtemps, dit John en se levant.

— Quand puis-je espérer avoir de vos nouvelles ? demanda Ashraf.

Son sourire disait clairement que, s'il avait perdu cette partie, il attendait la suivante avec impatience.

— Demain.

— Pourquoi pas ce soir ? Nous n'avons pas une minute à perdre.

C'était une bonne remarque et John n'avait pas vraiment de bonne réponse.

— J'ai besoin de temps pour joindre certaines de mes sources.

— Vos sources… répéta Ashraf, songeur.

Le mot ambigu resta suspendu dans l'air comme un poisson pris à l'hameçon.

John se montra assez malin pour ne pas développer, mais il commençait à transpirer.

— D'accord, ce soir, alors, je vous appelle.

Notre départ ressemblait à la fuite de prisonniers qui se font la belle. Lorsque nous sortîmes du bâtiment, la limousine nous attendait près d'une pancarte indiquant « Stationnement strictement interdit ».

Feisal jura et se retourna, prêt à s'enfuir. John le rattrapa par le bras.

— Tu as les nerfs à fleur de peau, lui dit-il. Tout va bien Feisal. Et même si cela ne va pas bien, nous n'y pouvons rien.

Un seul homme se trouvait dans la limousine : le chauffeur. En nous voyant, il sortit d'un bond et vint nous ouvrir la portière arrière.

— Où allons-nous ? demandai-je.

— À l'hôtel, j'imagine. (Malgré les conseils qu'il venait de prodiguer à Feisal, John semblait perturbé.) Vous croyez que nous pourrons récupérer nos chambres ?

— Oui, oui, dit Schmidt en sortant son portable. Vicky, monte !

Le véhicule força le passage pour se mêler à la circulation.

Après quelques instants de tension, j'annonçai :

— J'ai besoin d'un verre.

— J'ai de la vodka et du scotch dans ma valise dit Schmidt.

— Et de la bière.

— *Aber natürlich !* Mais nous pouvons attendre d'être à l'hôtel, tout est arrangé.

— *Aber natürlich !* répéta Feisal. Comment faites-vous, Schmidt ? Bon, je m'en moque… tant que vous réussissez. *Alhamdullilah !* Tout en ayant du mal à l'admettre, John, je dois te dire que tu as mené l'affaire d'une main de maître.

— C'est lui qui tirait les ficelles. Nous faisons exactement ce qu'il a envie que nous fassions.

Feisal fit un signe au chauffeur.

— Ce n'est pas grave. J'ai un revolver pointé contre sa nuque.

Le chauffeur ne broncha pas. John poursuivit :

— Il nous déstabilise à chaque pas, et il le sait. J'aimerais bien que tous les trois vous appreniez à contrôler vos soupirs et vos grimaces ; vous auriez aussi bien fait de tomber à genoux et de tout avouer !

— Je croyais qu'il allait t'accuser, dis-je.

— Il savait que je nierai et il ne pouvait rien prouver. À présent, il a couvert ses arrières. Si je suis coupable, je pourrais peut-être négocier, limiter mes ambitions, ce qui lui ferait économiser de l'argent. Si je suis innocent, je coopérerai pour conserver ma réputation intacte et sauver ma liberté. Il est très doué, avoua John à contrecœur. Très doué. Vous avez vu comme il a réagi quand j'ai évoqué mes sources ?

— Alors, nous allons accepter son offre ?

— Vraiment, vous me surprendrez toujours, dit John, exaspéré. Ce n'était pas une proposition, c'était une menace ! Nous sommes cuits, Feisal et moi ! Il nous a fait plonger dans la marmite jusqu'au cou. Tous ceux qui connaissent les détails de cette formidable affaire, comme le dit notre ami grandiloquent, savent que nous sommes mouillés jusqu'au cou. La seule raison pour laquelle nous avons pu nous en sortir, c'est parce que nous avons retourné nos vestes et failli nous faire tuer en sauvant le tableau… et parce que le gouvernement voulait éviter tout scandale. Si nous réussissons à retrouver Toutankhamon sans que le vol ne devienne public, il nous fera payer pour Théti-Chéri aussi ! Alors, inutile de commencer à dépenser votre part du gâteau. Je ne crois pas que nous verrons la moindre piastre. Le mieux que l'on puisse espérer, c'est que Feisal conserve son boulot et moi ma liberté.

— Tss tss, intervint Schmidt. Cela me surprend de votre part. John, je vous ai connu moins pessimiste. Le Herr Direktor est assis sur un baril de poudre, lui aussi. Il ne peut pas réunir cette somme sans informer ses supérieurs et le gouvernement de la situation. C'est la dernière chose qu'il a envie de faire. Il servirait de bouc émissaire, c'est certain. Il en entraînerait peut-être quelques-uns dans sa chute, mais il serait le premier à tomber.

— Vous marquez un point, admit John qui n'avait pas l'air beaucoup plus joyeux.

La voiture s'arrêta devant l'hôtel et un bagagiste se chargea de nos valises. Nos chambres étaient prêtes… *natürlich*. En trottinant, Schmidt nous conduisit dans sa suite.

— Moi aussi j'ai mon mot à dire, annonçai-je en m'écroulant dans un fauteuil. J'y pense depuis que nous avons rencontré Ashraf. J'en aurais parlé avant si quelqu'un m'avait laissé la parole.

— On t'écoute, dit Schmidt en explorant le minibar.

— Vous n'avez pas remarqué qu'il n'y avait pas de « ou » ni de « sinon » dans ce message ? Donnez-nous l'argent… sinon… vous recevrez un autre morceau de Toutankhamon ?

— Ne parle pas de malheur ! s'exclama Feisal.

— Et pourquoi pas ? (Tout d'un coup, j'étais furieuse.) Tout ce cirque pour une fichue momie ! C'est un homme mort, Feisal, bel et bien mort.

— Un *roi* mort, corrigea Feisal doucement.

— Un homme mort, un roi mort, quelle différence ? Si cette main avait été arrachée à un être vivant, roi ou manant, j'aurais été la première à vouloir n'épargner aucun effort pour le retrouver en vie, aussi entier que possible. J'aurais fait la même chose pour un chien ou un chat !

— Elle a le cœur sur la main, notre Vicky, dit Schmidt en m'offrant une bière.

Je repoussai sa main.

— Tais-toi, Schmidt, je n'ai pas fini. Franchement, je me fiche de Toutankhamon ou de toute autre momie. Je n'ai pas envie de risquer ma peau ni la peau de qui que ce soit pour lui… pour ça…

Les autres échangèrent des regards. Je n'avais aucun mal à les interpréter. Ah, les femmes, il faut bien qu'elles craquent de temps en temps…

— Ta position morale est inattaquable, dit Schmidt. Mais Vicky, considère l'affaire autrement. Personne n'a été tué ni agressé. Cette affaire n'a donné lieu à aucun bain de sang.

— Pour l'instant.

— Est-ce que cela signifie que tu renonces ?

— En rêve ! dis-je en prenant la bière des mains de Schmidt.

Je fus surprise de constater que peu de temps s'était écoulé.

L'entretien avec Khifaya m'avait pourtant semblé avoir duré des heures.

Après s'être rafraîchis avec diverses boissons, nous nous occupâmes de la correspondance en retard, écrite et orale.

Il ne me fallut pas longtemps pour écouter mes messages, puisque Schmidt, mon correspondant le plus fidèle, était avec moi. Feisal donna quelques ordres en arabe, à divers subordonnés sans doute, et se tourna vers John qui maugréait sur son mobile.

— Des éléments intéressants ? demanda Feisal, nerveux.

— Pas pour notre histoire. Mais si je me sors d'ici, j'aurais peut-être de bonnes affaires en vue. Perlmutter aimerait voir la tête Armana.

— Tu lui as donné ton numéro !

— Non, Alan a laissé un message. Perlmutter a pris contact avec lui… à la boutique. Il dit qu'il a déjà envoyé une photographie.

— Tu vois, tu ne lui rends pas justice ! Il fait son boulot finalement. Tu devrais l'appeler pour le caresser un peu dans le sens du poil.

— Il parle trop, je vais envoyer un texto.

— Quelle tête Armana ? demanda Feisal.

— Cela ne vous concerne pas, ni toi, ni Ashraf. Je ne l'ai pas volée et j'ai des documents qui le prouvent.

— Je posais juste la question, dit Feisal, blessé.

— Hum, fit John.

— Des nouvelles de Jen ? demandai-je.

— Elle veut savoir où je suis et pourquoi je ne l'appelle pas. Je ferais mieux de lui téléphoner, sinon elle risque de débarquer à Londres. (Il croisa mon regard et grimaça.) Bon, d'accord, je le ferai plus tard. Et vous, Schmidt ?

— Comme votre estimée maman, Suzi voudrait savoir où je suis. J'ai attendu de vous consulter avant de lui répondre.

— Dites-lui que vous êtes à New York ou à Buenos Aires, suggéra Feisal.

— Non, non, dit John. Elle découvrira la vérité tôt ou tard, et nous ne voudrions pas compromettre votre crédibilité. Concoctons plutôt une jolie version de vos investigations.

Chacun apporta sa contribution. Comme j'aurais pu m'y attendre, Schmidt avait surmonté sa crise de remords et s'amusait beaucoup. Nous réfutâmes quelques-unes de ses idées les plus folles, y compris une version dans laquelle John et moi avions plongé dans le Nil pour le sauver de la noyade, car je ne sais plus quel méchant l'avait poussé dans le fleuve !

— Cela prouverait notre innocence, avait protesté Schmidt, boudeur.

— Cela prouvera surtout que vous êtes un fieffé menteur !

Finalement, Schmidt raconta à peu près cela :

« Ils me font toujours confiance. Jusque-là, aucune rencontre suspecte. Seulement des contacts ordinaires. Je te préviendrai au cas où cela changerait et te donnerai ma prochaine destination. »

Il refusa d'ajouter : « Je t'aime. »

Nous décidâmes de laisser Ashraf mariner un peu plus longtemps.

— On ne sait jamais ce qui peut se passer, dit Schmidt, judicieusement.

John lui adressa un regard haineux.

— S'il arrive quoi que ce soit, cela risque d'être fort désagréable. Mais je ne voudrais pas qu'Ashraf s'imagine qu'il n'a qu'à claquer des doigts pour que je lui obéisse.

— Oui, c'est une saine réaction, approuva Schmidt. Comme nous avons quelques heures à perdre, allons faire un petit tour au musée. Je dois aller saluer mon vieil ami, le directeur.

Nous sortîmes par l'arrière et traversâmes la rue pour aller au musée. Feisal avait dissuadé Schmidt de prendre son AK-47 en plastique, jouet qui ressemblait fâcheusement à un vrai. La sécurité ne plaisantait pas et nous devions franchir un portique pour entrer dans l'enceinte du musée et un autre avant de pénétrer dans le bâtiment.

Le directeur était absent pour la journée. Après avoir échangé quelques amabilités avec le garde, Schmidt nous fit retourner vers le musée proprement dit.

Les projecteurs du plafond étaient couverts de poussière, les vitrines sentaient la moisissure et la saleté, les statues géantes et les immenses sarcophages étaient confinés dans un espace exigu. Malgré tous ses défauts, le musée du Caire, ou pour être plus précis, le Musée égyptien du Caire, avait un charme fin de siècle qui manque à la plupart des musées modernes, froids et stériles.

Dans la rotonde, nous discutions de ce que nous allions admirer ensuite.

— Les trésors de Toutankhamon ? proposa Schmidt. Cette salle est toujours très fréquentée, mais cela stimulerait peut-être notre projet, *nicht whar* ?

Feisal émit un son vulgaire.

— Je m'en moque, tant qu'il n'y a pas de momie. Oh, mon Dieu, quand j'y repense, c'était vraiment écœurant ! C'était vraiment Toutankhamon ?

— Le petit sarcophage du chat du prince Thoutmose, proposa Schmidt. Ça te plairait, Vicky ?

John affirma que peu de chose l'intéressait moins qu'un cercueil de chat.

De mauvaise humeur, il se crispait chaque fois que quelqu'un nous approchait et j'allais proposer une visite guidée avant de rentrer à l'hôtel lorsqu'une voix de femme claire résonna dans le brouhaha de langues étrangères.

— Feisal, Feisal, je suis là !

Feisal sursauta. Elle trottina vers lui en se frayant un chemin parmi les touristes. Des dents d'une blancheur parfaite scintillaient dans l'ovale délicat de son visage. Ses cheveux d'un proverbial noir de corbeau caressaient ses joues. Feisal sembla aussi inanimé que la statue de Ramsès II toute proche, jusqu'à ce qu'elle lui mette la main sur l'épaule et lui dépose deux baisers sonores sur les joues.

— Pourquoi ne m'as-tu pas dit que tu venais au musée aujourd'hui ? demanda-t-elle.

— Euh… je croyais que tu ne serais pas là, répondit Feisal, faiblement.

— Je pensais que tu devais aller à Louxor, ajouta-t-elle en lui caressant la joue. Menteur ! Mais je te pardonne. Tu me présentes à tes amis?

— Je vous connais ! s'exclama Schmidt. Nous nous sommes rencontrés à New York, lors d'un congrès international. Vous aviez publié un excellent article sur les techniques de momification de la 19e dynastie.

— Ah, comment pourrait-on oublier Herr Doktor Professor Schmidt ? (Elle repoussa la main qu'il lui tendait et l'embrassa sur les deux joues.) *Veirzeihen*

Sie, Herr Doktor. Je ne vous avais pas immédiatement reconnu.

Schmidt nous présenta. John était le seul béotien à ne pas posséder de titre de docteur. Notre nouvelle amie était le docteur Saida Quandil. Pour m'embrasser sur les deux joues, moi aussi, elle dut se tenir sur la pointe des pieds.

J'avais l'impression d'être un taureau, comme chaque fois que je rencontre une jolie fille. Je supportai ses embrassades dans un état d'incrédulité muette.

De toutes les femmes égyptiennes, il fallait que Feisal tombe amoureux d'une spécialiste des…

— Vous venez d'arriver ? Qu'aimeriez-vous voir ? Je vais vous faire visiter.

— Tu n'as pas de travail ? demanda Feisal.

— Non, non, pas quand mes amis sont ici. (Elle lui adressa un regard qui aurait fait fondre un iceberg.) Les momies royales, peut-être ? La nouvelle salle vient juste d'être terminée. Vous serez impressionnés par la réalisation des travaux. Des vitrines à température constante, un éclairage parfait…

L'image de mon rêve où Toutankhamon était allongé sur un lit dans un hôtel climatisé me revint à l'esprit. Je tirai un rideau mental pour l'occulter.

— Je ne suis pas fana… des momies, dis-je, manquant de m'étrangler sur ce dernier mot.

— Ne fais pas ta mauvaise tête, fit John. (Lui aussi avait eu droit à un baiser sur les deux joues, et visiblement, cela ne lui avait pas déplu.) J'aimerais beaucoup voir les avancées techniques qui ont été accomplies pour conserver ces objets remarquables.

Saida prit Feisal et Schmidt par le bras ; ce dernier ne cessait de la complimenter, ce qui lui faisait pousser des petits rires de gorge.

John me prit fermement par le bras.

— Tiens-toi bien, siffla-t-il.

— De toutes les femmes du monde, il a…

— Pure coïncidence. Des momies, l'Égypte, l'Égypte, des momies… C'est normal. Si tu n'arrives pas à t'y intéresser, conduis-toi au moins en adulte.

Ainsi admonestée, je m'efforçais de tenir le choc. Les momies ne m'avaient jamais dérangée jusque-là.

C'était une prise de conscience morbide et bien trop de rêves à propos de ce pauvre Toutankhamon qui m'avaient fait changer d'attitude.

Ce n'était pas aussi dramatique que je l'avais craint. L'éclairage était tamisé, les cadavres étaient disposés dans des attitudes très dignes, et l'on ne voyait que les visages.

Le processus d'assèchement a pour effet de faire remonter les lèvres et de découvrir les dents ; de nombreuses momies semblaient rire de bon cœur, d'autres semblaient hurler. J'observai les visages sans nez et le joyeux sourire de Thoutmose III, lorsque Saida s'approcha de moi.

— Si cela vous effraie, ne vous sentez pas obligée de rester, proposa-t-elle gentiment.

— Cela ne m'effraie pas du tout, dis-je avec une fausse insouciance que je ne parvenais pas vraiment à feindre. Je ne comprends tout simplement pas pourquoi les gens sont tellement fascinés par les momies.

— Ah bon ? Imaginez pouvoir admirer les véritables traits d'Alexandre le Grand, de Jules César ou du roi Arthur ? Vous vous sentiriez capable de résister à un tel privilège ? Ce sont nos rois, de grands rois, des personnages d'un temps si lointain qu'il est devenu légendaire. (Elle montra la salle d'un élégant geste du bras.) Des guerriers comme Thoutmose et Ramsès le Grand, des fondateurs de dynastie. Ils sont tous là, à part Toutankhamon, bien sûr.

Je m'attendais à entendre ce nom, si bien que je ne réagis pas.

— Vous semblez manquer de reines, dis-je.

Pas vraiment, mais c'est vrai qu'il y a un trou dans la collection des grandes figures royales féminines : Néfertiti, Hatchepsout et l'épouse de Toutankhamon, par exemple. (Son visage devint songeur.) Je crois qu'elles sont dans les falaises de la rive ouest, cachées quelque part, en attendant qu'on les découvre.

— Je suppose que vous aimeriez être celle qui les découvrira.

— Qui ne le voudrait pas ? Hélas, je ne suis pas spécialiste des fouilles. On m'appellerait peut-être si on tombait sur des vestiges humains, mais cela ne risque pas d'arriver rapidement, il reste trop à faire pour la conservation de ce que nous possédont déjà. Nous avons initié un projet consistant à examiner toutes les momies qui se trouvent dans les musées… et il y en a beaucoup, certaines sont encore dans les réserves, d'autres ailleurs… J'aimerais qu'on les rapatrie toutes au musée.

— Toutes ? demandai-je.

Schmidt et John observaient un spécimen particulièrement macabre… un roi qui était mort sur le champ de bataille, dont on avait trop bien préservé les blessures. Son nom, je n'ai pas honte de l'avouer, m'a totalement échappé.

— Oui, surtout Toutankhamon. (Elle tendit un doigt délicat et toucha Feisal, qui se trouvait à côté d'elle.) C'est un scandale qu'on laisse le plus célèbre de tous les pharaons, dont le nom est synonyme d'Égypte, moisir au fond d'un trou contaminé à Louxor. Feisal, j'aimerais que tu puisses en toucher deux mots à Ashraf.

— Euh… je l'ai vu aujourd'hui.

— Ah bon ? (Elle tapa dans ses mains.) Je suis si contente ! Il est temps de vous réconcilier tous les deux. Tu pourras peut-être l'influencer, il se moque de moi. Mais à présent… (Elle jeta un coup d'œil sur sa montre.) On a assez vu de momies, pas vrai. Allons donc laver la poussière du temps avec un apéritif avant d'aller dîner.

J'étais tout à fait partisane de la première partie de ce programme. Une heure avec Saida m'aurait épuisée même si je n'étais pas ultrasensible à la mention de certains mots. Elle débordait d'énergie.

Tandis qu'elle m'entraînait en passant son bras sous le mien, je me demandais ce que Feisal lui avait confié de son passé. Connaissait-elle le rôle qu'il avait joué dans le vol et la restitution des objets de la tombe de Théti-Chéri ? La confiance totale entre les amants est magnifique, cependant, il aurait été fou de lui avoir tout avoué. L'aimerait-elle toujours si elle savait qu'il avait eu l'intention d'aider une bande d'escrocs à dérober des trésors inestimables ? Serait-elle toujours en adoration si elle savait qu'il avait laissé échapper Toutankhamon ?

Le musée fermait ses portes. Il fallut tirer Schmidt hors de la librairie, où une reproduction d'un mètre de haut de la tête de chacal d'Anubis avait attiré son attention, pour nous mêler à la foule qu'on dirigeait vers la sortie. Une rangée de bus de touristes exhalait une épaisse fumée de gaz d'échappement et les colporteurs chargés de babioles insignifiantes s'agglutinaient autour de nous. Tandis que Saida leur intimait de plier bagages avec quelques mots bien sentis, je songeai à quel point il serait facile pour un tueur à gages de tirer sur sa victime à bout portant. Tous les vendeurs et tous les promeneurs pouvaient dissimuler une arme. C'était la même chose à Berlin, Rome ou Londres, alors, quelle différence ?

Eh bien, auparavant, personne n'avait voulu nous tuer ! Auparavant.

Nous nous réfugiâmes dans le confort du bar de l'hôtel, un salon aux lumières tamisées et aux fauteuils moelleux. Saida usait indifféremment de ses charmes auprès de Schmidt et de Feisal, néanmoins, John, qui semblait plus préoccupé que jamais, y restait insensible.

— C'est votre petit ami ? me demanda-t-elle. C'est bien. Feisal et moi, nous n'avons encore jamais fait l'amour. Il est très respectueux. Et il a peur de mon père. J'ai beau lui dire qu'il n'y a aucune raison de s'en faire, car mon père ne vit pas en Égypte, mais à Paris. Il est chirurgien, spécialiste en neurologie. Ma sœur aussi est médecin.

Elle me raconta sa vie, m'exposa ses vues sur le mariage, la religion, la vie en général.

— Maintenant, parlez-moi un peu de vous, dit-elle. Je suis si contente de vous rencontrer enfin, Feisal m'a si souvent parlé de vous que j'en étais presque jalouse.

— À présent, vous savez que vous n'aviez rien à craindre. Que vous a-t-il dit ?

— Que vous étiez une spécialiste renommée d'histoire de l'art, que vous aviez un poste important au Musée national de Munich et que vous étiez une amie intime du Dr Schmidt.

Elle marqua une pause pour m'inviter à parler. Elle s'était montrée plus que sincère avec moi, et il était difficile de résister à ces grands yeux bruns et à ce sourire chaleureux,

Cependant, je me souvenais d'une des règles fondamentales de John : « Découvre tout ce que l'autre sait sur toi avant de t'abandonner aux confidences. Limite-toi aux banalités. »

Je lui parlais donc de Clara et de César, de ma famille aux États-Unis et du pitoyable petit bonnet que j'avais essayé de crocheter pour mon futur neveu ou ma future nièce.

Elle n'essayait pas de m'extorquer d'autres informations, je l'aurais parié. Néanmoins, elle avait un charme particulier, et c'était un rare plaisir de pouvoir bavarder avec une personne avec laquelle je partageais tant de choses.

On commença à échanger des anecdotes cocasses à propos de notre travail.

Elle me raconta l'histoire d'un homme qui était entré dans son bureau avec une gigantesque couronne de fleurs qu'il voulait déposer sur le cercueil d'une momie anonyme.

C'était sa mère dans une vie antérieure, avait-il expliqué, et elle ne cessait de le hanter pour qu'il vienne lui rendre hommage. Je répliquai avec l'histoire d'un visiteur qui avait tenté de se glisser à l'intérieur de la vierge de fer, dans la salle de torture, en hurlant : « J'ai péché, j'ai péché ! » devant les gardes horrifiés qui tentaient de le retenir.

— Et un jour…

— Excusez-moi, mesdames, nous songions à aller dîner. Feisal me dit que vous pourriez nous indiquer un bon restaurant, Saida.

— J'en connais un tout près d'ici. Je vais réserver.

Nous dûmes traverser la place Tahrir, expérience que j'espère ne pas avoir à réitérer ! Des douze voies de circulation, aucune ne semble obéir à la moindre règle. Saida guida Schmidt, qui avait sans doute déjà bu trop de bière, avec le talent d'un matador qui esquive les cornes du taureau.

Nous suivîmes avec beaucoup moins de talent, mais comme Feisal le fit remarquer, personne n'avait envie de nous écraser, de peur d'être retardé.

— On ne devrait pas appeler Ashraf ? demanda Feisal.

— Pas avant de se débarrasser de ta petite amie, répondit John.

Feisal lui adressa un regard chagriné.

— Tu ne l'aimes pas ?

— Je l'adore. Reste poli, mais fais-la partir.

Saida et Schmidt auraient discuté toute la nuit si John n'avait pas précisé que nous devions nous lever à l'aurore pour prendre notre avion. Je faillis demander de quel avion il s'agissait.

— De quel avion s'agit-il ? demanda Schmidt.

— Celui à destination de Louxor, répondit John. Mon cher Schmidt, vous perdez la mémoire, il est temps d'aller vous coucher. Allez, ne protestez pas.

Feisal insista pour raccompagner Saida chez elle.

— Je ne serai pas long, promit-il.

— Ah, dit Schmidt, à votre place, je ne reviendrai pas du tout.

Nous finîmes par dompter Schmidt. Le trajet de retour et quelques accidents auxquels nous avions échappé de justesse avaient suffi à le dégriser, mais il ne pouvait s'empêcher de chanter les louanges de Saida.

— Quelle jeune femme merveilleuse ! Feisal a de la chance d'avoir gagné son cœur. Nous devons aller à la noce. Vous pensez que c'est pour bientôt ?

— Il n'y aura pas de noces si on n'arrive pas à se sortir de ce guêpier.

Feisal respecta sa parole. Il rentra à l'hôtel moins d'une demi-heure après nous.

— J'ai eu du mal à me libérer.

— *Ach so !* s'exclama Schmidt avec de gentils regards entendus.

— Elle voulait venir avec nous, dit Feisal, sans tenir compte des regards de Schmidt.

— Il ne manquerait plus que ça ! Une spécialiste des momies qui s'intéresse tout particulièrement à Toutankhamon. Feisal, que sait-elle à propos de l'affaire Théti-Chéri ?

— Euh… disons qu'elle dispose d'une version expurgée, expliqua Feisal, sarcastique. Beaucoup de gens sont au courant du vol des peintures et du rôle que j'y ai joué. J'ai obtenu ce poste grâce à mon héroïsme, et je suis passé devant des personnes qui pensaient le mériter plus que moi.

— J'imagine que tu lui as raconté notre fuite éperdue vers Le Caire, avec toute une bande de truands à nos trousses ? suggérai-je.

Feisal eut un sourire gêné.

— C'est elle qui m'y a incité. Vous savez comment c'est ?

— Tu t'es conduit en héros, dis-je en lui posant la main sur le bras. Alors, elle ignore tout de votre implication initiale, à John et à toi ?

— Oui. Mon dieu, si elle l'apprenait…

— Elle n'en saura rien. Il suffit de tenir sa langue. J'imagine que tu as réussi à la dissuader de venir ?

— Oui. Tu as déjà contacté Ashraf ?

— Je suppose qu'on l'a laissé mijoter assez longtemps.

Au téléphone, nous n'entendions que la voix de John, mais il n'était pas difficile de combler les blancs.

— Nous acceptons votre proposition… Je sais. Je vous promets que nous ne perdrons pas une minute de plus… Demain. Nous vous serions reconnaissants de bien vouloir vous charger des formalités… euh étant donné que notre précédent vol a été… annulé.

Il garda le silence un instant. Son expression ne se modifia guère… rien d'aussi flagrant qu'un haussement de sourcils, mais je connaissais assez bien ses traits pour savoir qu'il venait d'apprendre une mauvaise nouvelle.

— Très bien.

Il ferma le clapet de son téléphone.

— Alors ? Qu'est-ce qu'il a dit ? demanda Schmidt.

— Il s'arrangera pour qu'on prenne le vol de dix heures et demie. Il enverra sa voiture et il nous a réservé des chambres au Winter Palace.

— L'Old Winter Palace, je suppose, dit Schmidt. J'aurais mieux fait de réserver moi…

— Tais-toi ! Euh, excuse-moi, tais-toi, quelque chose ne tourne pas rond. John, que s'est-il passé ?

— Le garde. Ali. Le seul à avoir vu le tombeau vide, en dehors de Feisal. Il a disparu.

VIII

Le lendemain matin, la voiture d'Ashraf nous conduisit au terminal où une jeune femme efficace qui parlait anglais avec l'accent prononcé d'une grande école nous fit passer les formalités. Une fois dans l'avion, Feisal répéta encore :

— Il est en cavale. Ashraf lui a flanqué une peur de tous les diables.

— Ce n'est pas la version d'Ashraf, répétai-je.

— Oh, je ne doute pas qu'il se soit montré affable, néanmoins, pour les esprits simples comme celui d'Ali, il incarne la voix du Tout-Puissant, autoritaire et imprévisible. Ali a sans doute pensé que le plus sûr, c'était de se rendre invisible jusqu'à ce que l'affaire se tasse.

— Arrêtez, cela fait cent fois qu'on revient là-dessus !

Sans arriver nulle part. L'explication de Feisal était peut-être la bonne. À la place de ce malheureux gardien, j'aurais pris mes jambes à mon cou, moi aussi.

À l'Old Winter Palace, nous fûmes accueillis par un élégant gentilhomme aux cheveux blancs, un autre ami de Schmidt, qui nous escorta personnellement jusqu'à la suite présidentielle.

Elle offrait deux chambres et deux salles de bains, dont l'une avait une baignoire assez grande pour y faire quelques longueurs.

À l'expression de John, je voyais bien qu'il ne se réjouissait guère de n'être séparé de Schmidt que par le salon, si grand fût-il, mais il n'y pouvait rien. Ashraf avait omis de réserver une autre chambre.

Après le déjeuner, nous nous rendîmes sur la rive gauche. C'est un parcours tortueux : il faut prendre l'un des bateaux à moteur joyeusement décorés pour traverser le fleuve et sauter dans un taxi de l'autre côté pour un très long trajet. Je n'avais pas vu grand-chose de Louxor lors de ma dernière visite, attachée que j'étais à éviter ceux qui nourrissaient de mauvaises intentions à mon égard.

Schmidt y était venu souvent, mais toujours aussi ébahi, il regardait par la fenêtre, avec ce ravissement enfantin qui fait partie de son charme, et commentait les derniers aménagements, tout en harcelant Feisal de questions.

Il n'obtenait que peu de réponses. Plus nous approchions de la Vallée des Rois, plus il était tendu. Non sans difficulté, nous le persuadâmes de monter dans un des véhicules électriques desservant les pyramides.

Le soleil était haut et chaud, l'air poussiéreux, et je n'avais pas envie que mon patron rondouillet se fatigue. Schmidt avait revêtu l'un des costumes de lin blanc de son tailleur berlinois et un splendide panama, que je ne l'avais pas vu acheter. Je me demandais ce que pouvait bien encore receler son immense valise.

Le tombeau de Toutankhamon se trouve à quelques centaines de mètres de l'entrée de la Vallée. Je ne sais pas si Feisal avait peur que le tombeau ait disparu en même temps qu'Ali ou qu'il ne soit envahi par une horde de touristes importuns, toujours est-il qu'il poussa un soupir de soulagement lorsque nous aperçûmes enfin l'ouverture rectangulaire. Un groupe de touristes discutait avec les gardiens, ou plutôt, à en juger à leurs interjections aiguës, essayait de forcer le passage.

Un des hommes en short exhibait des longues jambes poilues, les poitrines des femmes débordaient des décolletés de leur T-shirts moulants. Lorsque le gardien aperçut Feisal, il poussa un cri de joie et courut à sa rencontre.

Feisal congédia les touristes avec quelques mots autoritaires. Ils se dispersèrent en maugréant.

Ces idiots arrogants n'étaient pas les premiers que nous rencontrions, et nous n'avions sans doute pas fini d'en rencontrer. Je me souviens de la manière dont Howard Carter avait perdu son poste au service des Antiquités, en défendant ses vigiles contre les assauts d'ivrognes qui avaient tenté de s'introduire dans la pyramide de Saqqarah.

Après une discussion très animée avec ses employés, Feisal revint vers nous.

— Ali ne s'est pas présenté à son travail hier. Mohammed est allé demander des nouvelles chez lui. Sa femme dit qu'il n'était pas rentré la veille. Je vais aller la voir.

— Chaque chose en son temps, dit John, qui contemplait la sombre entrée du tombeau, main dans les poches. Pouvons-nous entrer ?

— Pourquoi ? demanda Feisal.

— La scène de crime, lui rappela John. Je sais que tu t'inquiètes pour tes employés, mais je crois que tu aimerais t'assurer que rien n'a été dérangé.

— Oui, oui, c'est la procédure, confirma Schmidt. J'ai apporté un appareil, pour photographier les indices.

— Excellente initiative, Schmidt, dis-je.

— Et un carnet et un stylo, ajouta-t-il en me les fourrant dans les mains.

J'aurais dû me douter qu'il allait me prendre pour sa secrétaire officielle. Je lui redonnai aussitôt les objets.

Certains (John) m'accusent d'avoir appris tout ce que je sais de l'histoire, en dehors de mon champ d'expertise limité, dans les romans populaires, à tort, car j'avais lu un ou deux rapports sur la découverte de ce tombeau, y compris celui de Carter, lui-même, presque aussi passionnant que de la fiction. Je dois reconnaître malgré tout que la version dont je me souviens le mieux est celle d'une romancière dont j'ai oublié le nom.

Si elle prétendait que son récit s'appuyait sur le journal d'un véritable témoin oculaire, je dois avouer que je n'avais jamais pris la peine d'effectuer des vérifications. Pourquoi me donner tout ce mal, ce n'était pas dans mon domaine !

La dernière (et première) fois que j'avais visité la Vallée, le tombeau de Toutankhamon était encore ouvert aux touristes.

Aujourd'hui, les lieux semblaient ne pas avoir changé : le massif sarcophage de pierre était protégé par un lourd couvercle de verre, maculé de poussière et de traces de doigts, qui laissaient voir la forme dorée à l'intérieur.

D'un cri, Schmidt m'arrêta au moment où j'allais entrer dans la petite salle du tombeau. De sa poche il sortit un appareil photo numérique ainsi qu'une immense loupe.

— La lumière n'est pas très bonne, se plaignit-il en se penchant et en plissant les yeux pour voir derrière la paroi. Quelqu'un a une lampe de poche ?

— Non, et pas de kit d'empreintes non plus, précisa John.

— Il faut s'en procurer, dit Schmidt en augmentant l'angle de l'inclinaison de son buste, faisant courir un risque démesuré aux coutures de son pantalon.

— Vous trouverez des centaines d'empreintes, dit Feisal, les miennes, celles d'Ali…

— Et celles des mécréants qui ont enlevé le pharaon, ajouta Schmidt en se redressant, loupe à la main. Certaines figureront peut-être dans la base de données d'Interpol ou d'une autre agence…

— À laquelle nous n'avons pas accès, fit remarquer John, patiemment. Vas-y, Feisal, ne t'inquiète pas pour les empreintes de pas, regarde simplement s'il n'y a rien d'anormal, si rien n'a été déplacé.

— Des taches de sang, dit Schmidt, les yeux étincelants.

Le sol n'était pas propre. En plus de la poussière, on trouvait des morceaux de papier, des miettes, des pépins d'orange, des excréments de souris.

La plupart devaient être là depuis des semaines, sinon des mois. Schmidt photographia le moindre centimètre carré… le sol crasseux, les murs peints, le sarcophage et son contenu. Après avoir franchi l'obstacle des excréments de souris, je renonçai à pousser plus loin mon exploration et allai rejoindre Feisal qui regardait à l'intérieur du sarcophage.

Les merveilleuses incrustations de pierres qui formaient les yeux sur le masque d'or m'observaient. Ils ne demandaient et n'exigeaient rien. Le visage était mort, inanimé. Les doigts crispés sur le bord du verre, Feisal s'exclama soudain :

— Je ne peux pas m'empêcher de penser qu'il est toujours là !

Si vous voulez dissimuler quelque chose, mettez-le en évidence, dans un endroit où l'on a déjà cherché, un endroit si visible que personne ne songerait à y aller voir.

Je lis trop de romans policiers, mais ces lieux présentaient une certaine logique malsaine. John n'avait-il pas dit qu'il serait difficile d'emmener la momie hors de la zone de Louxor ? Et si « ils » étaient venus la remettre à sa place ? Une fois la rançon payée, ils n'auraient pas à prendre le risque de la rendre. Ils se contenteraient d'orienter les chercheurs vers la tombe. Et si Ali avait été le seul témoin de leur seconde visite ? Il avait disparu.

Il ne pouvait plus témoigner.

— S'il est là, il lui manque une main, dis-je essayant de me convaincre de l'absurdité de mon idée. Euh, tu peux savoir si quelqu'un a touché au couvercle du cercueil depuis qu'Ali et toi l'avez remis en place ?

Malheureusement, Schmidt entendit la question. Je dis malheureusement, car il a une imagination encore plus fertile que la mienne et une proximité encore plus grande avec la littérature à sensation.

— Ah, ah, s'écria-t-il, le coup de la lettre volée ! Génial, Vicky, génial !

Il n'y avait plus moyen de le retenir, et, à cet instant, j'étais convaincue, moi aussi. Même à quatre, c'était une prouesse de soulever la plaque de verre et le couvercle du cercueil.

Je n'arrivais pas à comprendre comment Feisal et Ali y étaient parvenus. L'énergie du désespoir, sans doute. Feisal ne cessait de répéter : « Attention, attention, ne l'abîmez pas ! »

— Allez, on casse tout ! dit John, impatient. Bon, mauvaise plaisanterie. Tu pourras toujours en rejeter la faute sur les voleurs… Prêt ? On soulève, on bascule. Un… deux…

Il ne fallut pas le soulever beaucoup. Il faisait sombre à l'intérieur. Feisal glissa une main, ce que je n'aurais jamais fait, et chercha à tâtons. Son visage se décomposa.

— C'est vide !

— Tu es sûr ?

— Oui.

— C'était une idée saugrenue, dit John.

— Il fallait quand même s'en assurer, répondit Schmidt.

— Exact. Ne pas omettre de retourner la moindre pierre, de soulever le moindre couvercle… Je ne vois pas l'intérêt de tout remettre en place, et vous ?

Il s'adressait à Feisal qui hocha la tête.

— Si quelqu'un arrive, nous sommes perdus,

de toute façon. On remet simplement le verre de manière à ce qu'il ne tombe pas et on file.

Remettre le verre « simplement », avait-il dit. On y parvint tout de même, mais je me déchirai quelque chose dans l'épaule et Schmidt s'écrasa un doigt.

Notre première victime, songeai-je en regardant le mouchoir autour de sa main. Schmidt aime bien se blesser sur le champ de bataille ; il refusa noblement lorsque je lui proposai de rentrer à l'hôtel pour mieux le soigner.

— Nous devons aller voir l'épouse de ce pauvre garde et l'interroger, dit-il.

— Il est inutile de m'accompagner. Vous feriez mieux de vous faire nettoyer ce doigt, cela peut s'infecter rapidement.

— Oui, il a beaucoup saigné, observa Schmidt en contemplant le mouchoir taché. Vous aurez besoin de témoins, Feisal, et de personnes spécialisées dans les interrogatoires. Vicky prendra des notes.

Feisal ferma la porte et éteignit les lumières. Nous retournâmes vers la sortie. Feisal héla un taxi.

— Tu n'as pas droit à une voiture avec chauffeur ?

— J'ai droit à une vieille Jeep. Elle est sur le chantier, comme la plupart du temps.

À son ton amer, je devinai qu'il enviait la limousine capitonnée d'Ashraf et son escadron de secrétaires.

Nous reprîmes la route qui menait à l'embarcadère. Comme il n'avait pas réussi à me refiler son carnet et son stylo, Schmidt essayait de prendre des notes.

Étant donné l'état de la chaussée et des amortisseurs de la voiture, je me demandais s'il arriverait à déchiffrer ses gribouillages, mais ça l'occupait et le distrayait. Le paysage d'une extrême monotonie n'était qu'une terre nue s'étendant jusqu'aux falaises fauves et brunâtres, tout aussi nues, avec, ici et là, une petite touche de verdure.

Je m'abstins de critiquer, car je savais que je risquais d'être assaillie par les experts qui me montreraient des amas de cailloux fascinants, en m'expliquant leur signification.

Le taxi s'arrêta devant un groupe de maisons accrochées au flanc d'une colline rocailleuse. On aurait dit des boîtes cubiques, dispersées au petit bonheur la chance, mais c'était ce que mes yeux incultes avaient vu de plus intéressant depuis que nous avions quitté la Vallée.

Certaines des façades étaient simplement peintes en blanc étincelant, en jaune doré ou bleu délavé, d'autres étaient ornées de représentations de personnages, de chameaux, de bateaux et d'avions, qui se côtoyaient nonchalamment.

— Je croyais que les autorités voulaient transférer la population dans un nouveau village, fit monsieur Schmidt je-sais-tout, sans même lever les yeux.

— C'est imminent, dit Feisal.

Il sortit par l'avant et se débattit avec la portière arrière car il n'y avait plus de poignée à l'intérieur. Elle finit par céder et je descendis.

— Il va falloir marcher à partir de là. La maison d'Ali se trouve un peu plus haut, près de la tombe de Ramose.

— Quel dommage ! Ils vivent ici depuis des siècles.

— Et se sont enrichis en pillant les tombeaux qui sont sous leur maison, précisa Feisal. Je sais, Schmidt, l'endroit est très pittoresque, et les habitants de Gournah se sont battus bec et ongles pour s'opposer au projet, mais ces travaux sont indispensables.

Pittoresque, oui… à condition d'aimer la poussière, les chiens errants, les enfants aux pieds nus qui ne cessaient de harceler les touristes innocents. Certains essayaient de nous vendre d'horribles scarabées et des petites figurines de contrefaçon, d'autres voulaient simplement de l'argent.

Feisal cria en arabe. Certains s'éloignèrent, les plus audacieux nous encerclèrent par l'arrière. Schmidt fouilla dans sa poche rebondie.

Il en sortit d'abord la loupe qui provoqua des soupirs envieux. Un garçon maigrichon en T-shirt déchiré tendit le bras. Feisal écarta sa main.

— Ne leur donnez rien, Schmidt. Il faut qu'ils apprennent à ne pas mendier. C'est une des raisons pour lesquelles on les déplace. Les touristes se plaignent d'être sans cesse harcelés.

— Ils sont pauvres, dit Schmidt. Si vous n'aviez rien, vous mendieriez, non ?

Il rangea la loupe et sortit une poignée de stylos-billes. Apparemment, ce substitut plaisait beaucoup. La distribution fut un peu houleuse, car les plus grands arrachaient les stylos des mains des plus petits, si bien que Schmidt se joignit à la mêlée pour équilibrer la distribution. Une vague d'affection m'envahit, tandis que je le regardais.

Il avait le cœur sur la main. S'il y en avait eu plus comme lui, le monde ne serait pas si triste.

Finalement, Feisal dispersa les jeunes avec un rugissement de fauve. Quelques-uns se mirent à courir devant nous. Lorsque nous arrivâmes devant la maison d'Ali, notre visite avait déjà été annoncée.

En été, la température frise les quarante degrés. Les maisons ont des murs épais et des petites fenêtres pour ne pas laisser entrer la chaleur et, après le grand soleil de l'extérieur, les intérieurs semblent plongés dans un noir d'encre.

Lorsque mes yeux s'ajustèrent à l'obscurité, je vis qu'il y avait beaucoup de monde, des femmes et des enfants, essentiellement, assis sur des divans bas, disposés contre le mur, ou simplement par terre. Les silhouettes fantomatiques et les yeux écarquillés qui nous fixaient étaient plutôt troublants.

Depuis combien de temps étaient-ils ici, immobiles comme des statues ? Ils ne pouvaient pas deviner que nous allions venir. Je me ressaisis. Notre arrivée avait dû être annoncée bien plus tôt que je ne le croyais, sans doute dès que Feisal était descendu du taxi.

Une des femmes se leva et le salua. Je reconnus le « *Salaam aleikhum* » poli auquel Feisal répondit. Il était trop avisé pour abréger les formalités, si bien qu'on nous invita à nous asseoir, et on nous offrit du thé fumant et des petits biscuits. J'étais installée à côté de la femme qui nous avait accueillis.

Il ne pouvait pas s'agir de la femme d'Ali. Les femmes se fanent vite sous le soleil, cependant elle avait le visage aussi buriné que celui des momies les mieux conservées du musée.

Dans la tenue traditionnelle de l'ancienne génération que les femmes modernes ont modifiée ou abandonnée, elle était enveloppée de noir, tête, bras et jambes.

Lorsqu'elle me sourit, je vis que presque toutes ses dents manquaient. Pourtant, les yeux, à demi cachés sous les paupières tombantes étaient aussi vifs et perçants que ceux d'un oiseau de proie.

— C'est Umm Ali, dit Feisal, la mère d'Ali. Bois ton thé, Vicky. Elle a demandé si tu voulais autre chose.

J'aurais préféré me brûler les doigts plutôt que l'offenser, mais au dernier moment, je me souvins de la technique : le pouce sous le fond épais du verre, les doigts sur le bord pour le stabiliser.

Je fis un signe vigoureux à la vieille dame, découvris mes dents en un sourire et bus une gorgée. Le thé était très fort et très sucré. Carie dentaire assurée, proclamait-il.

Je fus la dernière à accomplir mon devoir. Dès que j'eus terminé, Feisal lança une série de questions. Umm Ali y répondit.

Comme je ne comprenais pas un traître mot, j'essayais de deviner qui était la femme d'Ali, en croisant successivement les regards bruns.

Une femme, voilée et tout emballée, avait les yeux un peu plus clairs que les autres. Elle baissa timidement la tête quand je croisai son regard.

À en juger à ses vêtements, elle était trop âgée pour être l'épouse, mais qu'en savais-je, après tout ? La mère était apparemment la grande figure. Les autres faisaient sans doute partie de la famille étendue, qui pouvait comprendre les sœurs, les tantes, et de lointains cousins. Ils ne disaient mot. Deux hommes finirent par faire de brefs commentaires, tout en se montrant aussi respectueux envers la matriarche que les femmes.

À l'arrière, j'entendis un âne braire et un canard cancaner. Un poulet vint se promener dans la pièce, la tête penchée, avec ce faux air d'intelligence particulière à la volaille, et essaya de sauter sur mes genoux. Je le repoussai avec un sourire d'excuse, espérant ne pas être trop impolie. Je n'ai rien contre les poulets, à part qu'ils ne connaissent pas les bonnes manières.

Le poulet rejeté alla tenter sa chance avec John. J'espérais qu'il ne lui sauterait pas dessus, et malgré son intelligence limitée, l'animal dut percevoir quelque chose dans son regard, car il recula.

J'avais presque terminé mon thé et me sentais étrangement à l'aise.

Les cris des animaux me ramenaient aux jours de mon enfance, dans notre ferme familiale du Minnesota, où j'avais appris à aimer l'odeur d'un jardin engraissé au fumier.

Feisal cassa l'ambiance en s'adressant directement à moi.

— Je suppose que tu n'as rien compris. Désolé pour le poulet.

— Ce n'est rien. Est-ce que ce serait impoli de redemander du thé ?

— Oui, répondit John, fermement.

— Non, dit Feisal, mais nous ne devrions pas nous attarder ici. Je t'expliquerai plus tard.

— J'ai une question, intervint Schmidt.

— Plus tard.

— Mais je…

— Pas maintenant ! fit Feisal en élevant la voix.

C'était sa première manifestation d'autorité, mais je compris qu'il s'était depuis longtemps contenu.

Les adieux nous prirent presque autant de temps que les présentations, mais après de nombreux « *choukran et maasalama* », nous nous dirigeâmes vers la sortie.

Un escadron d'enfants nous suivit jusqu'au taxi.

— Qu'est-ce qu'il y avait dans ce thé ? demanda John, en enlevant quelques plumes de sa manche. On aurait dit que Vicky était prête à rester assise là une éternité.

— Je me sentais bien, dis-je, rêveuse. Ces gens sont si gentils. Le poulet était mignon.

John renonça.

— Laisse tomber ce satané poulet. Qu'est-ce qu'ils ont dit ?

— Ils le croient mort, répondit Schmidt, d'un ton contenu. La pauvre maman nous a demandé de retrouver son corps pour pouvoir lui offrir une sépulture digne de ce nom.

— Pourquoi ne répéteriez-vous pas tout ce qui a été dit ? Je ne savais pas que vous maîtrisiez si bien l'arabe, dit Feisal, soudain furieux.

Schmidt comprit qu'il l'avait offensé, sans toutefois savoir pourquoi.

— J'ai étudié l'arabe, expliqua-t-il, modeste. J'ai compris une partie de la conversation, mais pas le reste. Je suis désolé.

— Non, c'est moi qui suis désolé, dit Feisal en hochant la tête. Je suis nerveux. S'ils ont raison et qu'Ali est mort, c'est de ma faute.

D'après la mère, ils n'avaient aucune preuve, mais les signes étaient peu encourageants. Ali rentrait tous les soirs, après le travail. Il ne s'était jamais attardé pour boire un café ou bavarder avec ses amis. Il n'était jamais parti sans dire à sa mère où il allait, et pour combien de temps.

— La vieille dame nous a-t-elle tout dit ? demandai-je.

— J'espère bien que non, répondit John.

— Elle n'a pas parlé du vol.

— C'est ce que je voulais demander, dit Schmidt.

— Je ne crois pas que j'aurais pu poser la question directement. Elle a parlé de quelque chose qui l'inquiétait, elle a dit qu'il était colérique et de mauvaise humeur depuis des jours. Pourtant, lorsqu'elle lui posait la question, il disait que tout allait bien. Et puis, avant-hier, il est revenu avec l'air de celui qui a eu, je cite, une vision du paradis. De grandes choses les attendaient, tous.

— Il avait parlé avec Ashraf.

— C'est ce que je serais enclin à croire. Pourquoi ce maudit taxi ne bouge-t-il pas ?

— Peut-être parce que tu ne lui as pas dit où on allait, suggérai-je.

Le soleil se couchait derrière nous lorsque nous traversâmes le Nil. Feisal s'était arrangé pour passer à son bureau, qui se trouvait près du Musée de Louxor, sur la rive droite, puis à son appartement pour se changer avant de nous rejoindre pour dîner. Je pensais que je ferais mieux de m'occuper du doigt blessé de Schmidt, qu'il exhibait (involontairement, je crois) en un geste vulgaire.

Il n'était pas cassé, simplement éraflé et tuméfié. Grâce à la trousse d'urgence que Schmidt sortit de sa valise magique, je le désinfectai et l'entourai d'assez de bandages pour lui faire plaisir. Nous rejoignîmes John sur le balcon, qui marmonnait dans son téléphone. Je m'installai aussi loin de lui que possible et contemplai la vue. Le Nil étincelait, reflétant les lumières de la ville et les falaises de l'Ouest qui se teintaient d'une douce couleur pourprée. Si somptueux que fût le spectacle, je ne retrouvais pas l'humeur enchantée dont j'avais joui pendant un trop bref instant. Pas sans poulet…

Je m'étais laissé emporter par des souvenirs nostalgiques parce que je ne voulais pas réfléchir aux raisons qui nous avaient amenés là-bas : la possibilité que le garde repose quelque part au fond d'une sinistre tombe, dans les sables de la rive gauche.

Nous avions passé et repassé en revue toutes les possibilités pendant le trajet du retour. Finalement, Ali était-il en cavale ? Possible, mais peu vraisemblable si l'on se fiait au témoignage de sa mère et à ses habitudes. Avait-il entendu ou vu quelque chose pendant le cambriolage, sans se rendre compte sur le moment de l'importance de ce détail ? Plausible, malgré tout, cela ouvrait toute une nouvelle série de questions sans réponses. Quand avait-il compris qu'il disposait d'informations vitales et qu'en avait-il fait ? Avait-il tenté d'approcher les voleurs, pour les faire chanter ?

En supposant que ces derniers étaient responsables de sa disparition, comment avaient-ils compris qu'il fallait le réduire au silence ?

John termina sa conversation et s'adressa à Schmidt.

— D'après Ashraf, Ali n'aurait rien dit qui laisserait supposer qu'il disposait de nouvelles informations.

— Lui a-t-il posé les bonnes questions ? demanda Schmidt. Ou Ashraf a-t-il pu poser une question qui aurait réveillé un souvenir endormi, dans l'esprit du pauvre bougre ?

— Croyez-vous que je ne lui ai pas demandé ? Si c'est le cas, il n'a aucune idée de ce qui aurait pu déclencher une telle attitude. Vous pouvez continuer à élaborer des scénarios tant que vous voulez, en buvant de la bière, cela ne nous mènera nulle part, dit John.

Les couleurs du coucher de soleil avaient viré au rose et au gris, et les complaintes des muezzins s'étaient tues. John avait dans la voix ces intonations qui me hérissent le poil.

— Alors, qu'est-ce que tu proposes, pour qu'on aboutisse à quelque chose ? demandai-je Je ne vois rien venir. Le temps presse et…

John sursauta et se dirigea vers la porte.

— Je sors. Ne faites rien de stupide !

— Je croyais que tu ne voulais pas qu'on se promène tout seul dans les rues, criai-je derrière lui.

Pour toute réponse, je n'obtins que le claquement de la porte.

— Il a dit que *tu* ne devais pas sortir seule, rectifia Schmidt.

Comme il n'y avait que lui dans la pièce, ce fut sur lui que je passai ma colère.

— C'est ce qu'il t'a dit ? Pauvre Vicky, elle a

une cervelle de moineau, essayons de lui éviter les ennuis ?

— Allez, voyons ! dit Schmidt en prenant son verre.

J'inspirai à plusieurs reprises.

— Bon, d'accord. Je suis désolée, mais c'est la vérité. On n'avance pas. Le Cerveau ne fait pas son boulot.

— Alors, proposa Schmidt, plein d'espoir, je devrais peut-être reprendre sa place.

— Je vote pour toi.

— Parfait. La nuit tombe. Rentrons à l'intérieur pour élaborer un plan.

Au salon, on alluma toutes les lumières. Schmidt ouvrit deux autres bières et indiqua le carnet et le stylo, judicieusement placés sur la table basse. Je les pris. Schmidt se lança dans son exposé.

Ce bon vieux garçon a une certaine logique. On commença par décider que Toutankhamon était toujours quelque part dans la zone de Louxor, puisque, l'autre hypothèse, c'était qu'il pouvait être n'importe où dans le vaste monde. Nous n'avions pas suivi la piste du camion, mais comme Schmidt le signala, cela nous aurait sans doute menés dans une impasse. Ali l'avait décrit comme beaucoup moins imposant que le monstre de la première fois, de la taille d'un autocar, sans doute. C'était sûrement un bus ou un camion maquillé, avec les symboles cabalistiques idoines. Il aurait suffi d'un endroit tranquille, à l'écart de la route, pour démonter les panneaux extérieurs, que les voleurs pouvaient facilement détruire. Le véhicule, rendu à son anonymat, pouvait ensuite poursuivre…

On trouve des milliers de cachettes dans les falaises de la rive gauche, les grottes, les tombes abandonnées, les fissures de la pierre.

Schmidt prétendait que les voleurs ne dissimuleraient jamais leur butin dans un endroit aussi risqué, à la merci des éboulements ou d'une découverte fortuite par les fellahin.

— Une résidence, conclut le Cerveau. Pas un hôtel, tu comprends bien pourquoi, plutôt un environnement qui peut être contrôlé, dans une certaine mesure, à l'abri de la poussière, de la chaleur et des animaux errants.

— C'est logique, dis-je, impressionnée par son raisonnement. Tu es sûr que ce n'est pas toi le coupable, Schmidt ?

Il eut un petit rire.

— Ce ne sont que des hypothèses, mais cela nous donne toujours un point de départ.

— Exact, toutes les demeures privées de Louxor et de ses environs…

Les fenêtres étaient plongées dans l'obscurité. Sur l'autre rive du Nil, les lumières commençaient à scintiller. J'avais pris des notes et j'étais restée aux aguets. Lorsqu'on frappa à la porte, je me levai d'un bond pour aller ouvrir.

Ce n'était pas John, mais Feisal.

— Ah…

— Ça fait plaisir de vous revoir, dit Feisal en regardant tout autour de lui. Où est notre Johnny ?

Schmidt ricana.

— Notre ami Feisal est trop empreint de la culture populaire américaine, passée et présente.

— Peu importe, dis-je tandis que Feisal le regardait sans comprendre. John est sorti depuis un moment. Il n'est pas encore rentré.

— Où est-il allé ?

— Mystère.

— Vous vous êtes disputés, en conclut Feisal qui commençait à comprendre. Je m'y attendais.

— Je suppose qu'il est parti explorer de nouvelles pistes, dit Schmidt. Nous avons fait de même. Voulez-vous connaître nos conclusions ?

Feisal s'approcha du minibar et en sortit un soda au citron sans alcool. J'y avais goûté, c'était épouvantable.

— Allez-y !

Après le résumé de Schmidt, Feisal hocha la tête.

— Oui, c'est bien. Savez-vous combien il y a de maisons, de villas et d'appartements privés, dans cette zone ? On ne peut pas frapper à toutes les portes et demander qu'on nous laisse entrer.

— Alors, il faudra réduire les possibilités avec de nouvelles déductions. Vous avez des suggestions à nous faire, Feisal ?

— Pas pour l'instant, dit-il, avant de vider sa bouteille.

— Et du nouveau de ton côté ? demandai-je. Au bureau ?

— Une dizaine de messages… Divers sous-directeurs signalant des activités suspectes ou illégales autour des sites protégés… ou…

Il continua un moment. J'avais cessé d'écouter, me concentrant sur le son des pas ou les bruits de clé. Rien. John devait pourtant avoir fini de bouder.

— Tu veux aller dîner ? demanda Schmidt. Feisal nous propose un restaurant.

— On ne devrait pas attendre John ?

— Il arrivera quand il sera décidé. Je commence à avoir faim.

Sur mon conseil, Feisal lui laissa un message pour lui dire où nous allions, et je me laissai escorter hors de l'hôtel. Écartant les chauffeurs de taxi et de calèches importuns, nous longeâmes la corniche, face au temple de Louxor, dont les colonnes géantes scintillaient dans le noir.

— Ah, c'est ouvert ce soir. On va le visiter ?

J'allais refuser lorsque je vis un homme se diriger vers l'entrée principale. Il était entouré d'autres touristes, mais les rayons de lumière jouaient dans la chevelure blond doré.

À le voir ainsi, se promener gentiment, tout en sachant que je m'inquiétais, je fus prise de fureur.

— Il est là ! m'exclamai-je.

J'arrachai mon bras de l'étreinte de Feisal et courus vers John. Feisal me cria de m'arrêter, et un des contrôleurs tenta de m'intercepter. Je fis un rapide détour pour éviter ce dernier, mais lorsque j'arrivai au niveau du grand pylône, John avait disparu. Hors d'haleine et en nage, j'étais sur le point d'entrer lorsque Feisal me rattrapa.

— Qu'est-ce qui te prend ? demanda-t-il en me saisissant par le bras.

— Tu ne l'as pas vu ?

— Qui ?

Schmidt arriva, haletant.

— Vicky, il ne faut pas te sauver comme ça !

— C'était John ! Il vient d'entrer dans le temple !

— Tu as dû te tromper, dit Feisal.

— Non, je suis sûre…

Qu'avais-je vu, en fait ? Ce que je voulais voir, ce que j'espérais voir ?

— Puisqu'on y est, autant aller y faire un tour, dit Schmidt, sur le ton qu'il aurait utilisé avec un bambin capricieux.

C'était inutile, désespéré. Du temps perdu. Je m'en étais rendu compte avant même que nous soyons arrivés dans la grande cour, après être passés devant les statues géantes de Ramsès.

L'endroit était vaste, avec des dizaines de colonnes, de statues, de niches latérales, des milliers de cachettes idéales pour un homme qui voulait éviter d'attirer l'attention, noyé au milieu de centaines de visiteurs qui entraient et sortaient. Certains hommes avaient les cheveux blonds.

— *Sehr interessant,* dit Schmidt en caressant sa moustache. *Sehr schön.* C'est l'un des plus beaux temples d'Égypte, d'autres ont…

— Inutile de nous faire une leçon de tact ! Schmidt, aboyai-je. On y va ?

Le restaurant offrait un patio paisible éclairé à la lueur chaleureuse des lanternes. Au centre, la fontaine projetait ses jeux d'eau. John était installé à une des tables. Il se leva et tira une chaise.

— Je vous attends depuis un bon moment.

— Où étais-tu passé ? demandai-je, très poliment.

— Je me promenais. Je me suis arrêté à une des boutiques, au coin de la rue, ajouta-t-il en me tendant un petit paquet.

Je le déballai et découvris une paire de boucles d'oreilles en argent, en forme de chat.

C'était une offrande de paix, mais je n'étais pas prête à pardonner et à oublier.

— J'ai cru te voir entrer dans le temple de Louxor, dis-je.

Après une pause, John leva un sourcil.

— C'est pour ça que vous avez été si longs ? Je suppose que Schmidt a inspecté le moindre recoin.

— Je n'inspectais rien, j'admirais la beauté des lieux.

Feisal passa commande pour nous et Schmidt décida de prendre une autre Stella.

— Schmidt et moi, nous avons élaboré un plan.

— Ah oui ? (Cette fois, les deux sourcils se levèrent.) Puis-je savoir en quoi il consiste ?

Schmidt ne fut que trop heureux de le satisfaire.

— Il ne reste plus qu'à réduire les possibilités.

Comme on pouvait s'y attendre, John s'attacha à réduire nos arguments en miettes.

— Pourquoi pensez-vous qu'ils veulent un environnement contrôlé ? Toutankhamon croupit dans cette tombe depuis plus de trois mille ans, et pendant plus de quatre-vingts ans, il a été exposé à toutes les formes de pollution imaginables. Quelques semaines de plus dans un trou quelconque ne changeraient pas grand-chose.

— Cela signifierait qu'il est toujours sur la rive gauche, dis-je, répugnant à renoncer à notre si jolie petite théorie. Comment pourraient-ils le ramener dans les falaises sans être vus ?

— Sur un chariot ou une charrette, dit John. La nuit. Je suppose qu'ils n'hésiteraient pas à le secouer un peu. Ils l'ont bien raccourci d'une main !

— Ne dis pas des choses pareilles !

— Alors, qu'en pensez-vous ? Vous croyez qu'on a des raisons de suivre les pistes de Schmidt ?

— Je crois que ce serait une perte de temps, reconnut Feisal. De temps dont on ne dispose pas. Si nous avions un indice… même mince…

Il regarda John qui hocha la tête.

— Et Ali ?

— J'envoie des hommes à sa recherche demain. Tout le monde sait qu'il a disparu et, d'après la rumeur, il aurait eu un accident dans les falaises. Cela arrive de temps en temps, même aux gens du coin qui ont de l'expérience.

Le serveur commença à disposer assiettes et bols sur la table. Je reconnus le riz et un tajine de légumes, principalement composé de tomates. Feisal me fit signe de me servir, ce qui me permit de découvrir les aubergines, le mouton, cuisiné de diverses manières, ainsi que des lentilles.

Pendant un moment, on n'entendit plus que le bruit de la mastication de Schmidt.

— Je crois que je vais être obligé d'effectuer un voyage éclair à Denderah demain ou après-demain, poursuivit Feisal. Un cambrioleur s'est introduit dans la réserve et a volé une vasque de granite. On a un suspect, mais on ne l'a pas encore arrêté.

— Où aurait-il pu cacher un tel objet ? Cela doit peser des tonnes.

— Dans les environs, admit Feisal. Farouk est un expert dans ce genre d'opérations. Avec ses complices, il a dérobé une statue d'Hathor au temple, il y a quelques mois, en plein jour, sous les yeux de centaines de témoins. On ne l'a jamais retrouvée.

— On pourrait peut-être lui demander où ils ont pu planquer Toutankhamon ! lançai-je.

Personne ne trouva ça très drôle, pas même moi.

La Malédiction du téléphone portable avait touché l'Égypte. Pendant tout le repas, cela n'avait cessé de sonner tout autour de nous. Lorsque l'un d'eux retentit tout près, je regardai Schmidt.

— C'est forcément le tien. Personne d'autre n'aurait un tube de Johnny Cash !

— Ne répondez pas, ordonna John. Qu'elle laisse un message.

— Tu ne peux pas être sûr que c'est Suzi !

— Si c'est bien elle, je préférerais que Schmidt ne lui parle pas avant d'avoir mûrement réfléchi.

— Ni avant d'avoir fini de dîner, dit Schmidt en se servant le reste des aubergines.

— Je ferais mieux de consulter les miens, dit Feisal en sortant son appareil. J'ai demandé au frère d'Ali de me prévenir dès qu'il aurait des nouvelles.

Je ne pouvais lui reprocher de s'accrocher à un espoir, de plus en plus ténu, au fil du temps. Il avait plusieurs messages, dont aucun n'attira de commentaires avant le dernier. Il laissa échapper un couinement d'horreur.

— Oh, ne me dis pas qu'Ali…

— Non, ce n'est pas Ali, murmura Feisal. C'est terrible malgré tout. Qu'est-ce que je vais faire ? demanda-t-il, le visage blême. Saida. Elle arrive. Demain. Elle veut le… voir.

IX

Sa première réaction fut la fuite.

— Elle ne pourra pas entrer dans la tombe sans ma présence.

— On parie ? dis-je.

Feisal y réfléchit.

— Merde !

— On devrait peut-être lui demander de nous venir en aide. Elle est très intelligente.

— Lui avouer la vérité ? demanda Feisal, horrifié.

— Hors de question, intervint John. Contrôlez votre libido, Schmidt, ce n'est pas son intelligence qui vous intéresse. Il va falloir téléphoner à Ashraf, Feisal. Il est le seul à pouvoir l'en dissuader.

— Bien.

Feisal repoussa sa chaise et se leva. Schmidt régla l'addition et nous retournâmes à l'hôtel. Un homme de service enturbanné glissait de petits carrés de chocolat emballés dans du papier argent sous les oreillers.

— Le service est vraiment bien, fit Schmidt en déballant son chocolat.

— Trop présent, dit John. Débarrassez-nous de lui, Feisal ! Poliment.

— Tu as trouvé quelque chose ? demandai-je à John, tandis qu'il regardait sous les coussins et la table.

— Non, c'est ça l'ennui avec ce service trop assidu ! On ne peut pas savoir si quelqu'un est venu fouiner. Feisal, fais attention à ce que tu dis à Ashraf. Schmidt, vous feriez mieux de faire votre rapport à Suzi.

— Je veux d'abord savoir ce que Feisal dira, rétorqua Schmidt en s'installant sur le divan.

Feisal réussit à joindre Ashraf immédiatement. J'en fus surprise, jusqu'à ce que je comprenne qu'Ashraf était aussi nerveux que nous et qu'il avait intérêt à garder le contact.

— Mettez le haut-parleur, demanda Schmidt, tout ouïe.

— Désolé, mon appareil est un peu sommaire, aboya Feisal. Ashraf ? C'est Feisal. Nous avons un léger problème… Non, rien de tel. Non, aucune nouvelle de ce côté. Saida aimerait visiter un site particulier dans la Vallée demain et… Oui, exactement. Est-ce que tu pourrais… Parfait. Non, je vais à Dendérah demain, il y a eu… Oh… Si tu le dis. Quoi ? Tu es sûr que… Oui, évidemment. Bon.

— Laisse-moi deviner ! Il se charge de Saida et tu ne vas plus à Dendérah.

— Bien joué, dit Feisal, tout sourire. Et la suite ?

— Ashraf vient à Louxor. (J'avais joué à la devinette, mais l'expression déconfite de Feisal m'indiqua que je ne m'étais pas trompée.) Quand ?

— Demain, peut-être. Après-demain au plus tard. Il me le dira.

— Humm, fit John. Il s'attend sans doute à ce qu'on ait fait des progrès.

— Indubitablement.

— Alors, nous devons en faire, déclara Schmidt. Que dois-je dire à Suzi ?

— Le moins possible, répondit John.

Je dois avouer que ce vieux renard était doué. Après les mamours d'usage, sa première question fut un malin : « Devine où je suis ? »

Suzi ne joua pas à la devinette. Elle savait. La moustache de Schmidt retomba, et il se mordit la lèvre inférieure en écoutant une tirade plutôt longuette.

— *Liebchen*... commença-t-il. Je n'ai pas eu le temps.

Une autre interruption prolongée. Mauvaise tactique, pensai-je en voyant Schmidt se raidir et se renfrogner.

— Tu as tort de me faire des reproches, lâcha-t-il tout haut. Ils en savent plus que toi. Je le jurerais. Nous sommes sur la piste du véritable coupable. Si tu tiens vraiment à moi…

Tout en écoutant, il esquissa un sourire que j'avais appris à connaître. Suzi se montrait conciliante.

Trop tard pour elle, malheureusement. Puis Schmidt poussa un hurlement.

— Quoi ? Non, non ! Impossible ! Tu ne me fais pas confiance ! Ah, mon Dieu !

Cette tirade tomba dans l'oreille d'une sourde, d'une Suzi sourde, en tout cas.

— Laisse-moi deviner ! Suzi débarque à Louxor.

Suzi était plus stupide que je le croyais, où alors, elle faisait dangereusement confiance à ses pouvoirs de séduction.

À sa place, je me serais déjà posé des questions sur les sentiments de Schmidt. Elle avait eu l'intelligence de l'assurer de sa confiance totale et de promettre qu'elle resterait à l'écart, tant que nous serions à Louxor. Je n'y croyais pas.

Elle n'éprouverait aucune difficulté à nous suivre discrètement, les vêtements égyptiens, pour homme et pour femme, sont constitués d'amples djellabas et de tout un assortiment de coiffes et de voiles derrière lesquels on peut aisément se cacher.

Et la plupart des hommes portent la barbe. Pratiques, les barbes. La grande Suzi pourrait se déguiser en homme.

Feisal avait exprimé son intention de se rendre sur la rive gauche le lendemain matin, pour rechercher Ali.

Après une discussion quelque peu houleuse, nous décidâmes de nous joindre à lui. L'acrimonie venait surtout de John, qui estimait que nous ne ferions que retarder les choses, puisque nous ne connaissions rien au terrain et n'étions pas en mesure de grimper sur les falaises.

Schmidt, qui prit ces remarques pour lui, se mit à sautiller tout autour de la pièce et à faire des flexions.

Je ne me disputai pas avec lui. Je savais pourquoi il avait envie de venir.

Participer à l'action, peu importait quelle action, c'était toujours mieux que de rester à spéculer indéfiniment.

Il accepta même de se priver de petit-déjeuner et de partir dès l'aube, afin de disposer de quelques heures avant la grosse chaleur.

Si Schmidt y allait, j'y allais aussi. Je pensais que John ferait tout pour m'en dissuader, mais il s'en abstint. Comme il avait perdu la bataille, il se réfugia dans la chambre et se retira dans son haut donjon (les donjons de John sont vraiment très hauts !), me laissant mettre au point les derniers détails. Lorsque je le rejoignis, il lisait au lit. Il reposa son livre et leva une main élégante.

— Je suis désolé, dit-il.

Il aurait été mesquin de lui en vouloir. Et puis, le divan du salon ne mesurait qu'un mètre soixante.

Schmidt nous réveilla à six heures du matin. Il y avait du café et tout un tas de boîtes blanches : le déjeuner que l'hôtel nous avait préparé. Schmidt plongea dans la première, à peine sorti de la chambre et en retira une banane avant que nous ayons quitté l'hôtel.

Il s'était arrangé pour nous trouver une voiture la veille, refusant avec tact celle de Feisal. Schmidt n'aime pas beaucoup les Jeep, surtout pas celles qui sont bonnes pour la casse. Nous disposions d'une petite camionnette, qui offrait toute la place désirable, pour nous et les boîtes.

Il est plus long de traverser le Nil par un pont que de prendre le bateau, cependant Schmidt n'est guère un adepte des débarcadères, surtout lorsqu'ils sont constitués de passerelles de quinze centimètres de large ! En général, elles ne vacillent pas, mais en donnent fâcheusement l'impression..

À l'avant, à côté du chauffeur, Schmidt s'était lancé dans un monologue de commentaires que je n'écoutais pas. Les autres ne parlaient pas beaucoup. J'imaginais que, comme moi, ils s'inquiétaient de l'arrivée de certaines personnes que nous n'avions guère envie de voir. Suzi ne répondait pas au téléphone ; Ashraf avait ordonné à Feisal d'attendre son appel et de ne pas essayer de le contacter. D'après Feisal, Ashraf n'était jamais de bonne humeur le matin. En général, je trouvais cette attitude plutôt civilisée, mais j'aurais payé cher pour savoir si Ashraf avait réussi à garder Saida sous contrôle. Beaucoup trop de gens s'intéressaient à Louxor. J'avais l'impression d'être une nounou chargée d'une bande de gamins turbulents, ou une gardienne de prison qui devait à elle seule empêcher une grande évasion.

Décoré de statues ornementales et d'immenses portraits de Moubarak, le pont était un ouvrage grandiose.

Une fois sur la rive gauche, la camionnette prit la direction du nord et longea les canaux d'irrigation, bouchés par des herbes et des détritus.

Des chariots tirés par des ânes au regard triste, des bicyclettes, des motos, des hommes à dos d'ânes au regard triste, se mêlaient à la circulation au milieu des rares voitures et des quelques bus. Schmidt me tendit un œuf dur.

— Mange, mange, Vicky. Tu dois garder tes forces pour la tâche qui nous attend.

Cela s'avéra être un excellent conseil.

L'équipe de Feisal attendait à un endroit désigné, au nord de la route qui mène au temple d'Hatchepsout et à Deir el Bahri.

C'est l'un des endroits les plus touristiques de la rive gauche, néanmoins il était encore tôt et tous n'étaient pas arrivés.

Feisal rassembla ses hommes et commença à leur parler en faisant de grands gestes. C'était un groupe de volontaires, plutôt qu'un escadron professionnel. Leurs vêtements allaient de l'uniforme noir de la police à des jeans et des T-shirts, et à la djellaba traditionnelle ; l'éventail des âges allait de la barbe grise à l'enfant de dix ans à peine.

Il termina par un ample geste du bras et les hommes se dispersèrent dans plusieurs directions.

Deux des plus jeunes s'assirent par terre, attendant de nouveaux ordres.

— Puis-je te demander quel est ton plan ? À supposer que tu en aies un !

— Je ne vois aucune bonne raison de te l'expliquer, répondit Feisal.

John tiqua. Les épais sourcils de Feisal se rapprochèrent, tels de petits nuages noirs. J'avais l'impression que la journée serait dure, de plus d'une manière.

Feisal espérait ne pas trouver ce qu'il craignait de trouver et John était d'humeur maussade depuis des jours.

— Allez, les garçons, soyez beaux joueurs.

— Je suis beau joueur, grommela Feisal. Étant donné les circonstances. En fait, oui, j'ai un plan que je mettrais trop longtemps à vous expliquer, même si vous aviez une vague notion de ce dont je parle. Ne vous éloignez pas.

Il nous inspecta d'un œil critique. J'avais déjà vu Feisal dans des situations angoissantes, mais jamais à un poste de commandement, pour ainsi dire ; il était dans son élément, sur sa propre terre, et je dus résister à mon envie de me mettre au garde-à-vous. Je réussis l'inspection.

J'avais pris la précaution de prendre de bonnes chaussures à talons plats, des vêtements amples et un chapeau. John, tête nue, en tenue de salon, s'attira un : « Si tu finis rouge comme une écrevisse, ne compte pas sur nous pour te porter. »

Feisal arracha une bouteille d'eau que Schmidt était en train de glisser dans un sac spécial, attaché à sa ceinture par un crochet.

Il y avait d'autres crochets sur sa veste, une veste kaki avec une bonne centaine de poches, toutes plus rebondies les unes que les autres.

La plupart étaient remplies d'appareils photos jetables, de flash, de couteaux suisses ... sans oublier sa boussole et je ne sais quels objets hétéroclites.

— Ne vous chargez pas, ordonna Feisal. Yusuf et Ahman porteront l'eau. Donnez-leur cette loupe !

Schmidt s'y accrochait.

— Ils me la rendront ?

Feisal répondit par une autre question.

— Vous voulez que votre pantalon prenne feu ?

Schmidt donna sa loupe à un des garçons dont le sourire n'augurait rien de bon en ce qui concernait une restitution future, et nous nous mîmes en route.

N'attendez pas de détails pittoresques. La plupart du temps, je n'avais aucune idée de l'endroit où je me trouvais, je ne me rappelais pas par où nous étions passés, quant à savoir où nous allions...

Une fois loin du temple et de ses environs, il n'y avait plus aucun repère caractéristique dans l'immensité de sable, aride et ondulante, aux crêtes nues, toutes semblables. Je n'avais jamais vu de paysage aussi indéterminé. Je ne comprenais pas comment on pouvait y faire une battue efficace. Nous grimpions et descendions de petites collines, nous arrêtant de temps en temps pour regarder à l'intérieur d'un trou ou d'une crevasse.

L'air était encore frais et si limpide que l'on distinguait la silhouette des autres membres du groupe, qui s'étaient dispersés en éventail à partir du point de départ. Devant nous, un soleil pâle commençait à monter sur les collines de Louxor, illuminant les falaises ouest.

Plus nous nous éloignions, plus les conditions devenaient difficiles. Le soleil continuait à monter et les pentes se faisaient plus escarpées.

Malgré les lunettes, la réflexion de la lumière faisait mal aux yeux. Poussés par le vent et l'eau, des éboulis, allant du simple galet au rocher de bonne taille, avaient roulé le long des pentes pour s'amonceler aux pieds des collines et des falaises. Nous ne voyions plus les autres membres du groupe. De temps à autre, nous croisions un villageois qui vaquait à ses occupations.

De plus en plus souvent, nous étions obligés de contourner des amas de pierres ou des déclivités de diverses profondeurs. Nous nous arrêtâmes un instant, et lorsqu'on fit passer la bouteille d'eau, Schmidt s'installa précautionneusement sur un rocher. En voyant son visage écarlate, Feisal dit :

— Reposez-vous quelques instants, ce n'est plus que de la montée à partir de maintenant.

J'avais pourtant eu l'impression que nous montions déjà depuis un bon moment. J'acceptai la bouteille que Yusuf, ou peut-être Ahman, me tendit. Le liquide était chaud comme du sang. Je m'abritai les yeux et regardai droit devant moi. Nous approchions de la base d'une des falaises, une falaise on ne peut plus perpendiculaire.

— J'espère que tu n'as pas l'intention de nous faire grimper là-haut, dis-je. Si cela ne t'ennuie pas que je te pose la question ?

Le visage de Feisal se détendit un peu.

— Excuse-moi, j'ai été un peu brutal tout à l'heure. Non, cela ne me dérange pas, mais j'ai peur que toute explication soit inutile sans carte.

Schmidt toussota.

— Nous ne sommes pas loin de DB 320, si je ne me trompe ?

Feisal le regarda et éclata d'un rire franc.

— Touché, Schmidt, prenez donc un sandwich.

— J'en ai déjà un, répondit Schmidt, qui mangeait effectivement.

Il avait arraché l'une des boîtes de déjeuner des mains jalouses d'Ahman, à moins que cela ne soit de celles de Yusuf.

— DB 320, c'est une tombe ? demandai-je.

— Oui, elles sont numérotées, avec les références de la zone. KV, c'est la vallée des Rois, DB, c'est la région de Deir el Bahri.

Feisal lui-même avait l'air d'avoir envie de se reposer un peu plus longtemps. À moins qu'il n'ait hésité à aller plus loin.

Les tombes étaient nombreuses dans les falaises, à divers niveaux, sans parler des crevasses et des cavités naturelles.

Si Ali avait disparu volontairement, il n'y avait que deux possibilités : un accident, et il ne devrait pas être trop difficile à localiser ; ou une action criminelle, ce qui impliquait qu'on avait dissimulé le corps, et, dans ce cas, on ne le retrouverait peut-être pas avant des années.

Schmidt fit signe aux jeunes garçons de faire passer les boîtes et de se servir. En mordant dans un morceau de fromage trop chaud, je contemplai le paysage.

Au loin, j'apercevais des bandes vertes de cultures, ainsi qu'un reflet étincelant sur le Nil, plus en arrière. Deir el Bahri était hors de vue, dissimulée derrière la courbe de la falaise.

— Quel est ce bâtiment ? demandai-je, indiquant une structure, un peu plus bas.

Elle avait des murs de terre, de la couleur du paysage environnant, et seuls ses angles droits permettaient de la distinguer.

— L'ancien musée, répondit Feisal. Autrefois, c'était le quartier général des archéologues. Ils ont excavé pendant des années. Si tu penses à ce que je crois, ne te fais pas d'illusion. L'endroit n'est pas abandonné. En ce moment, il est occupé par une expédition polonaise.

— Et là ? demandai-je en indiquant une autre construction basse.

— La maison appartient à un groupe d'archéologues britanniques, la FEPEA. Ils arrivent généralement en octobre et s'installent pour six mois.

— Une organisation admirable, précisa Schmidt. J'ai eu le privilège de les rencontrer à plusieurs reprises. Ils possèdent des archives remarquables. Certaines devraient vous intéresser, John.

Il était resté étrangement silencieux toute la matinée. Sans sortir de son mutisme, il observa les lointains contours du quartier général de la FEPEA avec une expression particulièrement vide. Je lui donnai un coup de coude.

— Tu vas bien ?

— Quoi ? dit-il en sursautant. Oui, oui, ne devrait-on pas y aller, maintenant ?

Nous continuâmes les recherches, nous arrêtant de plus en plus souvent pour que Schmidt reprenne son souffle. Il n'y avait pas un millimètre d'ombre, pas même à la base des plus gros rochers, car le soleil était au zénith. Pour vous dire la vérité, je commençais sérieusement à me désintéresser de cette affaire. Comment diable pouvait-on espérer retrouver un corps humain dans ce désert ? Même les vivants avaient l'air aussi minuscules que des fourmis, sous ces falaises écrasantes.

À un moment, toutefois, quelque chose m'extirpa de mon humeur fataliste. En contournant un doigt de la falaise, nous aperçûmes une forme noire irrégulière, qui dépassait des décombres.

Feisal se précipita vers le tas de cailloux et se mit à creuser à mains nues. Nous restâmes en arrière, figés sur place, jusqu'à ce qu'il se redresse et nous montre un lambeau de tissu déchiré.

— Cela provient d'un vêtement de femme, dit-il, haletant. Noir.

Avec l'aide des garçons, il démolit le tas de cailloux, même si, en y regardant à deux fois, il n'était pas assez haut pour dissimuler un corps.

— Ce n'est rien, dit Feisal en essuyant son front humide avec un mouchoir humide. Tous les trois, faites demi-tour, je vous rejoindrai plus tard.

— On ne peut pas abandonner Feisal, lança Schmidt, téméraire.

Il avait le visage cramoisi, et sa moustache tombait tant elle était mouillée. Même son gigantesque chapeau n'avait pas réussi à le protéger de la lumière réfléchie.

La culpabilité m'envahit. J'aurais dû le surveiller de plus près.

— Il s'en tirera mieux sans nous, dit John. Schmidt, je crois que je suis incapable d'aller plus loin.

Il essayait de paraître éreinté, ce qui n'était pas difficile pour lui. Ses airs d'aristocrate blasé lui rendaient bien service.

Schmidt ricana un peu.

— *Ach,* pauvre John. On va repartir tout de suite, dit-il en sortant sa boussole.

— Vous n'en aurez pas besoin, Schmidt, allez tout droit vers la FEPEA et appelez votre chauffeur pour qu'il vienne vous chercher. Il saura où c'est.

Schmidt commença à rassembler ses affaires. Les garçons feignirent de ne pas se souvenir de la loupe. Pendant que Schmidt discutait avec eux, je glissai discrètement à John :

— Bien joué, tu avais vraiment l'air exténué.

— Je n'en ai pas que l'air.

Feisal reprit la loupe à un des garçons et partit avec lui… Yusuf, je crois, et poursuivit dans la direction que nous nous étions fixée au départ. Presque aussitôt, il disparut de la vue derrière un éperon rocheux.

Nous nous dirigeâmes vers la rivière avec Ahman, l'autre garçon, qui portait le reste des bouteilles et des cartons de nourriture.

Le chemin descendait la plupart du temps, mais le soleil était haut et, en arrivant à destination, en dehors d'Ahman, frais comme une chèvre, nous étions tout dégoulinants de sueur.

La propriété se trouvait en bordure des cultures. Des palmiers et des carrés de verdure entouraient diverses structures, sans doute conçues à des fins de stockage ou destinées à abriter des laboratoires. La maison principale, d'une conception peu habituelle dans cette partie du monde, était une grande bâtisse aux murs de terre, qui avait été réparée et rapiécée à maintes reprises.

À l'avant, la véranda était fermée par des arches vitrées couvertes d'un auvent. John essaya la porte au store tiré.

— C'est ouvert. Mettons-nous à l'abri du soleil. On va s'asseoir.

L'ombre semblait paradisiaque. Pour seul ameublement, la véranda offrait un fauteuil d'osier et une table bancale. Des pots vides de taille variable se trouvaient sur le bord de la fenêtre.

Schmidt s'effondra dans le fauteuil et sortit son portable. Il n'avait pas réussi à joindre son chauffeur auparavant. Cette fois, ce dernier répondit.

— Il était aux toilettes, expliqua Schmidt, donnant des détails que nous n'avions pas envie d'entendre. Il arrive tout de suite. On n'a qu'à finir de déjeuner en l'attendant.

John se percha sur le large rebord de fenêtre. Je le rejoignis et regardai tout autour de moi.

— Le jardinier ne fait pas son boulot, remarquai-je en indiquant les lianes pendantes qui auraient dû grimper aux arches.

— Il vient toutes les semaines, rétorqua Ahman.

Jusque-là, rien n'avait laissé supposer qu'il comprenait notre langue. Voilà un gamin qui prend tout en note ! me dis-je en me reprochant d'être victime de la supériorité inconsciente que l'on éprouve face à ceux qui ne partagent pas la même culture. J'espérais ne pas avoir prononcé de paroles indélicates envers son pays ou ses amis.

— Ne serait-ce pas ton père, par hasard ? demanda John.

— Le frère de mon père. C'est un homme bon.

J'étais sur le point de m'excuser d'avoir insinué le contraire lorsque j'entendis un bruit derrière l'une des fenêtres fermées de la maison. Une apparition croisa mon regard ébahi.

Debout sur les pattes arrière, un gros chat tigré, tout hérissé, grattait furieusement le carreau. Il avait la gueule ouverte. Un miaulement, faible mais péremptoire, traversa la vitre.

John alla ouvrir la porte. Aussitôt, le chat disparut de la fenêtre et arriva un instant plus tard, nous jetant des regards indignés.

Il repéra le sandwich que Schmidt tenait à la main et se dirigea vers lui.

— Quel bel animal ! s'extasia Schmidt, en lui donnant des petits morceaux de poulet.

— Humm, dit John. Cette porte ne devait-elle pas être fermée ?

Ahman, qui était resté à l'extérieur de la véranda, répondit :

— Non.

— Que se passe-t-il ? demandai-je.

— Rien.

John observait le chat.

— Tu n'as pas peur du chat, si ? À qui est-il ?

Ahman entrouvrit à peine la porte pour se glisser à l'intérieur.

— Il habite ici.

— Tout le temps ? Qui le nourrit quand l'équipe n'est pas là ?

— Tout le monde. Il va où il veut, il fait ce qu'il veut. Quand il s'approche d'une maison, on lui donne ce qu'il veut. Les gens lui apportent à manger.

— Ah, dit Schmidt, intéressé. C'est un *locus genni*, alors.

Ahman avait l'air perplexe.

— Un esprit surnaturel qui garde les lieux, expliquai-je.

Fatigué par ces commentaires absurdes, Ahman répondit.

— Ce n'est pas un chat ordinaire. Il va où il veut et…

— Je comprends, dit John en souriant. Je suppose que l'animal a un repaire quelque part et qu'il se nourrit de souris et de lapereaux.

— Et de chiens, dit Ahman, le plus sérieusement du monde. Les chiens s'enfuient devant lui.

Je n'avais pas de mal à le croire. L'animal était énorme, pas loin d'un mètre du bout du museau à l'extrémité de sa queue toute gonflée, qu'il tenait en l'air à présent, manifestant sa joie de félin alors qu'il terminait le poulet de Schmidt.

— On dirait qu'il a été nourri il n'y a pas longtemps, dit John, en indiquant les bols sur le rebord des fenêtres. Tout est vide. Donnez-lui un peu d'eau, Schmidt.

Cette eau reçut l'approbation que lui accordent généralement les félins, il condescendit à y tremper la langue.

— On dirait qu'il n'a pas bu et pas mangé depuis hier, quelqu'un a dû l'enfermer dans la maison hier soir.

Il se leva et alla vers la porte qui était restée ouverte.

— Non, il ne faut pas entrer. Est-ce que cela pourrait être qualifié d'intrusion dans une propriété privée ou quelque chose de tout aussi illégal ?

— On se contente d'entrer, dit John. Le chat n'a pas pu s'enfermer tout seul, ce qui signifie qu'il y avait quelqu'un. En bons citoyens, nous sommes obligés de nous assurer que rien n'a été dérobé.

La partie centrale de la maison était occupée par des bureaux et une bibliothèque bien fournie.

Les étagères allaient du sol au plafond et plusieurs tables, équipées de lampes de lecture, se trouvaient au centre de la pièce.

Schmidt se dirigea vers les étagères et commença à lire les titres.

— C'est l'une des meilleures bibliothèques d'égyptologie de tout le pays ! s'extasia-t-il. On trouve toute la série des livres sur les tombes Amarna, le *Denmäler,* de Lepsius et…

Je le laissai s'égarer tandis que j'examinai le contenu des vitrines, de chaque côté de la porte. Espérant trouver de précieux manuscrits ou des objets de choix, je fus abasourdie en voyant un petit pistolet ancien, un immense couteau et des pièces de tissu triangulaires.

Dans la faible lumière, j'essayai de me demander ce que tout cela signifiait lorsque John arracha Schmidt à ses livres et nous ordonna de nous rendre dans la pièce suivante.

Il devait s'agir du bureau du directeur. Le meuble d'acajou massif était gravé à la main de motifs égyptiens, et les poignées des tiroirs étaient en forme de têtes de crocodiles.

Des tapis orientaux aux couleurs chatoyantes couvraient le sol. Une table était entourée de fauteuils en cuir à dossiers hauts et droits.

Un grand sofa, couvert de coussins confortables, s'appuyait contre un mur. La cheminée de pierre qui permettait de résister aux froides nuits d'hiver était surmontée d'une paire d'épées en croix.

La pièce était fantastique, somptueuse et chaleureuse à la fois. Même les armoires à dossier étaient d'élégants meubles de bois poli.

En admiration, je me demandais où je pourrais trouver des épées semblables et un divan profond pour mon propre bureau, lorsque je perçus un léger son, pas plus fort qu'un couinement de souris. C'était sans doute une souris, d'ailleurs, mais cela me rappela que nous n'avions rien à faire dans cette maison.

— On s'en va ! dis-je.

— Oui, le chauffeur va nous attendre. Allez, viens, minet, viens avec nous. Tu ne voudrais pas qu'on t'enferme à nouveau ?

Le chauffeur était déjà là, ainsi que Feisal. D'un seul regard, je compris que nous n'étions pas près de sauter dans la voiture et de rentrer chez nous.

— Schmidt, prêtez-moi votre appareil photo !

Les yeux écarquillés, Schmidt commença à fouiller dans ses poches. Pendant quelques secondes, personne ne parla.

— Il est mort ? C'est ça ? finit par demander John.

— Oui.

— Alors, il peut attendre un peu plus longtemps. Où, quand et comment ?

Ce ton froid, presque rude, contraire à toute attente, était pourtant celui qu'il fallait employer.

Feisal répondit sur le même ton neutre.

— Nous ne saurons pas quand ni comment tant qu'on ne l'aura pas déplacé. Je veux prendre quelques clichés avant qu'on le sorte. Il se trouve au fond d'un étroit ravin, à quelques centaines de mètres, en arrière du sommet de la falaise.

— Est-ce qu'on peut aider ? demandai-je, faible tentative pour exprimer ma sympathie et ma détresse, pourtant quelque chose me disait de ne pas aller plus loin.

— Non, j'ai téléphoné à la police. J'ai tenté de joindre Ashraf, mais il était déjà en route. Je lui ai laissé un message. Vous devrez peut-être vous occuper de lui. Retournez à l'hôtel et attendez-moi.

Muet, Schmidt lui offrit sa loupe. C'était un geste d'une générosité parfaite, venant du cœur, mais totalement absurde. Le visage figé de Feisal retrouva son état naturel.

— Merci, Schmidt.

Lorsqu'il s'éloigna, couvrant le terrain de quelques longs pas rapides, Schmidt et moi nous échangeâmes des regards désemparés. Ni l'un ni l'autre ne savait que dire, en dehors de banalités inutiles.

— Qu'est-ce que vous attendez ? lança John. Montez dans la voiture.

— On ne devrait pas fermer ?

— Avec quoi ? Nous n'avons pas la clé.

— Yusuf…

— Ahman, corrigea le garçon.

— Désolé. À quel moment ton oncle arrive en général ?

Ahman haussa les épaules, geste qui pouvait signifier l'indifférence, l'ignorance ou l'incompréhension.

— Voyons ! s'exclama John, on ne peut pas attendre jusqu'à la fin des temps. Où vit-il et comment s'appelle-t-il ?

Ahman lui adressa un regard vide et haussa de nouveau les épaules.

— Feisal le saura, dis-je. L'enfant ne te dira rien, John, il a peur que son oncle ait des ennuis. Donne-lui un pourboire et allons-y !

Une longue section de chemin de terre menait à la route qui longeait le fleuve. Profitant de la bouffée de fraîcheur du véhicule climatisé, j'ôtai mon chapeau avec joie et secouai mes cheveux humides.

— Quelqu'un a fouillé la maison, dis-je.

— C'est une banalité, répliqua John.

— Le bureau du directeur en tout cas. Deux chaises étaient écartées de la table et…

— Quelques tiroirs étaient entrouverts.

— Oh, tu as remarqué.

— Il y a d'autres indices, subtils mais éloquents, qui prouvent que quelqu'un est entré dans cette pièce récemment.

— Et quoi ? Un gros pourboire à l'oncle d'Ahman ?

— La serrure a été forcée. C'était facile, avec un vieux verrou comme celui-là.

— Qu'est-ce qu'on y cherchait ? Une cachette pour… (Le nom d'Ali avait été évoqué. Il n'y avait plus moyen d'éviter le sujet.) Un corps ? Et ensuite, l'assassin a décidé que ce n'était pas une bonne cachette.

— Peu vraisemblable, dit John, les lèvres serrées.

Pourtant, j'étais sur une piste et je n'avais plus besoin de l'aide de personne à présent.

— Peu vraisemblable, effectivement, confirmai-je, réfléchissant à voix haute. Il n'y aurait eu aucune chance de faire passer la mort pour accidentelle si on avait retrouvé son corps ici.

— C'est peut-être Ali qui est venu ici, pour chercher la momie, proposa Schmidt. Et les voleurs l'ont attrapé.

Je hochai la tête.

— L'endroit a été fouillé. Il, ou elle, ne cherchait pas Toutankhamon, mais quelque chose de plus petit.

John se pencha en arrière, bras croisés et regarda par la fenêtre. La voiture dépassa un chameau chargé de ballots d'herbes diverses.

— À quoi tu penses ? demandai-je en lui donnant un coup.

— Une longue douche froide.

Je dus avouer que c'était la meilleure idée que j'entendais depuis bien longtemps.

John ne me rejoignit pas sous la douche. Peut-être, pensais-je, tandis que l'eau divine coulait sur mon corps, avait-il trouvé cette idée déplacée. Je n'étais pas d'humeur non plus.

Je ne connaissais pas Ali, mais la description de Feisal et les souvenirs de sa famille m'avaient permis de dresser son portrait : travailleur, honnête, luttant pour joindre les deux bouts dans une situation hostile.

Un homme du peuple. Qui valait beaucoup plus que n'importe quel roi mort.

Nous avions trouvé plusieurs messages sous la porte du salon.

Lorsque je sortis de la chambre, une serviette autour des cheveux, John les lisait.

— Laisse-moi voir !

— Je t'en prie.

John alla à la salle de bains et ferma la porte.

Tout rose, bien propre, emballé dans un des peignoirs d'éponge fournis par l'hôtel, Schmidt vint vite me rejoindre.

— Nous sommes des vedettes, dis-je en lui tendant une des feuilles de papier. Ashraf est déjà passé nous voir.

— Ah ah, fit Schmidt, en lisant. Il est en route pour la rive gauche. Cela signifie qu'il a reçu le message de Feisal à propos d'Ali. De qui est l'autre ?

— De quelqu'un dont je n'ai jamais entendu parler.

— Il m'est adressé, rugit Schmidt, indigné. Tu as ouvert l'enveloppe ?

— C'est John. Je ne l'ai pas lu, dis-je, vertueuse. Qui est Jean-Luc Leblanc ?

— Un célèbre archéologue français. Son équipe travaille à Karnak. Il a appris que j'étais à Louxor et il m'invite à venir le voir.

— Français ? On a rencontré des gens suspects en Allemagne, en Italie et en Angleterre. On n'aurait peut-être pas dû négliger la France !

— Jean-Luc est au-dessus de tout soupçon. C'est un célèbre…

— Je sais. L'autre, on dirait une écriture américaine. Il ne manque plus beaucoup de pays occidentaux ! C'est une autre archéologue distinguée ?

Schmidt regarda le billet et hocha la tête.

— Elle a écrit à John, pas à moi.

Je suis au Mercure, appelez-moi le plus vite possible, s'il vous plaît.

John sortit de la douche. Il avait troqué son jean taché de sueur contre un costume et une cravate (une université prestigieuse, je suppose). Je lui tendis le message.

— Une de tes belles ?

— Je n'ai pas de belles. Pas une seule.

Il m'adressa un sourire chaleureux et se baissa pour m'embrasser sur la tête.

— Qui est-ce alors ? demandai-je, refusant de me laisser distraire.

— Une admiratrice, je suppose. J'en ai pas mal.

— Tu ne reconnais pas…

La voix de Johnny Cash se fit entendre. Schmidt fouilla dans la poche de son peignoir.

— Où est mon téléphone portable ?

— Dans votre chambre, sans doute, dit John. Vous feriez mieux de répondre, c'est peut-être Feisal. Je vais vous aider à le chercher.

Le téléphone de Schmidt était sur la table de chevet, enterré sous une pile de vêtements. J'ai si souvent fait le ménage derrière lui, que c'en est devenu une habitude.

Je commençai à rassembler les habits qui traînaient, parmi lesquels un immense caleçon imprimé, avec des cœurs et des geais bleus. Schmidt partage mon amour pour la lingerie.

Après une exclamation de détresse, Schmidt se tut.

— Alors ? lui demanda John, impatient, une fois que Schmidt eut raccroché.

— Feisal arrive. Avec Ashraf.

— C'est du rapide, murmura John. Il a été assassiné ?

— Ils doivent attendre les résultats de l'autopsie. Il a une blessure mortelle à la tête, et plusieurs os brisés, mais cela pourrait être la conséquence d'une chute.

— Sa famille a été prévenue ?

— J'ai oublié de demander, dit Schmidt en baissant la tête. J'ai honte.

— Vous n'avez aucune raison d'avoir honte, le rassura John, gentiment. Vous êtes un homme bon.

Ce rare compliment eut pour effet de le faire fondre en larmes. Pour le distraire, je suggérai de remplir la feuille de blanchisserie.

Il devait être à court de costumes en lin blanc, à présent. Je ne me trompais pas. Schmidt ramassa les vêtements empilés au fond de son armoire.

Il fallut un moment pour les trier et les ranger dans les différents sacs mis à notre disposition.

— Je vais demander qu'on vienne les chercher. Habille-toi, Schmidt, dis-je brusquement.

— Oui, oui, nous allons avoir de la visite. J'appelle le service d'étage et…

— Je m'en charge. Bière ?

Schmidt acquiesça. L'activité l'avait sorti de sa morosité, pourtant il avait l'air sombre.

— Le temps presse, Vicky. Combien de jours nous reste-t-il ?

J'essayai de réfléchir. Dix jours, avait dit Ashraf. Cela faisait déjà deux jours, mais quand le message lui avait-il été transmis ? Deux jours avant qu'on le rencontre ?

— Je ne sais pas Schmidt.

— Tu avais raison, tu sais… quand tu as dit qu'un roi mort est moins important qu'une créature vivante. Malgré tout, nous devons persévérer, pour aider nos amis.

— Bien sûr, approuvai-je en donnant une petite tape sur son crâne chauve.

Je tirai le gros sac de blanchisserie dans le salon et appelai la lingerie et le service d'étage. Puis, je m'assis et pris le carnet et le stylo.

C'était un simple problème d'arithmétique, mais il s'était passé tant de choses que je commençais à me perdre dans la chronologie. Notre rencontre imprévue avec Ashraf avait eu lieu mardi matin. Au plus tard, il avait reçu la demande de « rançon » la veille. Donc, lorsque nous l'avions vu, il ne restait plus que neuf jours, et non dix. Nous étions arrivés à Louxor le lendemain, nous avions inspecté la tombe de Toutankhamon et rendu visite à la famille d'Ali.

Huit jours.

Aujourd'hui, la rive gauche.

Sept jours.

M'étais-je trompée ? Au mieux, nous disposions d'une semaine, moins peut-être.

Je rêvassais sur ma page, tout en dessinant des vautours et des chacals, lorsque la lingère, une petite femme timide aux cheveux gris, arriva. Le service était excellent, grâce à Schmidt, qui distribuait toujours de généreux pourboires.

Je fouillai dans ma poche, à la recherche de quelques livres égarées, lorsque Schmidt arriva et pallia mon incurie.

— Tu es très élégant. Et si tu mettais une fleur à ta boutonnière ?

— Ce n'est guère indiqué. Un brassard noir plutôt, qu'en penses-tu ?

— Ce serait exagéré, dis-je, me demandant si cet accessoire l'accompagnait toujours en voyage.

— Tu as peut-être raison. Où est John ?

Tiens, effectivement, où était-il passé ? La porte de la chambre était fermée. Je l'ouvris. Personne, pas plus que dans la salle de bains.

— Merde ! Il s'est encore éclipsé !

Je courus sur le balcon et me penchai au-dessus de la balustrade. Trois étages plus bas, la corniche offrait son spectacle habituel de chameaux, de chariots, de voitures et d'autobus, avec une foule de piétons qui se promenaient sur les trottoirs ou tentaient leur chance au beau milieu de la circulation. Aucune silhouette ne me semblait familière.

Prononçant des jurons incohérents, je me ruai vers la porte. Schmidt intercala sa forme imposante entre moi et la sortie.

— Tu perds ton temps, Vicky. Tu ne trouveras jamais John s'il n'en a pas envie. Pourquoi es-tu si furieuse ? Il va revenir, comme l'autre soir.

— Il manigance quelque chose, Schmidt. Il ne nous a pas tout dit.

Schmidt modifia lourdement sa position, tandis que j'essayai de le contourner.

— C'est qu'il est sur une piste qu'il ne peut suivre que seul. Tu n'as aucune preuve qui te permette de penser qu'il nous dissimule des informations importantes.

Aussi mal venu que désagréable, le souvenir d'Helga, l'antiquaire berlinoise, me revint à l'esprit.

— Schmidt, demandai-je, à quoi ressemble Helga ?

— Qui ?

— L'antiquaire de Berlin. À quoi ressemble-t-elle ?

— Oh, Helga von Sturm… Pourquoi…

— Dis-moi simplement…

— C'est une très belle femme. Plus très jeune, bien sûr, mais soignée et élégante, qui porte toujours des vêtements de prix. Elle a beaucoup de succès et peut se permettre…

— Alors, ce n'est pas elle que John a rencontrée à Berlin ! m'exclamai-je en tapant du poing sur la table. Il m'a menti ! Il ment à propos de la femme qui a laissé cette note. À son retour, je l'attache sur une chaise et je le torture jusqu'à ce qu'il avoue la vérité… Je vais…

— Je suis sûr qu'il est simplement allé prendre de l'argent à la banque ou acheter un journal. (Quelqu'un frappa à la porte.) Ah, tu vois…

Fin prête, j'allai ouvrir. Le garçon d'étage se réfugia derrière son chariot lorsqu'il me vit. Je m'efforçai de prendre une expression moins menaçante et reculai.

— Qu'est-ce que c'est ? demandai-je. Je n'ai commandé que de la bière.

— C'est moi, avoua Schmidt. J'avais peur que tu oublies que nous devions l'hospitalité à nos amis, qui ont passé une dure journée sous le soleil. Ils voudront certainement… Pile à temps, les voilà.

Nous fîmes entrer Feisal et Ashraf ; le serveur s'effaça discrètement. Apparemment, ils revenaient juste de la rive gauche.

La chemise de Feisal, impeccable ce matin, pendait désormais, et la sueur dessinait des ruisselets sur la poussière de son visage. Ashraf portait sa veste à la main, ses chaussures à trois cents dollars étaient couvertes de poussière.

Il n'en avait pas oublié ses bonnes manières pour autant. Il attendit que je m'asseye avant de s'écrouler dans un fauteuil. Schmidt s'affairait, offrant boissons et amuse-bouches.

— De l'eau, demanda Feisal, la voix rauque.

Il dévissa la capsule d'une bouteille d'eau gazeuse et but avidement.

— *Alhamdullilah,* qu'est-ce que cela fait du bien ! Où est Johnny ?

— Sorti ! dis-je, presque en aboyant.

— Quand pensez-vous qu'il va revenir ? demanda Ashraf.

— Je ne sais pas.

— Ah !

Ashraf s'adossa au fauteuil et desserra sa cravate. Il n'avait pas pris la peine d'aller se changer sur le chemin du retour.

— Peut-être que vous, ses associés, pourrez me dire où en sont ses investigations ?

Son regard interrogateur passait de Schmidt à moi. Je ne desserrai pas les dents. Feisal non plus. Sentant un certain malaise s'installer, Schmidt se mit à parler.

— Les développements tragiques de la journée ont modifié le tableau, dit-il, *Sie verstehen ?* Nous devons analyser toutes les ramifications avant de comprendre comment elles s'imbriquent dans le scénario général.

— Alors, vous avez un scénario ? demanda Ashraf.

Feisal se leva.

— Si je pouvais utiliser votre salle de bains, Schmidt, j'aimerais me rafraîchir.

Sans attendre la réponse, il disparut dans la chambre de Schmidt.

— Feisal ne s'est pas montré très bavard, dit Ashraf, d'une voix douce. Il m'a renvoyé à monsieur Tregarth. Je n'ai pas insisté, il est vraiment très perturbé par le décès de son employé.

Pour une fois à court de mots, Schmidt lui tendit un plateau de fromage et d'émincés de dinde fumée. Ashraf regarda ses mains sales.

— Avec votre permission, je vais suivre l'exemple de Feisal.

Je lui indiquai l'autre salle de bains. La porte à peine refermée, Feisal sortit de la chambre de Schmidt en s'essuyant les mains.

— Parlez vite. Il s'est passé quelque chose ? Des éléments encourageants ?

— Non, répondis-je en regardant vers la porte d'entrée qui restait fermée.

— Mon Dieu ! Je ne peux pas faire mariner Ashraf plus longtemps. Il veut des résultats.

— Invente quelque chose, dis-je.

Feisal m'adressa un regard désespéré, et Schmidt déclara joyeusement.

— Oh, je peux faire ça.

Quand Ashraf revint, il avait remis sa veste et vaguement dépoussiéré ses chaussures, sans doute avec une de mes serviettes… Bah, quelle importance ?

— Alors ? commença-t-il.

— Alors, dit Schmidt, les mains en l'air, les bouts des doigts joints, il semblerait que notre première théorie soit la bonne. L'objet volé est dissimulé quelque part dans les collines de Thèbes. Ali en était arrivé à la même conclusion, et il a voulu faire des recherches. Il a surpris les hommes qui surveillaient la cachette, et ils ont été forcés de le réduire au silence. Que lui avez-vous dit, Dr Khifaya, qui aurait pu le mettre sur la voie ?

Bien, il refilait le bébé dans le camp ennemi. Ashraf sembla surpris, puis songeur.

— Rien de précis. Il téléphonait du bureau dans lequel je l'avais fait convoquer. Je lui ai dit de faire attention à ce qu'il disait, car il n'était pas seul. C'est moi qui ai parlé la plupart du temps… Laissez-moi réfléchir. Je lui ai dit que le vol avait été découvert et je lui ai coupé la parole quand il a commencé à bredouiller je ne sais quoi. Je lui ai affirmé que je ne le tenais pas pour responsable…

— Que c'était ma faute, intervint Feisal.

— Qu'est-ce qu'on dit chez vous, il faut bien une tête de Turc ?

— C'est-à-dire moi ! poursuivit Feisal.

Ils se regardèrent, les joues en feu. On voyait bien l'air de famille, à présent, ils rougissaient de la même manière.

— Ne vous disputez pas, fit Schmidt. Vous vous dispersez. Qu'avez-vous dit d'autre à Ali ?

Ashraf se frotta le front.

— Pas grand-chose. De me prévenir s'il voyait quoi que ce soit d'anormal.

— C'est vague, fis-je, d'un ton critique.

— Je ne pouvais pas être plus précis, dit Ashraf, sur la défensive à présent, ce qui était exactement l'effet désiré. Pas au téléphone.

— Aucune allusion à l'endroit où… euh, où l'objet volé pouvait se trouver ? Aucune demande de fouille particulière ? demanda Schmidt.

— Non, je vous l'ai dit. Comment aurais-je pu suggérer une idée qui ne m'était pas même venue à l'esprit ? Puis-je vous demander à quoi vous pensez ?

— Je vais vous expliquer, commença Schmidt, d'un air de grand sage.

L'explication prit une bonne dizaine de minutes. Incapable de rester en place, Feisal faisait les cent pas, s'asseyait, se relevait, allait sur le balcon, revenait, s'asseyait, se levait, faisait les cent pas. Lorsque Schmidt ne fut plus en mesure de tirer à la ligne plus longtemps, il se tut et adressa un sourire satisfait à Ashraf.

— Cela ouvre une possibilité d'action, admit ce dernier. Mais, ce ne sera pas sans difficulté. Si la mort d'Ali n'est pas accidentelle – nous n'avons toujours pas la preuve que c'est le cas –, on peut penser que le meurtre n'a pas eu lieu à l'endroit où on a retrouvé le corps. Cela nous laisse un vaste territoire à explorer. De plus, comment puis-je envoyer des hommes dans les collines sans leur dire ce qu'ils doivent chercher ?

— Et sans les avertir que, s'ils trouvent quelque chose, ils risquent d'être assassinés ?

— Oui, aussi, reconnut Ashraf.

Toujours pas de John.

— Vous me dégoûtez ! explosai-je. Tous autant que vous êtes. Un homme est mort, un brave homme, inoffensif, et tout ce à quoi vous pensez, c'est comment garder le secret ! Vous êtes prêts à risquer d'autres vies pour retrouver un cadavre tout desséché !

Ashraf avait une expression si tendre et si gentille que j'avais envie de lui en coller une.

C'était exactement l'attitude qu'il attendait d'une femme ! S'il m'avait fait des compliments pour avoir dit cela, je l'aurais frappé.

C'était peut-être Feisal en hochant la tête ou la quinte de toux frénétique de Schmidt qui avaient tiré la sonnette d'alarme.

Il se contenta de dire :

— Si je décide d'envoyer des hommes, ils seront armés et prêts à se défendre. Nous pourrons toujours trouver une excuse sans l'impliquer, lui. Un touriste égaré, peut-être. Quand avez-vous dit que monsieur Tregarth devait revenir ?

À toi de jouer, Vicky.

— Quand il l'aura décidé, dis-je. Prenez donc un morceau de fromage.

X

Le soleil sombrait lentement à l'Ouest, les muezzins chantaient les louanges d'Allah, et John n'était toujours pas rentré. Feisal ne cessait de guetter sur le balcon.

J'essayais de ne pas regarder la porte. Schmidt faisait de son mieux pour distraire Ashraf, mais il en fut vite réduit à proposer un dîner. Ashraf déclina son invitation.

— J'ai un rendez-vous ce soir. Feisal, je te verrai à ton bureau demain à huit heures.

C'était un ordre. À contrecœur, Feisal accepta d'un signe de tête, et Ashraf s'en alla. Je rassemblai les messages que nous avions reçus et, n'ayant rien de mieux à faire, je commençai à les lire, dans le vague espoir d'avoir manqué quelque chose. Le mot de la femme américaine ne m'apprit rien de nouveau. Je pris la lettre de l'archéologue français et fronçai les sourcils. Mon français n'est pas aussi fluide que celui de Schmidt. Il me fallut un moment pour déchiffrer les pattes de mouche de l'écriture.

— Attendez voir ! Qu'est-ce que c'est que cette histoire à propos de Karnak ? « *J'ai obtenu la permission d'entrer dans le temple ce soir après le son et lumière et j'espère que vous pourrez vous joindre à moi...* »

— Ah, ça, c'est le plus intéressant ! dit Schmidt. C'est un rare privilège de voir le temple sous le clair de lune.

Feisal, qui contemplait le sol, morose, leva enfin le nez.

— Très rare, même. Comment LeBlanc a-t-il réussi à obtenir l'autorisation ?

— Il s'excuse de ne pas t'avoir prévenu plus tôt, dis-je. Il n'a obtenu l'autorisation que ce matin. Feisal, qui pourrait accorder un tel privilège ?

— Pas moi, pas sans l'accord d'une autorité supérieure.

— Ashraf ?

— Sans doute. Où veux-tu en venir ?

— Je n'en suis pas sûre. (Je me pris la tête à deux mains, comme si je voulais empêcher les idées qui me venaient à l'esprit de s'échapper aussitôt.) Laissez-moi réfléchir ! C'est sans doute Ashraf qui a organisé cette visite. Il a invité LeBlanc et peut-être quelques autres. Pas nous, apparemment.

— Ce n'est pas très gentil de sa part, dit Schmidt en faisant la moue. C'est une occasion si rare, on n'en a pas deux dans la vie…

— Exactement. Alors, pourquoi ne pas nous inviter ?

Feisal ouvrit la bouche.

— Tais-toi, dis-je, distraitement. Vous vous souvenez, j'avais fait remarquer qu'il n'y avait ni de « ou » ni de « sinon » dans le message des voleurs ? Mais il manquait autre chose : un moyen d'entrer en contact. Ils disaient qu'ils se signaleraient à nouveau. Supposons qu'ils l'aient fait. Que cela soit dans ce but qu'Ashraf est venu à Louxor. Pour rencontrer l'un d'eux. Au temple de Karnak, tard dans la nuit, avec peu de témoins. Sans nous. Il ne s'est pas appuyé sur le vaste réseau d'amis de Schmidt. Il ne veut pas de notre présence.

Feisal plissait le front.

— Est-ce que la paranoïa pointerait sa vilaine tête en catimini ?

— Non, elle s'affiche haut et fort et agite les bras ! Il faudra bien qu'ils prennent contact avec lui, tôt ou tard. Sinon, comment pourront-ils collecter la rançon ?

Feisal marmonna entre ses dents.

— Tu disais ?

— Un virement électronique. Nous sommes au XXIe siècle, Vicky !

— Oh ! dis-je, momentanément dépitée.

— Non, elle a raison, déclara Schmidt. Il doit confirmer qu'il a bien reçu le message et en accepte les termes, *nicht wahr* ? Ils ne donneront pas de numéro de téléphone ni de poste restante, et encore moins d'adresse. Une rencontre personnelle, c'est peut-être un peu vieillot, mais c'est encore ce qu'il y a de plus sûr. Pour l'échange, ils procéderont de la même manière.

— Oui ! Et l'ambiance est parfaite pour une première rencontre. Un endroit sombre, désert, isolé, avec les visiteurs qui déambulent entre les ombres des statues et des hautes colonnes. Juste assez de monde pour que cela n'ait pas l'air suspect…

Le visage de Feisal exprimait toujours le scepticisme, mais j'avais réussi à me convaincre.

— Si Ashraf était assez stupide pour faire appel à un escadron de policiers, ceux-ci se feraient aussitôt remarquer. Ashraf ne courrait jamais le risque, cela pourrait annuler le contrat. Le lendemain il recevrait la tête de Toutankhamon et le montant triplerait.

— Hum hum, marmonna Feisal, en grattant son menton rugueux. Pourquoi ne nous a-t-il pas mis dans le coup ?

Je faisais les cent pas en agitant les bras, comme mon monsieur Paranoïa. Les pièces du puzzle s'imbriquaient.

— L'ego ! C'est un égocentrique. Il croit qu'il s'en sortira sans nous, qu'il en tirera tout le bénéfice, qu'il réussira même à persuader son contact de doubler son patron et qu'il parviendra à un accord. Il ne nous fait pas confiance. Après tout, qu'avons-nous obtenu, pour l'instant ? Trois fois rien. Aujourd'hui, il nous a donné l'occasion de prouver que nous avions progressé. Et nous n'avons toujours pas le moindre indice sérieux.

— Effectivement. Tu m'as convaincu.

— Cela ne mange pas de pain de suivre cette hypothèse, approuva Schmidt, en hochant la tête. Nous devrions certainement aller là-bas, ne serait-ce que pour le spectacle.

— Et devinez qui y sera également ? dis-je, au plus fort de ma voix. John. Il a lu la lettre. Il est parvenu à la même conclusion que nous. Il a filé avant l'arrivée de Feisal et d'Ashraf, car il savait qu'il serait plus difficile de s'éclipser avec quatre personnes présentes.

— Comment pourra-t-il entrer ? demanda Schmidt. LeBlanc dit qu'il a donné la consigne pour qu'on nous laisse passer, moi et mes amis, on peut donc supposer que la liste d'invités est limitée.

— Il y a toujours moyen, intervint Feisal. Il pourrait assister au son et lumière et ne pas partir en même temps que les autres spectateurs. Ce ne sont pas les cachettes qui manquent. Il pourrait grimper par-dessus le mur d'enceinte ou…

— Si on peut entrer, John entrera dis-je. Alors, on y va ?

Feisal haussa les épaules.

— On n'a rien à perdre.

Je pensais néanmoins à plusieurs choses. Je ne pris pas la peine de les énumérer.

Il était clair à présent que John n'avait pas l'intention de rentrer à l'hôtel, mais Schmidt insista pour laisser un message à la réception, disant que nous dînions au restaurant. Feisal emprunta le rasoir de John et certains articles de sa garde-robe dont une cravate (militaire ?) de rigueur au restaurant. John n'avait rien emporté en dehors de sa précieuse petite personne, si bien qu'une âme confiante pourrait croire qu'il ne nous abandonnait pas.

Cela ne me suffisait pas. Il pouvait très bien avoir un pied-à-terre et une autre garde-robe quelque part à Louxor. Ou il pouvait déjà être en route pour Le Caire, Berlin, ou Katmandou.

Nous avions du temps devant nous et Schmidt régalait, si bien que nous optâmes pour un menu à cinq plats et bûmes beaucoup de vin.

Mon enthousiasme était retombé, et je commençais à me demander si je ne m'égarais pas.

Mon scénario était plausible… tout comme l'intrigue de nombreux romans.

Déjà bien aviné, Schmidt, qui buvait un cognac, était un converti. Comme il avait une tête solide comme le roc, ce fut lui qui aborda le sujet fort désagréable des embûches possibles.

— Nous devons élaborer un plan de secours, au cas où ça tournerait mal.

— Ce qui ne manquera pas d'arriver, dit Feisal, morose.

Il n'avait pas bu de vin.

— D'abord, poursuivit Schmidt, sans tenir compte de cette remarque, nous ne devrons nous séparer sous aucun prétexte.

— Jusque-là, ça me va. Et ensuite ?

— On trouve Ashraf et on le suit, mais discrètement, en prenant garde à ce qu'il ne nous voie pas.

Il me semblait qu'on était déjà tombé sur la première anicroche : trois personnes, ce n'est pas l'homme invisible, surtout si Schmidt se trouve parmi elles.

— Lorsqu'il établira le contact, nous resterons à l'écart, sans intervenir, à moins qu'Ashraf ne soit en danger. Ensuite, on suivra l'homme qu'il a rencontré.

— Tous les trois ?

— Nous ne devons pas nous séparer, insista Schmidt. Si par hasard l'une d'entre nous était coupée du groupe, elle devrait immédiatement retourner près de l'entrée et attendre.

— Comment ça, elle ?

— Il ou elle, rectifia Feisal. Ce sera pareil pour vous, Schmidt. Bon, d'accord, ça couvre l'essentiel. Le reste est dans les mains de Dieu.

Après dîner, nous remontâmes dans nos chambres pour prendre nos affaires. Schmidt avait laissé sa porte ouverte, si bien que lorsque je l'entendis parler, je n'avais pas la moindre intention d'espionner.

Je n'eus pas de mal à comprendre qu'il parlait à Suzi. Il ne cessait de dire « non » ou « mais » et de bredouiller.

— Où est-elle ? demandai-je.

— À Louxor. Elle n'a pas voulu me dire dans quel hôtel. Elle est fâchée contre moi. Elle m'a demandé pourquoi je ne lui avais pas parlé d'Ali.

— Dis donc, elle est bien renseignée. Et quoi d'autre ?

— Rien, poursuivit Schmidt, en colère. Elle ne fait que de se plaindre et de m'accuser de tout. J'en ai fini avec elle. *Gott sei Dank* que j'aie compris quel genre de femme c'était avant de… Je…

— Oh, Schmidt, ne me dis pas que tu allais la demander en mariage ! Je suis désolée. Je ne savais pas que vous étiez allés si loin.

Schmidt élargit les épaules, si tant est qu'il en fût capable.

— Il n'y a pas qu'elle au monde. Je l'oublierai. Allez Vicky, prépare-toi.

— Je suis prête. Pourquoi, je n'ai pas l'air assez respectable ?

La tête sur le côté, Schmidt étudia mon ensemble, très correct, bien que discret : pantalon bleu marine, chemisier bleu à longues manches, chaussures de sport (bleues) et une écharpe, rayée bleu et vert.

— Je te préfère en robe. Mais pour l'aventure de ce soir, un pantalon est sans doute plus pratique. Un châle, peut-être ? Les nuits sont vite froides.

En m'imaginant dans un châle à frange, je fus prise d'une crise d'allégresse.

— Non, les châles, c'est la plaie. Ils s'accrochent partout et n'arrêtent pas de glisser.

— Une veste alors ? Quelque chose… avec des poches.

Sa veste n'en manquait pas… encore une autre tenue d'archéologue… Toutes étaient bien rebondies.

— Qu'est-ce que tu caches là-dedans ? demandai-je en indiquant la plus grosse.

— Une lampe de poche. Tiens, en voilà une pour toi aussi !

— Bonne idée, Schmidt, merci.

Avant que je puisse poursuivre mes investigations, Schmidt me chassa hors de la chambre.

— Range-la et on y va. Il faut arriver de bonne heure si on ne veut pas manquer Ashraf.

La lune gibbeuse m'évoquait d'autres mots : gibier, gibet…

Pourtant, cela signifiait simplement qu'elle n'était pas vraiment pleine. Un mot des plus inoffensifs. Qui renforçait encore ma théorie, selon laquelle Ashraf avait ouvert le temple pour son propre bénéfice. La pleine lune est le moment privilégié, la nuit où la lune est la plus brillante, mais ce soir, l'obscurité serait très profonde.

Feisal avait été assez grossier pour suggérer que les motivations d'Ashraf étaient peut-être très personnelles, ou, comme dirait Schmidt, romantiques. C'était un homme très occupé et, si la dame de son cœur avait un emploi du temps aussi rempli (avec, disons, un mari), il lui fallait improviser.

— C'est dégueulasse, protestai-je. Tu n'as pas honte de suggérer qu'Ashraf est un coureur de jupons ?

— Quel joli vocabulaire, pour une femme ! répliqua Feisal. Et quelle naïveté ! Ashraf a des tas de femmes qui lui tournent autour.

— Tss, tss, fit Schmidt. C'est un homme marié, n'est-ce pas ?

— Et alors, quel est le rapport ?

— Tss, tss, répéta Schmidt.

Les derniers spectateurs du son et lumière quittaient le temple lorsque nous descendîmes du taxi. Schmidt me poussa dans l'ombre d'un sphinx… il y en avait toute une rangée sur le chemin, et indiqua deux personnes qui arrivaient en sens inverse.

— Suzi ! siffla-t-il.

— Où ça ?

Toutes les silhouettes avaient à peu près la même taille et portaient l'uniforme unisexe, jean, T-shirt, casquette et tennis. Je perçus quelques bribes de suédois émanant de l'une d'elles.

L'autre éclata de rire et passa le bras autour de l'épaule de la femme ou du jeune homme.

— Maintenant, c'est toi qui deviens paranoïaque !

Les dernières lumières s'éteignirent, ne laissant qu'une seule source lumineuse à l'entrée. Un garde en uniforme tirait une barrière devant l'ouverture.

— Le temple est fermé, entonna-t-il.

Je m'attendais à ce que Schmidt l'appelle par son nom, mais il s'avéra finalement qu'il ne connaissait pas tout le monde. Le garde reconnut Feisal, et, lorsque Schmidt se présenta, il fit un signe de tête.

— Oui, le Dr LeBlanc a donné vos noms. La dame est avec vous ? Entrez !

Nous longeâmes une travée bordée de pylônes avant d'arriver dans une cour où se dressaient diverses formes : des socles de colonnes, des sphinx, des plaques de pierre gravées, des statues brisées, bordées d'un filet noir par le reflet de la lune. Quelques silhouettes sombres surgissaient des ombres. On ne percevait aucun bruit, en dehors de celui de nos pas sur les graviers.

Lorsque Schmidt poussa un cri, je sursautai.

L'une des formes indistinctes trottina vers nous : c'était un petit homme, avec un petit bouc bien soigné et des petites lunettes à monture dorée. Schmidt et lui s'embrassèrent et échangèrent des exclamations enthousiastes en français.

Schmidt me présenta ; LeBlanc me fit un baisemain. Son bouc picotait, mais peu importait. J'appréciais les baisemains.

— … Et tu connais Feisal, bien sûr, poursuivit Schmidt.

Feisal eut droit à un baiser sur les deux joues. Très français, et très égyptien aussi.

— N'hésitez pas à aller où bon vous semble, dit LeBlanc, qui s'exprimait en anglais, par égard pour moi. J'aurais bien proposé de vous faire visiter les lieux, mais tu connais le temple aussi bien que moi, sinon mieux !

— Il faut que tu accueilles les autres invités, dit Schmidt. Il y a des personnalités ?

LeBlanc cita plusieurs noms, dont aucun ne m'était familier.

— Et le secrétaire général, bien sûr. Sans lui, je n'aurais jamais eu droit à cette faveur.

— Ah, ah…

Cela m'avait échappé !

— Pardon ?

— Excusez-moi, je pensais à tout autre chose.

— Et pourquoi pas… dit LeBlanc, en souriant.

Ses dents en or faisaient écho à ses lunettes dorées.

— C'est l'endroit rêvé pour le mystère et la magie, pour les rêves et la romance. Profitez du spectacle.

— Tu vois ce que je voulais dire, me souffla Feisal à l'oreille. Dans un cadre pareil, Ashraf arriverait à ses fins avec n'importe quelle femme.

— Pas avec moi, dis-je en frissonnant involontairement. Je sens tous ces yeux, tous ces yeux de pierre vides qui me regardent. Qui est-ce ?

Feisal suivit mon geste.

— Ramsès II.

— Un roi mort, murmurai-je. Un autre roi mort, qui les observe…

— Ils s'en moquent comme de l'an quarante ! dit Feisal. Reprends-toi, Vicky, on doit retrouver Ashraf.

Je me ressaisis et donnai un petit coup de coude à Schmidt, en contemplation devant Ramsès II, qui l'observait de ses yeux vides.

— C'est inutile, Schmidt. Je connais le plan de Karnak. C'est immense, cela ne finit jamais. Comment retrouver un homme au milieu de tout ça ?

— *Man tut twas Man kann,* clama Schmidt.

Ensuite, croyez-le ou non, il se mit à ricaner.

— Tout… ! Toutankhamon !

Feisal grommela :

— Vous n'auriez pas perdu la tête ?

— Non, ça m'est venu comme ça ! Cela signifie « l'homme fait ce qu'il peut », et la forme allemande « tut » se prononce « toute »…

— Oui, ça va, on a compris !

Schmidt nous fit passer devant Ramsès (la petite statue qui jouxtait la sienne représentait une femme, sa reine, sans doute) et nous traversâmes un nouveau portail avant de pénétrer dans une forêt de pierres.

J'avais déjà visité la grande stalle hypostyle, mais de jour seulement. La nuit, sous la seule lumière de la lune, les gigantesques colonnes étaient encore plus écrasantes.

Nous n'étions que des nains, de vulgaires insectes, à côté de ces mammouths qui nous entouraient et nous dominaient. D'autres fourmis apparaissaient et disparaissaient entre les colonnes.

Mon image du romantisme, c'est une petite pièce au coin du feu, blottie dans les coussins avec une bouteille de champagne dans un seau à glace.

Ou encore, une piscine déserte, entourée de palmiers, avec les branches des hibiscus qui se balancent doucement dans la brise tropicale. Ou encore… Peu importe, cela n'avait en tout cas rien à voir avec cette obscurité de pierre où les ombres murmuraient des mots que je n'entendais pas.

— Romantique ! m'exclamai-je à voix haute.

— Chut, dit Schmidt qui s'arrêta soudain et montra quelque chose. Là, ce n'est pas…

Une pâle lueur vacillait entre les colonnes géantes et se reflétait sur une touffe de cheveux blonds.

— Ce n'est pas John.

— Comment peux-tu en être sûre ?

— Si c'était John, personne ne l'aurait vu. C'est sans doute un archéologue.

Nous longeâmes la travée centrale, en nous arrêtant pour scruter les ailes à chaque croisement.

J'attrapai Schmidt par la manche.

— Ce n'est qu'une toute petite partie du temple, n'est-ce pas ?

— Oui, oui, il y a d'autres sections, plus loin. D'autres pylônes, un temple de la dix-huitième…

— Pourquoi Ashraf aurait-il voulu rencontrer son contact ici ? C'est un lieu impossible à fouiller.

— C'est parfait pour un rendez-vous secret. On ne peut pas se faire coincer, dit Schmidt, triomphant, parce qu'il n'y a pas de coins ! Et on peut se cacher en un quart de seconde !

Et jouer indéfiniment à cache-cache. Toutes les colonnes se ressemblaient, toutes étaient assez imposantes pour dissimuler plusieurs personnes.

Je n'avais pas le cœur à demander une pause. Schmidt s'amusait comme un fou. Il se hissait sur la pointe des pieds, pour observer… rien de particulier, et ma crise de colère commençait à se calmer.

Soudain, Schmidt poussa un cri étouffé et disparut.

Il se trouvait derrière Feisal et moi, quelques mètres à peine, si bien qu'il n'était pas dans mon champ de vision, à ce moment précis.

Après avoir cru qu'il ne se passerait rien, j'avais un peu baissé ma garde et suivais le mouvement, observant machinalement à droite et à gauche. Je me retournai.

Plus de Schmidt. Disparu. En un éclair !

Je courus en criant son nom et tournai rapidement à droite dans une travée.

La lumière me permettait de voir à une bonne distance entre les colonnes. Tout au bout, très loin de moi, j'apercevais une silhouette. Cela ne pouvait pas être Schmidt, il n'avait pas pu aller si loin. Oh, mon Dieu, non, pas Schmidt !

Une main couvrit ma bouche et un bras musclé me bloqua les bras contre le corps. Je me débattis, entendis un grognement et un juron.

— Arrête, cria Feisal ! Il va bien. Je l'ai retrouvé.

Soulagée, j'avais les jambes en coton. Feisal me relâcha.

— Chut, dit-il. Par ici.

Je n'étais pas allée assez loin. Schmidt se trouvait dans la travée suivante. Il parlait avec quelqu'un. Une de ces maudites colonnes les masquait, tous les deux, et les voix étaient si faibles que je ne compris rien avant d'arriver de l'autre côté de la colonne.

C'était l'autre personne qui parlait. Les voix sont difficiles à identifier lorsque les gens chuchotent. Le locuteur pouvait être un homme ou une femme.

— … demande qu'à vous aider. Je suis de votre côté, vous savez, furent les premiers mots que je compris.

— Pour de vrai ? demanda Schmidt dans sa propre conception du murmure.

Pendant plusieurs secondes, on n'entendit plus qu'une respiration haletante. Feisal me prit le bras. Je levai les yeux vers lui. Il sourit et mit son doigt devant ses lèvres.

J'étais fort tentée de leur sauter dessus, sans modérer mes propos, mais la discrétion m'imposait une autre attitude. Non, j'attendrais la réponse de Schmidt. S'il retombait sous le charme de Suzi, il faudrait le déprogrammer ! L'autre personne était forcément Suzi. Schmidt n'avait pas eu le temps de faire d'autres conquêtes. Elle avait dû nous suivre depuis l'hôtel... À moins que Schmidt ne lui ait dit où nous allions. Vraiment, on ne pouvait faire confiance à personne !

Feisal s'approcha de mon oreille.

— Je vais la suivre. Essaie de mettre la main sur Schmidt et retourne vers l'entrée.

— Il nous a dit de...

Il disparut dans l'ombre et devint vite invisible.

J'en avais assez. Je fouillai dans ma poche, sortit la lampe de poche de Schmidt et l'allumai.

Derrière moi, un son faible me fit me retourner : dans le faisceau, je crus apercevoir une silhouette qui se dissimulait derrière une colonne. Je perçus un autre son, venant de la direction opposée.

Des ombres fuyaient la lumière ; lorsque je me retournai de nouveau, je vis Schmidt, illuminé par ma lampe. Il se protégea les yeux d'une main.

— Qu'est-ce que...

Je l'attrapai par le col de ma main libre et le secouai.

— Comment? Comment oses-tu me faire une peur pareille !

— C'était Suzi, dit Schmidt, calmement. Elle m'a attrapé et entraîné derrière cette colonne. Elle est très athlétique, pour une femme. Au début, j'étais trop surpris pour résister, et ensuite, elle m'a persuadé d'écouter ce qu'elle avait à dire. Où est Feisal ? Je lui avais pourtant dit de ne pas te laisser seule !

— C'est toi, qui m'as laissée seule.

— Ce n'était pas ma faute, mais je comprends que tu sois fâchée, dit Schmidt, d'un ton qui se voulait contrit, sans grand succès. (Même la boucle de sa moustache semblait s'enorgueillir.) J'ai découvert des choses intéressantes et je suis revenu dans ses bonnes grâces. Elle m'a supplié de la pardonner et a dit qu'elle me croyait, qu'elle était de notre côté, à présent.

— Tu l'as crue ?

— Bien sûr que non, mais il me semblait plus sage de faire semblant ! Vicky, elle dit que John est ici, à Karnak, elle l'a vu, il y a moins de cinq minutes. Éteins ta lampe et je t'emmènerai…

— Sûrement pas, j'en ai assez du noir.

— Il va nous voir venir !

— Non, parce qu'on ne va pas y aller. Où était-il quand elle l'a vu ?

Schmidt indiqua l'une des interminables travées.

— Il allait par là. Qu'est-ce que tu paries qu'il suit Ashraf ?

— Ashraf est suivi par John, qui est suivi par Suzi, elle-même suivie par Feisal. Et nous ? C'est ridicule, Schmidt. Je retourne vers l'entrée et tu viens avec moi.

— Feisal suit Suzi ?

— Tais-toi et viens avec moi !

Il n'y avait qu'une seule manière de s'assurer qu'il m'obéirait, c'était de faire demi-tour. Je savais que mon Schmidt ne me laisserait pas seule.

Nous n'étions pas allés bien loin lorsqu'un long cri aigu retentit dans une des ailes.

Dans ce silence incommensurable, le cri était aussi violent qu'une explosion, et il ne cessait de se reproduire, brisé par de brèves pauses qui déchiraient les tympans tout autant que les hurlements.

Le faisceau de la lampe sautillait violemment tandis que j'essayais de localiser la source du vacarme. Schmidt me tirait par le bras.

— Par ici…

— Schmidt, on ne peut pas…

Il le fallait. Feisal était quelque part, au milieu de ce tohu-bohu.

En contournant plusieurs colonnes, on tomba sur un homme qui courait dans l'autre sens…

Si l'on pouvait dire, il n'y a guère de direction évidente dans ce labyrinthe. Je dirigeai mon faisceau vers lui, juste à temps pour éviter que Schmidt ne le plaque au sol.

Comme l'homme était encore plus rond que Schmidt, ils rebondirent l'un contre l'autre et s'arrêtèrent.

— Wolfgang ! s'exclama Schmidt.

— Schmidt ! s'exclama Wolfgang. C'est toi ? *Was ist gefallen ? Wer hat geschriehen ?*

— *Ich weiss nicht. Kommen Sie mit.*

— Ta lampe ! Schmidt, dis-je à bout de souffle.

— *Ach, ja, ich habe vergessen.*

Il avait omis de me présenter Wolfgang, mais c'était bien compréhensible. J'en déduisis que ce dernier faisait partie du groupe d'archéologues qui travaillaient à Louxor. Les cris avaient cessé, mais nous ne tardâmes pas à entendre des voix. Nous n'étions pas les seuls à avoir réagi.

Certains devaient être plus proches de la scène que nous, car un petit attroupement se formait déjà autour d'une silhouette assise par terre, la tête dans les mains. Tout le monde parlait en même temps, dans toutes sortes de langues.

— N'essayez pas de vous lever !

— Allongez-vous, vous saignez. Appelez une ambulance !

— Reculez, laissez-le respirer !

Feisal se trouvait parmi les badauds. Nous trottâmes vers lui et il nous adressa un bref regard.

— C'est Ashraf. Il n'est pas gravement blessé. Bon, mes amis, vous êtes gentils, nous apprécions beaucoup votre aide, mais elle ne sera pas nécessaire. Il a glissé et il s'est fait mal à la tête, c'est tout.

— J'ai eu peur que ce soit toi.

— Non, c'est moi qui ai crié pour donner l'alerte. J'ai entendu un petit cri étouffé, le bruit d'une chute et je l'ai trouvé par terre. Je ne voulais pas le laisser seul pendant que j'allais chercher de l'aide.

— Il n'a pas glissé, c'est ça ?

— Plus tard. Allez, viens Ashraf, laisse-moi t'aider.

— Il a peut-être un traumatisme crânien, dit Schmidt. On ne devrait pas attendre un médecin ?

— Il pourrait mourir de vieillesse avant que le brancard arrive ! Vous proposez de le porter ?

Ashraf baissa les mains et leva les yeux vers nous. Un filet de sang coulait sur son cou.

— Je n'ai pas besoin qu'on me porte. Ce n'est qu'un petit accident, comme dit Feisal. J'espère que je n'ai pas gâché votre soirée.

Il se leva lentement, en faisant signe à Feisal de s'écarter.

Les spectateurs protestèrent poliment tout en commençant à s'éloigner, seuls ou en couple, et à se diriger vers la sortie.

Le spectacle était terminé, de toute façon. La lumière avait disparu. La lune se couchait.

— Prends mon bras, proposa Feisal. Personne ne te regarde, ce n'est plus la peine de fanfaronner.

— Allez-vous-en ! siffla Ashraf entre ses dents. Laissez-moi tranquille !

Wolfgang, le dernier des passants à rester, le prit personnellement.

Il se retira, en maugréant et en hochant la tête.

— Vous aussi, dit Ashraf en redressant ses épaules viriles et en faisant un geste qui nous englobait tous.

— Pas question ! m'exclamai-je. Vous nous devez une explication, Ashraf. Qui avez-vous rencontré ? Où est-il parti ?

— Elle, dit Ashraf.

— Quoi ?

— Je l'ai vue qui s'enfuyait, dit Feisal. Elle avait un chèche sur la tête et portait une jupe. Et ne me dites pas que c'était un homme en djellaba, je sais faire la différence.

— Je suppose, ajouta Ashraf, que si je vous disais que j'avais rendez-vous avec une petite amie…

— On ne vous croirait pas, l'assurai-je. Donc, votre contact est une femme.

J'avais succombé à des préjugés misogynes.

Malgré toute sa bravoure, Ashraf n'était pas au mieux de sa forme. Il chancelait, et, lorsque Feisal lui passa le bras autour de la taille, il ne protesta pas.

— Si j'avais été malin, admit Ashraf, j'aurais été prêt à me défendre si nécessaire. Face à une femme, j'ai baissé ma garde.

— Pourquoi vous a-t-elle frappé ? demandai-je.

— Elle ne m'a pas frappé. Nous discutions gentiment, lorsque quelqu'un est arrivé derrière moi.

Ashraf découvrit les dents… néanmoins son sourire n'avait rien d'amical.

— C'était votre ami, monsieur Tregarth.

XI

Ashraf refusa de voir un médecin. Comme il pouvait marcher et qu'il était deux heures du matin, nous décidâmes de le conduire au Winter Palace. Le gardien qui bâillait nous affirma que nous étions les derniers à quitter le temple. Je doutai, non de sa sincérité, il était persuadé de nous dire la vérité, mais de sa précision.

Néanmoins, à ce moment-là, je me moquais de savoir qui poursuivait qui autour des colonnes ou par-dessus les murs.

Après avoir protesté, en vain, Ashraf se réfugia dans le silence et refusa de répondre à nos questions. Dans les rues de Louxor, désertes et mal éclairées, il n'y avait plus un taxi en vue, néanmoins, la voiture du directeur attendait. Pas de vol commercial prosaïque pour le directeur, son chauffeur l'avait conduit à Louxor.

Quand je passai à la réception de l'hôtel pour relever les messages, on m'indiqua, avec le ton hautain approprié, qu'ils avaient été portés dans notre chambre. Monsieur Tregarth n'avait pas pris celui que nous lui avions laissé. Cette information ne me surprit guère.

Schmidt sortit sa trousse de secours et Ashraf se soumit gracieusement à mes soins, si approximatifs fussent-ils. Le coup l'avait atteint juste derrière l'oreille droite, ce qui avait provoqué une petite bosse et une égratignure.

Il ne voulut pas que je rase les cheveux autour de la coupure, je dus donc me contenter de tamponner l'antiseptique. Je débordai pas mal, gâchant sa coiffure sans scrupule, car à ce moment, j'en avais plus que ma dose d'Ashraf !

Il s'était résigné : trois personnes étaient bien déterminées à l'empêcher de partir, de plus, il avait eu le temps de réfléchir un peu.

— Comment saviez-vous où me trouver ? demanda-t-il en buvant une gorgée de la limonade que Schmidt venait de poser devant lui.

— C'est à nous de poser les questions, imposai-je, en croisant les bras. Pourquoi ne pas nous avoir dit que les voleurs avaient repris contact avec vous ?

— Le second message comportait des menaces au cas où j'en parle à quelqu'un.

— Un autre morceau de Toutankhamon ?

— Je t'en prie, ne t'exprime pas comme ça ! s'exclama Feisal.

— C'était une menace en l'air, ils ne pouvaient pas savoir que vous nous en aviez parlé.

— Ils auraient pu le déduire, si vous avez montré le bout de votre nez au mauvais endroit au mauvais moment, dit Ashraf, soudain en furie. Ce qui n'a pas manqué, d'ailleurs ! On vous a vus ! Elle était déchaînée. J'ai juré par tous les saints de la terre que je n'avais pas dit un mot. Par chance, elle m'a cru.

— Ah, oui, une jeune dame charmante et confiante ! Drôle de conspiratrice !

Ashraf s'adossa au fauteuil, jambes tendues, chevilles croisées, les lèvres esquissant un sourire.

— Elle était réceptive à mes arguments. Mais je devrais commencer par le commencement.

Il avait trouvé le second message en arrivant dans sa maison de Louxor (Il en avait d'autres, nous dit Feisal plus tard, à Charm el-Cheikh et à Alexandrie.) On lui demandait de rencontrer l'intermédiaire dans la salle hypostyle de Karnak entre minuit et une heure du matin. Ils avaient eu la délicatesse de lui laisser vingt-quatre heures pour s'organiser. S'il ne se présentait pas, il aurait de bonnes raisons de le regretter.

— Je suis venu vous demander si vous aviez avancé. Vous m'avez présenté un assortiment de théories infondées, sans le moindre élément concret. J'ai compris que vous étiez incapables de remplir votre mission ou que vous n'en aviez pas envie. Alors… (Il sortit un magnifique étui d'argent, en extirpa une cigarette qu'il alluma avec un magnifique briquet d'argent.) j'ai décidé de me débrouiller seul. J'ai invité quelques dignitaires pour justifier l'ouverture du temple. J'ai attendu près de l'entrée, pour essayer d'identifier mon contact. Quand je vous ai vus tous les trois, j'ai compris que j'aurais dû me douter que le Dr Schmidt aurait été informé par l'un de ses milliers d'amis et que vous seriez incapables de ne pas profiter d'une telle occasion !

— Profiter ! Mon œil ! Nous sommes venus parce que nous nous doutions de ce que vous maniganciez ! C'était louche que vous ne nous ayez pas invités.

— C'était une déduction rationnelle des plus brillantes, ajouta Schmidt.

— Si vous le dites, dit Ashraf qui n'en croyait pas un mot. Quoi qu'il en soit, j'ai estimé que votre présence ne gênerait pas mes plans. On m'avait indiqué un endroit très précis, et le temple est gigantesque.

Il exhala un rond de fumée parfait et se pencha en arrière pour l'admirer.

— Continuez.

On aurait dû le frapper de nouveau sur la tête pour le déstabiliser. Il se réjouissait de se trouver sous les feux de la rampe.

— Comme je vous l'ai dit, quand j'ai vu qu'il s'agissait d'une femme, j'ai été très surpris. Néanmoins, elle m'a donné le mot de passe…

— Momie ? (Je n'avais pas pu résister.)

— Comment le savez-vous ? demanda Ashraf surpris.

J'avais dit cela pour faire une plaisanterie de mauvais goût, mais je ne l'aurais jamais avoué ! Je lui fis signe de poursuivre.

— Au début, elle semblait furieuse et nerveuse, mais je l'ai vite mise à l'aise. Nous avons… euh… négocié. Je lui ai promis l'immunité et un refuge sûr, si elle acceptait mon offre.

— Combien ? demanda Feisal, brutalement.

Ashraf hésita.

— Deux cent cinquante mille, pour elle.

— En échange de l'adresse actuelle de Toutankhamon ?

Feisal et Ashraf vacillèrent tous les deux.

— J'aimerais que vous ne soyez pas aussi désinvoltes, dit ce dernier. Pour l'essentiel, oui. Nous allions mettre au point notre dernier rendez-vous lorsque votre ami est intervenu. Quand je me suis remis de cette lâche attaque, ils avaient disparu, tous les deux.

Il alluma une autre cigarette, très content de lui.

Il avait fait un récit plausible, qui lui donnait le rôle du héros et celui de la victime.

Je me demandais à quel point il avait déformé la réalité. Je voulais bien croire qu'un membre de la bande était prêt à passer un accord, les criminels n'étaient pas connus pour leur loyauté les uns envers les autres.

Ashraf possédait des biens personnels, il pouvait sans doute trouver la somme en question.

— Ashraf, vous vous êtes fait berner. Il ne vous est pas venu à l'idée que votre petite copine était surveillée ? J'espère pour elle que son acolyte n'en a pas trop entendu. Les escrocs savent s'occuper des traîtres.

— Il a dû en entendre pas mal, il m'a frappé juste au moment où nous allions conclure.

On allait y arriver, tôt ou tard.

— Il était derrière vous, comment savez-vous qu'il s'agissait de John… de monsieur Tregarth ?

— Je l'ai juste aperçu. J'ai entendu un bruit, et je me suis retourné. Mais je l'ai bel et bien vu.

Combien y avait-il d'hommes aux cheveux blonds ce soir ?

— Plusieurs, je dirais.

— Un seul était impliqué dans cette affaire, dit Ashraf triomphant. Et jusqu'au cou, même ! Pourquoi serait-il allé au temple, s'il n'était pas au courant du rendez-vous ? Vous prétendez avoir anticipé mes intentions grâce à vos talents de déduction, pas vrai ? Et je peux tout à fait comprendre que Tregarth ait pu vous tromper, comme il m'a trompé. Les preuves sont contre lui. Si ce n'était pas lui, qui était-ce ? Où est-il à présent ?

— Il va arriver, dis-je, il nous expliquera.

— Eh bien, vous me raconterez ça, dit Ashraf en écrasant sa cigarette et en se levant. Il est tard et je suis légèrement fatigué. Je te raccompagne, Feisal ?

Feisal avait l'air d'avoir envie de refuser, cependant, l'épuisement eut raison de lui. Aucun d'entre nous n'avait la force de repasser les événements en revue. Les deux hommes partirent.

J'accrochai le panneau « Ne pas déranger » sur la porte, enlevai ma première couche de vêtements et m'écroulai sur le lit.

J'étais si fatiguée que tous les muscles de mon cou me faisaient mal, pourtant, mon esprit refusait de se reposer. Ashraf avait fait un récit bâti sur des hypothèses, mais fort troublant.

Il n'était pas le seul à avoir vu John. Suzi le prétendait aussi, si toutefois on pouvait la croire. Où était-elle passée ? Feisal la suivait lorsqu'il avait entendu Ashraf crier. Était-ce Suzi qui avait frappé Ashraf ? Elle avait des cheveux blonds, coupés courts, comme ceux d'un homme.

C'était tout ce qu'Ashraf avait vu, des cheveux blonds. Feisal n'avait vu qu'une femme qui portait un chèche sur la tête.

Les fenêtres se teintaient de gris pâle. L'aube approchait. J'étais trop fatiguée pour me lever et fermer les rideaux.

Je tirai les draps sur ma tête et m'endormis.

Un soleil éclatant me réveilla. Ma montre indiquait presque dix heures. Je me roulai vers l'espace froid et vide à côté de moi. Le simple froissement des draps engendra un coup à la porte.

— Tu es réveillée ?

Schmidt, bien sûr ! Il devait épier, l'oreille contre la porte.

— Non !

— Je commande le petit-déjeuner.

Les pas s'éloignèrent.

N'ayant plus le choix, je me traînai vers la douche.

En fait, je me sentais moins mal que j'aurais dû, car mon subconscient ne m'avait apporté aucune réponse aux questions qui m'avaient tenue éveillée une bonne partie de la nuit.

En m'habillant, je vis que j'avais intérêt à envoyer quelques habits à la blanchisserie. Je boutonnai mon dernier chemisier propre lorsque la porte s'ouvrit après ce que je définirais comme un petit coup sommaire.

— Tu es habillée ? demanda Schmidt.

— Oui, désolée !

— Feisal vient d'arriver.

Je ne demandai pas de nouvelles de John.

Le garçon d'étage avait déjà disparu et Schmidt plongeait dans un plat d'œufs et de saucisses de dinde. J'acceptai la tasse de café que Feisal me présentait.

— Tu as obtenu des informations utiles de la part d'Ashraf ?

Feisal fit la grimace.

— Il n'a fait que se vanter de son habileté et m'a reproché d'avoir fait capoter la négociation.

— Tu crois qu'il dit la vérité ?

— Les grandes lignes sont exactes, dit Schmidt, songeur. Néanmoins, il reste de nombreuses zones d'ombre. Maintenant, je sais par Suzi quelles informations ont filtré.

— Je vois que tu as été très occupé ce matin. Désolée d'avoir tant dormi.

— Dans ma condition physique, un homme n'a pas besoin de tant de sommeil, répliqua Schmidt en étalant de la confiture sur une viennoiserie. En accord avec ma nouvelle stratégie, je me suis inquiété pour sa sécurité et je lui ai raconté ce qui était arrivé à Ashraf, car elle le savait sans doute déjà.

— Bien joué ! (La confiture avait disparu. J'ouvris un petit pot de miel.) Alors ? Qu'a-t-elle dit ?

— Elle n'a pas assisté à l'agression proprement dite, elle a vu qu'Ashraf était à terre. Quand elle a entendu Feisal, elle s'est cachée et a observé.

— Pratique, ces colonnes ! murmurai-je. Comment est-elle sortie du temple ?

— Normalement, je suppose, dit Feisal. On n'avait pas donné ordre au gardien de surveiller les gens qui sortaient. Personne ne me demande ce que j'ai fait ce matin ?

La bouche pleine de pain et de miel, j'émis quelques grognements encourageants.

— Le cœur lourd, enchaîna Feisal, la famille d'Ali a voulu récupérer le corps. Une délégation d'hommes est venue à mon bureau, mais j'ai dû leur dire que l'autopsie n'était pas terminée. Cela ne leur a pas plu du tout.

— Selon la loi coranique, le corps doit être enterré avant le coucher du soleil le jour de la mort, ou, au plus tard, le lendemain, m'expliqua Schmidt.

— Il était déjà trop tard quand on a retrouvé le corps.

— On ne raisonne pas avec des gens qui sont dans le malheur, dit Feisal. Je vais aller au village, voir le reste de la famille et tenter de leur expliquer. Vous voulez m'accompagner ?

Je n'en avais aucune envie. Cela risquait d'être une expérience éprouvante. Cependant, notre présence faciliterait peut-être la mission de Feisal.

Il attendit pendant que je rassemblais mon linge et que Schmidt remplissait ses poches d'une variété d'objets, utiles ou inutiles, parmi lesquels la précieuse loupe que Feisal lui avait rendue. On ne sait jamais si on tombe sur un « Indice » !

Sans limousine à notre disposition, nous prîmes un bateau pour traverser le Nil.

J'aime bien les bateaux ; ils ont de vastes auvents colorés et des coussins confortables, bien qu'un peu passés, et portent des noms comme *Rosebud, Néfertiti* ou *Cléopâtre.*

Regarder Schmidt chanceler sur la passerelle ajoutait une note de suspense distrayante. La Jeep de Feisal nous attendait de l'autre côté.

— Il faudra que je m'arrête dans la Vallée un peu plus tard, mais je veux en finir avec ça avant.

Cette rencontre fut l'exacte réplique de la première : les mêmes enfants qui nous harcelaient, la même pièce sombre, les mêmes yeux fixés sur nous, le même thé, les mêmes biscuits, les mêmes poulets ou, du moins, leurs proches cousins.

Je finis à côté d'Umm Ali, qui baissa la tête pour nous saluer et me rendit mon « *Salaam aleikoum* » mal prononcé, avec quelques mots en arabe qui ne faisaient pas partie du vocabulaire que je maîtrisais. Le visage sombre, Schmidt s'assit sur une chaise en face de moi. Tout le monde regardait Feisal.

Ils écoutèrent son petit discours. Le silence s'éternisait. Le poulet sauta sur les genoux de Schmidt qui le caressa distraitement.

— Je t'en prie, Feisal, présente nos condoléances à la famille.

— C'est fait. On ferait aussi bien de partir, mes explications n'ont pas été très appréciées, ajouta-t-il, morose.

Je reposai mon verre de thé sur la petite table et me levai. Je me sentis obligée de dire quelque chose, de ne pas partir ainsi. Malheureuse et peu efficace, je bredouillai un « Je suis désolée. Si on peut faire quelque chose pour vous… »

La vieille dame se leva. Une main osseuse s'empara de la mienne. Elle se hissa sur la pointe des pieds et me regarda dans les yeux. Les yeux noirs si vifs étaient embués de larmes. Elle me parla doucement, avec un sentiment d'urgence, tout en me serrant la main. Minces et puissants, ses doigts ressemblaient à des serres d'oiseaux.

Feisal traduisit ses paroles.

— Mon fils a été assassiné. Trouvez son meurtrier, pour qu'il repose en paix.

— On le retrouvera, dis-je. *Aywa.* Je le promets. *Inch Allah.*

Feisal n'eut pas besoin de transmettre. La vieille dame hocha la tête et s'assit.

— *Inch Allah,* répondit-elle.

À la grâce de Dieu. Personne ne fait de promesse sans ajouter ça. En fin de compte, c'est toujours Dieu qui décide. Par son Dieu ou par le mien, j'avais bien l'intention de faire de mon mieux.

Schmidt s'essuyait les yeux lorsque nous sortîmes de la maison.

— C'était très émouvant, Vicky.

— C'était ce qu'il fallait dire, reconnut Feisal, en me regardant d'un air étrange. Je n'arrive pas à comprendre pourquoi elle a fait appel à toi. Dans notre culture…

— Oui, oui, je sais, ce sont les hommes qui tirent les ficelles. Eh bien, certaines femmes sont mieux avisées.

La Jeep de Feisal avait besoin de nouveaux amortisseurs, entre autres. Schmidt n'arrêtait pas de rebondir sur moi à chaque nid-de-poule et chaque fois que nous faisions un écart pour éviter divers animaux ou d'autres véhicules.

Un nuage de poussière, à l'intérieur de la Jeep pour l'essentiel, nous accompagnait.

— Dis-lui de ralentir ! criai-je à Feisal, qui se trouvait à l'avant, à côté du chauffeur.

— Nous sommes en retard !

En retard pourquoi ? me demandai-je, sans poser la question !

La Jeep tomba dans une autre ornière, Schmidt ricocha et retomba sur mes genoux.

Feisal daigna s'expliquer une fois que le chauffeur nous eut déposés à l'entrée de la Vallée des Rois.

— Je dois rencontrer Ahmed Saleh, l'inspecteur responsable de l'ouest de Thèbes. Il est vexé parce que je n'ai pas répondu à ses appels. C'est un pleurnicheur professionnel, mais j'imagine que j'ai intérêt à le calmer avant qu'il ne passe au-dessus de ma tête… Ou derrière mon dos, un couteau à la main.

— Il t'en veut ?

— Ils veulent tous mon poste. Pourtant, je le leur donnerai pour dix piastres !

L'inspecteur n'était pas à la maison des gardes. La question de Feisal fut accueillie par de grands gestes et des explications qu'il coupa net.

— Il est parti le long du sentier principal. Ça va barder, je lui avais dit de m'attendre ici.

Il allongea le pas. Nous étions tous un peu nerveux à propos de cette tombe, inutile de le nier, un peu comme un meurtrier qui connaît l'endroit où il a caché le corps, se sent nerveux lorsque quelqu'un s'en approche de trop près.

Le soleil avait dépassé le zénith. La plupart des touristes étaient partis déjeuner, cependant, ils étaient encore assez nombreux pour ralentir notre progression. Nous devions contourner les groupes qui s'agglutinaient autour des guides, et quelques-uns de ces trios ou quatuors énervants qui indiquaient le chemin à… personne.

Lorsque la tombe apparut, Feisal s'arrêta net. Un nuage de poussière se souleva derrière ses talons.

Une petite femme, qui portait un foulard harmonieusement noué et une jupe qui formait une mare ambrée tout autour d'elle, était perchée sur le mur d'enceinte. Elle baissait les yeux et semblait discuter avec une personne qui se tenait sur les marches, un peu plus bas.

Feisal poussa un cri. La femme leva les yeux, découvrit des dents étincelantes et se redressa sur ses pieds.

— Ah, enfin, te voilà ! cria-t-elle en se précipitant vers lui. Il est arrivé !

Feisal tendit le bras pour la tenir à distance. Imperturbable, rayonnante, Saida se jeta à mon cou. Par-dessus sa tête, je vis un homme sortir des profondeurs de l'escalier. Il ne semblait pas pressé.

— Qu'est-ce que tu fiches ici ? cria Feisal. Je t'ai dit que personne n'avait l'autorisation d'entrer dans cette tombe.

Le trait le plus caractéristique de Saleh était une magnifique barbe noire, qu'il ne cessait de caresser. Il salua son supérieur avec un sourire lourd de sous-entendus et regarda Saida d'un air suppliant.

En grande dame, elle vint à son secours.

— Il se contentait d'inspecter l'escalier, Feisal. C'est moi qui le lui avais demandé.

— Qu'est-ce qu'il y a à inspecter ? Ce ne sont que des marches, dit Feisal qui avait baissé le ton de quelques décibels. Et tu lui as demandé ça avec de beaux sourires, en papillonnant des yeux…

Son regard doux se durcit comme un caramel !

— Comment oses-tu me parler sur ce ton ?

Je me détachai de l'étreinte amicale de Saida et pris le bras de Feisal.

— Fais attention, murmurai-je.

— Quoi ? (Il me regarda et se reprit, non sans efforts.) Oh, d'accord. Je suis désolé, Saida.

Saida, dans les bras amicaux de Schmidt à présent, répondit gaiement.

— Ce n'est rien, je te pardonne.

— Quant à toi, Saleh, commença Feisal, je… Bon, peu importe ! Qu'est-ce que tu me voulais ?

— Cela peut attendre. Il n'y a pas de problème, quand vous aurez un peu de temps, chef…

Il reculait, pas à pas. Feisal lui fit un brusque signe de tête.

— D'accord. Plus tard.

— Oui, monsieur. Comme vous voudrez.

Il battit en retraite et se retourna, néanmoins j'avais aperçu sur son visage une expression qui m'avait fait comprendre l'allusion aux couteaux dans le dos !

— Oh, roucoula Saida, j'adore te voir commander !

— Arrête, Saida ! gronda Feisal. Qu'est-ce que tu fais ici ?

— À Louxor, ou dans la Vallée ? (Elle observa le visage cramoisi et se calma un peu.) J'ai le droit d'aller où je veux, non ? J'ai essayé de te joindre ce matin, mais tu n'as pas répondu. J'ai appelé à ton bureau et on m'a dit que tu passerais dans l'après-midi. Quand je suis arrivée, j'ai vu Saleh, au poste des gardes. Il m'a gentiment accompagnée.

Elle cessa de parler et le regarda d'un air interrogateur, comme pour l'inviter à répondre.

Elle lui faisait les yeux doux et papillonnait des paupières. Perplexe, le pauvre Feisal réfléchissait à un moyen de changer de conversation, mais moi qui restais insensible aux yeux doux, je comprenais que nous étions mal partis.

Elle n'était pas du genre à le laisser s'en tirer ni à renoncer lorsqu'elle soupçonnait que quelque chose d'important se tramait sous la surface.

— Bon, Saida, dis-je. Assez joué. Qu'est-ce que vous cherchez ?

Les yeux en feu, faisant de grands gestes, elle se lança dans une tirade interminable.

— L'honnêteté ! La sincérité ! La confiance d'un homme qui prétend m'aimer. Tu insultes mon intelligence, Feisal. Tu crois que je suis trop stupide pour additionner deux et deux ? Depuis des jours, tu as l'air inquiet et terrorisé et…

Piqué au vif, Feisal l'interrompit au beau milieu de son morceau de bravoure.

— Comment ça, terrorisé ?

Saida écarta cette interruption d'un geste ample.

— Tes amis, tes grands amis, ceux qui t'ont aidé à sauver Théti-Chéri, qui rappliquent tout d'un coup. Et qui ont un entretien avec Ashraf qui n'aime guère perdre son temps en visites de courtoisie. Ils vont visiter le musée et l'un d'eux, une femme qui n'est pas connue pour être des plus timorées, se met à avoir les momies en horreur. Je m'interroge. Et ensuite, ce pauvre Ali, qui n'a pas le moindre ennemi au monde, disparaît et est retrouvé mort. Je commence à me poser des questions. Ce n'est pas difficile d'obtenir des réponses quand on sait à qui s'adresser. Ali n'est pas le seul à avoir vu ce drôle de camion s'arrêter devant la tombe. Les autres n'ont rien pensé de spécial, parce que personne ne leur en avait parlé. Ils ont cru qu'il s'agissait d'une visite officielle. Ce n'était pas le cas, n'est-ce pas Feisal, parce que, sinon, tu m'en aurais parlé ! À moi, surtout. Moi, qui ne cesse de harceler Ashraf depuis des années pour qu'il prenne soin…

Feisal lui mit la main devant la bouche. Soudain, elle écarquilla les yeux et on ne vit plus que le blanc tout autour des pupilles sombres.

Elle repoussa la main.

— Oh, non ! murmura-t-elle. Dis-moi la vérité ! N'essaye pas de m'épargner. Est-ce qu'ils…

L'expression résignée de Schmidt reflétait mes propres sentiments. Il devenait inutile de nier. Elle insisterait pour aller vérifier elle-même, et un refus ne ferait que renforcer ses soupçons.

Le silence de Feisal eut le même effet. Épaules tombantes, tête baissée, il incarnait l'image du coupable. Se sachant découvert, il se voyait perdre sa bien-aimée.

— Ils l'ont emporté. Ils le séquestrent contre une rançon.

Les hommes croient peut-être qu'ils gouvernent le monde, mais certaines femmes sont plus douées. Saida poussa un soupir de soulagement. Elle avait craint le pire : la destruction ou la mutilation de la momie.

— Bon, dit-elle brusquement, alors, il faut le retrouver. Feisal sera le héros, et Ashraf apparaîtra comme un idiot.

Le projet était ambitieux, et je voyais déjà poindre les ennuis si Saida s'y tenait.

Je commençai à le signaler, mais personne ne m'écoutait car les amants étaient enlacés dans une étreinte passionnée, et Schmidt les regardait d'un air attendri. Une fois qu'ils se furent détachés l'un de l'autre, il annonça :

— Et si nous allions déjeuner quelque part ?

— Il faut qu'on discute, Schmidt, dis-je.

— Parler et manger, ce n'est pas contradictoire. Je réfléchis mieux le ventre plein.

Nous trouvâmes un restaurant en face des temples, Medinet Habu, je crois, où le propriétaire salua Feisal par son nom et promit de nous offrir tout ce que nous désirions, tant qu'il s'agissait de poulet et de riz. Nous nous installâmes à une des longues tables devant diverses boissons pendant qu'il se rendit en cuisine.

Des chats méfiants se frottaient contre nos chevilles. L'endroit était frais et ombragé, bien que pas vraiment propret, et la vue était aussi agréable qu'elle pouvait l'être : les immenses pylônes du temple, silhouettes dorées contre le ciel azur.

— Bon, dit Saida. Racontez-moi tout !

Plus que ravi de s'obliger, Schmidt ne s'interrompait que pour demander aux chats de se montrer patients, le poulet allait arriver. Saida écoutait attentivement, la tête baissée, les coudes sur la table. Lorsque Schmidt termina, elle conclut :

— Donc, vous n'avez pas la moindre idée de l'endroit où il se trouve ?

Je croyais qu'elle parlait de Toutankhamon, jusqu'à ce qu'elle dirige ses grands yeux noirs vers moi.

— Vous vous sentez trahie ?

Ma première réaction fut la colère. Personne n'avait été assez impoli pour suggérer que John s'était joué de moi, que ses protestations d'innocence étaient feintes, que c'était lui qui avait tout manigancé. J'avais également refusé de l'évoquer. En croisant ce regard compatissant mais direct, je compris qu'il était temps que j'aborde le sujet.

— Il m'a certainement raconté un paquet de mensonges, dis-je. Depuis le début.

— Tu en es sûre ? demanda Schmidt, inquiet.

— Oh oui ! L'antiquaire de Berlin, qui n'en était pas une, le prétendu cardinal qui n'avait sans doute aucun rapport avec le Vatican…

— Cela ne prouve pas que c'est lui le voleur ! s'offusqua Schmidt.

— Chuut !

Nous avions parlé à l'unisson.

— John suit peut-être une piste, poursuivit Schmidt.

— Sans nous en avoir parlé ? demanda Feisal.

Lui aussi semblait soulagé de pouvoir discuter de ce qu'il avait sur le cœur.

— La franchise n'est pas sa qualité première, dis-je.

— Il n'a pas voulu nous mettre en danger, insista Schmidt, surtout pas Vicky.

— Vous êtes un romantique incurable, grogna Feisal. Regardez la réalité en face. C'était lui, le premier suspect. Il a les relations idoines et une imagination tortueuse. Si je ne lui avais pas fourni un prétexte pour se rendre à Louxor, il en aurait trouvé un, pour être sur place lors des négociations finales.

Sa voix était empreinte de colère et de douleur. C'est difficile d'admettre qu'on a été trahi par ceux qu'on aime.

Seul Schmidt, l'incurable romantique, prit la défense de John.

— Je n'y croirais jamais tant qu'il n'aura pas avoué. Et d'ailleurs, je ne suis pas sûr que cela suffirait, ajouta-t-il, après un instant de réflexion.

— Bon, repassons les événements en revue, dit Feisal, d'une voix lasse. Il était au temple hier soir.

— Comme bon nombre de personnages douteux, précisai-je. Inutile de ressasser les mêmes propos. Cessons d'énoncer des hypothèses pour se concentrer sur… le moyen de le retrouver. Et je ne parle pas de John. Quelqu'un a une idée géniale ?

Les plats (poulet et riz) arrivèrent avec un ragoût de tomate, du pain et de l'houmous. Notre sympathique hôte nous quitta, les chats réapparurent et nous nous regardâmes bêtement jusqu'à ce que Saida tape du poing sur la table.

— Vicky a raison. Pour commencer, supposons qu'il est toujours dans la région de Louxor.

— C'est une hypothèse invérifiable, dit aussitôt Feisal.

Saida lui adressa un regard méprisant.

— Il faut bien commencer quelque part, et c'est logique, étant donné les difficultés qu'ils auraient éprouvées pour le transporter ailleurs. La deuxième hypothèse…

Feisal ouvrit la bouche. Saida éleva la voix d'un ton et poursuivit.

— C'est qu'il est toujours sur la rive gauche. Vous voulez que je vous explique pourquoi ?

— Un véhicule aussi voyant ne serait pas passé inaperçu dans les rues de Louxor, poursuivit Feisal d'une voix blasée.

— Très bien, répondit Saida, condescendante. Alors que sur cette rive, il y a de vastes zones inhabitées, et qu'avec un minimum de précautions, un véhicule pourrait quitter la route, faire descendre ses passagers et se débarrasser de son camouflage. Disparaître, en d'autres termes.

Nous avions envisagé ces hypothèses auparavant, pourtant, prononcées par une autre bouche, avec une voix de contralto incisive, elles convoyaient une plus grande force de conviction. Feisal ne voulait cependant pas l'admettre.

— Donc tu as réduit la zone à quelques centaines de kilomètres carrés. Cela ne devrait pas poser de problème.

— Oh, va au diable ! lui lança Saida, sur le ton de la plaisanterie. Donc, on a deux types de cachettes pour un tel objet : une grotte ou une tombe abandonnée dans les falaises, ou bien une structure quelconque.

Je me souvins de mon rêve où Toutankhamon était allongé sur un lit, dans un hôtel de luxe, avec la climatisation poussée à fond. Absurde, mais…

— Ils essayeront de le protéger autant que possible, dis-je. À l'abri de la poussière, des insectes, des rapaces, des éboulements… Et puis, la cachette aurait moins de chance d'être découverte par hasard avec des murs tout autour et des portes bien fermées.

— Oui, on a quand même retrouvé le corps d'Ali dans les falaises, dit Feisal, s'attachant à son combat d'arrière-garde.

— Les voleurs ont dû le transporter loin de l'endroit où il est mort. (Elle regarda tout autour d'elle. Schmidt et les chats avaient mangé tout le poulet.) Allons-y, Vicky. Vous voulez passer aux toilettes avant de retourner à l'hôtel ?

Elle me conduisit dans un endroit qui, pour parler gentiment, n'aurait même pas eu droit à une misérable mention dans un guide du *Routard*.

Je vous épargnerai les détails, mais je vous dirai quand même que cela m'a fait comprendre pourquoi elle portait des jupes plutôt que des pantalons.

Tandis que nous nous lavions les mains devant un lavabo taché, doté d'un vieux savon racorni, elle m'adressa un long regard et soupira.

— Les hommes sont charmants, mais ils manquent de sens commun, les pauvres. Vous avez tout de suite compris la logique de mon raisonnement.

— Ils ne réfléchissent pas de la même manière que nous, c'est sûr.

Elle m'avait éloignée pour avoir une petite conversation entre filles. Je l'aimais bien, mais je n'étais pas d'humeur à lui faire des confidences. Pas encore.

— John ne pense jamais comme tout le monde, dis-je, très justement.

— Vous vous inquiétez pour lui, non ?

J'acceptai une poignée de mouchoirs en papier qu'elle sortit d'un des plis de sa jupe.

Une serviette était bien suspendue à un crochet près de l'évier, mais j'aurais préféré m'essuyer les mains par terre.

Schmidt était tout de suite tombé amoureux de Saida et, lorsqu'elle lui emprunta son carnet et son stylo, il était prêt à s'agenouiller devant elle.

Tête contre tête, ils établissaient des listes pendant que nous roulions vers l'embarcadère.

Une fois sur la rive droite, Feisal et Saida s'éloignèrent, bras dessus, bras dessous, pour une destination inconnue tandis que Schmidt et moi regagnions l'hôtel.

Le téléphone sonnait lorsque nous entrâmes dans la suite. Je me ruai sur lui, j'espérais encore entendre une voix familière qui annoncerait un amant prodigue triomphant, Toutankhamon sous un bras, et le coupable dans l'autre.

L'appel venait de la blanchisserie qui voulait me rapporter mon linge.

La femme était venue et repartie, Schmidt était sous la douche et je m'apprêtais à prendre la mienne lorsqu'on frappa doucement à la porte.

Les employés de l'hôtel vont et viennent à toute heure, pour proposer de menus services en échange d'un pourboire plus que nécessaire, je supposai donc qu'on m'apportait un vase de fleurs ou une coupe de fruits. Mais je me retrouvai face à une totale inconnue. Son pantalon tergal et ses bonnes chaussures à talons plats me rappelaient les tenues de ma tante Sue, qui allait déjeuner en ville avec ses copines. Des lunettes en écaille encadraient ses yeux bruns délavés, et ses cheveux auburn parsemés de blanc étaient tirés en chignon retenu par un coquet ruban rouge. Elle s'accrochait à son énorme sac qu'elle tenait devant elle. Je m'attendais presque à ce qu'elle vienne quémander des fonds pour une espèce en voie de disparition ou me vendre un abonnement à *Femme moderne*.

Elle essayait de regarder derrière moi, néanmoins comme je remplissais généreusement l'encadrement de la porte et qu'elle était plus petite que moi, elle n'y parvint pas.

— Oui ? dis-je alors que j'avais envie de la mettre dehors. Que puis-je pour vous ?

Elle s'éclaircit la gorge et annonça d'une petite voix précise :

— J'aimerais parler à monsieur John Tregarth.

— Désolée, il n'est pas là.

— Puis-je vous demander quand il rentrera ?

— Je ne sais pas. Enfin, si, vous pouvez poser la question, rectifiai-je, mais je ne peux pas vous répondre.

J'estimais avoir été assez polie pour la journée. Cela devait être une autre des relations ambiguës de John. Son apparence n'avait rien de louche, mais les meilleurs escrocs ont l'air irréprochable.

— Vous ne voulez pas entrer ? demandai-je en étirant les lèvres pour former un sourire.

Le sourire était peut-être une erreur, il découvrait trop de dents carnassières. Elle refusa d'un signe de tête. Le ruban rouge s'agita.

— Non, merci, la prochaine fois.

— Qui êtes-vous ?

Le ton de ma voix et mon regard hostile la firent sursauter ; son sac se leva, comme pour former un bouclier. J'avais peur qu'elle se mette à crier et de me faire arrêter pour avoir menacé une dame innocente qui avait deux fois mon âge. Je produisis une version édulcorée de mon sourire.

— Euh, je voulais dire, que puis-je pour vous ?

— Rien, merci. C'est personnel. C'est très important, malgré tout. J'ai laissé un message un peu plus tôt.

— Ah, vous êtes…

J'avais oublié son nom.

— Si vous pouviez être assez aimable pour lui demander de me téléphoner au Mercure ? Merci, excusez-moi de vous avoir dérangée. C'est vraiment très important.

J'avais menti en disant à Saida que je ne m'inquiétais pas pour John. J'étais inquiète, furieuse et frustrée, et, si je ne savais toujours rien de l'endroit où il se trouvait, j'avais devant moi une de ses motivations éventuelles.

J'étais presque sur le point de l'attraper et de la tirer à l'intérieur de la pièce, au risque de provoquer ses hurlements, lorsque la silhouette ventripotente de Mahmud, le garçon d'étage, approcha. Il apportait un vase avec une rose rose.

— Ah, bon sang !

Madame Machin-Chose poussa un élégant cri de dame et s'enfuit. Rayonnant, Mahmud s'inclina et m'offrit le vase. Je lui fis signe d'entrer.

— Posez-le sur la table !

La suite de Schmidt se trouvait à l'extrémité d'un long couloir. Toujours en vue, l'inconnue trottinait aussi vite que possible vers les ascenseurs.

Finalement, Mahmud tombait à pic. Il m'avait donné l'occasion de reconsidérer mon envie première.

De l'autre côté du vestibule où je me tenais, deux grands escaliers descendaient vers la mezzanine du

New Winter Palace, par laquelle l'hôtel était relié à l'Old Winter. Je m'y précipitai, laissant la porte ouverte. Si j'allais assez vite et que l'ascenseur était lent, je pourrais peut-être rejoindre la réception du Old Winter avant qu'elle n'en sorte.

Je dégringolai l'escalier à toute allure, en me tenant à la rampe pour ne pas perdre l'équilibre, et courus dans le couloir qui menait au vieux bâtiment et à la réception.

Au premier coup d'œil, je fus incapable de la voir. En y regardant à deux fois, je revins tout aussi bredouille. Sans courir, je me dirigeai à grands pas vers la sortie.

De la terrasse, je dominais toute la rue, en contrebas. La petite silhouette en pantalon de tergal gris était remarquable par son absence.

— Zut !

La poursuivre plus longtemps serait sans doute une perte de temps. À présent que j'étais un peu calmée, je compris que j'aurais mieux fait de ne pas essayer.

Après tout, j'avais son nom et son adresse actuelle… si je parvenais à mettre la main sur sa lettre. Je n'avais aucune idée de ce qu'elle était devenue.

J'aurais dû faire preuve d'amabilité, au lieu de terroriser cette pauvre femme !

En sortant de l'ascenseur, je vis Schmidt, dans l'encadrement de la porte, qui basculait la tête d'un côté puis de l'autre l'autre, tel un pendule. Lorsqu'il me vit, il se mit à crier.

— Où étais-tu passée ? Comment oses-tu me causer une frayeur pareille ? Ne recommence jamais ça ! *Herr Gott !* Tu sais très bien que tu ne dois ouvrir à personne tant que je ne suis pas là pour te défendre !

Je m'excusai et m'expliquai. Schmidt plissa les yeux.

— Tu poursuis des fantômes, Vicky. Qui qu'elle soit, cette femme ne peut avoir aucun rapport avec Toutankhamon, sinon, elle n'aurait jamais donné son nom et son adresse. Allez, viens te changer. Feisal a téléphoné. Ils viennent dîner avec nous, Saida et lui.

Lorsque je sortis de ma chambre, propre et fraîchement vêtue, l'esprit plus ou moins éclairci, Saida et Feisal admiraient le coucher de soleil sur balcon, en compagnie de Schmidt.

— On se met en route demain matin dès l'aube, déclara Saida, en brandissant un morceau de papier. J'ai établi la liste des endroits à fouiller.

Je la lui pris des mains. Elle faisait une page entière.

— Et avec l'aide de quelle armée ? demandai-je. On ne peut pas défoncer la porte d'organisations respectables comme le Goethe Institut ou…

— Qui parle d'enfoncer les portes ? On ira leur rendre visite, entre collègues.

Je regardai Feisal, qui détournait les yeux. Aucune aide à espérer de sa part, pas plus que de celle de Schmidt qui sautillait de joie sur son fauteuil, rien qu'à l'idée de se lancer dans une enquête.

Je me demandais si j'allais leur asséner la douche froide du bon sens tout de suite ou les laisser s'amuser encore un peu lorsqu'on frappa à la porte.

— Sauvés par un visiteur, dis-je en allant répondre.

C'était un employé qui nous apportait un sachet plastique au logo d'une des boutiques les plus luxueuses des arcades.

— C'est pour vous, madame, dit-il en me tendant le sac.

La main droite dans sa poche, Schmidt, qui s'était précipité à mon côté parut très déçu à la vue d'un messager inoffensif, et non d'un assassin, armé jusqu'aux dents. Il sortit sa main de sa poche. Au lieu d'une arme factice, elle contenait une liasse de billets.

— Un instant, dis-je. Il y a une erreur. Je n'ai rien acheté chez Benetton.

— Si, si, c'est vous qui avez passé la commande. Elle vient d'arriver à la réception.

Schmidt prit le sac et donna le pourboire.

— C'est peut-être un présent, dit-il en fermant la porte. Regardons la carte.

En fait, sous une couche de papier se trouvait une boîte incrustée de nacre, le genre de boîte que l'on trouve dans toutes les échoppes du souk.

— Oh, mon Dieu ! m'exclamai-je.

Mon cri attira Saida et Feisal. Installés autour de la table, nous observions l'objet. Je ne me résignai pas à l'ouvrir.

— C'est joli, dit Saida poliment en tendant la main vers la boîte.

Le teint pâle et grisâtre, Feisal lui attrapa le poignet et la retint.

— Laisse-moi faire ! fit-il, la voix rauque.

Elle n'avait pas vu la première boîte, mais cette

réaction et le regard fixe de Schmidt suffirent à raviver ses souvenirs. Elle recula d'un pas et mit la main devant sa bouche.

— Oh, non, pas une autre…

La fermeture était raide. Feisal ouvrit et ôta une couche de coton hydrophile.

C'était bien une main, mais pas une main de momie. En apparence, le corps auquel elle avait été rattachée l'avait perdue au cours des dernières vingt-quatre heures.

XII

Saida arriva à la salle de bain juste à temps. Ravalant ma salive, je la suivis et m'assis sur le bord de la baignoire.

— Je suis désolée, dit-elle, livide.

— Ce n'est rien, dis-je en lui tendant un verre d'eau et une poignée de mouchoirs. Vous êtes endurcie lorsqu'il s'agit de momie, et moi non, mais je suppose que je suis plus habituée aux cadavres que vous.

Chancelante, elle se redressa et prit le verre.

— Vicky, ce… ce n'était pas la sienne ?

— Non.

Je n'avais pas eu le moindre doute, pas un instant. Je ne connaissais que trop bien ces longs doigts élégants. Néanmoins, à cette idée, j'en eus l'estomac retourné. Je continuai d'un ton neutre.

— C'était une main de femme. Une petite main brune, avec des traces de henné sur les mains et les ongles.

— Ça va mieux, dit-elle, en élargissant ses minces épaules. Il faut y retourner. Essayer de savoir à qui elle appartenait.

J'avais déjà ma petite idée. Feisal, qui s'était détourné de la scène, allumait une cigarette. Schmidt restait fasciné par le contenu de la boîte.

— C'est une main de femme, dit-il.

— Une femme égyptienne, complétai-je en m'efforçant de la regarder à nouveau. Elle était déjà morte quand on la lui a coupée. Il n'y a pas beaucoup de sang.

Saida soupira et frissonna. Feisal lui passa le bras autour des épaules.

— C'est la femme qu'Ashraf a rencontrée hier soir, dit-il, en exhalant longtemps sa fumée.

— C'est une bonne supposition.

Je regrettai de ne plus fumer lorsque je me souvins que ce n'était pas mon seul vice. Je me dirigeai vers le minibar et pris deux bouteilles, plus ou moins au hasard. Au point où nous en étions, peu importait, tant que c'était de l'alcool.

Schmidt accepta le verre que je lui tendis.

— *Vielen Dank,* Vicky. Ça va ?

— Aussi bien que les circonstances le permettent. (Le scotch descendit dans mon intérieur fébrile, ce que j'appréciais tout particulièrement.) Que va-t-on en faire ?

— Le signaler à la police, bien sûr, dit Feisal.

Schmidt referma lentement le couvercle.

— Bien sûr que non, mon ami. Pas avant d'avoir regardé ça. Il y a un message.

Le morceau de papier qu'il tenait devait se trouver sous l'horrible chose. En tout cas, il n'était pas visible. Ce bon gros garçon avait plus de courage que nous tous. Levant ses sourcils en broussaille, il nous le tendit. Comme personne ne le prenait, il le lut à voix haute.

— « *Vous êtes responsable de sa mort. Le montant de la rançon est passé à quatre millions. Je vous laisse trois jours.* » Alors, Feisal, toujours envie de montrer ça à la police ? Même si nous ne parlons pas du mot, la police voudra savoir pourquoi on nous a envoyé cette boîte.

Feisal se passa la main dans les cheveux.

— Qu'est-ce que vous proposez ?

— Ashraf, dis-je.

Au début, Feisal ne se résignait pas à prévenir son patron.

— Il ne fera qu'empirer les choses. Cela ne se serait jamais produit, s'il n'avait pas essayé de faire le malin.

— Exactement. C'est lui qui nous a mis dans ce pétrin, et je vote pour qu'on lui mette le nez dedans.

— Moi aussi, dit Saida. Schmidt. Oui ? Bon, la majorité est contre toi, Feisal.

Ashraf répondit dès la première sonnerie. Sans divulguer la moindre information, Feisal sut se montrer péremptoire.

— Non, je ne peux pas t'expliquer de quoi il s'agit, mais c'est… grave. Il faut que tu passes. Tout de suite.

Nous l'attendîmes. Il arriva plus tôt que je ne l'espérais. Il devait être inquiet pour réagir si vite, mais l'homme qu'il était ne l'avouerait jamais.

— J'avais un rendez-vous juste dans le coin, dit-il.

Il était sur son trente-et-un, avec une pochette brodée à ses initiales qui dépassait de sa poche, flanquée de l'insigne du Sporting Club du Caire.

— Qu'est-ce qui est si…

Sa phrase se termina dans un sifflement. J'avais entièrement débarrassé la table, pour ne laisser que la boîte, au beau milieu. Je m'écartai avec un geste gracieux de la main. Elle était aussi ostensible qu'une pancarte, même pour celui qui n'avait pas vu la première. Je me sentis un peu coupable en voyant le visage d'Ashraf se vider de son sang. À demi, seulement, ce qu'il craignait surtout, c'était de trouver un autre morceau de momie.

Je me sentis encore beaucoup moins coupable lorsqu'il exprima un soulagement indéniable.

— Je croyais… commença-t-il avant de se tourner vers Feisal. C'est toi qui as manigancé cette mise en scène ? Je sais que tu ne m'apprécies guère mais ce n'est pas une raison pour me torturer ainsi.

— Ce n'est pas de la mise en scène ! protestai-je vigoureusement, et ce n'est pas une saleté de momie toute desséchée morte depuis trois mille ans ! Asseyez-vous et taisez-vous ! Schmidt, donne-lui le mot !

Je lui accordai deux secondes pour le lire avant de reprendre.

— Cela vous est destiné, Ashraf. C'était plus sûr pour eux de le faire livrer ici plutôt que de s'adresser directement à vous, après le coup monté idiot d'hier soir. Qu'est-ce que vous comptez faire ?

— Quatre millions, murmura Ashraf, les yeux rivés sur le papier.

— Vous pouvez les avoir ?

— Pas en trois jours. Pas sans vendre jusqu'au dernier de mes biens.

— Alors, il me semble que la seule solution, c'est d'informer le ministère.

Ashraf se lança dans une diatribe de protestation.

— Que proposez-vous d'autre ? continuai-je, sans le moindre remords. Laissez-les prendre leurs responsabilités : ou ils payent la rançon, ou ils assument la mauvaise publicité. Les voleurs prendront peut-être la rançon sans jamais rendre la momie. Si cela se trouve, elle est d'ores et déjà détruite, pour ce que l'on en sait.

Ashraf poussa un long soupir. Il rejeta le mot sur la table.

— Nous avons une autre option, dit-il. Les localiser avant l'expiration du délai.

— Des idées ? demandai-je, sarcastique.

— Il faut continuer à chercher. Nous avons trois jours. J'ai autorité pour faire appel à l'aide de la police. Je dirai que nous cherchons un touriste qui risque d'avoir été enlevé.

— Cela vaut la peine d'essayer. Schmidt, vous avez interrogé le concierge ? Il vous a donné une description de l'homme qui a livré le paquet ?

— Il a seulement dit qu'il était bien habillé et qu'il travaillait dans le magasin en question. La dame voulait un objet qui n'était pas en stock, et on lui avait promis de le lui livrer à l'hôtel. Elle leur avait donné une carte avec son nom.

— Mon nom, dis-je.

Tout en observant Ashraf, Schmidt ajouta :

— Nous avons envisagé de prévenir la police, mais nous avons préféré vous prévenir avant, car vous êtes la dernière personne à l'avoir vue vivante.

Le menton d'Ashraf s'affaissa.

— Qu'est-ce que vous insinuez ?

— Je me contente d'exposer les faits, dit Schmidt. Que, si je m'en tenais à mon devoir, je serais obligé de vous signaler à la police. Vous êtes le seul à pouvoir donner une véritable description de la femme.

On était obligé de reconnaître qu'Ashraf savait garder son sang-froid.

Les coups de boutoir de Schmidt l'avaient perturbé, mais il n'était pas assez stupide pour se lancer dans de vaines protestations. Nous lui laissâmes le temps de réfléchir. Après une longue pause, il se redressa et regarda Schmidt.

— Très bien, *Herr Doktor,* je crois qu'il vaut mieux laisser la police en dehors de ça pour l'instant.

— Ça, répliqua Schmidt, c'est votre opinion. Je sais que nous vous l'avons demandée, mais la décision m'appartient… nous appartient, dirais-je.

Je lui concédai facilement la première personne du singulier, à mon avis, il avait été parfait, jusque-là. John n'aurait pas mieux fait.

— Vous ne niez pas, poursuivit Schmidt, que la main coupée est probablement celle de la femme que vous avez rencontrée à Karnak ?

— Ne m'interrogez pas comme si j'étais un suspect, explosa Ashraf, soudain en colère. Je ne nie pas… c'est possible… probable, même. Néanmoins, je ne suis pas responsable de sa mort. Je ne la connaissais pas, je ne sais pas où elle est allée après notre entrevue. J'ai été assommé, vous vous en souvenez ? Vous feriez mieux de questionner l'homme qui m'a frappé.

— Ce n'était pas John, aboyai-je.

— Oui, c'est normal que vous le pensiez, me dit Ashraf en m'adressant un regard compatissant.

Je lus le même regard sur d'autres visages, ce qui me fit perdre le reste de mon sang-froid.

— Oh, vous n'avez jamais entendu parler de perruques, de teintures de cheveux, de chapeaux et de turbans ? John est bien placé pour savoir que la lumière, même une lumière diffuse, se réfléchit sur les cheveux blonds. S'il était là, et je le soupçonne de s'y être trouvé, il était sûrement déguisé.

— Ah, ah, fit Schmidt, en caressant sa moustache, approbateur.

— Il était là, vous croyez ? reprit Ashraf. Alors, il aurait pu être au courant de la trahison. Ou l'avoir appris plus tard par un de ses complices.

— Ou grâce à une planchette Ouija !

Schmidt et moi échangeâmes des regards complices. Nous étions sur la même longueur d'onde, peut-être parce que nous étions les seuls à ne pas être obsédés par le bien-être de Toutankhamon.

— Bon, d'accord, dis-je. On va faire à votre manière, Ashraf. C'est à vous de décider si vous voulez ou non prévenir le ministère. À partir de maintenant, vous nous informez de vos moindres faits et gestes et de vos moindres pensées. Vous vous êtes pris les pieds dans le tapis en essayant d'agir seul.

— Ils reprendront contact avec vous, ajouta

Schmidt. Pour dire quand et où verser la rançon. Vous nous préviendrez immédiatement.

L'expression d'Ashraf montrait à quel point il avait horreur de recevoir des ordres. Mais il n'avait plus le choix. Nous représentions son dernier faible espoir. Je ne pouvais lui reprocher de trouver cette idée déprimante.

Lorsqu'il se leva, je lui proposai de prendre la boîte. Il repoussa mon offre d'un revers de main.

— Elle est à vous, insistai-je. De toute façon, vous êtes mieux placé que nous pour lui trouver un endroit sûr. Le personnel de l'hôtel ne cesse d'entrer et de sortir.

Lorsque je l'eus replacée dans son sachet d'origine, il l'accepta et la tint à bout de bras, un peu comme je le fais avec les pauvres petits animaux que César arrive parfois à attraper. Par chance, mon chien n'est pas très bon chasseur.

C'était surprenant de constater comme cela nous soulageait de ne plus avoir cette boîte dans la pièce, elle avait envahi l'atmosphère comme un gaz toxique. Schmidt évoqua le service d'étage et nous reconnûmes avoir faim. Saida sortit sa liste.

Avant qu'elle ne se lance dans de nouvelles hypothèses avec Schmidt, je lui demandai :

— Schmidt, je peux t'emprunter ton téléphone ?

— Et le tien ?

— Il est à plat. J'ai oublié de recharger la batterie.

En général, je mens avec aplomb, mais le regard innocent de Schmidt me força à me lancer dans des explications superfétatoires.

— Il faut que j'appelle Karl, pour avoir des nouvelles de César. Je te paierai la communication.

— *Ach nein !* Ce n'est pas la peine.

Il me passa son téléphone et j'allai me réfugier dans la chambre. Comme je m'en doutais, le numéro se trouvait dans le répertoire…

Mon second problème, c'était d'échapper à la vigilance de Schmidt. J'envisageais quelques possibilités dont aucune n'était très sympathique et certaines franchement dangereuses.

Enivrer Schmidt, ce n'était pas très gentil et cela présentait quelques inconvénients. Il était enclin à provoquer les gens en duel une fois ivre, et, lorsqu'il s'endormait, on ne pouvait plus le réveiller avant des heures. Je cherchais une solution tout en picorant ma nourriture – finalement, je n'avais pas très faim – et réfléchissais toujours lorsqu'il annonça, d'un ton détendu :

— Je vais faire un petit tour. Restez ici, et fermez la porte à clé.

— Où vas-tu ? demandais-je.

Schmidt ricana. Aucun chérubin d'une toile de Boucher n'aurait pu paraître aussi innocent.

— Je dois acheter des bricoles.

— Lesquelles ?

— Une djellaba et un turban, au cas où j'aurais besoin de me déguiser.

L'explication était plausible, si on connaissait Schmidt aussi bien que moi, et cela tombait à pic.

— Et j'en achèterai pour chacun de vous. Les magasins des arcades sont ouverts très tard. Je ne serai pas long. Feisal et Saida vont m'accompagner.

Si je n'avais pas été aussi préoccupée par la mise au point de mes propres plans, je me serais peut-être aperçue qu'il bavardait inutilement, un peu comme moi plus tôt. Saida indiqua qu'elle était prête à suivre, et ils partirent.

Je lui avais dit que je la rappellerais. Elle attendait mon appel.

Contrairement à certaines héroïnes, je ne suis pas du genre à m'aventurer dans les rues d'une ville inconnue pour rencontrer un individu aux motivations suspectes. Le hall d'accueil de l'Old Winter est assez vaste, avec des fauteuils et des divans dispersés çà et là. Je choisis une place la plus éloignée possible de la porte et des ascenseurs et m'assis. Je tenais un livre devant mon visage et observais par-dessus les pages. Elle ne se fit pas attendre. Je la reconnus dès qu'elle franchit la porte, bien que sa chevelure fût désormais une cascade de cheveux auburn et qu'elle fût maquillée comme une star d'Hollywood : du rouge à lèvres épaississait ses lèvres minces et la couche de mascara faisait croire à des yeux au beurre noir.

Après n'avoir accordé qu'un coup d'œil courtois au contenu de son sac élégant, le vigile lui fit signe de passer. Elle m'avait remarquée et avança droit vers moi.

— C'est un hôtel charmant, n'est-ce pas ? dit-elle.

— Je n'ai pas le temps de papoter, Suzi. Schmidt est lâché dans la nature, mais il devrait revenir bientôt.

Ses lèvres esquissèrent un demi-sourire.

— Très bien. Qu'est-ce que vous voulez ?

— Savoir tout ce que vous savez. La franchise, ce n'est pas naturel, chez vous. Vous devez pourtant comprendre que nous poursuivons le même but.

— Je n'en suis pas si certaine.

— D'accord, je vais vous expliquer. Je veux qu'on retrouve cette maudite momie et qu'on enferme les coupables avant qu'ils puissent nuire à nouveau.

— Cela me semble raisonnable, dit Suzi.

— À votre tour.

Elle prit un petit miroir à main dans son sac et feignit de revoir son maquillage.

— Je ne veux pas qu'il vous arrive du mal, à vous et à Anton. Je l'aime beaucoup, vous savez.

Plusieurs remarques caustiques me vinrent à l'esprit, je m'en tins cependant à notre sujet.

— Et vous, qu'est-ce que vous voulez ? Ne me dites pas que vos priorités sont identiques aux miennes.

— Franchement, répondit Suzi, en manipulant son miroir, je me moque de la momie. Ils peuvent la mettre en pièces, si ça les amuse. Les gens qui l'ont enlevée ne m'intéressent pas. C'est du menu fretin, des mercenaires. Moi, je veux le commanditaire.

— John ? Pourquoi ? Excusez mon impolitesse, mais vous me semblez un peu obsédée par lui.

Elle reposa son miroir et me regarda dans les yeux.

— Je l'avais soupçonné lors de la croisière, mais je n'étais pas sûre d'avoir raison avant de consulter son dossier et de rassembler quelques pièces du puzzle. Les lois varient, tout comme la durée des prescriptions. J'ai compris qu'il serait difficile de le faire condamner pour ses anciens forfaits. Mais je ne crois pas que le léopard ait changé de taches. Je savais qu'un jour où l'autre, il retournerait à ses anciennes amours et que je le prendrais la main dans le sac.

Ne faites jamais confiance aux gens qui vous regardent dans les yeux !

— Pourquoi ? Pourquoi lui ? Vous devez avoir d'autres chats à fouetter ?

— Je vais vous dire la vérité, Vicky. (Un petit sourire de dérision accompagna le regard candide.) Il est devenu une légende dans ce petit monde, non seulement parce qu'il s'est tiré d'affaires à maintes reprises, mais surtout à cause de la bizarrerie des dites affaires. Le coincer, c'est un peu comme démasquer Jack l'Éventreur. Voyons, Vicky, vous savez qu'il ne cesse de vous mentir depuis le début, à vous et à Anton. Il vous utilise, il trahit votre confiance.

— C'est vrai, il m'a beaucoup menti.

— Et vous ne lui en voulez pas ?

— Oh, si, énormément ! dis-je, sincère.

— Alors, aidez-moi ! S'il est innocent, tant mieux. Je me suis trompée et je le reconnaîtrai. Sinon, vous devriez être aussi impatiente de l'attraper que moi. Ce n'est pas comme si vous le remettiez entre les mains du bourreau. Il purgera une peine de prison bien méritée de quelques années.

— Euh…

— Je sais où il se trouve.

Je m'adossais à mon fauteuil.

— C'est bien ce que je pensais. Vous l'avez suivi, l'autre soir, non ?

— Oui. Le temple était bondé, et beaucoup de gens en suivaient d'autres, la plupart s'intéressant à votre ami Feisal, qui criait à tue-tête, mais je me suis concentrée sur Smythe, ou Tregarth si vous préférez, qui avait suivi la femme que Khifaya venait de rencontrer. J'ai eu peur de le perdre, mais je l'ai retrouvé juste au moment où il la rattrapait, devant une maison, derrière le temple. Ils ont parlé pendant une minute, moins peut-être, ensuite, elle s'est libérée de son étreinte et s'est enfuie. Je me suis laissé distraire pendant un instant, je sais, je n'aurais pas dû. Cela n'a pas duré plus d'une seconde ou deux, et quand je me suis reprise, elle avait disparu. Il avait dû entrer. Il n'est pas ressorti depuis.

Ce n'était pas tout à fait l'histoire qu'elle avait racontée à Schmidt. Elle ne devait pas lui faire totalement confiance, mais elle s'accrochait toujours à lui, au cas où il pourrait lui être utile.

— Pourquoi ne pas l'avoir suivi ?

Elle se tordit les lèvres.

— Malheureusement, nous sommes limités par les lois du pays dans lequel nous opérons. La maison est la propriété d'un Égyptien fortuné, au-dessus de tout soupçon, qui la loue parfois pendant de brèves périodes. Avant de faire une perquisition, j'ai besoin de l'autorisation de la police. Pour des raisons évidentes, je ne veux pas…

— Oups ! Attention, voilà Schmidt !

Suzi s'aplatit jusqu'à ce que seul le haut de sa chevelure dépasse du fauteuil. Je guettai par-dessus mon livre. Schmidt ne regarda pas de notre côté. En plus de nombreux paquets, il avait acheté une canne richement ornementée, avec plusieurs rangs de perles, qu'il balançait joyeusement en passant devant l'ascenseur pour s'engager dans le corridor.

— Tout va bien. Il est allé au bar. Il vaudrait mieux se dépêcher. Que voulez-vous que je fasse ?

— Obligez-le à sortir de la maison. J'ai fait surveiller l'endroit. Il a peut-être repéré certains de mes hommes. Je les éloignerai. En gage de ma bonne foi.

Oui, avec un crucifix sur lequel prêter serment !

— Dites-moi où se trouve cette maison ?

Sa description était suffisamment détaillée.

— Oui, je crois que je pourrais la trouver. Il faudra que j'aille la reconnaître avant.

— Quand ?

— Demain, de jour.

— Et ensuite ?

Les questions venaient par rafales rapides, un peu comme des coups de fouet. Elle était si impatiente qu'elle oubliait de s'en montrer persuasive.

— Ensuite, si tout va bien, j'essayerai demain soir. Avant la tombée de la nuit. Je vous appellerai. À présent, partez.

— Vous ne serez pas en danger, Vicky, je vous le promets.

Il me semblait avoir déjà entendu la chanson.

Nous avions eu chaud ! J'attendais l'ascenseur lorsque Schmidt émergea du bar, en tamponnant délicatement sa moustache avec son mouchoir.

Lorsqu'il me vit, il trottina vers moi et se lança dans une litanie de reproches. Que faisais-je dans le hall ? Pourquoi n'avais-je pas respecté ses ordres ?

— Je m'inquiétais pour toi, dis-je. Tu étais parti depuis si longtemps. Où sont Feisal et Saida ? Tu m'avais promis de rester avec eux ? Tu as passé tout ce temps au bar ? À boire pendant que je me rongeais les sangs ?

— Feisal et Saida m'ont raccompagné jusqu'à

l'hôtel, comme si j'étais un petit garçon, admit Schmidt, indigné. Ensuite, ils sont partis de leur côté. Je n'ai bu qu'une bière au bar, et c'est un lieu historique, où Howard Carter allait souvent lorsqu'il travaillait sur la tombe de Toutankhamon. Tu voudrais…

— Non, merci. Je commence à en avoir plus qu'assez d'Howard Carter. S'il n'avait pas retrouvé la momie, on ne serait pas dans un tel pétrin.

— Et comment va César ? me demanda-t-il dans l'ascenseur.

— Qui ? Oh… (J'avais oublié que j'étais censée demander des nouvelles de mon chien.) Très bien. Où as-tu trouvé ton fouet à mouches ?

— Ce n'est pas un fouet à mouches, c'est un sceptre royal, expliqua Schmidt qui faisait chuinter les rangs de perles.

— Très joli. Et quoi d'autre ?

Me montrer ses emplettes lui prit un certain temps. Schmidt a un faible pour le clinquant. Au lieu de se procurer des djellabas toutes simples, il avait acheté des vêtements tape à l'œil, destinés aux touristes, bordés de parements criards ou métalliques. J'étais sur le point de protester vaguement.

— Je croyais que tu voulais qu'on se déguise ?

— Avec ça ! dit-il en plongeant dans un autre sac.

Les djellabas sont toutes conçues sur le même modèle : des vêtements droits à longues manches qui tombent sur les chevilles. On les passe par-dessus la tête grâce à une ouverture fendue sur le devant. La première que Schmidt sortit était bleu pâle, la deuxième avait de fines rayures brunes et blanches, la troisième était de couleur fauve. Sur ma suggestion, Schmidt les essaya, toutes les trois. Même la plus petite traînait par terre. Soulevant les pans de la robe, Schmidt trottina vers sa chambre et revint avec une paire de ciseaux. Je m'accroupis, coupai trente centimètres de tissu et m'assis pour contempler le résultat.

— Ça ne va pas ! dis-je. Un ourlet bancal, ça passe, mais pas avec un tissu neuf. Et ne me demande pas d'arranger ça, je ne sais même pas recoudre un bouton !

— La gentille dame de la blanchisserie s'en chargera pour nous. Bon, maintenant, le turban…

Nous fîmes plusieurs essais avec les chèches blancs que Schmidt avait achetés. Les extrémités ne cessaient de lui retomber sur les oreilles. Sans se laisser troubler, il sortit un grand carré à carreaux rouges et blancs, qu'il passa sur sa tête et fixa.

On aurait dit un membre du Hamas ou du Hezbollah ! Je m'abstins de tout commentaire, mais je n'avais aucune intention de le laisser sortir dans cette tenue. Ça passait le temps. Schmidt donna la djellaba à une « gentille dame » rayonnante qui allait gagner une semaine de salaire avec une heure de travail, ouvrit une Stella et sortit son téléphone portable.

— Je dois faire mon rapport à Suzi, si je ne veux pas qu'elle pense que je la trahis.

Je ne fus guère surpris qu'elle ne réponde pas. Schmidt écouta ensuite ses messages.

— Heinrich demande ce qu'il doit dire à un type qui voudrait que tu interviennes lors d'une conférence à Zurich.

— Ce mouchard… De quel droit parle-t-il de moi derrière mon dos ?

— Il dit que tu ne communiques pas avec lui.

— Il ne communique pas avec moi non plus. Il veut mon poste, il essaye de me discréditer.

Schmidt ricana.

— C'est ce qu'on appelle la lutte pour le pouvoir ! Ah, Wolfgang a appelé.

J'attendis qu'il écoute la fin du message.

— Celui qu'on a rencontré à Karnak ?

— Oui, il regrette que notre rencontre ait tourné court et me demande de déjeuner avec lui demain à midi.

— Il veut t'extirper des informations à propos du prétendu accident…

— *Aber natürlich !* Je ferais la même chose. Tu veux qu'on y aille ?

— Je croyais qu'avec Saida, vous aviez déjà établi l'emploi du temps de demain.

Schmidt tira sur sa moustache.

— Oui, mais je ne suis pas certain qu'elle suive la bonne piste. Comment un objet d'une telle taille pourrait-il être dissimulé dans un endroit toujours bondé ?

— C'est vrai. Pourquoi tu ne laisserais pas tomber Wolfgang ? Nous n'avons pas beaucoup de temps pour les visites de courtoisie. Je crois que Saida et Feisal viennent prendre le petit-déjeuner avec nous, on reverra le programme à ce moment-là.

Schmidt s'en alla avec les paquets et sa bière. Il oublia son sceptre sur un fauteuil. Je le ramassai et essayai de le secouer. Les perles faisaient le bruit d'un hochet. En tant qu'arme, il manquait de poids !

Après m'être lavée, je m'assis au coin du lit et composai un numéro que j'appelai régulièrement depuis plusieurs jours. Comme d'habitude, je n'obtins aucune réponse.

Le lit avait été ouvert, et, à présent, j'avais trois chocolats sous l'oreiller. J'en déballai un. Un apport en sucre stimulerait peut-être ma pensée. Je n'avais pas encore eu le temps de réflechir à ma conversation avec Suzi, ni à ce que j'allais en faire.

La djellaba bleu pâle que Schmidt avait achetée pour moi se trouvait sur le dos d'une chaise. Elle me serait à peu près aussi utile qu'un costume de danseuse du ventre ! (D'ailleurs, Schmidt m'en avait sans doute acheté un aussi.) Je ne pouvais pas me faire passer pour un homme sans, au minimum, un turban correctement mis, et quelque chose pour me foncer le visage et les mains. Ce qu'il me fallait, c'était un niqab et un hijab noirs qui dissimuleraient mon visage autant que mon corps. On n'en vendait pas au souk. Je réfléchis aux différentes possibilités en déballant le deuxième chocolat.

La « gentille dame » de la blanchisserie pourrait peut-être m'en procurer, mais lui en parler en présence de Schmidt ne serait pas facile. Je ne voulais pas non plus mettre Saida dans le secret.

Il ne restait plus qu'une option. Je mangeai le dernier chocolat et allai me coucher.

— Ce doit être la maison dont on m'a parlé, dis-je, en la montrant du doigt. C'est la seule qui corresponde à la description. Tu la connais, Feisal ?

Feisal se pencha pour regarder par la vitre latérale du taxi. Nous avions fait appel à un des véhicules banalisés qui attendent en permanence devant l'hôtel.

— Oui. Quand vas-tu nous dire qui t'a parlé de cet endroit et ce qu'il a de si important ?

Saida feuilleta son carnet.

— Est-ce qu'il est sur ma liste ?

— Comment veux-tu que je le sache ? demanda Feisal. Vicky…

— Plus tard. Contente-toi de regarder !

On aurait pu raisonnablement se demander ce qu'il y avait à voir, car la maison était entourée d'un haut mur blanchi à la chaux. Seuls le sommet des arbres et le faîte du toit étaient visibles. Le portail de bois à double battant, assez large pour laisser le passage à un camion, était fermé. En djellaba et tarbouche, un homme assis sur une chaise droite, juste à côté du portail, regarda le taxi d'un œil distrait. Non loin de lui, deux femmes vêtues de noir tiraient un enfant qui protestait bruyamment ; une silhouette recroquevillée semblait assoupie sous un palmier poussiéreux ; un homme conduisait un chariot de légumes tiré par un mulet.

Le chauffeur de taxi s'adressa à Schmidt, qui était assis à l'avant.

— C'est là que vous voulez aller ? Je m'arrête ?

— Non ! Non ! criai-je avec emphase. Continuez à rouler. Lentement.

J'écartai Feisal de la fenêtre et me tordis le cou pour mieux voir. C'était l'arrière de la maison qui m'intéressait. Je ne distinguais pas grand-chose.

Le côté droit du mur se prolongeait longuement. Il était aussi blanc et aussi peu révélateur que le mur de devant.

— L'*effendi* n'est pas là, dit le chauffeur. Il vit au Caire la plupart du temps.

— Qui habite ici ? demandai-je.

Le collier de perles bleues, accroché au rétroviseur, tinta musicalement lorsque le taxi bifurqua vers une route qui nous éloignait de la maison.

— Des étrangers. Des gens du Caire, peut-être. Ils ont des voitures. Ils sont arrivés il y a un mois environ. Ils ne sont pas très accueillants. Ils ne vont jamais au marché.

— Et les serviteurs ? demandai-je. Ils ont embauché des gens.

— Non, dit-il, avec un haussement d'épaules expressif.

J'étais désolée de l'apprendre, même si cela ne m'étonnait pas.

— Où va-t-on, à présent ? me demanda le chauffeur qui avait apparemment compris que c'était moi qui commandais.

— Un café, dit Schmidt, promptement. Le plus proche d'ici.

Un silence pesant s'ensuivit, à peine brisé par les regards hostiles de Feisal.

Mes collègues avaient compris qu'ils n'obtiendraient aucune information en présence du chauffeur qui comprenait notre langue.

Il nous conduisit dans un endroit, sans doute tenu par un cousin, dans l'une des rues de la ville, à l'écart de la corniche. Il proposa de nous attendre.

— C'est charmant, dit Schmidt en s'installant à une table.

Charmant et vide ! Nous étions les seuls clients. Feisal frétillait comme une anguille tandis que Schmidt parlait nourriture avec le serveur. Lorsque ce dernier se fut retiré dans sa cuisine, Feisal se pencha en avant, poussa un vase qui contenait deux boutons de rose et planta ses coudes sur la table.

— Bon, Vicky, on t'a suivie pour cette expédition, sans poser de questions comme tu l'avais demandé, maintenant, il est temps de nous expliquer.

— Je vais tout vous raconter.

— Ah ! s'exclama Schmidt.

Je leur dis tout, enfin presque. Schmidt plissait et écarquillait les yeux, écarquillait et plissait les yeux pendant que je relatais ma conversation avec Suzi. Feisal fronçait les sourcils. Souriante, Saida sortit son carnet et son stylo.

Je me tus lorsque le serveur arriva avec nos cafés. En l'absence de café turc, on vous sert du Nescafé et un broc d'eau chaude.

J'étais ravie, cela évitait le marc.

Personne ne m'interrompit. Ils étaient trop occupés à enregistrer le flot d'informations que je leur déversais. Saida fut la première à réagir.

— Je m'y attendais ! C'est une femme qui a fait la première découverte intéressante !

— C'est une piste possible, répondis-je, modeste. Elle pourrait nous égarer volontairement. Je n'ai rien vu de suspect.

— C'est normal, si c'est effectivement le quartier général du gang ! s'exclama Saida.

— Humm, grogna Feisal.

— Et toi, Schmidt, qu'en penses-tu ?

Il commençait à m'inquiéter. Il avait à peine prononcé une parole depuis que je l'avais frappé avec l'équivalent d'une chaussette pleine de sable.

— Je crois, dit Schmidt, que tu es sournoise et

dangereuse. Et encore plus intelligente que je ne le pensais. Enfin, tu as au moins eu le bon sens de nous prévenir au lieu de partir en reconnaissance toute seule.

— Oui, tu as raison pour tout. Toi aussi tu es sournois et dangereux, alors, inutile de me faire la leçon.

— Je ne le ferai pas, parce que je sais pourquoi tu agis ainsi. Ne parlons pas de ça. Nous sommes tous d'accord, n'est-ce pas, pour penser que la maison est louche ? Des étrangers arrivés il y a tout juste un mois, qui ne se mêlent pas à la population locale, qui vivent derrière de hauts murs et font monter la garde devant le portail ? Suzi n'avait aucune raison de te mentir. Elle a besoin de ton aide.

— Et elle est parfaitement capable de se servir de toi comme chèvre, ajouta Feisal. Laisse tomber, Vicky, même pour retrouver Toutankhamon, je n'accepterai jamais ça.

— Oh, c'est vraiment trop gentil de ta part.

— Tu es insupportable, lâcha Feisal, sans aucune rancœur. On ne peut pas te manifester la moindre affection sans que tu tournes tout en dérision !

— Non, les véritables émotions lui font peur, expliqua Schmidt. Ceux qui l'aiment la prennent comme elle est.

— Ah, ça suffit, Schmidt, je t'en prie !

Schmidt me caressa la main.

— On en parlera une autre fois, si tu veux. Si Suzi dit la vérité, cette maison est peut-être effectivement le quartier général de la bande. Dans ce cas, Toutan… euh, il est peut-être là.

— Oui, c'est forcé ! intervint Saida, les yeux

brillants. Et c'est Vicky qui a découvert l'indice clé ! Une femme !

Les nerfs étaient à fleur de peau. Feisal se tourna vers sa bien-aimée, vexé.

— Et apparemment, tu n'as pas été si bien inspirée. Il n'est pas sur la rive gauche. Tu t'es trompée.

— Pas du tout, répondit Saida, sereine. Ce n'était qu'une hypothèse parmi d'autres.

— La première partie du scénario reste exacte, dit Schmidt avant qu'éclate une jolie querelle d'amoureux. Ils ont modifié l'apparence du camion sur la rive gauche, ou ont transféré leur butin dans un autre véhicule, moins ostentatoire. Personne n'aurait prêté attention à une camionnette sur le pont ou dans les rues de Louxor. La maison est isolée, ils ont pu directement entrer dans la cour. C'est un endroit idéal. Il doit être là. On y va ce soir, *nicht wahr ?*

Sa moustache frétillait.

— Si tu penses débouler avec armes et bagages, c'est non ! Il faut préparer notre intervention.

— Exactement, approuva Feisal qui lui adressa un regard sévère.

Nous discutâmes pendant un moment. Feisal ne cessait de répéter à Schmidt que nous ne pourrions pas faire appel à la police sans obtenir de mandat de perquisition en bonne et due forme, que nous n'avions aucun moyen de justifier. Ashraf monterait sur ses grands chevaux à cette simple idée. La suggestion la plus judicieuse vint de Saida.

— Vicky et moi, on s'approchera du garde du portail arrière. Oui, oui, Feisal, il y a forcément une entrée à l'arrière. Il sera décontenancé à la vue de deux femmes inoffensives. Nous le persuaderons de nous laisser passer. Et aussitôt, nous appellerons au secours ! Cela vous donnera une excuse pour entrer.

— Non, c'est trop risqué, dit Schmidt. C'est moi qui approcherai le garde, je porterai un voile et une…

— Je ne voudrais pas mettre en cause tes pouvoirs de séduction, Schmidt, mais…

— Et puis quoi, encore ? C'est la solution la plus absurde que j'aie jamais entendue, s'énerva Feisal, et si vous imaginez une seconde que je vais…

L'apparition du serveur, qui s'interrogeait sur l'origine de tous ces cris, mit un terme à la dispute. Schmidt commanda un autre café et je profitai du calme relatif.

— D'accord. Voilà le plan. J'appelle Suzi et je lui fais mon rapport. Feisal tu t'arranges pour rencontrer Ashraf. Sur les deux, il y en aura bien un qui aura une idée.

— Ce n'est pas un plan, s'offusqua Schmidt, c'est un moyen de tergiverser ! Si on doit y aller ce soir…

— Nous n'irons pas ce soir. Il nous faut du temps pour réfléchir et prendre des dispositions.

— Le temps presse, entonna Schmidt.

— Tais-toi, Schmidt !

Pour prouver ma bonne foi, j'appelai Suzi et les laissai écouter la conversation. Déjà informée de notre expédition matinale, elle me reprocha de m'être fait accompagner. Je répondis en lui faisant de plates excuses larmoyantes, qui, si elle avait eu deux sous de bon sens, l'auraient incitée à se méfier. Elle répondit par un soupir exaspéré lorsque je lui expliquai que je ne serais pas prête à intervenir le soir même.

— Retrouvez-moi dans le hall, même endroit, même heure, ordonna-t-elle, sèchement. J'aurai élaboré un plan.

— C'est une ensorceleuse, d'accord, avouai-je, en raccrochant.

— À toi, Feisal. Dis à Ashraf que nous le rencontrerons plus tard, quelque part sur la rive gauche. Deir el Bahri, peut-être.

Personne ne me demanda pourquoi j'avais choisi la rive gauche. Ce fut un soulagement, car je ne voulais pas donner d'explications.

Le taxi eut du mal à nous abandonner, mais nous ne pouvions converser librement devant quelqu'un qui parlait aussi bien anglais. Une fois à l'hôtel, Schmidt proposa d'aller déjeuner. Malgré ses protestations et celles de Feisal – nous n'avions pas rendez-vous avec Ashraf avant trois heures – je réussis à tous les embarquer sur un bateau en leur disant bêtement la vérité.

— Je veux aller voir Umm Ali. Je ne voudrais pas qu'elle s'imagine que nous oublions son fils.

Nous prîmes un taxi sur l'autre rive pour nous rendre au village.

Je me demandai si les enfants montaient toujours la garde. Ils se ruèrent sur nous, telle une horde de paparazzi autour d'un chanteur rock. Je reconnus un visage familier.

— Hé, Ahman, je suis désolé pour ton oncle.

Le sourire malicieux s'évapora, la main tendue retomba le long du corps.

— Ne t'inquiète pas… je voulais juste savoir…

Il s'éclipsa. Je nc le poursuivis pas. J'avais simplement tenté le coup, néanmoins sa réaction renforça mon intuition. Si jeune fût-il, il avait retenu la leçon de ses aînés sur l'exploitation et l'adversité : ne réponds pas aux questions, ne manifeste pas tes émotions devant les étrangers, si bien intentionnés soient-ils. Ils ne sont pas des nôtres. Ils ne comprennent pas.

Assis dans la cour, les hommes fumaient. Je me sentis soulagée, je n'aurais pas à affronter toute la famille. J'employai avec eux la méthode qui m'avait parfaitement réussi jusque-là : dire la vérité.

— Restez ici, demandai-je aux autres. Je veux lui parler seule à seule.

— Tu ne parles pas arabe, protesta Feisal.

— Ne t'inquiète pas, je saurais me faire comprendre.

Elle avait été prévenue assez tôt pour se composer une attitude. Elle m'attendait, assise sur le divan, bien droite, aussi digne qu'une gravure. Plusieurs femmes étaient présentes également, dont la femme voilée aux yeux gris, que j'avais remarquée plus tôt. Après avoir échangé les salutations d'usage, je m'adressai à la femme aux yeux gris.

— Vous parlez anglais ?

— Un peu, seulement.

J'avais élaboré plusieurs théories à son sujet. Je m'étais trompée sur toute la ligne.

Le visage qu'elle découvrit en ôtant son voile était celui d'une jeune Égyptienne, aux joues lisses, qui ne m'était pas familier.

— Dites à Umm Ali que je crois savoir qui a tué son fils. Dites-lui que j'ai besoin de son aide.

Une autre manifestation de mon racisme inconscient me fit honte lorsqu'un murmure s'éleva dans la pièce. Par politesse, les plus jeunes étaient restées silencieuses en présence de la matriarche, pourtant, j'aurais dû me douter que plusieurs d'entre elles comprenaient l'anglais.

Je leur expliquai ce que j'attendais d'elles.

Lorsque je ressortis en plissant les yeux sous le soleil, mon sac à dos était bien renflé, mais pas assez pour attirer des commentaires. Jusque-là, tout allait bien. Une étape après l'autre. Néanmoins, la suivante constituerait un pas de géant.

Personne n'avait faim, en dehors de Schmidt qui a tout le temps faim. Comme nous avions du temps devant nous, nous lui trouvâmes un restaurant.

— Maintenant, nous devons mettre au point ce que nous allons raconter à Ashraf, décida Saida, en plongeant un morceau de pain dans un bol de houmous .

— La vérité, dis-je distraitement. Ça a l'air de fonctionner.

Feisal ne tint pas compte de cette remarque. Comme d'habitude, il se disputa avec Saida pour savoir qui dirait quoi à qui et pourquoi.

Schmidt mangeait, buvait de la bière et m'observait. Il me connaît trop bien, ce Schmidt ! La vérité, toute la vérité, rien que la vérité… C'était la seule solution.

Je n'eus ma chance qu'à la toute fin du repas, lorsque Schmidt alla aux toilettes.

— Moi aussi, je dois y aller, dis-je en lui emboîtant le pas.

La pièce en question se trouvait tout au fond de l'établissement. Poliment, Schmidt s'écarta et m'invita à le précéder.

— Schmidt, dis-je, doucement, je compte sur toi comme jamais, et cela veut dire énormément. Promets-moi de faire exactement ce que je dirai, sans discuter, et sans poser de questions ?

— Oui.

J'avais envie de le prendre dans mes bras. Lorsque j'eus fini de détailler mon plan, il me répondit simplement :

— Et comment tu vas te débarrasser de Feisal et Saida ?

— Je n'ai pas encore trouvé la solution.

— Je ferai diversion.

— Je te revaudrai ça, Schmidt.

— Bon, alors, toi, promets-moi de faire exactement ce que tu as dit, et si je n'ai pas de tes nouvelles avant cinq heures, je vole à ton secours.

— Ça me va. Cela pourrait être une chasse au dahu, Schmidt.

— Pour ton bien, j'espère que ce sera le cas. Fais attention à toi.

Très digne, il entra dans les toilettes et ferma la porte.

XIII

Schmidt surgit devant les pattes d'un chameau qui blatéra ou poussa le cri que ça pousse… un bruit affreux. Le cavalier cria, et Schmidt, qui se tortillait par terre, ajouta quelques hurlements bien à lui. Je restai figée pendant une ou deux secondes, puis, un gros bras vêtu de blanc me fit un signe impérieux.

Je compris enfin que c'était là l'idée que Schmidt se faisait d'une « diversion » et qu'il n'avait pas été renversé mais s'était laissé tomber volontairement.

Lorsque je sortis des toilettes, vêtue de noir de la tête aux pieds, Schmidt s'époumonait toujours. Je l'entendais sans le voir car sa forme recroquevillée était entourée par toute une foule : Feisal, Saida, le cavalier, le chameau, le cuisinier, le serveur et toute une collection de badauds.

À mon plus grand bonheur, une femme, sans voile mais vêtue de noir, qui portait un bébé, se trouvait parmi les passants.

Je me glissai près d'elle et observai avec les autres spectateurs. Personne ne quittait les lieux, la scène était bien trop intéressante.

Finalement Schmidt se releva et on le raccompagna à l'intérieur du restaurant. Faisant de son mieux pour couvrir ma retraite, il insistait pour dire que c'était sa faute, que le cavalier n'avait rien à se reprocher, qu'il voulait un verre d'eau, une bière et le bras de Saida pour l'aider à marcher.

Ma nouvelle amie transféra le bébé dans son autre bras. Je haussai les épaules d'un air d'excuse, et lui indiquai un endroit où son oreille dépassait sous le voile. Elle sourit et me tendit le bébé.

Je pris ce geste pour ce qu'il était, un signe de bonne volonté et d'amitié. Je pris également le bébé. Il n'apprécia pas du tout. Lorsque la maman et moi commençâmes à nous éloigner, il se mit à pleurer.

Pourtant, le déguisement était trop parfait pour y renoncer aussi vite. Feisal et Saida venaient de se rendre compte de mon absence.

Ils étaient sortis du restaurant et couraient dans la rue, dans un sens, puis dans l'autre, en posant des questions à tous ceux qu'ils croisaient.

Les deux femmes en noir, dont l'une portait un nourrisson, semblaient ne pas figurer sur leur écran radar.

Au grand soulagement de la mère et de l'enfant, je me séparai du bébé dès que nous fûmes hors de vue.

Des petits hoquets remplacèrent les sanglots dès que maman le reprit dans ses bras.

Je la remerciai de son geste en inclinant la tête et bifurquai à droite.

J'étais toujours à une certaine distance de ma destination, mais je n'étais pas pressée. Déambulant le long du sentier, je repassai mon plan en revue. Il était simple : m'introduire discrètement dans la maison, trouver une cachette et y rester jusqu'à ce qu'il se passe quelque chose… ou bien rien.

J'ai une grande confiance en mes intuitions, souvent motivées par des indices que j'ai observés sans que mon esprit conscient les ait enregistrés. Dans ce cas, ils étaient minces.

Une maison qui correspondait parfaitement aux besoins que nous avions déterminés, une maison opportunément vide, mais où quelqu'un était entré ces derniers jours, une maison dans laquelle il me semblait avoir perçu un bruit suspect, une maison dont l'homme à tout faire négligeait l'entretien.

Une maison que la population locale évitait parce qu'elle était hantée par un chat diabolique.

Je pouvais me tromper sur toute la ligne.

Le seul moyen de m'en assurer, c'était de faire ce que j'allais faire.

La poussière s'insinuait dans mes chaussures et blanchissait le bas de ma robe.

Après tout, qu'avais-je à perdre ? Si je me trompais, quelques heures de mon temps. Si j'avais raison… Quelques années de vie ?

Ne sois pas si pessimiste, Vicky, me dis-je. Si tu as raison, tu as beaucoup à gagner.

Je commençais à comprendre pourquoi certaines femmes musulmanes considèrent le voile comme une protection et non un signe de soumission.

Les gens que je rencontrais ne m'accordaient pas la moindre attention.

Les hommes ne levaient même pas les yeux vers mois. Plus je m'approchais de la maison, moins je rencontrais de gens.

C'était soit bon signe, soit mauvais signe : bon, parce que cela prouvait que la population locale évitait effectivement cet endroit ; mauvais parce que tous ceux qui approchaient de la maison en étaient d'autant plus visibles. Je ralentis le pas.

La première partie du programme était aussi la plus délicate : entrer discrètement. Je ne voyais aucun signe de vie, mais il aurait été imprudent de se présenter à la grande porte et de frapper.

Quelqu'un s'était donné beaucoup de mal pour créer et entretenir un jardin. Il devait donc y avoir de l'eau quelque part, un fossé d'irrigation ou un bassin, même si une grande partie des végétaux était adaptée au climat chaud et sec.

Je n'ai pas la main verte et les seules plantes que je reconnaissais étaient les cactus et les palmiers, ainsi que des tamaris aux branches d'un vert poussiéreux qu'on trouve souvent dans la région.

Je n'avais pas exploré les lieux en détail lors de notre première visite, car je n'avais aucune raison de le faire, mais je me souvenais avoir vu des branchages devant la fenêtre du bureau directorial.

Je me dirigeai vers la droite, le long d'un chemin étroit qui semblait mener dans la direction où je voulais aller : sur le côté.

Le terrain était plus vaste que je ne l'imaginais. Les ailes du bâtiment s'étiraient selon des angles étranges, et j'apercevais d'autres sections de mur à travers les arbres.

Un bosquet de petits buissons touffus et épineux, aux branches entremêlées, courait le long des murs, de la véranda à l'arrière de la maison.

C'était le début de l'après-midi, moment où les habitants des climats chauds restent à l'intérieur pour faire la sieste ou se reposer.

Grâce aux arbustes, on ne me voyait pas de l'intérieur et un bref regard tout autour de moi m'assura qu'il n'y avait pas âme en vue.

Inutile d'espérer mieux. Je me débarrassai de mon linceul noir. Soudain, je me sentis nue et vulnérable, mais les plis du tissu entravaient mes mouvements et aucun déguisement ne me sauverait si on me trouvait à l'intérieur.

Et puis, je pouvais enfin accéder aux objets que j'avais emmagasinés dans mes poches.

J'avais abandonné mon sac à dos, dans le pieux espoir qu'une bonne âme le ramènerait au propriétaire du restaurant ou que Saida le récupérerait.

Je sortis ma montre.

Trois heures moins le quart. Le trajet m'avait pris beaucoup trop de temps. La sieste serait bientôt terminée !

J'avançai prudemment en repoussant les branches, au lieu de forcer le passage. Les arbres étaient broussailleux et couverts de fleurettes roses. Les branches qui s'étaient entremêlées, dans leur quête de lumière, formaient un écran si épais que je ne vis pas la fenêtre avant d'y arriver.

Elle était ouverte.

Trouver le premier indice qui confirmait ma vague théorie me causa une sorte de vertige. Je suppose que je ne m'attendais pas à aller si loin.

Il me fallut plusieurs secondes pour retrouver mes esprits, ou ce que je prenais pour mes esprits.

Dans mon souvenir, le divan était juste sous la fenêtre, dont le rebord se trouvait à environ un mètre vingt du sol. Bon, avant de poser le pied là où les anges n'osent pas s'aventurer, assure-toi qu'il n'y a personne, pensai-je. Ce n'est pas trop difficile. Regarde et écoute, et vas-y lentement !

La pièce était sombre et tranquille, à l'exception d'un bourdonnement de mouches. Les portes qui menaient vers la bibliothèque et le vestibule étaient fermées. Le divan était vide. L'un des fauteuils à haut dossier droit avait été écarté de la table.

À part cela, la pièce n'avait pas changé.

John aurait sauté par-dessus le rebord en un seul mouvement souple. John.

Je m'interdisais d'y penser. Il m'en fallut trois : un pied dans une craquelure, un genou sur le rebord, et l'autre sur le divan.

Le bruit fut assez limité : un simple grincement de ressort rouillé. Un autre son, mi-grognement, mi-ronflement, lui répondit.

Je me trouvai déjà sous le divan avant que le grognement ne s'arrête. Rien de tel que la terreur pour vous rendre agile ! Quelqu'un était installé dans le grand fauteuil. Je ne l'avais pas vu !

À cause du haut dossier ? Par chance, son occupant faisait encore la sieste.

Le divan était assez long pour me dissimuler, mais en dessous, l'espace était exigu, à cause de ses ressorts détendus. L'un d'eux s'enfonçait dans mon arrière-train et un autre dans mon épaule gauche. Je n'osais pas bouger pour trouver une position plus confortable. Le ronflement avait repris à un rythme irrégulier, comme celui d'un dormeur dérangé qui n'a pas encore retrouvé son sommeil profond.

J'eus l'impression de rester allongée ainsi pendant des heures. La poussière n'avait pas été faite sous le divan depuis des lustres et je devais sans cesse me retenir pour ne pas éternuer. Mon nez me picotait.

Des échardes s'enfonçaient dans mes joues. En tournant la tête sur le côté, millimètre par millimètre, je m'aperçus que je pouvais voir…

Mon horizon limité englobait le fauteuil du suspect et une des portes, celle du vestibule.

Finalement, il y avait quelque chose de nouveau : des cartons déposés à côté de la porte de la bibliothèque.

Aucun n'était assez long pour contenir Toutankhamon.

La respiration du dormeur s'était stabilisée. La mienne aussi. Il était temps de passer à l'étape suivante.

J'avais le bras gauche le long du corps, le bras droit légèrement plié. Mon téléphone se trouvait dans la poche droite de mon pantalon. Je ne pouvais bouger qu'horizontalement si je ne voulais pas faire grincer les ressorts.

Si je n'avais pas été prise de panique en entendant ce ronflement, j'aurais sorti ce maudit portable avant de me réfugier sous le divan.

D'un mouvement mesuré, m'arrêtant à chaque bruissement de tissu, j'allongeai le bras et mis la main dans ma poche.

Tant j'étais nerveuse, ma respiration s'accéléra lorsque je serrai les doigts autour de l'appareil, si bien que je fus tentée d'y aller à l'aveuglette. Pourtant, je ne pouvais pas courir ce risque. Je devais passer cet appel, vite et bien. Lorsque je ramenai ma main vers mon visage, je transpirai comme un âne, et pas seulement à cause de la chaleur.

L'engourdissement suivit l'inconfort, puis, croyez-le ou non, la somnolence. (Les spécialistes m'ont dit que cette réaction n'était pas si rare, en cas de stress.) La pièce était sombre et silencieuse, en dehors du bourdonnement apaisant des insectes. J'allais presque m'endormir lorsqu'un coup retentit à la porte.

Il me réveilla aussi efficacement que si l'on m'avait hurlé dans les oreilles.

L'occupant du fauteuil se réveilla également. J'entendis un bruissement de tissu tandis qu'il changeait de position, suivi d'un ordre autoritaire. La porte s'ouvrit et la lumière du bureau s'alluma. John entra.

Il semblait aussi pimpant qu'un chat bien nourri : pas un cheveu de déplacé, pas la moindre marque. Les mains dans les poches de son pantalon kaki, il portait une chemise rayée bleu ciel et blanc que je ne lui connaissais pas. Il s'arrêta après avoir avancé de quelques pas et pencha la tête, d'un air interrogateur. L'homme qui se tenait sur le fauteuil aboya un nouvel ordre. La porte se referma.

Ils jouèrent à « laisse l'adversaire s'exprimer le premier » pendant un moment. John résista le plus longtemps.

— Je suppose qu'on t'a donné tout ce dont tu avais besoin.

C'était la première fois qu'il prononçait plus d'un mot. Il parlait anglais, avec un accent britannique distingué. J'avais déjà entendu cette voix, mais j'avais oublié dans quelles circonstances.

Ma tête bourdonnait aussi fort que les mouches. John n'était pas blessé. Il était rasé et coiffé, propre comme un sou neuf.

Quelqu'un lui avait ouvert la porte. Quelqu'un gardait la porte, à l'extérieur. Non, pas tout de suite, me dis-je, attends encore !

— Arrête ton cirque, dit John, d'un ton aimable. Personne n'écoute. Devons-nous passer au prochain stade des négociations ?

— Tu n'as rien pour négocier.

De ma cachette, je vis que John levait un sourcil.

— Bon, exprimons-nous autrement ! Que comptes-tu faire à présent ?

— À toi ? demanda l'autre en riant. (Mon Dieu, je le connaissais, ce rire !) Rien du tout, poursuivit-il. Ne me dis pas que tu n'as pas encore deviné ce que j'allais faire de toi.

— Oh ! Ça. C'est une évidence.

— Une évidence ? répéta l'autre en élevant la voix. À ma place, la plupart des gens…

— Pas maintenant, dit John, comme s'il s'adressait à un enfant capricieux. Ne t'emballe pas. Tu t'en es très bien tiré, pour un amateur.

Il essayait de le piéger, sans que je comprenne bien pourquoi, à part qu'il ne pouvait s'empêcher de faire son malin.

Tout d'un coup, j'eus un éclair de lucidité. J'étais perturbée, sinon, je m'en serais rendu compte plus tôt !

L'homme se leva et fit face à John, miroir l'un de l'autre : cheveux blonds, vêtements presquc identiques. J'aurais dû reconnaître la voix et le rire, mais sa présence était trop incongrue pour que j'aie pensé à lui. Même à cet instant, j'avais du mal à y croire !

Le petit jeu de John ne fonctionna pas. Alan n'était pas armé et il était trop avisé pour s'attaquer à John à mains nues.

À sa place, j'aurais été armée jusqu'aux dents, mais c'était bien ça le problème d'Alan : il voulait être meilleur que John, le battre avec ses propres armes. D'ailleurs, il ne risquait pas d'être blessé physiquement, il pouvait faire appel à ses sbires, de l'autre côté de la porte.

Alan réussit à maîtriser sa respiration et sa colère.

— C'est trop aimable, dit-il en imitant avec talent l'accent sophistiqué de John. Tu ne veux pas admettre que j'ai réussi là où tu as échoué ? Cette opération dépasse largement tous tes enfantillages. Elle marquera l'histoire de la criminalité.

— C'est pour cette raison que tu m'as fait venir ici ? demanda John. (Son regard passait du visage d'Alan à ses mains, et inversement. Il calculait les risques. Ils étaient trop élevés et il le savait.) Pour te faire admirer ? Dans ce cas, j'espère que tu ne comptes pas sur moi.

J'avais préprogrammé l'appel. Il me suffisait d'appuyer sur un bouton. J'espérais vraiment qu'Alan allait exploser et se mettre à crier, pourtant, je n'osai pas attendre plus longtemps. J'appuyai sur la touche.

— Assieds-toi, dit Alan.

— Et pour quoi faire ? À moins que tu aies besoin de mes conseils ?

— Je me fiche de tes conseils ! Je sais parfaitement ce que je fais. Dans quelques jours, je partirais avec quatre millions de dollars en liquide, toi, on te trouvera sain et sauf, parfaitement libre, en compagnie de la momie de Toutankhamon ! Même tes amis refuseront de te croire ! Tu n'as pas toujours été très franc avec eux, pas vrai ?

— Je dois avouer que de fâcheux incidents apporteront une certaine crédibilité à ma culpabilité, reconnut John.

Schmidt, Schmidt, où es-tu ? C'est le moment ! Il est là, il n'a rien à y faire et aucune raison d'y être. J'ai entendu les aveux ! Viens Schmidt, arrive avec les renforts !

J'espérais entendre des sirènes, des coups de feu, des cris, des explosions. Je n'entendis qu'un bruit de porte qui s'ouvrit brusquement et cogna contre le mur.

Ce n'était pas celle du vestibule.

Je sortis la tête du divan et vis ce que j'espérais ne jamais voir : Schmidt venait d'arriver par la bibliothèque. Schmidt, tout seul !

Il brandissait ce qui ressemblait à un pistolet automatique, mais n'en était sûrement pas un.

Alan se retourna vers lui. John lui fit un élégant petit bonjour et, n'en pouvant plus, je me mis à hurler :

— Bon sang, Schmidt, qu'est-ce que fiches avec ça ? Tu ne vas tuer personne avec un jouet !

— Ce n'est pas un jouet, cria Schmidt, qui le prouva aussitôt.

Nous hurlions car le tintamarre tant attendu se déchaînait enfin : coup de fusil, cris et, pour Schmidt, tirs en rafale vers la bibliothèque à l'encontre de ceux qui tentaient de l'approcher.

Ils reculèrent et Schmidt ferma la porte.

— *Ach so* ! fit-il pantelant, mettez les mains sur la tête, monsieur Je Ne Sais Qui. C'est la fête de la police ! Bonsoir, John. Où est Vicky ?

— Ici, répondis-je, faiblement.

John se précipita vers moi, se pencha et m'offrit sa main.

— Eh bien ! Quelle joie de te revoir.

Mon apparition troubla Schmidt et l'inquiéta.

— Elle est blessée ? Elle va bien.

Pendant quelques secondes vitales, plus personne ne s'intéressa à Alan.

Un tintement musical le rappela à notre attention.

Si j'avais eu un dentier, je l'aurais sûrement avalé en le voyant brandir une des épées qu'il avait décrochées, au-dessus du manteau de la cheminée. L'autre gisait sur le sol, près du foyer.

— Oh, je t'en prie ! dit John en m'aidant à me relever. Repose ça tout de suite, pauvre imbécile !

— Oui, tout de suite, ou je tire.

— Ça m'étonnerait, fanfaronna Alan. D'abord, vous êtes beaucoup trop bien élevé pour tirer sur un homme armé d'une simple épée et ensuite vous venez de vider votre chargeur.

Schmidt lâcha une bordée d'injures en *Mittelhorchdeutsch* et commença à chercher dans sa pléthore de poches. John se dirigea vers Alan et s'immobilisa soudain lorsque la lame siffla devant son visage.

— Prends l'autre ! ordonna Alan, en découvrant ses dents. On verra bien qui est le meilleur.

— C'est toi, rétorqua John, en hâte. Sans aucun conteste. Je ne sais pas manier l'épée.

— Tu mens. Certes, tu n'es pas aussi bon que moi. Ces reconstitutions que tu méprises tant ont affûté mes talents ! Ramasse-la ou je grave mes initiales sur le corps de Vicky !

Je n'aurais jamais imaginé qu'une simple épée puisse tenir trois personnes en joue.

Eh bien, c'est possible si les autres n'ont même pas un couteau à leur disposition et si la lame s'agite aussi vite que celle d'Alan.

— Ramasse-la, répéta-t-il.

— Bon, puisque je n'ai pas le choix, dit John, avec son flegme habituel qui contrastait avec l'expression crispée de son visage et ses yeux plissés. Il a perdu la tête. Tous ces jeux de rôle… Oups…

Il esquiva l'attaque juste à temps et ramassa l'épée sur le sol. Je fis un bond en arrière tandis qu'Alan brandissait sa lame vers moi. Schmidt s'agitait, fébrile et fouillait toujours dans ses poches.

— Schmidt, appelle de l'aide ! criai-je. Où sont les renforts ?

Aux bruits de bataille qui persistaient, il était évident que les « renforts » étaient très occupés.

La bande d'Alan rendait tir pour tir, des quatre côtés de la maison.

— Contente-toi de le repousser, dis-je à John.

Ses lèvres esquissèrent un mouvement silencieux mais éloquent. Je ne pouvais guère lui reprocher d'avoir envie de me traiter de tous les noms : ce n'était pas une de mes meilleures idées.

Il savait un peu manier l'épée. Je l'avais vu tirer avec un gros type ivre, plutôt incompétent.

Alan n'avait aucun des défauts cités et il était dans un état de transe maniaque. Il ne pensait plus ni à l'argent ni à l'affaire. Il voulait simplement infliger le plus de souffrances possible, de ses propres mains, à l'homme qu'il admirait, qu'il enviait et détestait le plus au monde.

John parvint à parer le premier assaut. Les trois attaques suivantes résultèrent en des coupures sur la joue, l'avant-bras et le torse.

Il en esquiva certaines de manière peu orthodoxe, même pour des yeux aussi profanes que les miens. Il s'accroupissait, se retournait, se tortillait, mais il était déjà essoufflé et ne cessait de reculer.

Schmidt avait trouvé un autre chargeur qu'il essayait de mettre en place. Il jurait. Alan riait.

Ce rire était un des sons les plus abominables que j'aie jamais entendu. Je m'emparais d'un tisonnier et essayai de me placer derrière Alan.

Il se retourna et fit tomber le tisonnier de mes mains avant de se retourner à nouveau vers John et de parer son attaque empruntée avec une aisance insultante.

— Touché ! cria-t-il en transperçant le bras droit de John.

John lâcha son épée. Dos contre le mur, il s'affaissa et s'assit. Il saignait par une dizaine d'entailles, superficielles à l'exception de la dernière. Hors d'haleine, il était incapable de parler.

Je courus vers lui et m'agenouillai, soutenant son corps affaibli.

— Schmidt, tire ! criai-je.

— *Allmächtigen Gott im Himmel,* hurla Schmidt, à tue-tête, maudit soit ce fusil…

Il jeta son arme, je poussai un hurlement aussi aigu que celui d'une sirène en voyant Schmidt ramasser l'épée de John.

Le vacarme retentissait toujours à l'extérieur, mais le bruit ne semblait pas atteindre mon esprit horrifié. Schmidt, qui s'autoproclamait la meilleure lame de toute l'Europe, avait finalement perdu l'esprit. Et il n'était même pas ivre !

S'efforçant de se relever, John tenta de le dissuader.

— Non, Schmidt, pour l'amour de Dieu, non !

Schmidt se mit en position, enfin, je suppose, et lança des défis dans diverses langues avant de crier : « En garde ! ». Alan riait si fort que je croyais qu'il allait se rouler par terre. Vexé, Schmidt fit un pas en avant…

Je ne peux pas décrire la scène qui suivit. Je ne vis que des tourbillons d'acier étincelant et entendis des bruits de métal frappant contre le métal. Lorsque le silence revint, Alan était à terre, hors de portée de la lame de Schmidt. Il ne riait plus. Il avait des yeux comme des soucoupes et la bouche grande ouverte. Découvrant les dents, la moustache espiègle, Schmidt n'avait pas bougé d'un iota.

— Prêt ?

L'assaut fut plus lent cette fois. Alan attaquait Schmidt, Schmidt parait les coups avec une aisance déconcertante avant de riposter.

John commençait à se tortiller et essayait de se dégager de ma tendre étreinte.

— Vicky, voyons, pousse-toi, je ne vois rien ! Allez, Schmidt, allez-y, cria-t-il, avec ravissement, donnez-lui une bonne leçon !

Cette fois, lorsque les deux hommes se séparèrent, le bras gauche d'Alan saignait. Avec une lenteur digne, Schmidt fit une fente en avant et attaqua de nouveau, forçant Alan à reculer.

J'avais vaguement conscience d'entendre une voix qui babillait dans mon oreille. Toutes les phrases se terminaient par un point d'exclamation.

— La meilleure lame d'Europe, c'est bien vrai ! L'alpha et l'oméga de l'escrime ! Schmidt, champion olympique ! Champion du monde ! Un vrai spectacle, rien que pour nous ! J'aurais dû m'en douter ! C'était il y a vingt ans, mais ça reste toujours ce bon vieux Schmidt !

Le bon vieux bras de Schmidt s'agitait avec la précision d'un métronome.

Alan saignait par de multiples blessures. La revanche de Schmidt, pensais-je. Il inflige à Alan ce qu'Alan a infligé à John.

Cette fois, ce fut à Schmidt de reculer. Il haletait. Alan avait également le souffle coupé, plus par la stupeur que par la fatigue, pensai-je.

— Alors, tu te rends ? entonna Schmidt.

Mélodramatique jusqu'au bout, Alan répondit : « Jamais ! » avant de lancer une autre attaque. Deux passes rapides ; Schmidt s'agenouilla et tendit le bras en avant, formant une ligne droite parfaite. La pointe de l'épée plongea dans la poitrine d'Alan.

Pendant plusieurs secondes interminables, on n'entendit plus un bruit, pas même celui d'un souffle.

Je n'oublierai jamais l'expression d'Alan : il n'exprimait ni souffrance ni colère, non, plutôt une incrédulité totale.

Il s'effondra lentement, à genoux d'abord, puis sur le côté, arrachant l'épée de la main de Schmidt.

John se dégagea de mes bras et se redressa sur ses pieds, chancelant.

— Schmidt, dit-il, Schmidt, vous…

Puis, presque sur le ton de la prière, il ajouta :

— Seigneur…

Il s'agenouilla près d'Alan et le retourna sur le dos. La garde de l'épée se balançait doucement, telle une fleur au bout de sa tige. Schmidt n'avait pas bougé. Toujours sur un genou, il demanda, entre deux halètements :

— Vicky, tu peux m'aider ?

— Schmidt, tu es blessé ?

— Non, c'est… euh, mon genou. Aide-moi à me relever.

Je lui pris la main et tirai. En poussant des petits cris, Schmidt se redressa lourdement, telle une baleine blessée.

— *Ach Gott !* siffla-t-il en se penchant sur moi. Je l'ai tué ! Je ne voulais pas ! Que Dieu me pardonne.

— Il n'est pas mort, dit John, mais il va mal. Appelez une ambulance !

— Elle arrive, dit une voix que je n'avais pas encore entendue.

Sans sa perruque auburn, arme à la main, Suzi apparut dans l'encadrement de la porte de la bibliothèque. J'aperçus plusieurs visages familiers derrière elle.

Je ne savais pas depuis combien de temps ils étaient là. Je n'aurais pas remarqué l'arrivée d'un troupeau de bisons.

— Ah bravo ! dis-je, amère. Où étiez-vous quand on avait besoin de vous. Voilà votre voleur, Suzi. Et là, blessé, mais imperturbable, voici l'homme que vous avez injustement soupçonné ! (Je tendis les bras. John, qui ne manque jamais de saisir la balle au bond, avança lentement.) Si jamais vous avez l'intention de nous importuner encore, dis-je, de plus en plus passionnée, je m'arrangerai pour que votre patron sache à quel point vous vous êtes fourvoyée. Vous ne cherchiez pas les coupables, vous vous êtes laissé aveugler par votre désir d'arrêter John. Il aurait pu se faire tuer sans…

— Schmidt, dit John, en chancelant de manière théâtrale. Anton Z. Schmidt, la meilleure lame de toute l'Europe !

— Les feintes deviennent difficiles, vous voyez, avec la maturité, expliqua Schmidt. Les articulations ne coopèrent plus aussi facilement. Le tireur doit alors s'appuyer sur la force de son bras et sur sa technique. Il le savait, et il pensait que je ne tenterais pas cette attaque.

Le mot « maturité » n'avait fait sourciller personne. Il aurait tout aussi bien pu employer « post-adolescence », sans qu'aucun de ses admirateurs ait trouvé à redire.

— Oh, Schmidt, je t'adore !

— Je sais, tu l'as déjà dit, répondit-il, les yeux pétillants. Je t'autorise à le répéter aussi souvent que tu veux.

Il examina son verre vide.

— Je crois que je vais reprendre une bière.

John atteignit le minibar avant moi. Mais j'avais malgré tout téléphoné à l'hôtel pour qu'on apporte la bière dès que nous avions quitté le champ de bataille.

Ce mot n'est pas exagéré. Les complices d'Alan s'étaient bien battus, ils avaient barricadé toutes les fenêtres et avaient défendu toutes les portes. Ce n'était sans doute pas par loyauté, tous ceux qui auraient tenté de quitter la maison, avec ou sans drapeau blanc, auraient été abattus illico.

Les gens armées aiment généralement faire usage de leur arme. Par chance, ils ne tirent pas toujours très bien lorsqu'ils sont agités, et, par miracle, personne n'avait été tué.

Nos alliés, convoqués par Schmidt, avaient attendu mon signal avant de lancer l'assaut. (Schmidt était aux commandes car lui seul savait où j'étais allée.)

Ils formaient un groupe hétérogène, et il est stupéfiant qu'ils ne se soient pas battus entre eux : Suzi, Ashraf et leurs « assistants ».

Feisal s'était fait seconder par des hommes, et, bien sûr, Saida était de la partie. Schmidt avait constitué le ciment qui les avait liés.

Feisal raconta qu'on aurait dit un révolutionnaire français haranguant ses troupes. « Vengez le meurtre d'Ali ! Reprenez les trésors volés d'Égypte ! Sauvez la belle Américaine et son amoureux ! » Je ne sais pas comment ils s'étaient procuré toutes ces armes et j'eus le bon sens de ne pas le demander. Feisal ne voulait pas que Saida soit armée, si bien qu'elle s'était contentée de jeter des pierres. Elle prétendait avoir touché au moins deux ennemis.

Avec Feisal, elle était revenue dans notre petit chez nous, désormais familier, au Winter Palace, laissant Ashraf et Suzi diriger les opérations de nettoyage.

John refusa fermement l'assistance du personnel médical.

— C'est une blessure bénigne, avait-il dit d'un ton appréciateur. Il me faut simplement une chemise propre. Alan a trop mauvais goût.

— Elle est à lui ?

— Parce que tu t'imaginais que j'avais une garde-robe de secours quelque part à Louxor ?

Sa voix n'était pas vraiment accusatrice, mais je ne voyais pas ses yeux.

— Qu'aurais-je dû croire ?

— Peu importe, ma chérie, je te pardonne. Je t'expliquerai tout en temps voulu. En attendant, je crois que j'aurais besoin de la trousse de premiers soins.

— Et d'une bière, ajouta Schmidt.

Il but sa bière et John prit quelque chose de plus fort. Lorsque j'eus terminé le pansement, tâche dans laquelle je devenais un peu trop experte à mon goût, il enfila une chemise d'un bleu plus avenant, et nous nous racontâmes nos expériences respectives. Je dois avouer que le récit de John était de loin le plus intéressant.

— Je dois commencer par le commencement, dit-il en cajolant son verre de scotch, et aller jusqu'au bout. Ayez la gentillesse de ne pas m'interrompre pour me poser des questions, un regard me suffira pour comprendre que vous avez besoin d'éclaircissements sur un point de détail.

Saida se mit à rire. John la regarda en levant le sourcil, s'éclaircit la gorge et commença par le commencement.

— À la lecture du message de LeBlanc, je compris qu'Ashraf avait organisé cette visite nocturne pour faciliter son entrevue avec son contact. C'était bien pensé, d'ailleurs ; le temple est si vaste qu'il pouvait choisir un coin tranquille, et les visiteurs seraient assez nombreux pour perturber tous ceux qui auraient voulu le suivre. Au bout d'un moment, je ne savais plus qui suivait qui, mais je commençais à me rendre compte que beaucoup trop de gens étaient à mes trousses. Au moment du grand rendez-vous, je n'étais pas bien loin. Je voyais que le contact était une femme, sans pouvoir entendre ce qui se disait. Lorsqu'elle s'enfuit, je la suivis. Je dois avouer néanmoins que mes motivations n'étaient pas totalement altruistes. Vicky, aurais-tu l'obligeance de ne plus m'adresser ce que tu crois être des regards interrogateurs ?

— J'aimerais que tu renonces à tes fioritures syntaxiques et que tu ailles droit au but. Tu l'as suivie parce que tu pensais qu'elle te mènerait au repaire des voleurs.

— Je ne pensais pas aller si loin. J'étais relativement certain de pouvoir obtenir des aveux de cette pauvre créature et je n'avais certes pas l'intention de le faire à portée de main des vilains. Elle fut trop rapide pour moi cependant, reconnut John, visiblement peiné. Elle savait où elle allait, et moi non. Je ne réussis pas à la rattraper avant qu'elle ne parvienne devant la maison, et, lorsque je l'interceptai, elle se mit à hurler comme une banshee. Visiblement, elle était fort attendue. La porte s'ouvrit et plusieurs hommes aussi robustes que peu sympathiques nous entraînèrent à l'intérieur de la maison. Non, Vicky, je n'ai pas essayé de résister. Je ne me bats pas contre des hommes armés de couteaux à un contre six. Ils me ficelèrent comme un poulet, me mirent un bandeau sur les yeux avant que je puisse les raisonner, ils me jetèrent dans un chariot, et me recouvrirent d'un sac d'une matière granuleuse, et s'en allèrent. L'opération ne leur avait pas pris plus de deux minutes.

Il marqua une pause pour boire une gorgée de son rafraîchissement.

— Donc, au moment où cette grosse maligne de Suzi est arrivée, on t'avait emmené depuis longtemps, dis-je. Sans doute par la porte arrière. Elle est morte, tu sais.

Il savait que je ne parlais pas de Suzi.

— Oh que oui ! Alan a pris un malin plaisir à tout me raconter, avec force détails. Elle avait essayé de passer un accord. Je suis désolée pour elle. C'était une nouvelle recrue dont le seul crime était une tentative d'extorsion de fonds.

« Bien, après avoir été ballotté dans une carriole et écrasé par des objets lourds, je n'étais guère au mieux de ma forme lorsque nous arrivâmes à destination. M'attendant au pire, selon mon habitude, je fus agréablement surpris lorsqu'on défit mes liens gentiment et qu'on m'offrit un fauteuil confortable et un verre de brandy. Je reconnus aussitôt mon environnement, et je compris que les voleurs utilisaient le siège de la FEPEA comme d'un repaire de secours. La maison de la rive droite leur servait de quartier général, mais en cas de problèmes, comme mon intervention, ils avaient besoin d'un second refuge. Je regardai tout autour de moi, cherchant une issue, quand Alan fit son apparition. Je ne fus aucunement surpris de le voir. J'avais déjà compris qu'il était impliqué. Ah, je vois à vos regards inquisiteurs, que je dois vous éclairer sur ce point !

« Vicky, tu avais dit m'avoir vu au temple de Louxor. Comme je n'y étais pas allé, j'ai pensé que ton impression était peut-être due à ma ressemblance avec Alan. Cela m'a incité à réfléchir. Je l'avais engagé en partie pour ses talents d'informaticien. Il devenait de plus en plus évident que quelqu'un avait fouillé dans mes fichiers protégés, ceux qui recèlent les coordonnées de mes anciens rivaux et associés.

— Nom d'une pipe, explosai-je ! Tu m'avais promis d'avoir coupé tous les ponts avec ces gens-là.

— C'est bien ce que j'ai fait. Je n'avais repris contact avec aucun d'entre eux avant…

— Berlin. Rome. Tu n'as pas rencontré ton cardinal à propos de vieilles reliques… Tu l'as payé pour qu'il te donne des informations sur le milieu… Et la manière dont tu nous as parlé de ta prétendue conversation avec Helga n'était qu'un tissu de mensonges.

— Je pensais m'être montré plutôt convaincant, dit John, avec un sourire complaisant.

Puis, son regard croisa le mien et ce fut lui qui baissa les yeux.

— Je t'avais promis de ne plus avoir aucun contact avec mes anciens associés. J'ai menti. J'y ai été obligé. Tu aurais protesté, argumenté, mais ces fichiers sont trop précieux pour qu'on les détruise. Je m'attends toujours au pire. Le pire s'est produit.

— C'est bien vrai, s'exclama Schmidt. La situation actuelle justifie votre décision.

Ils échangèrent de graves hochements de tête.

— Donc, reprit John, lorsque j'aperçus Alan à Karnak, sous le clair de lune, je ne fus pas surpris. Il n'avait pas pris la peine de se déguiser, puisqu'il voulait qu'on le prenne pour moi. Ce fut bien le cas, d'ailleurs. La lumière était faible et les gens voient ce qu'ils s'attendent à voir.

— Épargne-nous les leçons de criminologie, dit Feisal, impatient.

— Oh, je trouve ça fascinant, s'exclama Saida. Continuez…

— Eh bien, le garçon était assez imbu de lui-même, reprit John. Une des grandes caractéristiques des amateurs, c'est qu'ils parlent trop, ce dont Alan ne s'est pas privé. Sur le plan psychologique, son cas est intéressant. Il me déteste, mais il voudrait être moi, en mieux, ou, si l'on se place d'un autre point de vue, en pire. Son attrait pour les jeux de rôle n'était qu'un moyen de compenser une existence morose. Ensuite, je suis entré dans sa vie, et il a compris qu'il n'avait pas besoin de jouer les héros. Le preux chevalier est devenu le Cavalier noir, le maître du crime. On dit souvent que le mal est plus intéressant que le bien.

— Oui, oui ! s'exclama Schmidt, enthousiaste. Lors des festivals de science-fiction, la plupart des gens viennent parce qu'ils sont fascinés par Dark Vador ou Saruman, ou les Stormtroopers !

— Qui ça ? demanda Feisal, éberlué.

— Les méchants, traduisit Saida. Je t'expliquerai un jour, mon chéri.

— Comme je le disais, poursuivis John, en parlant très fort, il m'a tout raconté. Il avait commencé à réaliser quelques petites transactions en douce, à falsifier les registres comptables avec un talent dont je suis loin d'être capable. Il avait fait faire des copies de mes clés, pour ouvrir tous mes tiroirs et tous mes placards fermés.

— Alors, c'est lui, qui a fouillé ton appartement ?

John plissa le front.

— Certainement, bien que je ne comprenne pas pourquoi.

Le téléphone sonna. Je décrochai car personne ne semblait avoir envie de bouger. La voix du concierge m'annonça qu'une personne nous demandait à la réception.

— Faites-la monter, dis-je, avant de raccrocher. Ça doit être Ashraf.

— Ils ont fait vite.

— On l'a retrouvé ! s'exclama Feisal. *Alhamdullilah!*

— À moins que ce ne soit Suzi, dit Schmidt, d'un air sévère.

J'étais impatiente de connaître les accusations ou excuses ou je ne sais quoi de Suzi, néanmoins, la parole de Schmidt était parole d'évangile, et Suzi pouvait attendre.

J'avais bien l'intention d'avoir une longue conversation avec elle un jour. En privé.

— Je me débarrasserai d'elle, annonçai-je en allant vers la porte.

On avait frappé plutôt timidement. Nous aurions peut-être droit à des excuses. Lorsque je vis qui était là, je passai à l'offensive.

— C'est Suzi qui vous a envoyée ? Elle n'a pas eu le courage de venir elle-même ?

— Qui est Suzi ? demanda la petite dame au grand chapeau.

— Oh, voyons, vous êtes de mèche ! Je vous ai déjà vue à l'œuvre.

La petite dame se redressa de toute la hauteur de son mètre soixante.

— Je suis venue voir monsieur Tregarth. Ne me dites pas qu'il n'est pas là, j'ai donné un gros billet au concierge pour qu'il me prévienne dès son retour. Cette fois, je ne me laisserai pas mettre à la porte.

John avait entendu. Il arriva derrière moi.

— Je suis Tregarth. Que puis-je…

— Je vous connais. Cela fait des jours que j'essaie de vous rencontrer. Si vous ne me laissez pas entrer, je monte le siège devant la porte et je fais un esclandre…

Elle essayait de paraître furieuse, mais, je n'avais jamais vu d'attitude ou de silhouette si peu agressive, ni entendu de menaces aussi absurdes.

John mit la main devant sa bouche pour dissimuler son sourire, et me fit signe de reculer.

— Entrez, je vous en prie … Madame ?

— Voici ma carte, dit-elle en s'introduisant dans la pièce.

Galamment, Schmidt se leva. Saida donna un

coup de coude à Feisal qui était perdu dans ses rêves de retrouvailles avec Toutankhamon, et il l'imita.

— Ah, oui, dit John, je me souviens… Je ne crois pas que nous nous soyons déjà rencontrés ? Vous ne connaissez que ma mère…

Sa voix retomba. Une série d'émotions fortes s'imprimèrent sur son visage avant qu'il n'explose de colère.

— C'est vous qui êtes entrée dans la maison et avez fouillé le grenier !

— Je vous en prie, supplia-t-elle en levant les yeux, sous son chapeau. S'il vous plaît, ne vous fâchez pas, cela me rend nerveuse, et quand je suis nerveuse, je crie, moi aussi. Laissez-moi vous expliquer. J'ai mal agi et je suis là pour tout confesser et pour vous rendre justice. Je ne sais pas ce qui m'a pris.

— Voyons, voyons, dit Schmidt à John. Madame, n'ayez donc pas peur. Personne ne se mettra en colère tant que je serai là.

— Comme c'est gentil à vous, fit-elle en souriant.

Elle avait une fossette.

À peine visible sous son chemisier empesé, un gros anneau d'or pendait au bout d'une chaîne. L'Anneau.

La réplique exacte de celui de Schmidt. J'eus un affreux pressentiment.

— Je vous en prie, asseyez-vous, proposa Schmidt, chevaleresque. Puis-je vous offrir une bière, madame… mada…

Il arracha la carte des mains de John et la regarda.

— Ah, ça me revient, à présent, je connais votre nom. Je les connais tous !

— Combien elle en a ? demandai-je, distraite, à mon corps défendant.

— Trois, n'est-ce pas ? fit Schmidt, avec un sourire modeste de connaisseur. Deux sont des noms de plume, vous voyez.

— Alors, le nom que vous avez donné…

— Est mon véritable nom, avoua-t-elle avec un sourire d'excuse. Je suis obligée de m'en servir en voyage, à cause de ma carte de crédit, de mon passeport… Je sais que c'est troublant, je m'y perds moi-même parfois.

— Les pseudonymes sont nécessaires, appuya Schmidt, à cause de vos nombreux admirateurs. Je vous ai écrit une lettre un jour, et vous m'avez envoyé un autographe.

— Je m'en souviens. Vous m'aviez demandé une photographie et j'étais désolée d'avoir à refuser, mais je me suis fixé comme règle de ne…

— Jamais envoyer de photographies comme une vulgaire coqueluche des médias, s'écria Schmidt. Attitude admirable, que je comprends parfaitement.

— Désirez-vous qu'on vous laisse seuls ? demanda John, avec un ton d'une politesse dévastatrice.

— Hum, grogna Schmidt.

La femme dont je n'avais toujours pas retenu le nom rougit.

— Laissez-moi faire mes aveux, je vous en supplie. C'est moi qui suis entrée dans la demeure familiale, moi qui ai fouillé votre appartement, moi qui vous ai suivi à travers toute l'Europe, sous divers déguisements. J'avais momentanément perdu la raison.

John se pencha et ôta délicatement le chapeau. Il la regarda, yeux dans les yeux. Les coins de ses lèvres se soulevèrent.

— Et pourtant, je soupçonne que cela vous a amusé. Les déguisements, surtout.

Un faible sourire répondit au sien.

— Là n'est pas la question, répondit-elle, un peu guindée. Vous voyez, les journaux que votre mère m'a vendus ont constitué la source d'une série de romans à succès. Ensuite… J'ai manqué de journaux… J'étais sûre qu'il en existait d'autres, car j'avais remarqué des trous dans la chronologie, néanmoins, votre mère affirmait ne pas les avoir et refusait de me laisser chercher par moi-même. J'étais désespérée.

— Pourquoi ne pas inventer une histoire ? demanda Saida, intéressée. Ce n'est pas comme ça que travaillent les romanciers ?

— Non, non, c'était impossible, s'exclama Schmidt. Pas une romancière intègre comme elle, dont le travail s'appuie toujours sur une histoire vraie.

— Merci de votre compréhension, dit la romancière intègre qui venait juste d'avouer s'être introduite clandestinement dans deux propriétés privées. Néanmoins, cela n'excuse pas mon attitude. J'ai trouvé trois des journaux manquants dans le grenier de votre demeure, monsieur Tregarth… Vous devriez vraiment faire appel à quelqu'un, pour tout nettoyer… Je les ai pris, je vous les rendrai, si vous insistez, mais je vous prie d'accepter mon chèque ainsi que mes excuses les plus sincères.

— Combien ? demanda John d'un ton solennel, toujours adossé à son fauteuil.

— Arrête de l'embêter ! dis-je.

Ses remords semblaient sincères, et elle était très petite.

J'éprouvais toujours beaucoup d'indulgence pour les femmes dans son genre.

— Je crois plutôt que ça l'amuse, continua John qui obtint le fantôme du sourire précédent. Bon, très bien, même prix que les précédents. C'est d'accord ?

— Oh, oui, merci mille fois ! (Elle hésita une seconde.) Et si vous en possédez d'autres ?

— Avez-vous fouillé la bibliothèque de la FEPEA ? demanda Saida.

Elle avait reconnu une âme sœur, même si celle-ci feignait d'être un mouton.

— J'ai essayé, sans succès, hélas. Et c'est l'une des raisons pour lesquelles je voulais vous contacter, monsieur Tregarth. Cette maison, qui est sacrée pour la mémoire de vos distingués aïeux, est à présent occupée par un groupe d'individus louches. Lorsque je m'en suis approchée, il y a cinq jours…

— Dans l'intention d'aller la cambrioler ? interrompit John.

— Peu importe ! m'exclamai-je. Parlez-nous de ces individus !

— J'avais l'intention d'y mettre toutes les formes, cette fois, répondit-elle, indignée. J'avais remarqué que la maison semblait occupée, j'ai donc frappé à la porte. Une personne a fini par venir ouvrir, et m'a parlé en arabe, avec de grands gestes. Je ne comprends pas la langue, mais son attitude était assez claire. Lorsque j'ai présenté ma carte, on m'a fermé la porte au nez.

— Mon Dieu ! Vous devez avoir un ange gardien. Vous auriez pu vous faire tuer, ou enlever.

— Non, ils n'auraient pas pris le risque de se montrer violents, dis-je. Ils voulaient éviter d'attirer l'attention. Il y a cinq jours, vous dites ?

— Oui, voilà pourquoi j'ai eu l'audace d'approcher monsieur Tregarth, car il me semblait que je devais le prévenir de leur présence. J'espère le plus sincèrement du monde que le fait que j'en aie été incapable ne vous a pas causé d'ennuis. Je vois que vous êtes blessé.

Il était difficile de ne pas le voir, car John avait insisté pour que je mette une épaisse couche de bandages sur sa joue et son bras qu'il portait en écharpe. Il bredouilla des propos vagues et dépréciateurs.

— Non, ce n'est pas votre faute, vous avez fait de votre mieux.

— Je vous remercie. Je me sentais également obligée de l'informer que son assistant est un jeune homme vénal qui ne mérite pas sa confiance. Il m'a fait payer cent livres pour me prêter la clé de votre appartement.

— Ah…

John s'éclaircit la gorge.

— J'apprécie votre franchise.

— C'était mon devoir.

Elle prit son chapeau et se leva.

— Je vous remercie de bien vouloir me pardonner mes petites incartades. Je vous enverrai un chèque dès demain.

Schmidt se leva.

— Je vais vous raccompagner à votre hôtel.

— Non, non, je n'ai que trop abusé de votre temps. Cela a été un plaisir de vous rencontrer, Doktor Schmidt.

— Tout le plaisir était pour moi. Laissez-moi au moins vous raccompagner au taxi.

Ils sortirent. Un rebondissement ! Un retournement à cent quatre-vingts degrés.

La rencontre de deux esprits, et non l'appel de la chair.

Des intérêts communs, un respect mutuel…

Le silence qui suivit leur départ ne pouvait être décrit que comme acrimonieux. Si John avait répondu à son premier message, nous aurions disposé de nombreux éléments intéressants.

Cela aurait peut-être changé les choses. Peut-être pas. Comme dit ma maman, cela ne fait jamais de mal d'être poli.

Le retour de Schmidt donna à John un prétexte pour changer de sujet.

— Déjà de retour ? demanda-t-il.

— Je lui ai proposé de boire un verre au bar, mais elle n'a pas voulu rester, dit Schmidt. Quelle femme délicieuse, n'est-ce pas ? Une admiratrice de Tolkien, elle aussi ! Elle quitte l'Égypte demain, mais elle a eu la bonté de me communiquer son numéro de téléphone. John, si vous aviez eu la courtoisie de lui répondre dès…

— De l'eau est passée sous le pont, le coupa John. Donc, comme je le disais… Bon, alors, qui est-ce, cette fois ?

— Ashraf, j'espère, dis-je en allant ouvrir.

— Si c'est Suzi, commença Schmidt.

— Je sais, je sais…

C'était Ashraf, bien que je ne le reconnusse pas au premier abord. Il avait les cheveux hirsutes, le visage poussiéreux, les yeux exorbités, et la voix brisée.

— Il n'était pas là ! On ne l'a pas retrouvé !

XIV

On réconforta Ashraf avec un verre de brandy, autorisé sur prescription médicale, avant de l'assaillir de questions.

— Comment ça, pas là ? s'écria Feisal. Il ne peut pas être ailleurs ! Vous n'avez pas bien cherché.

— On a mis la maison sens dessus dessous ! expliqua Ashraf en montrant ses mains poussiéreuses et pleines d'échardes. Pas seulement le bâtiment principal, mais toutes les dépendances. Cette femme… cette saleté de bonne femme a inspecté la maison de Karnak, mais je n'arrive pas à croire qu'ils l'auraient laissé là-bas sans surveillance.

— Effectivement, dit John.

— Où peut-il être ? fit Feisal sur un ton plaintif poignant.

— Eh bien, là est la question, répondit John, froidement. Maîtrisons un peu nos émotions et examinons la situation logiquement.

— Oh, je t'en prie, ne nous fais pas un discours sur le crime et l'esprit criminel !

— Juste sur le crime, ma chérie… J'étais sur le point d'aborder cet aspect lorsque nous avons été interrompus. Si quelqu'un a une meilleure idée ?

Sourcils levés, il balaya son public d'un regard inquisiteur. Ashraf était retombé dans son désespoir morose, Feisal faisait les cent pas, Schmidt regardait John d'un air aimable, plein d'espérance. Même Saida semblait à court d'idées. Le choc nous avait anéantis. Aucun de nous n'avait imaginé que la momie ne serait pas sur place.

Je m'abstins de toute critique supplémentaire. John venait de traverser de dures épreuves, et, comme il le fait souvent remarquer, il a horreur des souffrances physiques. De plus, son amour-propre avait subi un grave revers.

Pour parler crûment, il s'était fourvoyé non une, mais plusieurs fois. Je me contentai donc de croiser les bras et de lui faire un petit signe encourageant. De toute façon, rien ne l'aurait arrêté.

— Cette opération, commença John, a été très onéreuse. Il a fallu de nombreuses personnes pour la mener à bien, dotées de talents particuliers. Cela ne court pas les rues, surtout dans cette région ; ce ne sont pas des terroristes qui agissent pour des mobiles politiques, c'est une organisation criminelle pure et simple, qui ne s'intéresse qu'à l'argent. Après avoir vérifié mes sources, bien avant notre arrivée en Égypte, je suspectais un groupe en particulier. Ils ont plusieurs vols d'antiquités rondement menés à leur actif, dans des entrepôts, et une fois même dans un temple bien gardé.

— Dendérah ! s'exclama Feisal.

— Exact. Le *modus operandi* était le même que dans l'affaire qui nous occupe. À présent, vous vous demandez peut-être pourquoi je ne vous ai rien dit, puisque j'avais identifié le groupe ? Eh bien, en fait, ce groupe en lui-même n'a que peu d'importance. Ce sont des mercenaires qui obéissent aux ordres. Je voulais le commanditaire, et là, je n'avais encore aucun indice sur son identité. Les mobiles possibles restaient trop nombreux, tout comme les éventuels suspects.

Les gangs ont leurs usages, mais ils ont aussi leurs défauts. Ils sont là pour l'argent. Donc, si quelqu'un leur fait une meilleure offre, ils risquent de changer de bord.

Ou, si les choses tournent mal, ils peuvent tenter de sauver leur peau et de s'enfuir. C'est pourquoi je ne fais jamais appel à eux.

On ne peut pas leur faire confiance. Vicky, tu ne restes pas en place, je t'ennuie ?

— Oui.

— Moi aussi, aboya Feisal. Où est-ce que cela nous mène ?

— J'essaie de vous expliquer, dit John d'un ton aimable, pourquoi je ne vous ai pas mis dans la confidence. Vous étiez tous suspects. Oui, Feisal, même toi ! Tu n'aurais pas demandé mieux que de voir Ashraf disgracié, afin de jouer le rôle du héros qui aurait sauvé Toutankhamon ! Les seules personnes que je ne soupçonnais pas étaient Vicky et Schmidt, cependant toutes deux ont une fâcheuse tendance à prendre les choses, et les armes, dans le cas de Schmidt, en main !

Prenant cette remarque pour un compliment, Schmidt ricana et ouvrit une autre bouteille de bière.

— Je n'avais aucune de tes fichues armes, maugréai-je. Schmidt comment as-tu réussi à te procurer ce pistolet ?

— Le soir où j'ai fait des courses avec Saida et Feisal, expliqua-t-il. Je l'ai acheté à un chauffeur de taxi, après leur départ. On trouve toujours tout ce qu'on veut, si on sait tirer les bonnes ficelles.

Feisal roula les yeux vers le ciel.

— Je ne veux rien savoir, Schmidt, et j'en ai plus qu'assez des théories. Je veux qu'on me dise ce qui est arrivé à Toutankhamon !

— Moi aussi, dit Ashraf. Si vous êtes si malin, Tregarth, répondez donc à la question !

John se dirigea vers le minibar.

— Je ne bois jamais plus que de raison, mais je crois que ce soir, je suis autorisé à approcher ce niveau. (Il se frotta le bras avec une grimace de douleur théâtrale.) Toutankhamon est dans les locaux de la FEPEA, bien entendu.

Ashraf était trop furieux pour prononcer des paroles cohérentes.

Il bredouilla en agitant les bras. Feisal s'exprima de manière éloquente.

— Impossible, nous avons fouillé la maison de fond en comble !

— Vous n'avez pas regardé au bon endroit, insista John.

John refusa d'en dire plus, sous prétexte qu'il se sentait faible et devait se reposer.

— Demain, dit-il, proche de la pâmoison ! Demain, j'en aurai peut-être la force.

— Demain ! Que je sois damné ! J'y retourne ce soir !

— Je te le déconseille vivement, s'énerva John. Tu as laissé des gens sur place pour surveiller l'endroit, je suppose ? Il sera parfaitement en sécurité cette nuit. (Il avait dû monter le ton pour se faire entendre par-dessus les menaces et les jurons.) Vous tenez toujours à avoir l'homme qui a commandité toute l'affaire ? Alors, un peu de patience. L'attente sera grandement récompensée. Faites-moi confiance !

Nous fîmes sortir Feisal et Ashraf avant qu'ils ne s'en prennent physiquement à John. J'étais tentée de me joindre à eux, mais une idée commençait à germer dans mon esprit. Saida devait y songer, elle aussi. Elle ne s'était pas jointe au concert des protestations.

Le chat fut le premier à nous accueillir. Il arriva au coin de la maison, queue en l'air et fit la fête à Schmidt.

— Elle se souvient de moi, dit-il, tout joyeux, en se penchant pour caresser la tête de l'animal.

— C'est un mâle, précisai-je, de l'autre côté de la bestiole. Sans aucun conteste !

— Je m'inquiétais pour toi, chuchota Schmidt à l'animal. J'aurais dû me douter que tu étais assez malin pour ne pas rester au milieu du vacarme et des coups de feu.

Schmidt nous tint la porte, à moi et au chat. Les autres étaient déjà dans le bureau du directeur.

Schmidt s'arrêta et regarda la tache sombre sur le tapis de Boukhara.

— Ne t'inquiète pas, dis-je en lui donnant une petite tape sur le dos, il est encore en vie.

Schmidt soupira.

— Tout juste. C'était nécessaire, je sais, il aurait pu vous tuer, toi ou John.

La tache noire n'était pas le seul signe de violence. Le bureau ressemblait à mon salon, la plupart du temps : chaises renversées, objets divers jonchant le sol, parmi lesquels les deux épées. Les pointes des lames étaient encore tachées de sang.

— Tss, tss, fit Schmidt, des armes magnifiques, aussi maltraitées. Il faudrait les nettoyer et les remettre en place.

— N'y touche pas ! Ashraf, vous feriez mieux d'envoyer quelques hommes réparer les dégâts, avant l'arrivée de l'expédition, sinon vous aurez quelques explications à donner.

— Vous avez sans doute raison, acquiesça Ashraf. (Quelque chose crissa. Il leva son pied et examina la semelle de sa chaussure.) Du verre brisé. D'où vient-il ?

— Dans la folle tentative de sauvetage d'hier, quelqu'un a brisé une vitrine, expliqua John, en regardant dans la bibliothèque.

Il se pencha et sortit délicatement un couteau des éclats de verre.

— Joli poignard.

— Les fondateurs devaient être bien sanguinaires, dis-je.

— La vie était dangereuse à l'époque, précisa John, en admiration devant l'objet.

De plus de vingt centimètres de long, il présentait des signes d'usure évidents.

— Ce n'est pas l'heure de la nostalgie, grommela Feisal. Où est Toutankhamon ?

John revint dans le bureau. Il posa le couteau sur la table.

— Ici.

— Je t'ai dit qu'on avait regardé partout !

— Vous cherchiez un cercueil… une boîte d'un mètre quatre-vingt de long, dit John.

Les mots tombèrent, telles des masses de plomb sur une tête sans défense. Le menton de Feisal s'affaissa, Ashraf s'étouffa.

— C'est ce que je pensais, lâcha calmement Saida.

John alla vers les boîtes empilées dans un coin. En carton solide, carrées, aucune ne mesurait plus de quatre-vingts centimètres, celle du haut, pas plus de trente. Avec les mouvements lents et étudiés d'un magicien qui va sortir un lapin de son chapeau, John souleva le couvercle et quelques papiers d'emballage. La tête de Toutankhamon nous sourit timidement.

— Cabotin ! C'est du cinéma. Tu n'es qu'un charlatan ! m'exclamai-je.

— Ils l'ont mis en pièces ! gémit Ashraf.

— Il l'était déjà, lui rappelai-je.

Saida se pencha sur la boîte, en poussant de petits cris de détresse. Je m'efforçai de la réconforter.

— Ils l'ont emballé très soigneusement dans du coton, ils ont pris des boîtes solides.

Feisal se rua sur les autres boîtes. Deux jambes, un demi-torse, une moitié de bras… il était entier.

Ou presque, à l'exception de la main qui avait été envoyée à Ashraf. Les pieds et la deuxième main se trouvaient dans un carton séparé.

Pendant que les autres déballaient Toutankhamon, John restait à l'écart et cajolait son bras, avec des airs supérieurs.

Schmidt s'installa dans le fauteuil directorial et commença à nourrir le chat avec les morceaux de poulet d'un des cartons de déjeuner qu'il avait apporté. Sa moustache frétillait.

Ou il était plongé dans ses pensées, ou il essayait de retenir un fou rire.

Ce qui aurait été inconvenant, mais la situation offrait une bonne dose d'humour noir. J'avais l'impression de me trouver à une veillée funèbre, tant il y avait de pleurs et de grincements de dents.

Ashraf fut le premier à se reprendre. Contrairement à Feisal et Saida, il s'intéressait moins à ce pauvre Toutankhamon qu'à sa propre réputation.

Il attrapa la boîte contenant la tête.

— Il faut le remettre en place. Tout de suite, avant qu'il y ait des fuites ! Feisal, commence à charger les cartons dans la voiture !

Schmidt leva les yeux.

— Maintenant ? Au grand jour ? Avec des touristes et des gardes qui observeront le moindre de vos mouvements ?

— Non, c'est impossible, s'exclama Feisal en arrachant la boîte des mains d'Ashraf. Voyons, fais attention ! Ne le remue pas comme ça !

— Il s'en moque, dis-je. Il est mort.

Feisal me lança un regard haineux. Ashraf frotta son menton fraîchement rasé.

— On doit réfléchir. Réfléchir avant d'agir. Ce soir, lorsque la Vallée sera fermée…

— J'ai peur que cela ne soit pas aussi simple, intervint John. Suivez votre propre conseil et réfléchissez bien. L'identité du commanditaire ne vous intéresse vraiment pas ? Vous devriez personnellement lui en vouloir, c'est lui qui vous a frappé sur la tête, l'autre soir.

— Nous savons tous qui c'était. Votre assistant… je ne sais plus son nom.

— Comme je ne cesse de vous le dire, rien ne presse. Pourquoi ne vous installeriez-vous pas confortablement, que je vous explique.

— Ah, non, pas un autre discours !

— Et ensuite, poursuivit John, dont les narines commençaient à s'agacer, je vous révélerai le nom du véritable instigateur de toute cette affaire. Mesdames, messieurs, je vous en prie, asseyez-vous.

À contrecœur, en maugréant, nous nous installâmes autour de la table. La tête de Toutankhamon que Feisal avait déposée au beau milieu donnait une teneur macabre à notre discussion.

La solennité de la scène était toutefois brisée par Schmidt qui faisait passer les boîtes de cuisses de poulet. (Le chat avait mangé les blancs).

— Si vous permettez, dit Schmidt, j'aimerais prononcer quelques mots.

— Nous sommes tout ouïe, sourit John, en inclinant gracieusement la tête.

— Merci, répondit Schmidt, en l'imitant. Si on se réfère à vos déductions de la nuit dernière, John, il semblerait que vous ayez laissé certains points en suspens. Ce pauvre Alan aurait peut-être été capable de trouver le groupe dont vous nous avez parlé en s'introduisant dans vos fichiers, mais, s'il voulait de l'argent, pourquoi inventer un projet aussi complexe et aussi bizarre ? Pourquoi Toutankhamon et non un objet d'art qu'il aurait pu vendre au marché noir ?

— Je suis heureux que vous posiez la question, dit John.

Ils se congratulèrent à nouveau. Visiblement, ils avaient mis ce scénario au point ensemble. Pour le seul plaisir d'énerver Ashraf, ou pour une autre raison ? John ne cessait de regarder sa montre.

— Oui, pourquoi Toutankhamon ? La seule réponse logique, c'est qu'Alan s'était associé avec quelqu'un… dont la motivation première n'était pas l'argent. Nous ne pourrons pas interroger Alan avant longtemps, si toutefois c'est possible un jour. Voilà comment je vois les choses.

« Alan a été contacté par un individu qui voulait mettre le CSA dans une situation scabreuse, en lui dérobant l'un de ses trésors les plus en vue. Alan l'a convaincu qu'il assumerait personnellement les aspects matériels. Il a également fait remarquer que le groupe de malfaiteurs qui se chargeraient du vol voudrait se faire payer, et chèrement ! Il n'y avait qu'un moyen d'obtenir des sommes colossales : exiger une rançon. »

— Donc, c'est l'autre type qui aurait songé à enlever Toutankhamon ? dis-je. Cela signifie… Cela signifie… mais qui ?

— Vous ne devinez pas ? demanda John avec son sourire suffisant.

Je regardai Ashraf, qui regardait Feisal, qui regardait Saida qui, lèvres légèrement entrouvertes, regardait John.

John regarda sa montre.

— Perlmutter ! Jan Perlmutter ! Qui d'autre ! s'exclama Schmidt, qui, n'y tenant plus, sauta sur ses pieds et indiqua la porte.

L'encadrement de la porte resta désespérément vide. Pas de Jan Perlmutter en vue.

— Ne fais pas l'idiot, Schmidt. Tu as simplement envie que ce soit lui, parce que tu lui en veux toujours.

— Comme d'habitude, dit John, résigné, Schmidt a raison.

Ashraf se leva d'un bond.

— Perlmutter ? Du musée Altes de Berlin ? C'est lui qui est derrière tout cela ? Pourquoi ? Comment ?

— Vous le rendiez fou, répondit John, simplement. Lorsque nous l'avons rencontré à Berlin, Perlmutter avait la bave à la bouche en parlant de la préservation des antiquités. C'était comme s'il était doté d'un droit divin… qu'il devait les défendre contre les barbares… dans son idée. Pour s'exprimer simplement, il a perdu la raison. La plupart des archéologues sont un peu illuminés… Regardez comment vous et Feisal vous conduisez avec cette maudite momie. Une personne saine d'esprit se moquerait totalement de ce qui lui arrive.

— Pourtant, le Doktor Perlmutter y était très attentif, dit Saida.

— Vous confirmez mon interprétation.

John regarda de nouveau sa montre, puis la porte et se renfrogna.

— Il voulait la rendre intacte, poursuivit Saida, on doit le lui accorder.

— On ne lui accorde rien du tout ! s'exclama Ashraf, furibond. Je m'arrangerai pour qu'il le paye cher, et qu'il paye aussi pour ce qu'il m'a fait endurer. Je prends le premier avion pour Berlin demain, dès qu'on aura remis Toutankhamon dans sa tombe.

— Pardonnez-moi de vous rappeler, fit John, que vous devez toujours trouver un moyen d'accomplir cette dernière tâche. Quant à Berlin, inutile de vous y rendre. Perlmutter est là, en personne. Enfin ! ajouta-t-il, exaspéré. Je lui avais dit de venir à dix heures !

Tous les yeux se tournèrent vers la porte.

— J'ai été retenu.

Il avait gâché le scénario savamment élaboré de John en n'arrivant pas au bon moment. Le bon moment était sans doute la question flagorneuse : « Vous ne devinez pas ? »

Pour un criminel qui venait juste d'être démasqué, Jan semblait très content de lui. Ses boucles grises étincelant dans la lumière, il alla s'asseoir.

— Je n'ai pas pu m'empêcher d'entendre la dernière partie de votre conversation, dit-il froidement. Vos accusations tiennent du délire.

Ashraf repoussa sa chaise et sauta sur ses pieds, poings serrés.

— Lâche, tu m'as frappé en traître ! Tu le payeras !

Jan sourit. On entendait presque ce qu'il pensait. Ah, ces Arabes, toujours excités, ils sont trop émotifs pour s'occuper de leurs trésors. J'avais envie de donner un coup à Ashraf pour qu'il se taise, mais j'étais trop loin de lui. Schmidt et John venaient tout juste de commencer. De quelles preuves ils disposaient contre lui, je n'en savais rien, mais j'avais l'impression qu'elles étaient minces. Ils devaient le piéger pour qu'il fasse des aveux compromettants. Les enquêteurs talentueux savent que la violence est contre-productive en la matière et lui donner un coup à l'estomac ne ferait que l'exaspérer et renforcer son sentiment de supériorité.

Ce fut Schmidt qui rétablit la situation. Son cri fit trembler les murs.

— Asseyez-vous et tenez-vous tranquille !

Schmidt n'use pas souvent de son autorité, mais lorsqu'il y a recours, il est formidable. Ashraf s'assit aussi soudainement qu'il s'était levé. Si je n'avais pas été assise, mes genoux auraient flageolé.

— Toi aussi ! poursuivit Schmidt, s'adressant à Jan. Tu parleras quand on te le demandera. C'est moi qui dirige l'enquête et je ne tolérerai aucune interruption. Voilà. C'est mieux. Bon, John, vous pouvez continuer…

John n'était toujours pas habitué à ce nouveau Schmidt. Visiblement impressionné, il s'éclaircit la gorge.

— Comme je le disais… Où en étais-je ? Ah…

—Que tous les archéologues sont un peu timbrés, l'orienta Schmidt.

— Exact. Voler la momie de Toutankhamon ne pouvait être que l'idée d'un monomaniaque, de quelqu'un qui lui attribuait une valeur peu commune et estimait que ses coreligionnaires partageaient son point de vue. En d'autres termes, un égyptologue psychotique ou une autorité dans le domaine des reliques. Cela excluait d'emblée Alan et les associations de malfaiteurs habituelles. Cela prouvait également que le mobile était d'ordre personnel, et non financier ou politique. Nous avions envisagé cette possibilité parmi d'autres, sans pousser l'idée jusqu'au bout. J'ai perdu pas mal de temps à spéculer sur des rancœurs personnelles contre un individu particulier, Ashraf, Feisal ou moi. Et pourtant, tous, nous menions des vies irréprochables…

C'en était trop pour Jan, de plus en plus excédé par l'utilisation d'adjectifs péjoratifs. Il explosa.

— Irréprochables… Vous, le plus infâme…

— Ah, vous aviez entendu parler de moi ? Très bien. Vicky, prends cela en note.

— Avec quoi ?

— Je m'en charge ! s'écria Saida.

Elle sortit son carnet et se mit à écrire.

— Je savais tout ! dit Jan.

Ses mains accrochées aux bras du fauteuil étaient toutes blanches, néanmoins, il n'était pas encore prêt à reconnaître sa défaite.

— Pendant l'affaire de l'Or de Troie, j'ai parlé à Herr Müller d'un individu mystérieux, un ami de Vicky, qui avait joué un rôle actif. J'avais quelques sources gouvernementales à ma disposition et j'ai pu identifier l'individu en question et suivre ses activités. Par simple précaution au départ. Un escroc de la sorte pourrait devenir dangereux pour le musée, un jour.

— Oui, belle pirouette, fit John, judicieusement. Néanmoins, j'ai désormais la preuve que vous connaissiez très bien mon ancien milieu. Vous avez laissé échapper autre chose lors de notre conversation au musée, à Berlin. Vous avez feint de ne pas avoir connaissance de la tête Amarna. Et pourtant, Alan avait informé tous les grands musées de son existence.

— C'est sa parole contre la mienne.

— Depuis combien de temps es-tu en Égypte ?

Après la longue dissertation sinueuse de John, la brutale question de Schmidt le fit sursauter. Il prit son temps avant de répondre.

— Deux ou trois jours.

— Deux ou trois ? répéta John.

Jan se tourna vers lui.

— Cela ne vous regarde pas.

— En fait, cela fait cinq jours, déclara Schmidt. Cela m'a été confirmé par mon vieil ami Wolfgang, de l'Institut Goethe.

— Vous saviez qu'Alan était prêt à rendre la momie contre une rançon, dit John. Mais vous, vous n'en aviez jamais eu l'intention. Vous étiez déterminé à l'en empêcher, par tous les moyens. Nous savons que vous étiez à Karnak, la nuit de l'exposition.

Jan tournait la tête de droite à gauche, comme le spectateur d'un match de tennis.

Sans lui laisser le temps de répondre, le duo fatal lançait accusation sur accusation.

— Ce n'est qu'après votre arrivée en Égypte que vous avez appris le meurtre d'Ali, et plus tard, celui de la jeune femme, continua John.

Droite, gauche, droite… nous suivions tous le mouvement, à présent. J'avais déjà le torticolis. La seule exception était Saida, qui restait courbée sur ses notes. Jan se pencha sur le côté et se concentra un instant sur elle avant de se retourner vers John.

— Un honnête homme, un homme de courage, un homme intègre aurait immédiatement contacté la police. Vous avez plié. Vous avez passé un accord avec Alan. Il pouvait garder l'argent, tout l'argent, s'il vous laissait la momie. Vous aviez encore assez d'honnêteté intellectuelle pour vouloir qu'elle reste en sécurité. Comme vous voyez, vos plans ont été déjoués.

Avec un geste théâtral de la main, John indiqua la boîte contenant la tête de Toutankhamon.

Quelqu'un se mit à rire. Je n'étais pas la seule à être horrifiée par la boîte. Mais ce n'était pas à cause de Toutankhamon. C'était Jan.

S'il s'était laissé momentanément ébranler par la prestation de John et Schmidt, il avait encore une carte dans sa manche, et c'était un as !

— Faux ! dit-il, en s'adossant au fauteuil et en croisant les mains. Mon plan, comme vous dites, se déroule comme prévu. Je suppose que vous aviez l'intention de remettre la momie en place dans le plus grand secret. Trop tard ! La nuit dernière, la presse du monde entier a appris, d'une source anonyme, que la momie qui était sous la responsabilité du CSA a été volée par une vulgaire bande de malfaiteurs. Les représentants des grands médias ne vont pas tarder à débarquer à Louxor.

Il n'avait pas besoin d'entrer dans les détails. Je voyais déjà le tombeau, cerné par des hordes de journalistes et de cameramen.

On ne pouvait pas leur interdire l'accès à la Vallée des Rois sans la fermer au public, et cette démarche paraîtrait aussitôt suspecte. Certaines personnes, comme les subordonnés jaloux de Feisal, ne seraient que trop heureuses de parler à la presse.

Saida laissa retomber son stylo. Ashraf bondit de sa chaise. Livide, sans voix, Feisal prononça quelques mots silencieux.

— Alors, dit Schmidt, dans un dernier effort désespéré, tu reconnais avoir organisé le vol de la momie pour plonger le Conseil suprême dans l'embarras ?

— Je ne reconnais rien du tout ! se défendit Jan, menton en avant. Je viens tout juste d'être informé du vol et je considérais comme de mon devoir d'en avertir le public. Vous ne pouvez rien prouver. Et si vous essayez de me séquestrer, dit-il en repoussant sa chaise, vous le regretterez.

Ashraf contourna la table et se jeta sur Jan. Je hurlai pour qu'il arrête, tout comme Saida, mais il était trop furieux pour nous entendre.

Jan attrapa le couteau que John avait posé sur la table et recula.

— Ne me touchez pas ! cria-t-il, hystérique. N'essayez pas de me retenir !

Ashraf trébucha sur le pied que John avait tendu et tomba à plat vendre.

— Faites comme bon vous semble. Partez ou restez, cela ne changera rien.

Les yeux exorbités, Jan recula vers la porte. John passa la main dans le col d'Ashraf, le redressa et lui donna une élégante claque sur la joue.

La claque n'était pas nécessaire, avoir le souffle coupé suffit généralement à faire baisser le niveau d'agressivité. Ashraf agrippa son col et John entonna :

— Une agression contre un opposant par le chef du Conseil suprême, c'est ça que vous voulez lire demain dans la presse, Ashraf ?

Jan se retourna et courut. Il ne ralentit même pas pour ôter la poussière de sa veste.

— Laissez-le partir ! ordonna John, en tenant fermement Ashraf.

— Nous sommes morts ! dit Feisal d'une voix creuse. Va en enfer, Johnny, tu t'y attendais…

— Pas toi ? répliqua John qui avait laissé une touche d'exaspération filtrer dans sa voix. Tu n'as donc rien écouté ? C'est justement ce que cherche Perlmutter, la publicité. Il n'aurait pas osé mettre un pied ici sans avoir déjà pris des mesures.

— Alors, pourquoi tout ce cinéma ? Pourquoi Schmidt et toi avez-vous perdu tout ce temps à l'interroger, si vous saviez qu'il avait déjà gagné ?

John baissa les yeux. Ses longs cils, un de ses plus beaux traits, scintillèrent dans la lumière.

— C'était amusant, avoua-t-il.

— Il va se faire du mouron pendant un moment, dit Schmidt en gloussant.

— Il n'a pas l'air inquiet pour l'instant, grommela Feisal, la tête dans les mains. Nous sommes morts !

— Pas nécessairement.

De manière touchante, une lueur d'espoir éclaira certains visages. Pas celui d'Ashraf, cependant.

— Que peut-on faire ? demanda-t-il, la cravate de travers, les cheveux ébouriffés. Ce fumier a raison, nous ne pouvons pas débarquer dans la Vallée et décharger Toutankhamon, morceau par morceau, sous le nez de la presse. Même si nous pouvions barrer l'entrée du tombeau et tenir les journalistes à distance, quelqu'un verrait ce qu'on fait. Un reporter audacieux soudoierait un garde pour qu'il le laisse passer. Un seul photographe suffirait…

— Vous réfléchissez, dit John. C'est excellent. Néanmoins, vous suivez une mauvaise piste. Il me semble qu'il n'existe qu'un moyen de sortir de votre dilemme.

La limousine était assez spacieuse pour nous tous, même si nous dûmes nous serrer un peu, tant le septième passager prenait de place.

Ashraf avait insisté pour ranger les cartons dans l'ordre, sur une seule couche, pour ne pas qu'ils soient ballottés. John était assis à une extrémité de la rangée et Feisal à l'autre.

J'avais regardé trop d'images de la momie nue, je n'avais pas besoin de beaucoup d'imagination pour la voir, côte à côte avec John et Feisal, tel un sinistre gisant royal de la basilique Saint-Denis, vous voyez ce que je veux dire… un roi allongé et couronné dans toute sa splendeur, à côté d'un corps en putréfaction. « Et poussière, tu retourneras… »

Lorsque John avait exposé son idée, Ashraf avait éclaté d'un rire, outragé et incrédule. Sans se laisser perturber, John avait poursuivi.

— Il y a environ six cents kilomètres pour rejoindre Le Caire. Votre limousine devrait pouvoir y arriver avant l'aube, si nous prenons la route maintenant.

À demi convaincu, à demi hébété, Ashraf avait demandé.

— Et ensuite ?

— Si vous n'avez pas autorité pour pénétrcr à l'intérieur du musée en dehors des heures d'ouverture, personne ne l'a. Une fois qu'il sera au musée, qui avouera qu'il n'est pas là depuis le début ? Qui aurait le pouvoir de vous traiter de menteur si vous prétendez qu'il a été transféré ici dès le début ?

Feisal s'était levé et avait commencé à faire les cent pas.

— C'est vrai, avait-il dit, tout excité. Ça expliquerait tout ! Le camion était un véhicule officiel, que tu avais envoyé…

— Pour sauver le pharaon de son environnement insalubre, ajouta Schmidt.

— Comme je l'avais exigé, compléta Saida, l'œil pétillant.

— Et comme Ashraf avait pensé qu'il était juste et sage de le faire, poursuivi John, d'un ton égal. Vous vouliez réserver une merveilleuse surprise aux détracteurs, passés et à venir, tout en faisant une jolie campagne publicitaire. Perlmutter vous a rendu un service fantastique avec ses accusations pitoyables. Laissez-les bourgeonner et fleurir ! Lorsque vous montrerez la momie, tous les médias sans exception vous supplieront de leur accorder une interview et Perlmutter aura l'air d'un imbécile jaloux.

Le visage d'Ashraf avait pris l'expression d'une personne qu'on avait forcée à se mettre au régime et à laquelle on présentait un immense gâteau au chocolat.

— Mais comment… Savez-vous combien coûte une vitrine à température constante de la salle des momies royales et combien de temps il faut pour en fabriquer une ? Nous n'en avons aucune de disponible. Je ne peux pas présenter Toutankhamon dans une vulgaire caisse en bois.

— Déplacez l'un des autres rois temporairement, suggérai-je. Thoutmose III par exemple. Il avait l'air d'avoir le sens de l'humour.

Cette touche de légèreté avait recueilli le succès qu'elle méritait : aucun !

— Cela pourrait marcher, fit Feisal.

— C'est génial ! s'était exclamé Saida. Ça va marcher !

Nous étions en route moins de deux heures plus tard. Ashraf avait congédié son chauffeur avec un billet d'avion pour Le Caire.

Ce n'était pas la première fois qu'il lui prenait l'envie de conduire lui-même.

Nous prîmes nos bagages à l'hôtel et Schmidt chargea le véhicule de nourriture, de boissons et d'autres éléments de confort que je n'avais pas remarqués avant de monter en voiture.

Je ne sais pas comment il s'y était pris pour sortir les couvertures et les oreillers discrètement, mais j'étais certaine qu'il avait laissé de quoi les payer au centuple. Contaminée par l'agitation générale, j'allais et venais sans grande efficacité.

À un moment, je me retrouvai dans l'ascenseur avec le sachet contenant ma djellaba, objet dont j'espérais ne pas avoir besoin.

La seule personne à ne pas se joindre à ce capharnaüm fut John, bien entendu. Appuyé contre la limousine, il se contentait de faire quelques rares suggestions.

Ashraf s'installa au volant, sortit une paire de gants en cuir fin, tout en se conduisant comme un capitaine sur le pont de dunette, si c'est bien là qu'un capitaine doit se tenir. Schmidt était assis à l'avant, à côté de lui, moi et Saida étions à l'arrière, avec les garçons, vivants ou morts.

— Attachez vos ceintures ! lança Ashraf.

« Nous allons décoller dans un instant », ajoutai-je mentalement. J'obéis aussitôt. Connaissant maintenant un peu mieux Ashraf, je savais que le trajet ne serait pas de tout repos.

Tandis que nous nous éloignions de l'hôtel, un autre véhicule vint se placer devant nous, une voiture noire, qui, malgré l'absence de logo officiel, n'avait rien de banalisé.

— Qu'est-ce qu'elle fait là ? Je croyais que nous devions voyager incognito.

— Ashraf ne se déplace jamais sans escorte, murmura Feisal.

— Nous devons passer les postes de contrôle sans être retardés, ajouta John. Je suppose que vous les avez déjà tous prévenus ?

— Bien sûr, bien sûr, assura Schmidt, qui avait le téléphone à l'oreille. Ils savent que nous devons passer.

Tout le monde avait été prévenu de notre arrivée. Le véhicule d'escorte commença à klaxonner. Les policiers arrêtaient la circulation aux carrefours. Les voitures et les chariots s'écartaient sur le côté, avec succès parfois, parfois beaucoup moins efficacement. Notre caravane les contournait.

Du moins, c'est ce que je croyais. Nous n'entendions aucun cri. Schmidt babillait toujours au téléphone et Ashraf pestait contre la maladresse des autres conducteurs. J'essayai de fermer les yeux, sans y parvenir. Les colonnes du temple de Louxor étaient déjà loin derrière nous.

Les pylônes de Karnak apparurent pour disparaître presque aussitôt. Nous traversâmes le pont du Nil dans un souffle et bientôt nous avions quitté Louxor, en direction du nord.

Dix heures de route. À condition qu'il ne se passe rien, pas de pneu crevé, pas de panne d'essence ni de chameau au milieu du chemin.

Je devrais sans doute expliquer à ceux qui n'ont jamais mis les pieds en Égypte que les chameaux n'étaient pas les seuls dangers.

La route de Louxor au Caire ne possède que deux voies sur la plus grande partie du trajet.

Mal entretenue, elle est pleine de nids-de-poule et d'ornières, et les camions et les bus ne tiennent pas leur droite. Le plus gros risque est sans doute le conducteur égyptien.

En général, il double selon son bon plaisir, même si un autre véhicule arrive en sens inverse.

La plupart du temps, il y a assez de place sur le bas-côté pour que les voitures qui occupent leur espace légitime puissent s'écarter pour laisser le passage. En général.

Tous mes souvenirs me revenaient. J'aurais préféré le contraire.

— De bons souvenirs ? me demanda doucement John qui ne sait que trop bien lire dans mon esprit.

— Pas vraiment.

— Bon, vois les aspects positifs. Au lieu de voyager dans un antique véhicule qui tient à coup de bouts de ficelle, tu es dans une limousine confortable. Au lieu de tout tenter pour éviter les contrôles, et ceux qui te poursuivent, nous roulons droit sur Le Caire... Soudain Ashraf vira sur le bas-côté pour éviter un camion qui doublait un taxi dans le sens inverse.

— Tu me le paieras, cria Feisal, de l'autre côté de la momie.

Il avait l'air joyeux, sans doute parce qu'ils étaient tendrement enlacés avec Saida.

— C'est sympathique, tout ce monde autour de soi, dit John. Tiens, prends donc un oreiller.

— Ou une botte de paille. C'est agréable, lorsqu'on se sent un peu faible.

J'essayai de suivre ses conseils et de me concentrer sur les bons côtés, mais ces horribles souvenirs ne cessaient de me hanter.

La dernière fois, il n'y avait que John, Feisal et moi, mais John était incapable de réagir après le traitement qu'il avait subi, Feisal était aussi agité qu'une jeune vierge et nous ignorions où se trouvait Schmidt, ce qui était une autre source d'inquiétude.

Cette fois, la situation se présentait beaucoup mieux.

Il faisait encore jour lorsque nous arrivâmes à Nag Hammadi et traversâmes le pont pour rejoindre la rive gauche.

Je me souvenais de cet endroit ! Nous n'étions jamais parvenus à traverser le fleuve et nous avions dû nous lancer dans une course folle le long de la rive droite et au milieu des oasis du désert.

— Nous allons faire le plein ici, annonça Ashraf. Vous pouvez en profiter pour vous rendre aux toilettes, mesdames, mais ne perdez pas de temps à vous refaire une beauté.

— Comment ça va ? me demanda Saida en passant son bras sous le mien.

— Je ne sais pas, répondis-je sincère. Tout s'est passé si vite. C'est un peu de la folie.

— C'est excitant, s'enthousiasma Saida. Votre John est étonnant. Il a toujours autant d'imagination ?

— Si l'on peut dire.

— Pas Feisal. (Saida se regarda dans un miroir douteux et sortit son rouge à lèvres.) Mais je l'aime comme il est.

Comme elle ne semblait pas pressée, je m'appuyai contre le mur et la regardai pendant qu'elle se remaquillait.

Me refaire une beauté était le dernier de mes soucis, pour l'instant.

— J'espère que vous ne l'avez pas pris pour vous lorsque John a dit que tous les archéologues étaient fous. Il voulait déstabiliser Perlmutter.

— Non, non, il le pense vraiment, dit Saida, très calme. Il manque d'esprit scientifique. Il est très important de préserver le corps de Toutankhamon. Sans corps, le roi n'atteindra jamais l'immortalité.

— J'avais l'impression qu'une statue, une peinture ou même un nom, suffisaient comme substitut du corps. Si c'est le cas, Toutankhamon a plus de chances d'être immortalisé que n'importe qui. Il y a des milliers d'images de sa momie et des dizaines de milliers de reproductions de son cercueil, de son masque et de ses statues, dans le monde entier.

— Oui, c'est vrai, reconnut Saida. (Elle rangea

son rouge à lèvres et sortit un pinceau d'eye-liner.) Je ne suis pas certaine que cela compte vraiment.

Pendant que je réfléchissais à sa remarque et que je me demandais si elle était sérieuse, un poing tapa à la porte.

— Sortez de là ! cria Feisal. Nous sommes prêts.

Saida me fit un clin d'œil.

— Il adore jouer les chefs. Cela ne fait pas de mal de laisser croire aux hommes qu'ils contrôlent tout, tant que nous décidons des choses importantes !

Nous nous entassâmes à nouveau dans la limousine et remîmes Tout en place.

Les dernières lueurs s'évaporaient tandis que nous repartions vers le nord.

Schmidt commença à ouvrir diverses boîtes de nourriture qui étaient bien entendu à l'avant avec lui. Il nous passa du poulet, des œufs, des oranges et ainsi de suite.

— Je n'ai pas faim, dis-je, livide.

Je ne me rappelais que trop bien ce qu'était la conduite en Égypte, la nuit. Les gens n'allument pas leurs phares, sauf lorsqu'ils croisent une autre voiture. Ce soudain éclair de lumière est très énervant, jusqu'à ce qu'on s'y habitue. Je ne m'y étais pas habituée.

— Mange, insista Schmidt. Tu auras besoin de forces.

— J'espère bien que non.

Le gros disque rouge du soleil descendait avec une lenteur solennelle, et des nuages mauves soulignaient l'horizon à l'ouest.

Les premières étoiles scintillaient timidement dans le ciel nocturne. Nous roulions à une bonne allure, doublant bus et camions. Ashraf mangeait une patte de poulet et téléphonait.

Si je comptais bien, cela ne laissait aucune main pour le volant !

— Ashraf, dis-je, tout en sachant que je perdais mon temps, pourquoi ne laissez-vous pas Schmidt prendre vos appels ?

— Je téléphone à mes subordonnées, répondit Ashraf, d'un ton sévère. Je leur ordonne de me rejoindre au musée. Même le grand Herr Doktor Schmidt ne peut pas le faire à ma place.

John laissa échapper un rire qui tinta à mes oreilles.

— Schmidt, la meilleure lame de toute l'Europe ! Il faudra un moment avant qu'Ashraf s'en remette.

Nous passâmes un autre poste de contrôle en douceur, en ralentissant juste assez pour qu'Ashraf sorte sa tête par la vitre et aboie un ordre aux gardes avant de reprendre de la vitesse. Schmidt me proposa une orange.

L'obscurité était totale à présent et Ashraf conduisait comme un pilote de stock-car, se faufilant au milieu d'une circulation à demi invisible, en chantant un de ses airs orientaux qui montent et descendent l'octave.

Je laissai tomber mes pelures d'orange sur le sol. Je vais salir la belle voiture d'Ashraf, pensai-je et quand on arrivera au Caire, je le tuerai !

Lorsque je me réveillai, nous étions à une autre station-service.

— Où sommes-nous ? demandai-je, en regardant les lumières.

— Minya, dit Feisal. On est dans les temps.

— Dernier arrêt avant Le Caire, annonça Saida en se libérant de l'étreinte dc Feisal et en sortant de la voiture avec grâce. Je la suivis, sans aucune grâce. Au Caire, je la tuerai, elle aussi ! J'étais raide comme une vieille momie !

L'arrêt fut bref. Le trajet interminable se poursuivit. Je ne parvenais pas à rester éveillée, mais je ne pouvais pas non plus dormir. Des éclairs de lumières des véhicules qui nous croisaient se braquaient vers des trains de marchandises et des dragons cracheurs de flammes.

Quelqu'un riait. Pas les dragons, ni les pharaons. Je reconnus les gloussements de Schmidt. Il devait raconter des blagues. Il rit toujours plus fort que quiconque à ses propres plaisanteries.

Je repris totalement conscience lorsque des lumières différentes s'imprimèrent sur mes paupières. J'avais la tête appuyée sur l'épaule de John et il avait passé son bras derrière moi.

— J'ai le bras tout engourdi, dit-il lorsque je bougeai enfin.

— Moi, c'est surtout mon derrière. Enlève ton bras…

— Dès que tu auras ôté ta jolie tête, ma chérie.

Je me redressai et regardai par la fenêtre.

— Nous y sommes ! Nous sommes au Caire !

— Ah ! fit Schmidt, en tournant la tête aussi vite qu'il en était capable. Tu es réveillée.

— Nous y sommes ! On a réussi !

Les grandes villes ne dorment jamais. Le long de la corniche, toutes les lumières étaient allumées et bien que la circulation ne soit pas aussi intense qu'en plein jour, il y avait encore des gens dehors, qui rentraient chez eux après une nuit de fête ou partaient déjà au travail, à cette heure indue.

La façade du musée du Caire étincelait, telle une glace à la framboise.

Ashraf se dirigea droit vers le lourd portail de fer forgé. Les battants s'ouvrirent lentement.

Au moment où la voiture s'arrêta, les portes du bâtiment s'ouvrirent aussi. Plusieurs hommes sortirent et se dirigèrent vers la voiture. Ils parlaient en arabe, mais le sens de leur propos était clair. « Qu'est-ce qui se passe, grands dieux ? »

Quoi qu'ait dit Ashraf, il s'était exprimé avec suffisamment d'autorité pour tous les renvoyer à l'intérieur des murs.

— Déchargez-le et rentrez-le, nous ordonna Ashraf.

Il prit les commandes en prenant une des boîtes (le demi-torse, je crois). Feisal et Schmidt suivirent, tout comme Saida qui tenait tendrement le carton contenant la tête dans ses bras. Ashraf montra les deux dernières boîtes en disant :

— Prenez les jambes !

— Tu ne viens pas ? me demanda John.

J'allongeai mes propres jambes sur la banquette.

— Je vais faire une petite sieste. Réveille-moi lorsque tout sera terminé.

C'était merveilleux de pouvoir s'allonger. Je me débarrassai de mes chaussures et tortillai mes doigts de pieds avec délice.

Au lieu de m'assoupir, je contemplai la façade du musée, rêveuse. Je m'étais souvent retrouvée au milieu d'imbroglios invraisemblables, mais celui-ci valait son pesant d'or.

Que faisais-je ici, me demandai-je, à quatre heures du matin, devant le musée du Caire avec un trio d'égyptologues à demi fous qui reconstituaient un vieux pharaon démembré. Qu'était Toutankhamon pour moi ? Pourquoi m'y intéressai-je ? Car je m'y intéressais. J'avais changé de pronom, je n'y pensais plus comme à la momie, je disais « lui », désormais, et non plus « elle ».

L'aventure avait eu du bon : John était blanchi et nous étions débarrassés de Suzi. Schmidt lui avait tourné le dos lorsqu'elle lui avait offert sa main et des excuses. Feisal et Saida étaient en route pour l'autel ; Jan Perlmutter allait recevoir une bonne leçon bien méritée. On pourrait même peut-être le soudoyer pour qu'il rende Néfertiti !

Je l'imaginais empaillé, exposé sur un piédestal dans son propre musée avec une pancarte qui disait : « L'homme qui a perdu Néfertiti. »

Le ciel commençait à s'éclaircir. Le lever de soleil n'était pas spectaculaire, la pollution forme un brouillard trop épais, au Caire. Une tête apparut par la vitre.

— Réveillez-vous, Vicky, il ne faut pas rater ça ! C'est une image que vous n'oublierez jamais. Vous serez parmi les premières à la voir.

L'éclairage de la salle des momies royales était tamisé, en dehors d'un projecteur braqué sur une des vitrines de verre.

Des hommes en tenue de laboratoire blanche, avec des masques chirurgicaux qui couvraient le visage opéraient les derniers ajustements.

Les masques semblaient superflus, après ce qu'avait enduré Toutankhamon, mais cela faisait plus professionnel. Un peu plus loin, Schmidt, John et Feisal observaient.

— Tu as bien dormi ? demanda John en me prenant par la taille.

— Je ne dormais pas.

Thoutmose III grimaçait toujours. On avait dû déplacer un roi moins important pour faire de la place à Toutankhamon.

Les techniciens s'écartèrent. Il reposait, l'air paisible. Comme les autres momies, il était décemment couvert du menton aux chevilles d'un vieux tissu brunâtre. Saida nous avait expliqué que le musée avait utilisé des lins anciens. Sous les plis du tissu, il était impossible de voir que la tête n'était plus attachée au corps.

— Voilà ! dit l'un des techniciens.

Par respect pour les ignorants qui étaient présents dans la salle, il avait parlé anglais et la conversation se poursuivit dans cette langue.

Ashraf s'approcha de la vitrine.

— C'est correct, dit-il. Maintenant, écoutez-moi et écoutez-moi bien ! J'ai convoqué une conférence de presse, ici, au musée, à dix heures. J'y annoncerai que le pharaon est au musée depuis plus d'une semaine, au laboratoire, où on l'a préparé pour l'exposer. Dans quelques jours, il retournera dans son tombeau, dans une vitrine conçue sur le même modèle que celle-ci. Vous éviterez les journalistes par tous les moyens. Si on vous interroge, vous vous en tiendrez à ce que je viens de vous dire. Je n'ai pas besoin de vous expliquer quelles seraient les conséquences si vous vous écartiez de cette ligne. C'est bien compris ?

Des hochements de têtes et des murmures de sycophantes signifièrent leur accord. Ashraf n'en attendait pas moins.

D'un geste régalien, il congédia les techniciens.

— Donc, dit-il, en se frottant les mains, tout est en ordre !

— À part l'autre main, dis-je, en réprimant un bâillement.

— On la remettra en place à la première occasion. Autre chose ?

Il voulait demander s'il n'avait rien oublié d'important. Il adressa un regard interrogateur à Schmidt.

— Je ne crois pas, fit-il.

J'adressai un dernier regard attendri à Toutankhamon, et nous sortîmes du musée, le laissant à la garde de plusieurs vigiles, à qui, je suppose, on avait promis le même sort qu'aux techniciens au cas où ils seraient tentés de cracher le morceau.

Ashraf eut la bonté de nous raccompagner à notre hôtel.

— On a une chambre ? demandai-je, pleine d'espérance, sans trop y croire.

— *Aber natürlich,* dit Schmidt, j'ai téléphoné hier soir.

— Des nouvelles de la Vallée des Rois ? demanda John.

Ashraf éclata d'un rire fielleux.

— Les journalistes ont été prévenus que je donnerai une conférence de presse aujourd'hui. Certains n'arriveront pas au Caire à temps. Ils se feront griller, comme on dit, par les autres.

La chambre de Schmidt était prête, mais le directeur nous informa, tête baissée, que la nôtre ne le serait pas avant midi.

— Peu importe, dit Schmidt, personne n'a envie de dormir.

— Parle pour toi !

— Nous devons aller à la conférence !

— Pas moi, j'en ai assez de Toutankhamon pour le reste de ma vie.

Laissant les autres se congratuler devant un café, je me jetai sur le grand lit douillet de Schmidt et m'endormis aussitôt.

Lorsque je me réveillai, le soleil inondait la pièce et Jan Perlmutter se tenait dans l'encadrement de la porte.

XV

Jan ne s'était pas rasé. Ses vêtements étaient froissés et il avait les traits d'un vieil homme. Sa cravate de travers était dénouée et sa chemise ouverte au col, comme s'il manquait d'air.

— Où est-il passé ? demanda-t-il.

Même sa voix, rauque et cassée, était méconnaissable.

— Qui ?

C'était le mieux que je puisse faire, avec si peu temps pour réfléchir. Mon regard passait du couteau que Jan tenait à la main au téléphone, sur la table de chevet.

— Inutile de me la jouer. Où est Schmidt ?

Je renonçai au téléphone. J'avais l'esprit totalement en alerte, tout assoupissement s'était évanoui. Rien de tel que la terreur pour accélérer votre pensée.

Malheureusement, je ne pensais à rien d'héroïque, ni même d'utile.

— Qu'est-ce que tu lui veux ? demandai-je, cherchant à gagner du temps.

— Il me déteste.

— Non, non, dis-je, rassurante. Il ne te déteste pas. Personne ne te déteste. Pourquoi ne pas t'asseoir un moment et…

— Tout le monde me déteste. Ils m'ont tous fait passer pour un imbécile. Schmidt, c'est lui, le pire ! Il m'en veut depuis l'affaire de l'Or des Troyens.

Je jetai un rapide coup d'œil sur le réveil de la table de chevet. Pas loin de midi.

Où étaient-ils tous passés ? Ils devraient être de retour à présent. Pourquoi m'avaient-ils laissée seule avec un lunatique armé ?

Jan continuait à radoter. Tout ce qu'il avait toujours voulu, c'était préserver les trésors du monde entier.

Et voilà comment on le récompensait : en l'humiliant, en l'insultant et en le menaçant.

C'était lui qui me menaçait, mais je décidai de ne pas le lui faire remarquer. Je ne lui précisai pas non plus, que, d'après ce que je savais, on n'avait pas cité son nom comme étant à l'origine de la rumeur du rapt de Toutankhamon. Nous en avions parlé et, à regret, nous avions estimé qu'il serait trop long de rassembler des preuves pour l'accuser, si toutefois on y parvenait. Il souffrirait assez sans cela, avait dit Schmidt, rien qu'à savoir qu'il s'était fait berner et avait perdu la partie !

— Comment l'as-tu découvert ? demandai-je. Tu es malin.

Jan cligna des yeux et me regarda comme s'il avait oublié ma présence.

— Découvert ? Ah… (Il passa la main devant sa bouche, et reprit un ton rationnel pour me répondre.) J'ai pris un vol pour Le Caire, hier soir. J'ai appris l'existence de la conférence de presse à la radio et à la télévision ce matin. On parlait du retour de Toutankhamon.

Donc, quelqu'un avait été incapable de tenir sa langue. Il fallait s'y attendre.

— Je n'y croyais pas, dit Jan, d'une voix peinée. J'ai aussitôt téléphoné à Wolfgang Muhlendorfer, de l'Institut Goethe de Louxor. Il m'a dit que la plupart des médias avaient quitté la Vallée et qu'on avait vu la limousine du Dr Khifaya quitter Louxor à la hâte, avec de nombreuses personnes à bord. Je refusais toujours d'y croire, jusqu'à ce que j'assiste à la conférence de presse et que j'entende le Dr Khifaya débiter un tissu de mensonges… Avec Schmidt qui ricanait à l'arrière-plan, en caressant sa stupide moustache.

Au sommet de la fureur, sa voix était montée d'une octave.

— Khifaya avait une attitude digne, au moins, mais ce Schmidt ! À se balader avec sa banderole, en hurlant des slogans insultants, à distribuer des saucisses aux spectateurs, comme un clown dans un cirque… Et en plus, il s'est payé la télévision, et on m'a vu, caché derrière une colonne, comme un trouillard de lapin. Il m'a ridiculisé !

— J'étais là aussi.

— *Aber natürlich.* Tu dois obéir à ton supérieur.

Et j'étais une femme vénale. C'était insultant et rassurant à la fois, de voir Jan m'écarter de manière si cavalière. Je ne pensais pas qu'il s'en prendrait à moi, à moins que je ne commette une grave imprudence.

Mon corps n'y croyait pas. J'avais la bouche sèche et le cœur qui battait à toute vitesse.

— Pourquoi n'est-il pas là ? demanda Jan. La conférence de presse est terminée depuis une heure.

— Il doit être en route.

Il fallait absolument que je trouve quelque chose avant que Schmidt ne revienne.

— Je vais te dire, Jan, pourquoi tu ne te cacherais pas dans la salle de bains ? Quand ils rentreront, tu sortiras, ils auront la surprise.

Le degré de la folie est difficile à estimer. Comme Hamlet, il n'était fou que sous le vent du nord-ouest, et savait autrement distinguer un faucon d'un héron, ou dans ce cas, une proposition sincère d'une idée stupide.

— Et toi ? fit-il, les yeux plissés. Je ferais peut-être mieux de te bâillonner et de te ligoter.

Il serait obligé de poser son couteau pour ça. John m'avait appris quelques petites manœuvres bien perverses, et Jan s'était beaucoup ramolli, mais il était fou… j'avais peur qu'il décide de m'assommer ou de se servir de son couteau d'une manière à laquelle je préférais ne pas penser à l'avance…

Pourtant, l'autre solution était plus terrifiante encore : Schmidt avec un couteau dans la poitrine.

— D'accord, dis-je.

— Tu acceptes bien rapidement, remarqua Jan. Attends. J'ai une meilleure idée. Je t'enferme dans la salle de bains et je me cache derrière la porte.

— D'accord.

Je me glissai hors du lit et me levai. Je me sentais un peu plus courageuse, à présent que j'étais sur mes pieds. Je me demandais si je pourrais le piéger et le forcer à entrer à la salle de bains.

Non, cela ne marcherait pas. Il n'y avait pas de verrou à l'extérieur.

Jan recula et me poussa de l'autre côté de la porte de la chambre, tandis que j'avançais vers lui. J'arriverais peut-être à atteindre la porte du couloir avant que… Non, cela n'irait pas non plus, il était si près de moi que je sentais son souffle sur ma nuque.

Qu'il m'enferme donc, je verrouillerais la porte et me mettrais à crier aussitôt… Non, il se jetterait sur Schmidt à la seconde où ce dernier ouvrirait la porte de la suite, avant même qu'on entende mes cris ou qu'on comprenne ce qu'ils signifiaient.

Je n'eus pas à prendre de décision. Il n'y eut aucun signe précurseur, pas même des éclats de voix. La porte s'ouvrit.

Comme je m'y attendais, Schmidt fut le premier à entrer. Laissez passer Schmidt, la meilleure lame de toute l'Europe ! Il s'arrêta dans l'encadrement de la porte, pétrifié, bouche bée. John et Feisal se trouvaient derrière lui.

Jan me bouscula et se jeta sur Schmidt. John essaya de pousser Schmidt hors de sa trajectoire, mais l'imposante silhouette vacilla à peine.

Je n'en étais plus à réfléchir. Je fis un pas en avant et attrapai Jan par le bras. Il se retourna.

Un objet dur comme un poing s'enfonça dans mes côtes. Cela me coupa le souffle pendant une ou deux secondes, puis, je vis que Jan était à terre, agitant bras et jambes, tandis que Feisal essayait dc le maîtriser.

John, qui ne croyait guère aux vertus du corps à corps, donna un coup de pied dans la tête de Jan.

Blanc comme un linge, Schmidt était figé. Je voulais lui demander si tout allait bien, mais ma voix semblait m'avoir abandonnée.

Tout le monde me regardait. John s'approcha, d'un pas délicat, comme un chat qui marche dans une flaque d'eau, et tendit les bras vers moi. Il était aussi livide que Schmidt.

— Doucement, doucement, ne bouge pas. Laisse-moi…

Trois mots. C'était tout ce dont j'avais besoin. Trois petits mots. J'essayai de les prononcer. Puis les lumières s'éteignirent.

Je repris connaissance dans une drôle de pièce. Du coin de l'œil, j'aperçus une fenêtre. Il faisait nuit. La pièce était à peine éclairée. Il régnait une odeur bizarre. Plusieurs odeurs bizarres, en fait. Pas écœurantes, juste étranges.

Je tournai la tête. Je vis une chaise près du lit, et quelqu'un qui y était assis. Une image familière. Dans une attitude peu confortable, épaules tombantes, bras ballants, tête baissée.

Son nom me revint à l'esprit.

— John ? dit quelqu'un.

La voix ne ressemblait pas à la mienne.

John se redressa d'un coup.

— Tu es réveillée !

— Non, non. Je ne suis même pas là. Je ne sais pas où je suis.

— Chut…

Il glissa de sa chaise et s'agenouilla près du lit.

— Ça va aller.

— J'ai soif.

— Non, tu n'as pas le droit de boire. Même pas d'eau pendant un moment. Suce un glaçon.

Il glissa dans ma bouche sèche un éclat argenté qui fondit comme un nectar paradisiaque.

— Je suis à l'hôpital, dis-je. Donne-moi de la glace ! Tu as une sale mine.

— Toi aussi. Ouvre la bouche.

Une porte s'ouvrit et quelqu'un entra. À son uniforme, j'en conclus que c'était une infirmière. Elle accomplit des gestes d'infirmière, en souriant avec un sourire d'infirmière professionnelle et s'en alla.

— Comment te sens-tu ? Pourquoi pose-t-on des questions aussi stupides, dit John en faisant la grimace, je me le demande !

— Horriblement mal. Que s'est-il passé ?

— Tu es censée te reposer.

— Je me suis reposée. Pourquoi tu ne t'assieds pas ?

— Je ne suis pas sûr de pouvoir me relever. J'ai les genoux comme ceux de… Schmidt.

— Tu es là depuis… Depuis quand ?

— Depuis qu'on t'a amenée ici. Un peu après midi.

— Quelle heure est-il ?

— Il fait nuit, dit brièvement John.

— Je veux savoir ce qui s'est passé.

Je n'avais pas remarqué à quel point il était livide avant de le voir sourire.

— Tu as l'air d'être redevenue toi-même. En résumé, Jan Perlmutter est enfermé dans un service psychiatrique, sous bonne garde, et Schmidt va bien. Tu lui as probablement sauvé la vie, mais tu as perdu ta rate, par la même occasion.

— On peut s'en passer ?

— En général, oui. Tu veux savoir autre chose ? Tu devrais te reposer.

— Je veux tout savoir.

Il réagit à cette déclaration inoffensive comme si j'avais raconté une mauvaise blague.

Se couvrant le visage des mains, il s'accroupit sur ses talons. Ses épaules se secouaient.

— Tu ris ?

— Non, dit-il d'une voix étouffée.

— Oh !

Quelques instants plus tard, il écarta ses mains. Il avait les yeux humides. Je ne l'avais jamais vu pleurer. Je ne savais pas qu'il en était capable. Je ne savais que dire.

Il me prit la main.

— Schmidt, Feisal et Saida sont dans la salle d'attente. J'étais censé les prévenir lorsque tu te réveillerais.

— Fais-les venir, on va faire la fête.

— Tu es droguée comme pas permis. Pas de fête, pas pour l'instant.

— Arrête de me tordre la main, tu me fais mal. Tu ne peux pas juste me la prendre tendrement entre tes longs doigts, comme dans les livres ?

Son visage s'éclaira.

— Ça va aller. Tu es redevenue normale, grossière, comme d'habitude. Tu sais ce que tu as dit, juste avant de t'écrouler ?

— Trois petits mots, murmurai-je.

— Trois petits mots, oui. Trois petits mots que tu as prononcés malgré une grave blessure. Est-ce que cela pourrait être : « Je t'aime » ?

— Je ne crois pas.

— Tu as dit, déclara John, « Elisabeth d'Autriche ». Pourquoi Elisabeth d'Autriche ?

— Je me souviens, à présent, dis-je, un peu étourdie.

Le produit que venait de m'injecter l'infirmière commençait à faire effet.

— Tu te souviens d'elle, l'impératrice d'Autriche, en 1890, Sissi… Elle a été poignardée par un anarchiste, on parlerait sûrement de terroriste de nos jours, et elle a continué sa promenade, je ne sais plus combien de temps, avant de s'évanouir, parce qu'elle pensait qu'on lui avait simplement donné un coup de poing. C'est ce que j'ai ressenti, et j'ai cru que je devais te dire ce que je ressentais, au cas où tu n'aurais pas remarqué…

— Que tu avais un couteau planté dans le corps ? Si, si, j'avais remarqué !

— Je t'aime.

Il s'approcha.

— Pardon ?

— Euh ? J'ai oublié.

— Lâche ! Je t'aime, moi aussi. Allez, dors.

Il serra tendrement ma main entre ses longs doigts effilés.

Six semaines plus tard, Munich.

John descendit l'escalier, Clara drapée autour de son cou. César, qui était allongé au pied du divan sur lequel je me reposais, sauta en poussant un hurlement et se précipita vers eux.

— Arrête, espèce d'idiot ! Tu les as vus il y a dix minutes, juste avant qu'ils ne montent à l'étage !

César sembla réfléchir et revint s'allonger près de moi.

— Schmidt va arriver, annonça John. Il apporte le dîner.

— Il apporte à dîner presque tous les jours. Je grossis.

— Tu devrais peut-être faire de l'exercice.

— Je ne suis pas encore assez en forme pour cela.

Je me rallongeai sur les coussins en prenant des airs de Dame aux Camélias.

John n'avait pas l'air en très bonne santé non plus. Son bronzage égyptien avait disparu et il avait maigri. Dès que j'avais été en état de voyager, nous étions rentrés à Munich.

John avait fait quelques voyages éclair à Londres, en partant à l'aurore et en revenant à minuit, laissant Schmidt s'occuper de moi.

Il avait fermé le magasin en attendant de trouver un remplaçant à Alan. Je savais qu'il perdait des clients, sans parler d'argent.

Jen l'avait poussé à bout, lui demandant ce qu'il faisait et pourquoi il n'était pas à Londres.

Lorsqu'il lui avait expliqué que j'avais eu un grave accident et qu'il prenait soin de moi, elle avait proposé de venir à mon chevet… proposition qui avait failli provoquer une rechute…

J'étais injuste et égoïste. La vérité, c'est que j'adorais l'avoir près de moi. J'aimais qu'il m'apporte ce dont j'avais besoin, qu'il aille promener le chien, qu'il fasse la vaisselle.

Nous discutions sans arrêt et nous nous disputions parfois. Ça aussi, ça me plaisait.

Alan était mort sans avoir repris connaissance. Schmidt s'était accablé de reproches en apprenant la nouvelle, néanmoins me chouchouter le réconfortait un peu, et les nouvelles en provenance d'Égypte étaient un baume pour son âme blessée.

Celles de Berlin étaient encore plus paradisiaques. Jan Perlmutter avait démissionné de son poste. Le musée essayait d'étouffer l'affaire, mais les informateurs de Schmidt lui avaient appris que Jan était enfermé dans une section sécurisée d'une institution psychiatrique. Il ne cessait de prétendre qu'il était Toutankhamon et exigeait qu'on s'agenouille devant lui quand on lui adressait la parole. Je n'éprouvais aucune pitié pour lui.

J'étais désolée pour les victimes innocentes comme Ali et sa mère en deuil. Nous ne saurions jamais si Ali s'était rendu dans la maison de l'expédition britannique dans le cadre de ses fonctions habituelles ou s'il avait eu une soudaine intuition. Cela n'avait plus d'importance, plus pour lui.

Il était mort parce qu'il avait essayé de faire son devoir. Sa famille ne manquerait de rien, en tout cas, Schmidt s'y était employé.

Le triomphe de Toutankhamon au musée du Caire avait fait la une des journaux pendant des jours. Ashraf n'avait pas manqué d'en tirer toute la gloire.

En privé, il s'était excusé de ne pas être en mesure de nous attribuer une juste récompense, des médailles et l'acclamation universelle, car pour cela il aurait fallu rendre publique une affaire fort embarrassante.

— C'est toute l'histoire de ma vie, remarqua John, caustique. La prochaine fois qu'on m'embarque dans une affaire comme ça, j'exige d'être payé à l'avance !

Nous avions eu de bons moments quand même.

— Pourquoi ne m'avais-tu jamais dit que tu étais de la famille d'un des archéologues les plus illustres ? Le professeur Emerson et sa femme ont dominé toute l'égyptologie pendant plus d'un demi-siècle !

Main dans les poches, épaules baissées, il regardait par la fenêtre. Il ne se retourna pas.

— Comme presque une centaine de personnes.

— Sûrement pas autant.

— Regarde. Ils n'ont eu qu'un seul enfant, mais lui en a eu trois, et ses descendants se sont reproduits comme des lapins. Je ne suis même pas lié en ligne directe. Je descends de leur plus jeune petite-fille. C'est de la roupie de sansonnet, cela ne vaut rien.

— Sois blasé si tu veux, je suis quand même impressionnée. Amelia P. Emerson est l'une de mes héroïnes. Nous étions dans leur maison, nous avons vu leurs objets… Le parasol légendaire, le couteau…

— Selon la légende, le couteau et l'épée appartenaient à leur fils.

— C'était un érudit, pas un soldat. Des diplômes de tous les pays. Des dizaines de livres à son crédit…

— On raconte beaucoup d'histoires à propos de Ramsès Emerson, comme on l'appelait. Certaines sont sûrement apocryphes. Ne t'occupe donc pas de mes ancêtres, Vicky, je dois te parler de quelque chose d'important.

— Je t'écoute.

Il se retourna, ouvrit la bouche, la referma, toussa.

— Tu veux un verre ?

— Non, merci.

— Je crois que j'en ai besoin, si cela ne t'ennuie pas.

— Je t'en prie.

Il prit son temps pour préparer le cocktail. Bon, nous y sommes, pensai-je.

Chaque fois que John a besoin d'un verre pour se donner du courage, c'est pour annoncer de mauvaises nouvelles.

Il s'installa sur un fauteuil, près du divan, et s'éclaircit la gorge. Suzi avait-elle fini par le mettre en cause, finalement ? Il était fauché comme les blés et avait décidé de retourner à ses anciennes affaires ? Jen allait arriver à Munich ? Lorsqu'il se libéra, je fus totalement prise au dépourvu.

— Tu veux un enfant.

— Ah bon ?

— Je l'ai vu sur ton visage, quand tu tricotais ce misérable petit bonnet.

— Ah bon ?

— Je n'ai pas les qualités requises pour faire un bon père de famille.

— Ah bon ?

— La seule chose à faire, dit-il en prenant une grande inspiration, c'est de sortir de ta vie pour que tu puisses continuer à…

Je me redressai, poussai un cri et posai la main sur ma blessure.

— Tu me plaques ! Espèce de salopard !

John devint écarlate. La couleur des joues contrastait joliment avec le bleu de ses yeux.

— C'est pas vrai ! on ne peut pas avoir une conversation, entre adultes raisonnables…

— Tu n'étais pas raisonnable, tu étais généreux. Ce n'est pas ton style. Sois toi-même.

— Être moi-même ! (Ses joues cramoisies perdirent leur couleur. Sa bouche se tordit.) Je suis couvert de dettes. Mes affaires sont au plus mal. Une nouvelle situation comme celle qu'on vient de connaître pourrait se reproduire à tout moment, sans le moindre avertissement.

— Continue, dis-je, pour l'encourager.

— Ça ne te suffit pas ? Bon d'accord. Ma mère est une nuisance permanente. Elle ne t'aimera jamais. Après avoir passé quatre semaines avec toi, j'ai perdu la maîtrise de ma syntaxe. Tu veux que je t'épouse, ou quoi ?

— C'est une proposition, ou quoi ? dis-je avec un gigantesque sourire.

— Selon la tradition familiale, c'est la femme qui fait sa demande.

— Au diable, la tradition !

— Bon, très bien !

Il mit un genou à terre et joignit les mains au-dessus de sa tête.

Gueule ouverte, langue pendante, César semblait en adoration devant lui.

— Pas toi ! lui dit John. Vicky ?

Ce n'était pas le plus beau jour de ma vie, mais cela s'en approchait.

— Je vais y réfléchir.

Dans la même série

L'énigme des cinq lunes (City poches)

Un corps est retrouvé devant le Musée national de Munich. Dans la poche de cet homme, sont dissimulés un message avec des hiéroglyphes incompréhensibles et une réplique du Talisman de Charlemagne. Cette copie est tellement parfaite que Vicky Bliss croit avoir affaire à l'original. Le bijou est forcément l'œuvre d'un orfèvre de grand talent que Vicky est bien décidée à retrouver. Son enquête la conduit à Rome, la Ville Eternelle aux petites ruelles romantiques et... dangereuses !

L'énigme de l'ombre écarlate

Une rose rouge parfaite, un aller simple pour Stockholm et un étrange message crypté consistant en deux mots latins...

Voilà qui suffit à intriguer Vicky Bliss, la jeune historienne de l'art. Elle se lance dans une nouvelle aventure avec John Smythe, son ancien amant, l'aventurier gentleman, un peu voyou et voleur d'art à ses heures. Tous deux sont sur la piste d'un calice du Ve siècle et d'un trésor d'une valeur inestimable.

Deux enquêtes tumultueuses dans le monde de l'art de la brillante et téméraire Vicky Bliss, une jeune femme dotée d'un solide sens de l'humour et d'un courage à toute épreuve…

ISBN : 978-2-35288-161-2 / 978-2-35288-078-5

www.city-editions.com